D0681876

OKÎSKWOW

▷ ᑭ ᓯ ᑯ ᐤ

ROMAN

André Pratte

MICHEL BRÛLÉ

4703, rue Saint-Denis
Montréal, Québec H2J 2L5
Téléphone : 514 680-8905
Télécopieur : 514 680-8906
www.michelbrule.com

Maquette de la couverture et mise en pages : Jimmy Gagné, Studio C1C4
Illustration de la couverture : Mathieu Giguère
Photo de la couverture : © Shutterstock
Révision : Corinne Danheux, France Lafuste
Correction : Élise Bachant

Distribution : Prologue
1650, boul. Lionel-Bertrand
Boisbriand, Québec J7H 1N7
Téléphone : 450 434-0306/1 800 363-2864
Télécopieur : 450 434-2627/1 800 361-8088

Distribution en Europe : D. N.M. (Distribution du Nouveau Monde)
30, rue Gay-Lussac
F75005 Paris, France
Téléphone : 01 43 54 50 24
Télécopieur : 01 43 54 39 15
www.librairieduquebec.fr

Les éditions Michel Brûlé bénéficient du soutien financier de la SODEC, du Programme de crédits d'impôt du gouvernement du Québec et sont inscrites au Programme de subvention globale du Conseil des Arts du Canada. Nous reconnaissons l'aide financière du gouvernement du Canada par l'entremise du Programme d'aide au développement de l'industrie de l'édition (PADIÉ) pour nos activités d'édition.

Société
de développement
des entreprises
culturelles
Québec 🟦🟦
🟦🟦

André PRATTE

Okîskwow

MICHEL BRÛLÉ

Préface

Après quatre jours de violents combats, ses hommes affamés, épuisés, ses forces décimées dans les bois aux abords de Batoche, en Saskatchewan, Louis Riel se rend finalement au major général Frédérik Middleton, commandant de la milice du Canada. Il est immédiatement pris en charge par la *North Western Mounted Police*, qui avait reçu le mandat d'appuyer la milice dans ce conflit opposant le gouvernement canadien aux Métis, connus aussi sous le nom de Bois-Brûlés, et leurs alliés autochtones, principalement les Cris des plaines. Transporté à Regina, accusé et trouvé coupable de trahison par un jury entièrement composé d'Anglo-Saxons protestants, Louis Riel est sommairement sentencié et pendu le 15 novembre 1885. Traître et renégat aux yeux du gouvernement canadien, héros et patriote aux yeux des Bois-Brûlés et des peuples autochtones des prairies canadiennes, il n'en demeure pas moins que Louis Riel est aujourd'hui tout de même considéré comme le fondateur du Manitoba.

Cet épisode malheureux de notre histoire laissa à l'époque un goût amer dans la bouche de plusieurs, et ce, dans les deux camps. Il n'y eut pas seulement la pendaison d'un homme que plusieurs croyaient innocent du crime dont on l'accusait, mais aussi la naissance d'une haine viscérale entre individus partisans ou non et peuplades impliquées. Même au sein des forces dites « de l'ordre », une certaine dissension fut remarquée. Au sein de la *North Western Mounted Police* par exemple, fière de sa devise *Maintiens le droit*, certains s'inquiétèrent soudainement du rôle que le gouvernement lui avait imposé, elle qui avait au cours de nombreuses années tissé et maintenu de solides liens d'amitié et de confiance avec les Bois-Brûlés et les Cris. Elle en vint même à mettre en doute sa propre participation à ce conflit qui fut beaucoup plus une action politique qu'une action strictement policière, où on pouvait encore une fois constater, en coulisse, les pressions du clergé catholique.

Et c'est dans ce climat incertain que se formèrent quelques groupuscules rebelles, rescapés de la famine, des privations, des combats sanglants aussi. Les uns, véritables patriotes, continuant à œuvrer pour la cause, les autres, par contre, incapables de reprendre la vie civile, profitant du contexte pour vagabonder sans foi ni loi, commercer illégalement l'alcool, s'adonner à des rapines violentes et insensées parmi toutes les populations, incluant les convois des nouveaux immigrants, devenant tout simplement des bandes de renégats. Traqués par la *North Western Mounted Police*, certains de ces groupes s'enfuirent vers le nord, où la vie était certes beaucoup plus rude, mais où l'isolement offrait un avantage certain. Cependant, dans ces contrées isolées où s'entremêlaient souvent réalité, coutumes et légendes, le danger ne venait pas toujours sous la forme attendue...

I. Des Ours et des autres

Près du bassin, au bout d'une petite rivière poissonneuse, au pied de magnifiques montagnes, une demi-douzaine de huttes communes à trois foyers, appelées *mîkiwahpis*, oblongues, faites d'écorces et de peaux, disposées en cercle. Ici et là, quelques wigwams aussi, les *waskwayikamik*, plus petits, les habitations unifamiliales, à un seul foyer. Tout au centre, où se rassemblent les habitants du village pour les activités communautaires, brûle en permanence le feu de camp. On y retrouve aussi un bâtiment ouvert sur un des côtés, utilisé comme abri pour les quelques chevaux. Tout près, une douzaine de petites cabanes en rondins d'à peine trois pieds carrés abritent les chiens de traîneaux. Un typique village indien, où demeure une bande de Cris des plaines, exilée de la Prairie du Sud afin de fuir la présence de plus en plus insistante des immigrants de toutes sortes qui, arrivant par pleins convois, envahissent la plaine, revendiquent le bison et prennent possession sans aucun scrupule de la terre ancestrale. Ils y vivaient finalement des jours heureux, chassant l'orignal, le caribou des bois, l'ours et le lynx, piégeant le castor et la martre, pour ensuite échanger les peaux au comptoir de Fond du Lac, petit village à une vingtaine de miles au sud de leur campement, où ils pouvaient se procurer toutes les denrées nécessaires à leur bien-être et à leur survie. La vie y était rude, certes, mais on y vivait des jours de paix et de tranquillité en parfaite harmonie avec la nature.

La bande était composée de trois clans. D'abord les *Maskwa*, les Ours, lignée la plus ancienne, la plus noble aussi, qui produisait depuis toujours les chefs de bande, chamans et guérisseurs, ainsi que les chefs de guerre. Kaskitew Maskwa, le chef actuel, un homme intelligent, prévoyant et juste, était l'aîné du clan des Ours et régnerait sur toute la bande, et ce, jusqu'à sa mort. Alors, il serait sûrement remplacé par Yôtinpeyaw, le chef de guerre, un Ours lui aussi, évidemment, de loin le plus sérieux et le plus méritant parmi les quelques rares prétendants. Le chef était l'autorité suprême, mais devait cependant rendre des comptes au Conseil des Anciens, assemblée composée des aînés des trois clans qui y siégeaient en nombre déterminé selon l'importance de chacun des clans. Ainsi, le clan des Ours, qui était le plus petit, y siégeait en minorité. Toute décision importante devait avoir l'approbation du Conseil. Le défier ouvertement serait une grave erreur, condamnée par tous les membres de la bande, y compris les Ours, et une telle offense pourrait même conduire à la destitution du chef.

De cette lignée émergeaient également les chamans et les guérisseurs, ceux qui avaient la vision, le pouvoir de contrôler et d'utiliser les pouvoirs chamaniques. Sîpihko-Wacask, le chaman actuel, s'occupait de magie dite «blanche» et avait toujours refusé d'utiliser le côté obscur de sa science, qu'on appelait «magie noire». Il passait le plus clair de son temps dans une grotte secrète enfouie au pied de la montagne à concocter herbes et potions médicinales. Un de ses plus sérieux disciples était une toute jeune fille que l'on appelait Wâpiskâpakwanîs et qui, malgré son jeune âge, avait déjà une grande compréhension des mystères du ciel, de la terre et de l'eau. Elle démontrait également une facilité étonnante à communiquer avec la nature et à communier avec son environnement.

Le deuxième clan, un peu plus nombreux que celui des Ours, était le clan des *Mahihkan*, les Loups, le clan des hommes de guerre et des grands chasseurs avec, à leur tête, non pas un guerrier, comme on aurait pu s'y attendre, mais une femme sans âge, Okîskwow, dite la *Mahihkan*, « la Louve », appelée aussi « la Folle » par certaines langues médisantes, qui, depuis toujours, revendiquait pour elle-même et pour son clan la connaissance et les pouvoirs chamaniques réservés jusqu'ici exclusivement aux Ours et à leurs descendants directs, et qui contestait également le fait que le nouveau chef devait être obligatoirement choisi parmi ce premier clan. Elle régnait à la tête des *Mahihkan* en usant de son influence et de ses présumés pouvoirs chamaniques pour alimenter la peur et contrôler les plus forts, manigançant sans arrêt les plus abominables complots dans un but unique, ultime et secret. Son clan, pourtant celui des guerriers et des grands chasseurs qui, par leur courage et leur habileté, nourrissaient et défendaient toute la bande, bénéficiait cependant déjà d'un statut particulier, ce qui contribuait aussi à augmenter son influence auprès du Conseil des Anciens, mais qui ne pouvait en aucun cas suffire à la Louve. Elle n'aurait de répit que lorsque le chef actuel serait écarté et qu'un Loup, complètement sous sa férule, serait choisi pour diriger la destinée de la bande.

Le troisième clan, celui qui contenait le plus grand nombre d'individus, plus de la moitié de la bande en fait, était celui des *Amisk*, les Castors, le clan du peuple, ceux qui cultivaient, s'occupaient des animaux, des habitations ou de toute tâche jugée indigne par les nobles guerriers qui, eux, ne daignaient s'adonner qu'à la chasse. La pêche, également, était réservée à ce troisième groupe. Au Conseil des Anciens, bien que plus nombreux, ils constituaient non pas une force décisionnelle, mais bien une balance qui oscillait entre les Ours et les Loups, selon la popularité du moment dont chacun des autres clans jouissait ou les arguments que chacun apportait pour faire pencher la décision en sa faveur. Ici, les manœuvres en coulisse d'Okîskwow portaient souvent leurs fruits et on succombait trop facilement aux élucubrations farfelues de la Louve qui était devenue avec le temps experte en sabotage. Alors, les sages propositions du chef étaient souvent mal interprétées et, par conséquent, fréquemment contestées, voire tout simplement rejetées.

Mais, malgré tout, on y passait des jours heureux, près du bassin. Les enfants grandissaient dans la joie de vivre, les vieillards mangeaient à leur faim et, malgré les hivers plutôt rudes, grâce à une préparation sérieuse et adéquate, on parvenait toujours à bien s'en tirer. Kaskitew Maskwa, au fond, était un bon chef.

II. Le convoi

Automne 1885, au sud de La Loche, Territoires du Nord-Ouest
Andrej Jaroszek somnole, conduit son chariot comme un automate, sans réfléchir, devenu presque insouciant, sur une piste qui semble ne jamais vouloir aboutir. À l'intérieur, brassée de tous côtés, tout aussi accablée par la soif et la fatigue, son épouse, Maria, qui, pour la centième fois peut-être, inventorie, classifie, caresse et admire la montagne de peaux de bison, fruit de leur dur labeur des cinq derniers mois passés à poursuivre le troupeau, abattre les bêtes, les dépiauter, préparer les peaux, pour ne laisser sur leur passage que des monceaux de viande ensanglantés pourrissant au soleil. Ils se dirigent enfin vers le comptoir de La Loche, où ils vendront leur cargaison à prix d'or. En effet, sous la pression incessante d'une chasse incontrôlée, le cheptel diminue de façon alarmante, le troupeau se fait de plus en plus rare. Le prix de la fourrure est donc à la hausse. Même si ce n'est toujours pas du castor, on y gagne facilement au volume.

Andrej et Maria sont polonais d'origine, tout comme Piotr Kozlowski et son épouse Olenka qui suivent dans le second chariot. Gustaw Mikolajczyk et Henrika, qui est enceinte depuis peu, partagent le troisième, tandis qu'Otto et Silwia Stanislawski ferment la marche. Quatre couples de fermiers immigrants qui, jadis, travaillaient dur sans compter, tous les jours, du lever au coucher du soleil, pour arracher à la terre à peine de quoi vivre, et certainement pas assez pour pouvoir espérer fonder un jour une famille. Mais un jour où, s'étant rendus au poste de traite de Prince Albert pour échanger les quelques peaux mal tannées de loups abattus alors qu'ils rôdaient autour de leurs fermes, Andrej et Gustaw rencontrèrent trois joyeux lurons, saouls comme il n'est pas permis, racontant avec moult détails la vie aventureuse et très lucrative de chasseurs de bisons professionnels. Vêtus eux-mêmes de peaux tannées, revenant tout juste d'une expédition, les poches pleines, festoyant tapageusement dans tout le village, ils représentaient, aux yeux de tous ceux qui les côtoyaient, les derniers spécimens de ces héros légendaires, coureurs des bois libres et sans souci, sans peur et sans reproche, pleins d'énergie et de joie de vivre. Les deux pauvres fermiers eurent vite fait de retourner à la maison raconter ce qu'ils venaient de voir et d'entendre au village. Malgré la réticence de leurs épouses, ils eurent tôt fait de convaincre deux autres de leurs amis polonais et tous ensemble prirent la direction des plaines après avoir vendu et échangé tout ce qu'ils possédaient pour acquérir quatre bons fusils de tir à longue portée, ainsi que l'équipement nécessaire pour ce genre d'expédition.

Tout de suite, ils se rendirent compte que le vrai travail ne commençait en fait qu'une fois la bête abattue. Au début, ils perdirent un temps précieux, et même plusieurs fourrures. Heureusement, ils s'unirent durant quelques jours à un groupe de chasseurs rencontrés au bivouac du soir et apprirent ainsi la façon adéquate de procéder. Ils perfectionnèrent donc leur méthode de chasse et leur technique pour enlever proprement la peau et la conserver adéquatement. Ils s'aperçurent aussi que leur nouveau travail était tout aussi harassant que passer la journée au champ, sur la ferme familiale, mais les profits espérés galvanisaient leur moral, leur donnaient l'énergie et le courage de continuer à travailler d'arrache-pied. Et c'est ainsi qu'ils revenaient, au bout de cinq longs mois passés sur la plaine, épuisés, mais heureux, avec les quatre chariots débordant de belles grandes peaux de bison des prairies. À l'exception d'une légère blessure au bras d'Otto, aucun incident malheureux n'était venu miner la belle aventure des huit immigrants polonais.

À l'approche d'un petit ruisseau, Andrej, le chef du convoi, jugea l'emplacement idéal pour leur dernier bivouac. Il aurait préféré continuer et rejoindre La Loche, mais la route avait été plus difficile que prévu la semaine précédente à cause d'interminables averses qui avaient transformé la piste en un véritable fleuve de boue. Selon son estimation, ils n'arriveraient à La Loche qu'au courant du lendemain après-midi.

Les hommes eurent du mal à retenir les bêtes qui avaient flairé la présence de cette eau salutaire. Les chevaux furent rapidement dételés et menés au ruisseau. Puis, ce fut le tour des hommes, qui s'y jetèrent littéralement en riant et en gesticulant. Même les dames laissèrent tomber leur pudeur pour se précipiter, elles aussi, dans l'eau si fraîche et délicieuse.

Comme d'habitude, les chariots furent placés en un semblant de cercle défensif, les huit chevaux en pâturage à l'intérieur du cercle, où il y avait de l'herbe fraîche à brouter en abondance. Le feu de camp fut allumé au centre et les femmes s'occupèrent de sécher leurs vêtements et de préparer le repas, tandis que les hommes vérifiaient animaux, chariots et équipements. On dut enlever une des roues du chariot de Piotr pour en graisser l'essieu devenu sec à cause du frottement continuel. Grâce à ce genre d'inspection préventive effectuée à chaque arrêt, tous les problèmes étaient réglés sur-le-champ et on évitait ainsi de malencontreuses surprises. Puis, tout le monde mangea avec appétit, pour ensuite fumer une bonne pipe, avec contentement. Ils avaient misé gros, mais ils avaient gagné. L'animal avait été vaincu, la nature aussi. Malheureusement, restait le pire des prédateurs.

L'éclaireur avait aperçu le convoi bien avant que celui-ci ne fasse halte pour la nuit. Il l'avait donc suivi, de loin, puis s'était approché jusqu'à pouvoir humer la bonne odeur de cuisson qui émanait du feu de camp. Il avait aussi entendu des bribes de conversation, auxquelles il n'avait rien compris. Il avait cependant déjà entendu cette langue et connaissait bien son origine. Et à la vue des longues carabines de gros calibre que les hommes portaient en permanence, il comprit qu'il avait affaire à des chasseurs de bisons se dirigeant probablement vers le poste de traite de La Loche. Silencieusement, il rebroussa chemin et repartit au galop rejoindre ses compagnons qui devaient se trouver à quelques miles derrière et qui, à cette heure-ci, étaient sûrement occupés à s'installer eux aussi pour la nuit. De fait, il retrouva facilement leurs traces qui le conduisirent directement au bivouac.

Autour du feu, près du Chef, l'Indien raconte. Les dix autres membres de la bande écoutent attentivement.
— Poloques, chasseux de bisons. Quatre hommes, avec squaws. Quatre *waggines,* huit jouaux.

Cette dernière remarque provoque un murmure de convoitise parmi l'assistance. Le Chef regarde l'Indien, demande plus de détails.
— *Waggines* pleines de peaux! Moé dis poloques aller à La Loche.

– Des immigrants, et des femmes. De mieux en mieux. S'ils se dirigent vers La Loche, leur chasse est terminée.

Il n'y a pas de discussion possible. Ils sont tous là pour la rapine, pour faire fortune. Cette nuit, on visitera le camp des immigrants.

Deux heures du matin. L'heure à laquelle la sentinelle s'abandonne souvent à une douce somnolence. Gustaw, qui patrouille à l'intérieur du cercle, s'est arrêté un instant près du feu après avoir fait une autre tournée. Il s'y réchauffe les mains dans la nuit devenue froide et frissonne sous la couverture qu'il a jetée sur ses épaules. Il pense à s'asseoir, juste un moment, mais il sait très bien qu'il s'endormira sur-le-champ. Il reste donc debout et combat la fatigue.

Soudain, sa vie s'arrête alors que l'Indien arrive sournoisement par derrière, lui met une main sur la bouche, plante son long couteau jusqu'à la garde à la hauteur du rein droit et fait avec son arme un mouvement de va-et-vient vertical. La double lame lui tranche littéralement le rein et une partie du foie. Puis, une violente torsion, pour infliger un maximum de dégâts, avant de retirer l'arme ensanglantée. Pendant que Gustaw s'écroule, l'Indien lance un cri de guerre. C'est le signal. Dans son chariot, Henrika, la jeune épouse enceinte, est immédiatement agressée par deux hommes, alors que les trois autres chariots sont investis chacun par trois bandits sanguinaires qui s'attaquent d'abord à l'homme, pour ensuite s'occuper de la femme. Tard dans la nuit, on peut encore entendre les cris et gémissements des quatre femmes, violées et violentées à tour de rôle.

Le Chef et l'Indien, assis seuls près du feu de camp, fument avec satisfaction le tabac trouvé dans un des chariots tout en examinant une pile de peaux prise au hasard. Les deux hommes désapprouvent les agissements de leurs acolytes, mais ils savent très bien qu'il est inutile, voire dangereux d'essayer de les dissuader d'assouvir leurs bas instincts. Ils demeurent donc indifférents, pourvu que les hommes suivent la règle…

L'Indien va plutôt examiner les chevaux des immigrants, qui sont dans un mauvais état, rachitiques, épuisés par les charges endiablées de la chasse, par la trop longue randonnée à tirer les chariots qui sont devenus de plus en plus lourds. Il les abat, tous, d'une balle derrière l'oreille. Quant aux chariots, ils ont été bien entretenus, les longues carabines également. Un des hommes sort finalement du chariot d'Otto, un colosse, qui s'approche avec un air de contentement.

– Quessé qu'on fa astheure, *Boss* ?

Le Chef réfléchit un court instant.

– On passe la nuit icitte. Avarti ben les gars pour les femmes. J'veux pas d'trouble. Faites ben çartin de pas en parde une ! On lève le campe à l'aube. On s'en va à La Loche pour vendre les peaux !

Le colosse court répandre la bonne nouvelle. Aller à la ville signifie la fête, quelque chose que ces hommes n'ont pas l'occasion de faire très souvent. Comme d'habitude, le Chef et l'Indien veilleront, près du feu, en silence, perdu chacun dans ses propres pensées.

Au matin, c'est le branle-bas. Les ordres sont donnés. Ils abandonnent leurs deux vieux chariots et transfèrent tout le matériel dans ceux des immigrants. Certains chevaux de selle se retrouveront en attelage, leurs cavaliers en conducteurs de chariot. L'anticipation est grande. En moins d'une heure, tout est prêt pour le départ. Du camp des immigrants, il ne reste que les cadavres des chasseurs, huit chevaux abattus laissés sur place, un feu de camp éteint, deux vieux chariots abandonnés…

– Les femmes ? demande le Chef.

– Ben, y chont dans vieille *waggine* de Cook, répond le colosse.

— Pis?

— Pis… C'est toute *Boss*, dit-il en baissant la tête.

Le Chef jette un regard circulaire à ses hommes. Tous regardent le sol plutôt que d'affronter son regard meurtrier. On entend quelques sanglots, tout bas, presque discrets, venant du vieux chariot.

— Vous connaissez la règle. Pas de survivants. Apra, on brûle toute! rappelle-t-il.

Personne ne bouge, personne ne se décide à accomplir le geste terrible. Le colosse hésite, puis prend un tison, s'avance lentement vers un des chariots abandonnés. Un second fait de même, s'avance et met le feu à l'autre. Bientôt, tous accomplissent le même geste, abominable. Soudain, des cris de détresse. Alors, le Chef, déjà sur sa monture, colt à la main, s'approche, pointe et fait feu, quatre fois, sur les silhouettes qui tentent désespérément de sortir. Il n'y aura plus de cris. Les deux chariots brûlent en silence.

— Bande de lavettes, lance le Chef en crachant par terre. Pas foutus d'finir quessé qu'vous avez commencé!

III. La Loche

Au matin, le vent est froid, annonciateur de l'hiver qui arrive à grands pas. Cook a soudain une idée. Il se souvient d'avoir trouvé, en fouillant dans le chariot, un plein rouleau de coton. Il s'empresse d'en dérouler quelques verges qu'il coupe au couteau et enroule le morceau de tissu autour de son cou. Voilà ! Il aura un peu plus chaud, à l'abri du vent. À peine un mile plus loin, ce sont les quatre cavaliers qui, apercevant Cook si bien emmitouflé, exigent aussi un tel foulard. Puis, ce sont les autres conducteurs et passagers qui accourent et, bientôt, toute la troupe porte au cou un long foulard de tissu rouge feu.

La Loche, Territoires du Nord-Ouest (Saskatchewan)

En fin d'après-midi, un convoi arrive dans la rue principale du petit village de La Loche. Les gens saluent, les enfants s'excitent, suivent en courant. Quatre hommes à cheval guident les quatre chariots qui s'arrêtent en face du comptoir de traite, adjacent à la banque, en face de l'hôtel. Le propriétaire du poste attend, sur le perron, pipe de plâtre aux lèvres. Un seul homme descend de cheval, sûrement le Chef. Cheveux longs et sales, barbe hirsute, il ne sent pas très bon, comme tous ses camarades, d'ailleurs. Il s'entretient rapidement avec l'homme à la pipe, qui se rend aussitôt jeter un regard à l'intérieur du premier chariot. Le Chef en retire une pile de peaux que l'homme examine avec attention, en connaisseur. Son sourire en dit long, et il demande immédiatement de tout apporter à l'intérieur.

Les hommes s'affairent et, bientôt, le comptoir déborde de plus de cinq cents peaux de bison. Le propriétaire et deux assistants se mettent aussitôt à la besogne. Chaque peau est examinée attentivement, chaque imperfection, si petite soit-elle, relevée, et la peau immédiatement déclassée. Le Chef renvoie ses hommes surveiller les chariots et garde avec lui l'Indien et le colosse.

– Vous boirez ben un coup en attendant, les gars, lance le patron en passant une bouteille à celui qui semble être le chef de cette troupe de chasseurs.

– C'pas d'refus!

La bouteille fait rapidement le tour, sauf pour l'Indien, qui refuse. Sur un signe du Chef, le colosse ouvre la porte et lance la bouteille au conducteur du premier chariot. Au comptoir, on s'affaire toujours. Même le gérant de la banque et le propriétaire de l'hôtel sont venus assister à cet exceptionnel arrivage de fourrures.

– Si vous voulez des chambres, pour vous et vos hommes…

– Si vous avez besoin de mes services, ma banque est à votre disposition…

Bientôt, il y a foule dans la rue devant l'entrée du poste. Les questions fusent, mais les chasseurs restent muets.

– Vous v'nez d'où d'même?

– Y en a comment d'peaux?

— Vous allez être riches les gars…

— C'est-y vra qu'y a quasiment pu d'bisons?

Le Chef n'apprécie pas cette effervescence et commence à s'impatienter. L'Indien s'est installé à la fenêtre et jette continuellement un regard sur les hommes qui attendent à l'extérieur. Finalement, le compte est fait.

— Félicitations…

— Combien pour le lot?

— Euh! Y en a ben pour mille cinq cents piass! Y va falwère passer à banque. J'ai pas ça en liquide icitte, vous comprendrez…

Le Chef n'a pas une idée précise de la valeur réelle de toutes ces peaux, mais il est convaincu qu'il se fait rouler. Il commence à avoir envie de brûler la ville au complet et de dévaliser et la banque, et le poste de traite.

— T'es pas ben drôle, toé là! Quinze cents piass'. Y va-t-y falwère qu'on prenne not'dû nous aut'même? menace le Chef en posant nonchalamment la main sur son colt.

Le propriétaire du poste s'indigne d'autant qu'il n'y a pas de représentant de la loi attitré à La Loche.

— Mais non! Voyons! Restons calmes. On discute, là. C'est toute. Comme de raison, le cours a ben baissé darniérement. Mais pour toé, mettons que j'pourrais te faire toute la bastringue pour, wèyons wère, deux mille piass'. Cash, comme de raison! C't'un maudit bon prix!

— Très généreux en effet, affirme le banquier.

— Vous faites là une très bonne affaire, de rajouter l'hôtelier.

Bien qu'il reste convaincu que la valeur de son chargement est nettement supérieure à celle de l'offre, le Chef décide tout de même d'accepter.

— Va m'charcher l'Cook. On a besoin d'victuailles, pis d'munitions. Y va sawère quessé acheter. Pis fa sûr qu'on a toute le butin d'corps qu'y nous faut pour l'hiver. Achetez toute c'qui manque. Pis oubliez pas une tente de prospecteur, avec le poêle pis tout l'barda qui va avec.

Pendant que le colosse sort pour avertir Cook, le gérant de banque s'avance, affichant son plus beau sourire.

– Si vous voulez bien passer à la banque, je vous ferai remettre les deux mille dollars, comme convenu. Ou si vous préférez ouvrir un compte, il me fera…

– Non marci. Le *cash* va faire ! tranche le Chef.

Le gérant de banque approuve et, en souriant, montre le chemin. Le propriétaire de l'hôtel est ravi, compte déjà les recettes de la soirée qui s'annonce fort lucrative. Au bout d'une demi-heure, le Chef est de retour au poste de traite. Cook, l'Indien et le colosse finissent de transporter la montagne d'articles achetés par le cuisinier.

– Ton homme a acheté pour quatre cent vingt-deux piass'. Pis y a barguiné. J'vous ai faite ça dans l'gros. V'là l'écot. Toute est en ordre, j'vous l'garantis.

Encore une fois, le Chef se demande ce qui pouvait être si dispendieux, mais il paye, sans même regarder la liste. Il ne peut s'empêcher de sourire devant la volonté évidente de Cook et du colosse de dissimuler les derniers articles acheminés rapidement et presque en catimini vers les chariots.

– Y a-t-y un écurie de par icitte ? s'informe-t-il.

– Pour sûr, mon ami. J'peux m'arranger pour qu'on s'occupe d'vos *waggines* pis des jouaux. Pour un prix raisonnable, comme de raison. Mon frére, icitte, y est justement propriétaire de l'écurie au boute du village, répond le commerçant en désignant le gérant de banque qui se trouve toujours là, par hasard, affichant toujours son plus beau sourire. Décidément…

– Combien ?

– Quatre chariots, douze chevaux, cinquante dollars devraient suffire, répond le gérant de banque, palefrenier à ses heures.

– J'veux pas l'acheter ton écurie, 'barnac !

– Mais c'est le cours normal, monsieur. Trois dollars par tête, le reste pour les chariots. Mais vos chevaux seront nourris avec le meilleur grain de la région, et bien brossés, j'vous le garantis ! Quant à vos chariots, les roues seront toutes graissées, les harnais vérifiés, prêts à partir…

– Bon, bon. Va pour cinquante piass, 'barnac. Les v'là.

Le Chef grogne, mais se résigne, paye en tentant d'imaginer ce que coûtera leur nuit à l'hôtel. Le propriétaire doit sûrement être, lui aussi, le frère de l'autre. Sur un signe du banquier, deux garçons d'écurie, déjà sur le perron à épier les conversations, entrent rapidement en scène et s'affairent à mener le convoi aux écuries. L'Indien, indifférent aux coutumes de l'homme blanc en matière d'amusement, montera la garde et passera la nuit avec les chariots et les chevaux. C'est à croire qu'il aime mieux leur compagnie. Quant au Chef, qui aura sans doute une tâche bien similaire mais beaucoup moins reposante, il a déjà hâte de quitter le village. Mais ses hommes méritent bien une bonne cuite et lui ne pense qu'à un bain chaud et à une bonne nuit dans un lit propre. Advienne que pourra !

Accoudé au bar, il envie l'Indien, tranquillement installé à l'écurie. Dans la salle bruyante et enfumée, parmi les habitués, ses dix lurons, qui s'appliquent à se saouler de façon tout à fait admirable. Entourés de femmes volages, ils boivent, chantent, tripotent tout ce qui passe. Mais quelques locaux, les durs à cuire de service, s'offusquant de ce monopole, se lèvent, le regard belliqueux. Un silence général s'installe immédiatement dans la salle. À l'autre bout de la pièce, un des étrangers se lève à son tour, fait face au groupe de mécontents. Il fait dans les six pieds quatre pouces, ne pèse pas moins de deux cent cinquante livres. Comble de malheur, tout près de lui, le colosse dépose son verre de bière et se lève à son tour. Et lui, il est encore plus grand de trois pouces, et aussi plus large d'épaules que son voisin de table. Par enchantement, la milice du coin disparaît et la soirée reprend son cours.

À chaque tournée, le barman rapplique, le Chef débourse. À chaque aller-retour à l'étage, c'est la patronne qui rapplique, et toujours le Chef qui débourse. Il y a eu entente avec les hommes : l'alcool, les filles, oui, mais les cartes, non ! Le Chef s'engage à payer les frais. Ainsi, il n'est plus question de jeter l'argent par les fenêtres, de se faire arnaquer par la gent féminine, de payer deux ou trois fois la même bouteille. Demain, ce sera bien assez tôt pour faire le partage. Soupirant, il sait bien maintenant que l'idée du bain et de dormir dans un bon lit ne demeurera malheureusement qu'un vœu pieux. Il doit se résigner à surveiller ses hommes qui ne donnent pas l'impression de vouloir ralentir, mais pas du tout !

Vers les deux heures du matin cependant, l'atmosphère semble s'alourdir quelque peu. Vers trois heures, l'ambiance est nettement moins bruyante au fur et à mesure que ses hommes perdent conscience, appuyés sur une table ou simplement étendus sur le plancher. Il y a même un bon moment que le Chef n'a plus reçu la visite de la patronne. On dirait bien que les pulsions sexuelles se sont enfin calmées. À quatre heures, seuls deux irréductibles, les deux mastodontes, festoient toujours, bien campés dans leur coin, une femme sur les genoux, comme de raison ! Le seul qui aura finalement passé une bonne nuit sera l'Indien, bien au chaud et au sec, calmement installé parmi les chevaux, à l'écurie du village.

Au matin, dans la rue principale de La Loche, le convoi est prêt, chariots et chevaux sellés, la caravane bien alignée devant l'hôtel, gracieuseté de l'Indien et des deux garçons d'écurie. Le Chef est le premier à sortir. Toujours anxieux de quitter le village, il est content de voir que tout est prêt pour le départ. Il lance une pièce de cinq dollars à chacun des garçons d'écurie, qui aussitôt détalent à pleines jambes en direction du magasin général. Un à un, les hommes se risquent à affronter la violence d'un soleil matinal. Les huit chanceux se dirigent en titubant vers le banc de leur chariot au confort relatif, les deux derniers sont condamnés à faire l'effort ultime de monter à cheval avec l'Indien et le Chef, de surmonter leur vertige et de s'accrocher pour ne pas tomber de l'autre côté. Quelques badauds et commerçants assistent ainsi à ce départ qui met fin à une certaine nervosité dans le village, comme à chaque fois qu'une bande d'étrangers brise la quiétude de la petite communauté. Au fond, ils sont bien contents de voir partir cette bande d'hommes aux allures belliqueuses, tous affublés de ce ridicule foulard rouge sang.

IV. La petite rivière

Le colosse chevauche à côté du Chef. Personne ne parle plus de partage, la plupart essayant simplement de survivre à la journée, espérant la fin du jour pour pouvoir enfin perdre conscience et passer une véritable nuit de sommeil. Malheureusement, le Chef a d'autres idées en tête. Il s'adresse au colosse et à l'Indien, ses deux lieutenants.

— Y faut sacrer notre camp d'icitte, au plus crisse ! Quéqu'un va finir par trouver les Poloques. Ça leu' prendra pas ben ben d'jarnigouine pour sawère que c'est nous autres qu'y a faite le coup. On va les awère au cul pour une escousse. C'qu'y faut, c't'un coin ben tranquille pour passer l'hiver. On a assez d'victuailles. Pis on peut toujours chasser autour. L'hiver arrive. Y faut pas s'faire pogner dans' neige. Fa'qu'on va voyager, jour et nuitte, jusqu'à riviére Fond du Lac. Y a un travarsier là. On va passer d'l'autre bord, pis on va s'installer pas loin du villâge, dans montagnes. On va être cochons pour l'hiver.

— Les jouaux vont crever, *Boss*, affirme le colosse.

— Crains pas. On va arrêter pour les nourrir pis les r'poser. Trois quat' jours, pis on va être rendu à riviére.

Alors, le calvaire se prolonge pour la plupart des hommes. Les seuls moments de repos surviennent lorsque le Chef arrête enfin le convoi pour nourrir et laisser se reposer les animaux, encore qu'il faille dételer les chevaux, s'occuper des réparations courantes, graisser les essieux, etc. Puis, ils repartent aussitôt, conduisent en dormant, boivent quand ils traversent un ruisseau, quand ils ne tombent pas dedans, se nourrissent en selle, ou assis sur le banc peu confortable des chariots. Au menu, de la viande de bison séchée. Heureusement, les immigrants en avaient fait une bonne provision.

L'Indien est parti en éclaireur, avec l'ordre de se rendre jusqu'à la rivière, trouver le traversier, et revenir aussitôt. Au matin de la sixième journée, c'est une bande de vagabonds délabrés, épuisés, sales et malodorants que l'Indien retrouve, arrêtée près d'un petit ruisseau à seulement quatre miles de la rivière. Il fait immédiatement rapport au Chef. Il a trouvé le traversier, qui semble en état de fonctionner. Deux hommes seulement assurent la traversée. La rivière est large à cet endroit, mais on voit un village sur l'autre rive. Ils sont sur le bon chemin.

– OK. R'tourne en arrière, une couple de miles, pour faire sûr qu'on a parsonne au cul. J'pense qu'on pourra passer le restant d'la journée icitte, même camper pour la nuitte. Demain, on travars'ra la riviére, pis on trouvera une *trail* pour monter un peu plus dans l'nord. On est quasiment arrivés, les gars !

Sauf pour l'Indien qui repart aussitôt après avoir changé de monture, la nouvelle est accueillie comme une délivrance par toute la bande. Enfin, un peu de repos. Plusieurs hommes s'installent un peu partout à l'abri du vent, cherchant un brin de soleil, d'autres, dans les chariots et, bientôt, la plupart dorment à poings fermés. Le Chef reste en selle, s'éloigne un peu du campement, attend patiemment le retour de son éclaireur avant de se permettre le moindre moment de répit.

Cook s'est déjà mis au travail ; pas de bison séché au menu pour ce soir.

Aucun signe de poursuite, tel est le rapport de l'Indien. Le reste de la journée se passe donc sans incident, les hommes alternant entre le pot-au-feu et la peau de couchage. En début de soirée, le Chef s'approche alors que tous ses hommes se sont attroupés derrière le chariot de l'équipement et discutent bruyamment. Debout, à l'arrière, Cook montre fièrement un immense contenant en cuivre.

– Quessé qui s'passe icitte ? interroge le Chef.

Cook bombe fièrement le torse.

– Ça, *Boss*, c'est c'qu'on appelle un alambic. Avec ça, j'va vous fére un tord-boyaux qui va vous défriser l'poil d'l'estomac ! J'ai tout c'qui faut pour une première *batch*, le grain, le sucre, la levure, la cuve, le serpentin, toute la bastringue !

L'assemblée murmure son approbation, le Chef comprend enfin pourquoi la facture était si élevée au poste de traite. Sagement, il laisse passer. L'hiver sera long. Une bouteille de temps à autre sera effectivement la bienvenue.

Pendant la nuit, la température chute et c'est sous un ciel gris et menaçant que se lève la troupe. Le sol est complètement gelé en surface, recouvert de frimas. Le vent est froid. Malgré tout, les hommes rentrent bien la tête entre les épaules, enroulent leur foulard rouge autour du cou et se mettent en route.

La rivière Fond du Lac est relativement calme à leur arrivée au traversier. Près de la rive, une cabane en bois rond abrite les deux bateliers. Autres bâtiments, une écurie, une grange emplie de fourrage, un chenil où aboie une vingtaine de chiens. Appuyés sur le côté de la grange, six traîneaux, tous en bon état.

Amarré au quai, le vieux radeau, construit avec des billots de trois pieds de diamètre. Mais il est bien évident qu'il ne peut embarquer qu'un seul chariot à la fois, et ce, sans les chevaux. En prévision de la suite du voyage qui se fera dorénavant hors sentier, le Chef décide d'abandonner deux des chariots maintenant devenus presque inutiles après avoir été vidés de leurs peaux de bison. Mais il veut garder les chevaux. On négocie donc, pour le passage, car on aura besoin des bateliers. Et comme il s'y attendait, ceux-ci ne veulent pas considérer les chariots dans la transaction si on n'inclut pas les chevaux. Alors, le Chef, toujours en prévision de l'hiver, offre de laisser quatre chevaux avec les chariots, mais exige cependant deux traîneaux et huit chiens en retour. L'accord est conclu, le prix convenu, et on fera quatre traversées.

Tout d'abord, les traîneaux et les chiens sont chargés dans les chariots. Pour la première traversée, on embarque quatre chevaux et quatre hommes, dont deux reviendront avec les bateliers pour aider au halage. Pour la deuxième, même scénario, mais avec un seul chariot. *Idem* pour le troisième voyage, sauf que, cette fois, les bateliers reviennent seuls. Pour le dernier, le Chef et les trois cavaliers embarquent avec leurs chevaux. Grâce au faible courant, tout est terminé en trois heures. Sur l'autre rive, comme il fallait s'y attendre, sur un signe du Chef, les deux bateliers sont éliminés, cavalièrement. Les morts ne parlent pas.

Quant au radeau, quelques coups de hache aux endroits stratégiques, et bientôt, les billots se détachent les uns des autres et sont tranquillement emportés par le courant avec les corps des deux malheureux. Les hommes reluquent alors du côté du village, à quelques miles de distance, bien visible grâce au clocher de son église, mais le Chef refuse. On doit demeurer incognito, du moins, pour l'instant. Une petite rivière remonte vers le nord. C'est la voie qu'il cherchait. Encore une fois, l'Indien est envoyé en éclaireur.
– Suis la riviére. J'veux sawère si a va jusqu'à montagne là-bas. Si oui, c'est là qu'on va crécher pour l'hiver. Nous autres itou,

on va monter tranquillement. Mais va falwère trouver une *trail* pour les *waggines*. À revoyure!

Comme prévu, l'avance est laborieuse, la piste quasi impossible à pratiquer. Il faut constamment déblayer, même couper quelques arbres. Maintes fois, ils auraient bien voulu abandonner les chariots, mais il y a beaucoup trop d'équipement à transporter. Ces derniers sont remplis à pleine capacité, sans compter la multitude d'objets de toutes sortes qui se balancent à l'extérieur. Six hommes sont maintenant à pied, occupés à pester et à dégager une piste pour le passage des chariots. Sur les chevaux, le Chef et deux hommes patrouillent constamment les environs pour éviter les rencontres inopinées. À deux occasions, l'avant-garde tombe sur un trappeur isolé. Chaque fois, le résultat est le même. Les morts ne parlent pas. On y récolte même quelques peaux de castor et autres objets de trappage.

Ce soir-là, autour du feu de camp, en pleine forêt, les hommes remarquent pour la première fois qu'ils portent tous un foulard rouge. Ils rient, fabulent.
– Ouais. On est les Foulards rouges. La terreur des Prairies…
– On est rendu dans l'bois, innocent!
– N'empêche. Astheure qu'on nous a vus avec…

Le Chef pense immédiatement à La Loche. Oui, de fait, ces Foulards rouges ont dû être remarqués.

Un craquement dans la forêt, les rires cessent. Silence. Le Chef se lève lentement, colt à la main. Les leviers claquent alors qu'on arme les carabines. Un cheval s'approche, lentement, l'homme porte lui aussi un foulard rouge. Il descend de cheval.
– 'Barnac, se contente de dire le Chef qui, cependant, apprécie d'avoir immédiatement identifié le foulard rouge. L'idée lui plaît tout à coup. Il regarde autour, remarque une petite colline qui domine la rivière. Demain, il sera temps de baliser

le nouveau territoire. Il y fera ériger un totem en guise de sérieux avertissement ! L'Indien fait son rapport.

– Rivière coule jusqu'à montagne. Là, p'tit lac. Cinq miles d'icitte.

Emplacement idéal pour leur camp. La montagne d'un côté, faisant office de palissade, de l'autre, la forêt dense, avec la petite rivière comme unique chemin d'accès. Chasse, pêche, probablement possibilité de trappage aussi. Un village avec un comptoir relativement proche. L'endroit semble parfait. Mais l'Indien reste sérieux. Il ne partage pas l'excitation de ses compagnons. Le Chef se rend bien compte qu'il y a quelque chose qui cloche.

– Parle.

– Villâge indien. Six wigwams d'hiver. En écorce.

Campement permanent. Rare. S'il y a un village permanent, celui-ci est sûrement installé au meilleur endroit possible. C'est certain. Et Bellerose veut cet endroit. Il réfléchit, consulte l'Indien du regard, écoute attentivement la suite du rapport, puis prend la décision.

– On attaque, comme d'habitude, vers deux heures du matin. L'Indien a vu rien qu'un piquet. Y va s'en occuper. On fonce, brûle quéqu'wigwams, on tire sur tout c'qui grouille. Les shavages vont vouloir se battre. Si on les pogne par surprise, y auront pas d'chance. On va les awère un par un, à mesure qu'y vont sortir d'leu' wigwams. Enwèyez. On laisse les *waggines* icitte. Cinq miles, c't'un' affaire de rien. On va être là juste à temps. Arrivez ! ordonne le Chef.

Un seul homme est laissé de garde, alors que la troupe s'engage à pied dans la forêt boréale et suit le lit de la petite rivière pour faciliter la progression. Mais à l'approche du village, les hommes pénètrent plus profondément dans les boisés. L'Indien fait signe d'attendre, passe seul à l'avant-garde avec le Chef et le colosse. Une silhouette, assise sur un petit rocher. L'unique sentinelle. On se disperse pour s'approcher lentement. Tout à coup, le vent tourne, il y a un mouvement, le garde semble être en alerte. Il se lève d'un bond, se tourne dans leur direction. Aucun doute. Il faut agir immédiatement. L'Indien l'a compris et lance son couteau. La sentinelle, frappée en plein cœur, s'écroule en silence.

– 'Barnac ! Y nous a senti v'nir.

Le Chef, en faisant des signes plus ou moins éloquents, positionne ses hommes de façon à ce que chaque porte de wigwam soit mise en joue. Alors, il allume une torche, puis une deuxième. Un dernier regard circulaire, et il lance la première sur le plus gros wigwam. L'Indien lance son cri de guerre, les hommes se mettent à tirer sur les habitations d'écorce. Immédiatement, c'est le chaos total. De tous côtés, des gens tentent de sortir des abris pour être fauchés par le tir meurtrier des hommes aux Foulards rouges. Ceux qui réussissent à éviter les balles courent vers la forêt, à l'aveuglette, fonçant droit devant. Quelques braves affrontent vaillamment les diables rouges, mais tombent à leur tour sous le feu nourri de l'ennemi. Bientôt, au milieu du village, il ne reste plus qu'une vieille folle qui chante et exécute des pas de danse, lançant des sorts à gauche et à droite. Le Chef rassemble ses hommes. Quelques-uns manquent à l'appel, alors qu'on les a vus partir dans la forêt, probablement à la poursuite de quelque jeune femme. À chacun son butin de guerre. Les hommes se regroupent autour de la vieille folle qui est de plus en plus persuasive dans ses chants et incantations.

– M'a y régler son cas moé, ostie ! lance un des hommes.

– Pantoute. On tue pas les fous. C'est pas d'bon augure, dit le Chef pour insister en regardant l'Indien.

– Quessé qu'a dit, la vieille folle ?

– Elle dit rivière maudite, punir homme aux foulards rouges.

– C'est ben tant mieux, conclut le Chef avec bravade. Sacrez-y patience. On a d'l'ouvrâge à fére !

V. Coup de couteau

Janvier 1886, Territoires du Nord-Ouest (Saskatchewan)

La petite rivière serpente, gelée, d'une blancheur agressive, constamment torturée par un vent glacial. Sur un petit monticule de terre et de roc qui la domine, enneigé, inlassablement balayé lui aussi, un simple *inukshuk*, stoïque, solitaire, s'est fait d'office le gardien de ce territoire désolé. À côté, debout, un homme remonte lentement ses lunettes de neige, sculptées à même un os de béluga, enlève ses *wihkwestisakwak*, ces chaudes mitaines en peau de caribou, gardant cependant ses gants de cuir souple. À chacune de ses respirations, un peu plus de frimas s'accumule sur sa barbe hirsute, sur sa moustache complètement glacée. Le moindre mouvement fait crisser la neige sous ses *piponas-kisinwak*, ces bottes chaudes et légères en peau de caribou qui ont remplacé depuis belle lurette les bottes de cuir que portent habituellement les Blancs, totalement inadaptées, tout comme leur capot de fourrure d'ailleurs, chaud, mais beaucoup trop lourd et encombrant. Lui, il porte un parka en peau de caribou, aux amples épaules, à l'Inuit, permettant de rentrer ses bras, pour mieux se réchauffer.

L'homme examine attentivement l'*inukshuk*. Celui-ci est différent, par la forme, mais aussi par son langage corporel. Il inquiète. Il ne semble pas indiquer une voie, comme le font ses semblables, mais plutôt une mise en garde, une interdiction, une limite à ne pas franchir, un territoire interdit. Le foulard rouge sang qui le ceinture en témoigne. Il ne subsiste plus aucun doute. Bellerose ! Le pire des renégats. Lui et sa bande ont porté l'affront jusqu'à s'affubler de ces sinistres foulards rouges qu'ils portent fièrement autour du cou, défiant ainsi ouvertement tout homme et toute autorité. Délaissant le totem avertisseur, il scrute l'horizon avec ses jumelles, suit la petite rivière dont il ignore le véritable nom. Une des dizaines de rivières qui serpentent sans fin la région, d'un lac à l'autre. Seulement, il a entendu la légende et, dans la région, on appelle celle-ci la rivière Maudite en référence à une histoire lugubre d'enfant mort-né jadis abandonné à ses flots glacés.

Il trouve un *kapêsiwin*, petit campement installé tout près, à un demi-mile tout au plus, sur la glace d'une petite baie. Il inspecte le camp, en dénombre les occupants, épie chaque geste. C'est un bivouac de chasse, pas de prospection, une simple *pakwanikamik*, tente de voyage en toile, avec son incontournable vieille cheminée en tôle rouillée qui laisse échapper un léger filet de fumée blanche, deux *otapanaskwak*, quatorze *atimotapanaskwak*, sept chiens pour chaque traîneau. La norme. Tout autour, érigée avec des blocs de neige, une barricade, pour couper le vent, mais aussi pour servir de cachette.

L'homme compte trois chasseurs, un peu à l'écart du campement, s'affairant sur un caribou des bois récemment abattu, solide mâle d'après la taille du panache resté imposante même vu de cette distance. Une belle pièce, rare. La peau, une fois retirée, est vigoureusement frottée avec de la neige pour la sécher, puis elle est enroulée et solidement ficelée. Ensuite, c'est au tour des quartiers de viande, adroitement découpés, selon la tradition, sans perte et savamment embarqués et ligotés sur les *otapanaskwak*, bien ordonnés pour en répartir la charge. Alors seulement, les chiens ont droit aux entrailles et aux poumons que leur lance un des chasseurs. Chose curieuse, la *pakwanikamik* n'est pas démontée. Un des hommes y pénètre pendant que les deux autres achèvent les préparatifs d'un départ qui paraît imminent. Les chiens, finalement attelés, signifient maintenant leur impatience par des jappements continuels. Les deux chasseurs les retiennent, installés sur un de leurs *otapanaskwak*, attendant patiemment leur compère toujours à l'intérieur.

L'homme scrute l'orée de la forêt, autour de la baie, puis reporte une fois de plus ses jumelles sur le campement, juste à temps pour voir un des chasseurs assis sur un traîneau s'effondrer soudainement sur le côté. L'autre bondit, pour être aussitôt terrassé alors que l'écho d'une détonation claque dans l'air glacé. Puis, une deuxième. Le troisième chasseur sort précipitamment de l'abri, carabine à la main, mais sa tête explose sous l'impact d'un troisième projectile, pendant qu'un troisième écho rebondit et se meurt dans la petite vallée. D'instinct, l'homme du monticule s'est jeté à plat ventre, scrutant désespérément l'horizon pour découvrir l'origine de ces coups de feu meurtriers. Rien. D'après les impacts enregistrés avant même les détonations, le tireur devait être à une grande distance. Un quart de mile peut-être. Peut-être même un peu plus. Il faut une adresse démoniaque pour réussir de tels tirs. Trois coups de feu, trois coups au but.

Toujours étendu dans la neige, il retraite doucement derrière l'*inukshuk*, attend, le cœur battant, la prochaine balle. Mais au bout de quelques minutes, toujours rien, ce qui l'amène à penser que sa présence demeure sans doute inconnue du tireur. Il contemple un instant l'idée d'aller chercher sa *Martini-Enfield* toujours dans son étui attaché à son propre traîneau ancré, au bas du monticule, mais se ravise.

Il ne veut en aucun cas quitter son poste d'observation, ne serait-ce qu'un seul instant. Le tireur devrait se montrer, tôt ou tard. Il se positionne donc de façon à pouvoir apercevoir le campement d'entre les jambes de l'*inukshuk*. Et il attend, immobile, le froid commençant maintenant sérieusement à l'incommoder. Puis, tout à coup, sur la rivière, un point noir se dessine au tournant, presque à l'horizon. Il juge la distance assez grande pour lui donner le temps d'aller récupérer sa carabine, ce qu'il fait sur-le-champ. À son retour sur le haut du monticule, il réajuste ses jumelles et regarde venir le traîneau duquel se détachent bientôt deux silhouettes. Les tueurs !

Sans viseur sur sa carabine, il ne peut tirer à cette distance et espérer atteindre la cible. Il décide donc de laisser venir, attend patiemment l'arrivée des deux meurtriers. Il distingue plus clairement les nouveaux venus maintenant et constate les vêtements traditionnels du Bois-Brûlé, chapeau de fourrure, long capot bleu, ceinture fléchée, pantalon de laine du pays. Battant au vent, sinistres, les fameux foulards rouges.

– *Well, I'll be damned…*

Les deux inconnus arrivent bientôt au campement et examinent rapidement les corps de leurs victimes. Puis, l'un d'eux se hâte vers les *otapanaskwak* des chasseurs et y repère aussitôt la grande peau qu'il déroule avidement pour en apprécier la qualité. Il la montre à grands gestes à son compagnon avant de la rouler de nouveau. L'autre pénètre sous la tente, pour en ressortir aussitôt. Il fait signe à son compagnon de le rejoindre et tous deux réintègrent rapidement l'abri, sans doute pour s'y réchauffer quelque peu.

Sur le monticule, l'homme attend quelques minutes, puis se décide. Il fonce avec son traîneau, utilisant adroitement la barrière de neige pour cacher son approche. À cent pieds du campement, il stoppe la meute, s'assure de bien enfoncer le grappin dans la neige, saisit sa carabine et s'approche furtivement de la tente. Il se penche, demeure quelques instants à l'affût derrière le mur de neige, anticipant la sortie des deux meurtriers. Les chiens se mettent à aboyer de plus belle et, effectivement, l'un d'eux sort précipitamment, sans manteau, arme à la main, tous les sens aux aguets. L'homme se lève, épaule et ordonne :

– *Put your hands up* !

Comme la lumière intense du jour l'aveugle et l'empêche de reconnaître un visage, il s'est adressé en anglais. Mais voyant le tueur hésiter, il répète l'ultimatum, en *métchif* cette fois.

– Lève té brâs !

La réaction est immédiate. L'assassin braque son arme, mais l'homme appuie immédiatement sur la détente, sans autre sommation. Frappant le tueur en pleine poitrine, la balle de calibre .451 du *Martini-Enfield Mark II*, tirée de cette distance, lui pulvérise le cœur, fracasse sa colonne et ressort par le dos dans une explosion de sang et de tissus organiques. Le tueur, violemment projeté vers l'arrière, rend l'âme avant même de s'effondrer sur la neige. Aussitôt, son complice agite frénétiquement les mains hors de la tente, criant sa reddition à répétition, clamant son innocence d'une voix rapide et criarde. Il sort de l'abri, rampe, se met à genoux, se prosterne littéralement devant l'homme, sans cesser de reporter sur son compagnon l'odieux des actions commises. Et il se traîne ainsi jusqu'aux pieds de l'homme, pleurnichant, implorant sa clémence. Alors, de nulle part, un long couteau jaillit, transperce l'épaisse culotte en peau de caribou et pénètre profondément le mollet. L'homme, stupéfait, crie sa douleur en tombant sur un genou. Le tueur s'apprête à frapper de nouveau, mais cette fois, il n'en a pas l'occasion. D'un violent coup de crosse, l'homme le frappe au visage, frappe de nouveau, puis une troisième fois, alors que le tueur gît déjà sur le dos, assommé. Mais ce dernier coup, dicté par la rage, sonne faux. Il est de trop. Il fait éclater le crâne, expose une partie de la cervelle du meurtrier.

– *Ass hole!*

Haletant, l'homme s'accorde une minute pour reprendre ses esprits. Il maudit son accès de rage qui le prive maintenant d'informations importantes. Son premier vrai contact avec des membres de la bande à Bellerose qu'il piste depuis des mois. Quel gâchis!

Curieusement, il ne ressent pas la douleur. Mais il sait pertinemment que cela viendra, et rapidement. Aussi, il faut réagir, avant. Tout de suite. En priorité, il doit s'occuper de sa blessure, arrêter le sang. Tout le reste devient secondaire. Lentement, il se remet debout, s'appuie sur sa carabine et va ainsi, tant bien que mal, jusqu'à son propre traîneau, s'y agrippe et rapporte son attelage près de la tente. La nuit arrive, le vent se lève. Les *atimotapanaskwak* des quatre traîneaux, énervés depuis un bon moment, se calment enfin, tournent en rond, s'installent en boule, pour préserver le maximum de chaleur en prévision de la nuit et surtout de la tempête qui semble maintenant imminente. L'homme s'assure à nouveau que le grappin est bien enfoncé dans la neige, car il n'est pas question de dételer les chiens. Il récupère son sac à dos et sa peau de couchage qu'il traîne dans la neige jusqu'à l'abri. Épuisé, en nage, la douleur devenant maintenant de plus en plus intense, dans un dernier effort, après un long regard circulaire, il se glisse à son tour dans l'abri des chasseurs.

VI. Chumani

Une femme est là, inconsciente, étendue sur une peau de couchage. Il s'étonne. Cette femme est indienne. Probablement une Crie. Ses habits sont semblables à ceux de ses compagnons, mais son parka en peau de bison, relevé au-dessus de ses seins, est quelque peu différent, orné de délicates broderies. Ses bottes et son pantalon en peau de caribou, neufs également, lui ont été retirés, pour une raison bien évidente. Il est également surpris du froid relatif qui règne à l'intérieur et avise le poêle de voyage dans lequel se meurt le petit feu de bois. L'homme, oubliant un instant sa blessure, s'approche lentement et constate que la femme respire toujours. Elle a une blessure à l'épaule. La plaie, qui date de plusieurs jours, a été enduite de graisse d'ours et pansée, mais le pansement, qui gît maintenant à côté d'elle, lui a sans doute être arraché pendant la tentative de viol. Il se félicite d'être arrivé juste à temps. L'homme remet doucement le pansement en place, provoquant de suite chez la jeune femme un léger mouvement de recul. Mais rien de plus. Elle demeure inconsciente. Alors, il rabaisse son parka et la recouvre d'une lourde peau de bison qui se trouve là, par terre, pour servir de couchette. Puis, il entreprend de retirer son propre parka et son pantalon de peau.

Comme il s'y attendait, la blessure nécessite quelques points de suture, la lame ayant presque transpercé complètement le mollet. De son sac, il tire une bouteille et se permet une bonne rasade de whisky puis en verse un peu sur sa blessure. La douleur est cuisante, immédiate. Il fouille de nouveau, trouve sa petite trousse qu'il a obtenue du chirurgien de la milice canadienne affecté aux troupes, à Regina. Il connaît la technique, pour avoir souvent observé les médecins militaires soigner les blessés lors des affrontements aux alentours de Batoche. Alors, il s'exécute, d'une main experte, perçant lentement la peau avec l'aiguille, refoulant la douleur, maudissant son agresseur. Peu à peu, il referme complètement la plaie. Il fait tout à coup très chaud dans l'abri. La sueur perle sur son front. Il reprend une gorgée de whisky. La suture terminée, il entoure son mollet douloureux d'une bande de coton, déchirée à même sa seule chemise propre, et fixe le tout avec un bout de lacet en cuir.

De son sac, il sort une vieille bouilloire noircie et bosselée, la remplit de neige qu'il met à fondre sur le poêle. De nouveau, il ressent le froid. Il cherche, mais ne trouve pas de bois à l'intérieur de l'abri. Il s'enveloppe simplement de sa propre peau de couchage et quelques minutes plus tard, il déguste un thé presque chaud, en mastiquant un morceau de viande séchée. Il doit renouveler la quantité de sang perdu. Ensuite, il regarde de nouveau sa compagne de fortune. Elle est jeune, amaigrie, mais plutôt jolie. Il cherche à comprendre, émet des hypothèses sur sa blessure. Il sait qu'il doit sortir chercher du bois pour chauffer, mais la fatigue prend alors le dessus et peu à peu, le whisky aidant, sans réellement s'en rendre compte, au gré du sifflement du vent et de la tempête qui se lève, il sombre dans un profond sommeil.

Il fait maintenant très froid à l'intérieur de la tente. La jeune femme s'éveille, dégaine lentement son couteau en regardant l'homme qui dort à ses côtés. À chaque respiration, une fine buée sort de sa bouche. Elle hésite. L'homme qui dort ne ressemble pas à ceux qui l'ont agressée. Lentement, péniblement, avec mille précautions, sans bruit, elle remet son pantalon, enfile ses bottes et sort de l'abri. Le jour se lève, sous un ciel lourd et gris. L'imminence de la tempête offre une accalmie inquiétante.

Elle fixe tour à tour chacun des cinq corps étendus sur la glace, gelés. Seul le balayage constant du vent a empêché la neige de recouvrir complètement les cadavres. Finalement, elle se décide, marche vers le premier dont elle reconnaît le manteau, mais pas le visage, emporté par la balle assassine. L'aîné. Les yeux voilés, elle se tourne vers le deuxième, toujours étendu sur son *otapanask*. Le cadet a été atteint directement au cœur. Elle titube jusqu'au père, lui aussi frappé en pleine poitrine. Alors, elle se souvient des coups de feu, trois coups. Puis, elle reconnaît les hommes qui étaient venus. Elle examine les cadavres des tueurs, ses deux violeurs, deux hommes blancs, barbus, sales et puants! Elle connaît ces foulards rouges. Tous connaissent et maudissent ces foulards rouges. Pour elle, c'est la seconde fois qu'elle fait leur rencontre. Ironiquement, l'un d'eux n'a plus de visage, l'autre, plus de cœur. Comme le père, comme ses fils chasseurs! Ces salauds l'avaient finalement retrouvée. Elle maudit cet excrément humain, lui crache au visage.
– *Meyih*.

Alors seulement, elle comprend les actions accomplies par l'autre homme, celui toujours endormi dans la tente, celui avec le pantalon bleu aux larges rayures jaunes. Le policier.

Les *atimotapanaskwak* s'étaient remis à aboyer. Malgré le choc, malgré sa peine, l'instinct reprend le dessus. Sans eux, c'est la mort, et elle en est bien consciente. Elle fouille donc la réserve dans l'*otapanask* du père et lance adroitement un poisson gelé à chaque chien. Elle fait de même pour l'attelage du policier et même pour celui des tueurs. Elle regarde la peau du caribou toujours attachée sur le chargement et frissonne, se rappelant l'attaque soudaine de la bête alors qu'elle s'était approchée de trop près, croyant le caribou déjà mort. Ce dernier avait eu la force de se relever et de frapper une dernière fois avec son immense panache. Le coup avait porté et transpercé son parka, lui entaillant l'épaule. La seconde balle tirée par le fils aîné l'avait sauvée. Mais à quoi bon maintenant ? Elle se retrouvait encore une fois seule, n'ayant aucune idée de comment retrouver les siens, ignorant même de quel côté pouvait bien se trouver le nouveau *kapêsiwin* d'hivers de sa bande, qui fut si cruellement décimée et chassée l'automne précédent.

Le souvenir de l'attaque des hommes aux foulards rouges lui revient alors. Les *Tâpiskâkanwak Mihko*, nom sous lequel ils sont maintenant connus dans tout le territoire, nom qui évoque terreur et atrocités. Elle se rappelle les cris des femmes et des enfants s'enfuyant de tous côtés parmi les *mîkiwahpiswak*, le feu qui semble être partout, sa course effrénée dans les bois, sa capture. Elle se maudit de ne pas être un garçon, de ne pas avoir su combattre, de ne pas avoir eu la force physique de repousser cet être immonde qui l'avait rattrapée et violée sur-le-champ. Elle se souvient d'avoir profité de la beuverie qui avait suivi le massacre et le pillage pour se libérer de ses liens et s'enfuir une seconde fois à la faveur d'une nuit d'encre, laissant derrière elle ses compagnes moins fortunées. Elle avait couru, marché, puis rampé, jusqu'à épuisement. Alors, le vieux chasseur blanc l'avait trouvée. Cet homme bon, chassant avec ses deux fils, l'avait recueillie et soignée comme si elle avait été sa propre fille. Il lui avait rapidement confectionné de nouveaux vêtements, au gré de leur longue expédition de chasse. Le plus jeune y ajouta même quelques broderies maladroites, ce qui lui avait finalement arraché un premier sourire. Elle regarde le vieil homme, gisant ensanglanté dans la neige. Prise de vertige, elle tombe à genoux, vomit et se met à pleurer !

Lorsque la femme retourne dans la *pakwanikamik*, le policier dort toujours, mais d'un sommeil agité. Elle touche son front. Il brûle de fièvre. L'espace d'un instant, elle a peur, elle veut s'enfuir. Puis, regardant l'homme endormi, l'homme qui lui a sauvé la vie, elle se reprend, s'approche de nouveau. Regardant autour, elle voit les traces de sang, relève la peau de couchage, en cherche l'origine. Elle défait le bandage. L'enflure et la rougeur annoncent irrémédiablement la venue du poison.

Elle le reconnaît pour avoir observé le chaman de son village soigner à maintes reprises ce genre de blessure chez les chasseurs blessés. Elle sort chercher le bois indispensable pour le feu, mais aussi pour récolter l'écorce de certains arbres. Elle doit agir rapidement. L'accalmie sera de courte durée. Elle le sait, simplement, comme elle a toujours su le temps qu'il ferait. Une fois de retour à l'intérieur, elle rabat la partie de la toile qui sert de porte et en assure ainsi une bonne étanchéité. Dans la pénombre, elle allume la lampe à huile, s'empresse de raviver les tisons en ajoutant quelques branchages secs. Puis, quand la chaleur revient, elle retire son parka. Dans un récipient en fer, elle broie les écorces, y ajoute un peu de neige et de salive, met le tout à mijoter. Elle recouvre, d'une autre peau, le policier qui grelotte à présent. Puis, assise près de lui, elle entame doucement un chant de guérison cri, tout comme elle l'avait appris du chaman de son village. Après la mort de l'*okosâpahcikew*, elle a repris ouvertement ses pratiques de guérisseuse, ce qui faisait bien rire plusieurs membres incrédules de la bande. Par contre, quand ils en avaient besoin, ils avaient volontiers recours à ses services, au grand dam d'une vieille, que la plupart surnommaient Okîskwow, « la folle », qui réclamait à grands cris et menaces de sortilèges maléfiques la position officielle d'*okosâpahcikew*, devenue vacante. Cette femme, à l'âge incertain, aux origines douteuses, portait en permanence une *mahihkaniwayân*, une peau de loup, sur ses épaules voûtées, ce qui la reliait, en déduisait-on, à la caste du Grand loup des bois. Le Chef et les Anciens l'appelaient la *Mahihkan*, la Louve, évitant cependant de prononcer ce nom ouvertement. Reconnue pour sa pratique de la magie noire, elle s'entourait volontiers d'une aura diabolique qui faisait fuir son entourage. Vivant un peu à l'écart, habitant seule son propre *mîkiwahpis*, un de ces wigwams d'hiver à un seul foyer, elle était non désirée dans le cercle des grands-mères et ne participait plus depuis belle lurette aux palabres interminables des aînés qui réglaient la vie quotidienne, voire la destinée de toute la bande. Elle exerçait cependant un pouvoir certain, semant la crainte et l'incertitude partout où elle passait. Elle était, disait-on, la seule gardienne d'un terrible secret, ce qui lui donnait le pouvoir de commander les forces maléfiques. Ce secret, même le Chef l'ignorait, bien qu'il suspectât fortement les agissements de la Louve. Parmi les plus vieux, quelques-uns auraient peut-être pu en raconter quelques bribes, mais tous préféraient de loin jouer la carte de l'oubli. Seule Okîskwow, la *Mahihkan*, connaissait toute la vérité. Et cette vérité, plus personne ne voulait l'entendre maintenant.

Et la pierre verte que la vieille portait au cou depuis toujours était devenue au fil des années un symbole de peur et de malédiction. Bien que personne n'en comprît l'entière signification, nul ne pouvait douter de son lien direct avec ses pouvoirs. Chose certaine, il valait mieux éviter d'attirer l'attention ou la colère d'Okîskwow, la *Mahihkan*.

De temps à autre, la jeune femme vérifiait l'état de la mixture qui mijotait doucement sur le petit poêle de voyage, réduisant lentement jusqu'à devenir une pâte brunâtre et bien épaisse. Elle la laissa refroidir quelque peu, puis étendit généreusement le baume sur la blessure du policier toujours endormi. Elle enroula de nouveau la bande de coton, recouvrit l'homme toujours fiévreux et grelottant. Puis, elle reprit son chant de guérison. Au rythme des sons mélodieux, du léger va-et-vient de son torse, des incantations répétées sans arrêt, peu à peu, elle puisa au fond d'elle-même une énergie bienfaitrice qu'elle transmit au policier. Cette symbiose dura toute la journée, jusqu'au soir, puis toute la nuit, la jeune femme maintenant inlassablement le rythme au fil des litanies sacrées, faisant fi de ses propres besoins, ignorant sa propre douleur. Finalement, à bout de force, le torse luisant de sueur, elle sombra à son tour et un grand silence régna tout à coup dans l'abri de toile. Même le vent tomba, n'osant briser cette douce quiétude qui enveloppait soudainement le campement des chasseurs.

Dans son rêve, elle se débat, tente désespérément de repousser son agresseur. Son haleine fétide lui donne des haut-le-cœur. Elle cherche les yeux pour les crever. Elle se réveille en sursaut, toute en sueur, puis reprend son souffle. Elle respire à fond, encore. Le policier est là, endormi d'un sommeil agité. Parfois, il parle, murmure des mots incompréhensibles. Il rit. Il devient songeur. Puis, le calme revient. Elle touche son visage. Il est brûlant. Le combat n'est pas terminé. Il lui faut encore sortir.

La nuit est presque venue. Le ciel est sombre, annonciateur de vent et de tempête. Elle se hâte, vérifie les attelages. Tous les *atimotapanaskwak* de l'attelage des meurtriers, resté un peu plus à l'écart du campement, gisent dans la neige, ensanglantés, morts, déchiquetés. Les loups sont venus, ces loups qui haïssent tant les chiens de traîneau. Ils se sont contentés d'un seul attelage cette fois, les autres étant trop près de la tente. Mais ils vont sûrement revenir. Elle s'inquiète, parce qu'elle n'a rien entendu du carnage pendant son sommeil tant elle était épuisée. Elle nourrit rapidement les survivants. Et elle sait qu'il n'y a qu'un seul moyen d'empêcher un nouveau carnage. Elle devra faire un feu de bonne taille, l'alimenter toute la nuit.

Elle fouille l'*otapanask* du père, trouve la hache, la vieille carabine Winchester aussi, qu'elle met aussitôt en bandoulière. Elle se presse, enfile une paire de raquettes. Elle détache Mika, une jeune femelle samoyède, sa préférée. La chienne ne sera pas de taille à affronter le grand loup des bois, mais au moins, elle avertira, fera écran. Mika, folle de joie, saute sur la jeune femme, lui lèche le visage. Mais celle-ci la repousse brusquement. Le temps n'est pas au jeu. Pas cette fois. Buck, un gros mâle au pelage noir, grogne sa frustration. Il semble avoir d'autres intentions envers Mika. Alors, la chienne se détourne, renifle autour, s'inquiète de l'odeur. Finalement, elle suit la femme qui se dirige à grands pas vers le sous-bois en jetant un regard rapide vers Buck qui grogne de nouveau.

Pendant plus d'une heure, la jeune femme s'acharne, coupe, fend, brise le bois qu'elle transporte au *kapêsiwin*. Reprenant son souffle, elle regarde, non sans une certaine fierté, le tas de branches bientôt amassé. Son épaule la fait souffrir, mais elle doit y retourner, encore, une dernière fois. Elle marche lentement vers le bois, au bord de l'épuisement. Elle prépare le dernier ballot, s'assoit un instant. Faute de mieux, elle prend une poignée de neige pour étancher la soif. Soudain, Mika pousse un léger grognement, puis s'agite, va et vient, renifle bien haut. Elle sent le danger. Elle sent le *mahikan*, elle sent le loup !

La jeune femme réagit également. De suite, elle force son chemin dans les broussailles, s'installe tant bien que mal au milieu d'un enchevêtrement de troncs pourris et de branchages desséchés par le vent, appuie son dos sur une grosse souche, assurant ainsi ses arrières. D'un cou de levier, elle arme la carabine, scrute le bois environnant. Mika vient aussitôt se blottir tout contre elle. La nuit arrive vite. Elle doit décider.

Un silence de mort. Même le temps fait une pause. Rien ne bouge. Puis l'attaque surgit, soudaine, brutale. Une mâchoire de fer se referme sur sa cheville. Elle se sent traînée sous les branchages. Mika hurle, fonce, la rage au cœur. De son pied libre, la jeune femme frappe, frappe encore, avec frénésie. Le loup lâche prise alors que la chienne sort brusquement des branchages et l'attaque au flanc. Mais malgré toute sa vaillance, Mika subit aussitôt la contre-attaque du loup maintenant lui aussi aveuglé par la rage. La jeune femme bat en retraite sous le couvert des branches, retrouve la carabine échappée et fait feu, au jugé, aussi vite qu'elle peut recharger. Mika hurle de douleur, le *mahikan* s'affaisse, tente de se relever, retombe lourdement dans la neige. Il agonise, la colonne fracassée par une balle. Il se traîne, comme il a traîné la jeune femme. Il tente désespérément de fuir, de s'éloigner. Mais, soudain, la jeune femme est là, debout derrière lui. Et cette fois, elle épaule, vise calmement, et d'une seule balle lui fait éclater la tête.

Mika ne jouera plus. La chienne a aussi reçu une balle, au poumon, en plus des lacérations profondes causées par les multiples morsures du *mahikan*. Elle souffle difficilement, avec un léger sifflement, le sang giclant de la blessure à chacune de ses respirations. L'artère a été touchée. Le regard fixe, la chienne implore. Les yeux brouillés de larmes, la jeune femme épaule de nouveau, vise bien cette fois et presse la détente.

Les coups de feu ont certes éloigné le reste de la meute de *mahikanwak*, mais ils reviennent bientôt sur les lieux de leur dernier larcin. Le chef renifle curieusement le cadavre de son vaillant compagnon. Les autres déchiquettent les restes ensanglantés de Mika. Alors, le chef relève la tête, aperçoit le feu qui naît.

Malgré sa morsure à la cheville, la jeune femme s'est traînée jusqu'à la tente. Elle appelle à l'aide, espérant voir le policier sortir pour lui prêter main-forte. Elle s'illusionne, continue à appeler celui dont elle sait qu'il ne peut pas venir. L'accalmie semble terminée et le vent reprend son domaine, lentement, par bourrasques soudaines. Elle a préparé le feu, s'apprête à l'allumer. Ses mains gelées attendent patiemment le moment propice pour frotter l'allumette. Le vent tombe. Maintenant. L'allumette se brise sans s'enflammer. Elle fouille désespérément la boîte qui se renverse, répandant son contenu dans la neige. De nouveau, ses yeux se remplissent de larmes. Au bord de la panique, elle tente de se réchauffer un peu les mains entre ses cuisses, puis, péniblement, réussit à ramasser une autre allumette. Un craquement caractéristique se fait entendre. Cette fois, une flamme jaillit, hésitante. La couvant de ses mains tremblantes, elle la présente aux petites brindilles amassées au fond d'un morceau d'écorce bien sec. Tout d'abord, celles-ci résistent, se tordent puis, finalement, s'enflamment en crépitant.

– *Iskotew.*

Le feu. La chaleur du feu, surtout la clarté projetée, réconfortent la jeune femme épuisée. Elle réchauffe ses mains, de si près qu'elle risque de se brûler. Ses mains gelées ne perçoivent plus très bien la chaleur intense. Bientôt, un feu de bonne dimension brûle allégrement dans la nuit qui tombe. Mais sa tâche n'est pas terminée. Elle doit s'occuper des *atimotapanaskwak*, qui sont restés prisonniers de leurs attelages respectifs beaucoup trop longtemps. Il faut les rapprocher du feu pour les protéger de la meute de loups qu'elle soupçonne toujours de guetter à l'orée de la forêt.

Maintenant, elle sait que le policier ne viendra pas. Assise à l'entrée de la tente, devant le feu, recouverte de sa peau de couchage, la carabine rechargée et posée sur ses genoux, elle veille. Les chiens, bien nourris, se sont calmés, ont repris leur position en boule, dorment paisiblement tout autour du feu. La blessure à la cheville n'est que douloureuse.

Les dents n'ont pas percé la chair. Celle de son épaule demeure incommodante, tout au plus. Elle est courageuse, refuse la douleur qu'elle enferme tout au fond de son esprit. Une autre neige s'est mise à tomber, rendant la visibilité impossible au-delà du cercle de lumière émanant du feu de camp. Lentement, elle mâche un morceau de viande fumée. La vieille bouilloire bosselée s'est retrouvée au bord du feu. Bientôt, elle déguste à petites gorgées un thé plein de chaleur et de réconfort. Et elle veille. Curieusement, la peur et le chagrin ont cédé leur place à une fureur intérieure, prête à éclater le moment venu, anticipant même ce moment avec avidité. Elle ne subira plus. Plus jamais. Et elle veille, farouche, défiant secrètement la meute de *mahikanwak*.

Le chef renifle, regarde sa troupe. Celle-ci lui semble nerveuse. Quelques courtes escarmouches éclatent ici et là. Il sent l'inconnu, l'incertitude, la force quasi maléfique aussi qui émane de la jeune femme à la carabine. Elle le défie, le nargue, il en est maintenant certain. La bande le rejoint ; on vient aux nouvelles, aux ordres. D'un grognement sauvage, le chef repousse les jeunes mâles fougueux, toujours prêts à en découdre, les rappelle à l'ordre. Mais il ne peut décider l'assaut. Pas maintenant. Sous le regard incrédule de la bande, le chef loup abandonne, s'enfonce bientôt dans la forêt. Ne sachant trop que faire d'autre, la meute lui emboîte lentement le pas. Assise près du feu, la jeune femme chante tout bas.

Le jour se lève. Le policier ouvre lentement les yeux. Le dôme de toile de la tente. Odeurs familières, l'huile de lampe chauffée, de sueur aussi. Tout de suite, il se rappelle. La blessure. Il ne ressent presque plus la douleur. Sous sa lourde peau de couchage, il est complètement nu. Il n'y a pas deux façons de dormir l'hiver sous la tente. Il faut enlever tous les vêtements, car ils sont imprégnés d'humidité, les accrocher pour les faire sécher dans l'air sec et froid de la nuit. Quelqu'un s'en est occupé.

Près de lui, la femme dort, épuisée, nue elle aussi, sous son épaisse peau de couchage. Le poêle dégage une chaleur bienfaisante. Et il se sent bien. Un peu confus, il examine sa blessure et comprend de suite. Cette femme l'a soigné, l'a veillé. La fièvre, probablement. Combien de temps ? Le pansement n'est plus le même. Il est sec, ce qui est bon signe. Il le soulève doucement. Aucune enflure ni rougeur. Également bon signe. Les sutures ont bien tenu. De nouveau, il regarde la jeune femme. Son épaule est dénudée, il remonte doucement la peau de caribou. Il a faim, soif aussi. Il prend une gorgée du thé encore chaud resté au fond de la bouilloire. L'amertume est de trop. Il recrache aussitôt. Il doit se contenter d'une poignée de neige, pour l'instant. La curiosité l'emporte. Il lui faut inspecter les corps. Il retrouve ses vêtements suspendus, s'habille en silence.

Dehors, il est immédiatement aveuglé par cette clarté effrontée qui rebondit, malgré un ciel couvert, sur la blancheur immaculée de la neige. Après quelques minutes, ses yeux se sont adaptés, et hésitant à mettre le poids sur sa jambe blessée, il commence ses investigations en clopinant. Il examine le premier des tueurs. Il n'est pas surpris de constater à qui il a affaire. D'après les rapports reçus au début de l'hiver à Regina, au quartier général de la *North Western Mounted Police*, une des bandes de renégats, menée par un certain Bellerose, ancien homme d'action et militant sous Louis Riel, s'attaque depuis quelques mois aux trappeurs et chasseurs au nord du territoire, volant leurs peaux qu'elle revend ensuite aux différents comptoirs de la *Hudson Bay Company*, ou aux quelques comptoirs privés qui subsistent toujours, notamment celui de La Loche et de Fond du Lac, village et centre de traite situé sur la rive nord de la rivière du même nom se trouvant presque à l'embouchure du grand lac Athabasca. Et invariablement, on retrouve les victimes de ses raids assassinées. Ces deux hommes aux foulards rouge sang font incontestablement partie de la bande. Il fouille les corps, sans résultat. Aucun papier, lettre ou quoi que ce soit de compromettant. Le premier tueur, dans la vingtaine, n'a pas le physique du coureur des bois, costaud et robuste. Au contraire, il est petit et maigrichon. Il porte une barbe de plusieurs semaines. Chose curieuse, autour du cou, il porte un collier fait d'un simple cordon de cuir noué avec un nœud plat. Ce cordon traverse ce qui semble être de petits morceaux de viande séchée. Le policier regarde de plus près et s'aperçoit immédiatement que ce sont des oreilles humaines, desséchées, trophées macabres attestant le nombre de ses victimes. Il détache le cordon de cuir, empoche le collier, puis examine attentivement le *Martini-Enfield Mark II*, exactement le même modèle que le sien, mais celui-ci est monté d'un viseur télescopique, arme extrêmement rare. Le policier se souvient. Après la bataille de Batoche, deux tireurs d'élite de la milice du Canada furent retrouvés à leur poste d'embuscade, tous deux assassinés au couteau. À chacun, on avait tranché l'oreille droite. Leurs armes spéciales, identiques à celle-ci, ne furent jamais retrouvées. On blâma immédiatement une bande de Cris campés à quelques miles de l'endroit. Le major général Frédérik Middleton, furieux, y dépêcha un capitaine accompagné d'une douzaine de miliciens pour questionner les membres de la bande. Le résultat était prévisible. Avec tout le tact militaire dont il était capable, le capitaine entra dans le camp comme en territoire conquis, aboyant l'ordre de sortir des tentes et de jeter les armes. Pour son doigté exceptionnel, le capitaine reçut une flèche à la poitrine. La troupe chargea, oubliant le but réel de la mission. Ils tuèrent au hasard, brûlèrent tout, revinrent au poste avec leur capitaine agonisant. On oublia l'affaire. Après tout, ces Cris l'avaient bien cherché en donnant leur appui au traître Louis Riel. Le capitaine, ramené miraculeusement à la vie, fut promu et envoyé à Regina pour commander le camp de la milice de l'endroit. Et voilà maintenant qu'il retrouvait une de ces carabines entre les mains de renégats métis. Et les oreilles, en surplus. Aucun doute possible. Il décida qu'il rapporterait l'arme et les oreilles des tireurs d'élite à son supérieur, à Regina, pour rétablir la vérité. L'examen du second tueur ne révéla rien qui vaille. Le visage était devenu méconnaissable. Il possédait quant à lui une Winchester de calibre 40, modèle 1886, en parfait état. Arme valable, très populaire.

Affaibli, déjà étourdi, il retourna dans l'abri. Il se maudit encore une fois de s'être laissé emporter lors du combat et d'avoir laissé la rage le dominer. Il aurait bien profité de l'interrogatoire d'un des deux tueurs. Mais depuis quelque temps déjà, il n'y pouvait rien. Peu à peu, cette violence gratuite s'était installée en lui, sans qu'il sache comment ni pourquoi. Tout ce qu'il savait, c'était que maintenant, lorsque la bagarre éclatait, il était devenu sans pitié, ne retenait plus aucun geste, frappait pour tuer. Ça l'inquiétait, ainsi que son supérieur. Il se douta d'ailleurs que c'était probablement la raison pour laquelle on l'avait désigné pour poursuivre cette bande qui s'était avérée particulièrement dangereuse. Officiellement, sa mission consistait à retrouver Bellerose et à faire rapport au poste le plus proche où l'on enverrait par la suite un solide contingent procéder à l'arrestation simultanée du chef et de toute la bande. Mais était-ce vraiment ce qu'on attendait de lui ?

Il réchauffe le thé, puis fouille dans son sac. Il s'assoit près de la femme. Un premier mouvement, elle s'éveille, le regarde. Il lui offre sa tasse qu'elle accepte en hésitant et lui présente un morceau de viande fumée qu'il vient d'extraire de son sac.

– *Michi*.

Elle refuse l'offrande. Cependant, elle fouille dans sa propre besace de peau, en tire un morceau de pemmican.

Et ils demeurent ainsi, silencieux, mastiquant lentement, perdus dans leurs pensées.

Bellerose et ses complices ne devaient pas être bien loin et ne manqueraient certes pas, à un moment ou à un autre, de s'enquérir du sort de leurs compères. Il leur fallait donc quitter rapidement cet endroit isolé et difficilement défendable. Mais serait-il en mesure de voyager? Autant de questions aux réponses incertaines. Ils passent donc ainsi la journée, silencieux, récupérant leurs forces, alternant repas et repos. La jeune femme s'est déjà rendormie. Nature oblige, le policier fait quelques sorties au cours desquelles il scrute minutieusement les alentours avec ses jumelles, s'attendant au pire. Toujours rien. Vers le soir, il juge venu le moment propice et décide qu'il est temps de partir.

— Tu m'as sauvé! dit doucement le policier.

— Tu m'as sauvée aussi! réplique la jeune Crie. Elle reprend du thé.

Constatation simple, l'évidence même. Plus rien à ajouter. Le sujet est donc clos.

— Il faut partir d'ici. Les hommes qui vous ont attaqués font partie d'une bande. D'autres viendront bientôt.

— Alors, partir! dit-elle simplement, acceptant la fatalité d'un destin impitoyable.

— Il faudra que tu m'aides. Peux-tu conduire un des *otapanaskwak*?

— *Âhâw!*

— OK. On emporte le maximum de matériel. Tout ce qu'on ne peut pas apporter, on le brûle. Pas question de laisser quoi que ce soit à ces charognards. Nous irons au sud. Si tout va bien, au lever du jour, nous serons à l'abri, à Fond du Lac. Là-bas, nous pourrons nous reposer et soigner nos blessures.

Le policier ne sait pas si la jeune femme a tout compris, mais peu importe. Il enfile son parka, l'aide à passer le sien.

Puis, il fourre rapidement son barda dans son sac. La jeune femme fait de même. Il sort ensuite le petit poêle qu'il enfouit dans la neige, pour le refroidir, le vide finalement de ses cendres. Le tuyau qui sert de cheminée subit le même sort. La jeune femme ramasse toutes les peaux de couchage, sauf celle tachée de sang, en fait un rouleau qu'elle pousse dehors.

Le policier constate avec satisfaction qu'une pleine lune jette sa douce lumière sur la glace de la baie. Ils y voient mieux pour préparer le départ. Ils choisissent l'*otapanask* du père et celui du policier. Les deux autres sont rapidement vidés et brisés à coups de hache puis jetés au feu que ravive le policier. Les chiens sont divisés en deux attelages, un pour chaque *otapanask*. Malgré la douleur qui lui revient, le policier entreprend de répartir et de charger l'équipement. Il comprend rapidement que les corps doivent être abandonnés sur place, ainsi que les quartiers de viande. Tout le reste de l'équipement est solidement partagé et attaché aux *otapanaskwak* avec des lacets de cuir. Tout ce qu'ils ne peuvent pas apporter, au feu. Il ne leur reste comme nourriture que quelques poissons gelés pour les chiens, un peu de viande séchée et de pemmican, ce qui devrait suffire. En dernier lieu, le policier enlève l'épaisse toile de la tente pour n'en laisser que l'armature. Le tout est exécuté en silence, méthodiquement, sans arrière-pensée. Il le faut. C'est ainsi. Une heure plus tard, les deux *otapanaskwak* s'élancent vers le sud, vers la sûreté relative d'un tout petit village perdu dans une contrée inhospitalière.

Grâce à la clarté de cette nuit de pleine lune, ils vont bon train sur les glaces de la rivière sinueuse. Le policier se retourne de temps à autre pour s'assurer que la jeune femme suit bien la cadence. Malgré sa blessure à l'épaule, elle parvient quand même à maintenir le rythme. Mais au bout de quelques heures, n'en pouvant plus, c'est lui qui doit stopper sa meute et il se laisse tomber sur la glace. La jeune femme arrive bientôt à sa hauteur.

— *Wîsakahpinew?*

Le policier fait signe de la tête. Oui, il a mal.

— *Papâmayaw sîpîy!*

— Je sais qu'on ne peut pas rester sur la rivière. Attends, répond-il.

Il s'accorde quelques minutes de repos, refoule la douleur des élancements de son mollet, pendant que sa compagne patiente docilement, à genoux près de lui, les yeux fixés sur son visage où elle peut lire toute sa douleur.

— *Quessé tou nou*, dit-elle soudain en *métchif*.

Le policier ne peut s'empêcher de sourire.

— Murphy.

— Murrffé, répète-t-elle.

— C'est ça, Murphy. Et toi? Comment tu t'appelles?

— Chumani.

— Ça veut dire quoi, Chumani?

— Goutte d'eau, puis elle hésite. Eau du matin.

— La rosée?

— *Âhâw.* Goutte de rosée.

— Écoute, Chumani, Goutte de rosée. J'peux pas continuer jusqu'au village. Ma jambe ne me porte plus. Je dois m'reposer. Toi, tu peux y arriver en continuant plein sud. Tu devrais y être au matin. Tu ne peux pas le manquer. Suis cette rivière jusqu'à l'embouchure, tourne vers l'ouest, suis la rive. Tu trouveras. Va au poste de traite. Reviens avec de l'aide. Tu comprends?

La jeune femme ne bouge pas, fixe le policier dans les yeux. Puis, elle le prend par le bras et l'aide à se remettre sur pied.

— Faut trouver place alentour d'icitte pour le *kapêsiwin*. Pas sur glace. Dans l'bois, là! fait-elle en pointant vers un endroit où la forêt semble particulièrement dense.

Murphy comprend qu'il ne sert à rien de s'obstiner. Il s'accroche donc désespérément à son traîneau et lance sa meute vers le rivage, aussitôt suivi par la jeune femme. Rendu aux abords de la forêt, il dirige son attelage vers un boisé de

sapinage qu'il pénètre sans s'occuper des branches qui lui fouettent le visage au passage. Puis, il s'arrête lorsqu'il juge l'endroit assez isolé pour y passer le reste de la nuit en toute sécurité. À bout de forces, il se laisse de nouveau tomber dans la neige.

VII. Les *Tâpiskâkanwak Mihko*

À l'abri du vent sauvage qui balaie sans cesse la rivière gelée, enfouie au milieu d'un boisé de pins bien fournis, une grande tente, dite de prospecteur, avec des murs de trois pieds, en planches, une armature de bois, solide, recouverte d'une toile épaisse. Le plancher surélevé, sous lequel est entassée une épaisse couche de branches de sapin, assure une barrière thermique efficace contre le froid et l'humidité. La colonne de fumée qui s'échappe des deux vieilles cheminées rouillées qui en percent le toit à chaque bout trahit une présence humaine. Près de la tente, un abri de fortune, fait de bois rond, abrite les chiens et les deux seuls chevaux qui restent. Les autres sont morts, épuisés, ou bien se sont retrouvés sur la table comme plats principaux. À l'extérieur, le squelette de deux chariots, cannibalisés durant l'installation du camp. Tout autour, les ruines d'une demi-douzaine de *mîkiwahpiswak*, ces habitations communes à trois foyers, tous incendiés lors de l'attaque, quelques wigwams à un foyer aussi. À l'exception de quelques-uns encore habités, dont celui où demeure toujours la vieille folle, ils ne sont plus que formes délabrées, vestiges de l'ancien village cri.

Il est quatre heures du matin. Seul, assis au bout de l'unique grande table, un homme boit un café dans une tasse en fer blanc, bosselée, toute noircie, un peu comme sa vie à lui. Il mesure plus de six pieds, a la carrure d'un bûcheron, une barbe hirsute, des cheveux d'un noir violent, longs, sales. Aux sons des ronflements, des grognements et des flatulences dégueulasses de ses compagnons toujours endormis, il demeure immobile, fixant un simple point, tout au fond de la tente, au loin, dans le passé. Il réalise soudainement la puanteur qui règne dans la grande tente. À quand remonte la dernière fois que ces hommes ont eu l'occasion de faire un brin de toilette? Au début de l'hiver, dans l'eau glacée de la rivière. Il se souvient des objections et des indignations exprimées par ses hommes. Néanmoins, un coup de fusil tiré dans les airs avait réglé la question assez rapidement. Le raid sur le camp cri avait bien failli mal tourner. La sentinelle avait littéralement senti leur approche. L'été, en plein air, ça pouvait toujours aller. Mais l'hiver, vivant jour après jour dans le confinement de la même tente, c'était une tout autre histoire. Demain, le bain de neige obligatoire. Pour tous! Quant aux peaux de couchage, elles seraient aérées et vigoureusement frottées avec de la neige propre.

Jacques Bellerose, de père canadien français, de mère crie, a quarante et un ans. Déjà. Il sent le poids de toutes ces années, des combats incessants, des blessures accumulées, des nuits à dormir dehors, en plein hiver, à la dure. Tous ses espoirs déchus, aussi. Pourquoi Riel ne l'a-t-il pas choisi dans son cabinet en décembre 1869? Il était de loin son meilleur homme de main. Il réalisait les moindres désirs de son chef, allant jusqu'à agir de son plein gré, prévoyant les pensées de Riel. Mais voilà que le moment venu, on l'avait jugé trop instable, trop difficile à contrôler. En effet, quand le temps

fut à la discussion plutôt qu'à l'action directe, il fut mis de côté, comme une machine de guerre devenue soudainement inutile. Cependant, les combats reprirent, comme il l'avait prévu, et il redevint comme avant, à la tête des combattants. Et quand on arrêta Riel, il refusa de se rendre, préférant la fuite à la prison. Sa tête fut mise à prix pour divers crimes de guerre qui, pour lui, étaient de simples hauts faits d'armes. Avec quelques acolytes aux mœurs plus ou moins douteuses, il prit le maquis après avoir attaqué le dépôt provisoire de la milice cantonnée à Batoche.

Le premier soir, au bivouac, Jérémie, dit l'Oreille, arriva le dernier, avec son compagnon de toujours, Bavard, le muet. Il exhiba fièrement deux carabines Martini-Enfield montées d'un viseur télescopique, en offrit une à son bon ami Bellerose. L'Oreille, un Bois-Brûlé de père inconnu, probablement produit d'un viol, comme tant d'autres, un petit homme dur, secret, farouche, mais un bon compagnon de combat, incroyablement habile au tir. Il n'avait peur de rien, ne reculait jamais, faisait ce qu'il fallait, et même beaucoup plus. Il haïssait! Au bivouac, ce soir-là, il étala fièrement ses derniers trophées de guerre. Et l'inséparable Bavard, qui affichait son éternel rictus démoniaque, que certains prenaient à tort pour un sourire. Ce soir-là, autour du feu, ils discutèrent d'avenir.

— Ce s'ra beaucoup trop dangereux pour nous icitte astheure, dit l'un.

— Va falwère s'*watcher steadé*, dit un autre.

— On va awère du troube, dit un troisième.

— P'têt'ben qu'on pourra monter dans l'Nord, trapper, pis chasser?

— De quessé qu'on connaît la d'dans nous aut'. On n'est pas des shavâges.

— Va falwère quand même disparaître pour une escousse, 'barnac! tranche finalement le Chef.

Ils jasèrent tard dans la nuit, en prenant un coup. Bellerose se retira, songeur. Il savait bien que la *North Western Mounted Police* ne tarderait pas à se lancer à ses trousses. Il ne leur restait en effet que très peu d'options. Il opta pour le Nord, là où la vie serait plus rude, mais où leur chance d'éviter la capture serait moindre. La traite des fourrures y était florissante, une belle occasion pour une bande comme la sienne. La décision fut prise.

– Demain matin, on *load* toute l'*outfit* dans deux *waggines,* pis on met l'cap su'l lac Athabasca.

Sous la grande tente, il y a là Marteau, costaud, ancien forgeron, devenu patriote bien malgré lui, mais qui se distingua rapidement par sa fureur au combat et son absence de scrupule ou remords, ce qui faisait de lui une machine à tuer très efficace, de la trempe de Bellerose, justement. La Casse, colosse au gabarit encore plus imposant, surnommé ainsi pour sa tendance à tout casser plutôt qu'à discuter. On le disait fils d'un immigrant ukrainien au tempérament violent qui trouva la mort dans une taverne durant une bagarre à coups de couteau. Bossé, dit « la Bosse », à cause de la légère déformation de son omoplate droite, aux yeux vides et fuyants, se tenait toujours à l'écart, toujours derrière, prêt à frapper dans le dos. Puis, il y avait le Brun, Bois-Brûlé lui aussi, et, on l'aura deviné, au teint foncé, presque noir. Quelques-uns s'étaient déjà risqués à le surnommer le Nègre, au début, mais s'étaient vite retrouvés avec un couteau sous la gorge. Il était rapidement redevenu le Brun. L'Apache, de descendance amérindienne, sans aucun doute, mais pour le reste, on ne savait rien. L'Apache n'en parlait pas. D'ailleurs, il ne parlait presque jamais. Il se contentait d'exécuter les ordres, ce qu'il faisait avec une efficacité déconcertante, quelle que soit la tâche à accomplir. Finalement, il y avait le Cook, comme partout ailleurs, le cuisinier, l'emmancheur, le conteur, l'arracheur de dents.

Il nourrissait, réparait tout, hommes, bêtes et matériel. Il possédait cependant un don prisé par-dessus tout : la science de la distillation, pour fabriquer la bagosse, cet alcool de contrebande qui remplaçait le whisky canadien depuis le contrôle sévère exercé par la police montée. Ne serait-ce que pour cela, il était l'homme le plus apprécié de la bande.

Quelques autres, dont Delisle, l'ancien commis comptable, Boiteux, l'homme à tout faire d'un bordel de Regina, et Jean-Baptiste, le videur, avaient préféré s'isoler quelque peu avec leurs nouvelles conquêtes féminines capturées pendant le raid et avaient adopté le wigwam traditionnel des Cris. L'Oreille et Bavard, eux aussi, partageaient maintenant un de ces abris après l'évasion de la jeune concubine retenue par Bavard.

Bellerose se rappelle Canot, son compagnon de trappe, ce jeune homme à la figure d'adolescent, disparu, agressé et battu par cinq miliciens un soir de permission, laissé pour mort dans un fossé à l'entrée de Batoche. Il se souvient de Farley, de Joseph, de Ti-Pierre, tous morts au combat. Il pense à Peterson, à Loup Gris, pendus à la suite de leur capture. Tous morts. Il se demande pour Dumont et Dumas, qui ont préféré prendre la fuite vers les États-Unis après la défaite de Batoche. Que sont devenus ces deux grands patriotes ? Et Riel, pendu également, après un procès, celui-là. Une belle grosse farce. Que serait-il devenu si le destin du grand patriote avait été différent ? Aurait-il pu échanger les armes contre une chaire au Parlement ? On lui avait déjà refusé cette possibilité. Et il comprenait aujourd'hui que Riel avait probablement pris la bonne décision. Bellerose n'était pas un politicien. Il n'était rien d'autre qu'un chien de guerre à qui il ne restait plus, il s'en rendait bien compte, aucun chemin de retour. Il soupira longuement, prit une gorgée du café froid qu'il recracha aussitôt, avec dégoût.

– Cochonnerie.

Ça faisait deux jours déjà qu'il avait envoyé l'Oreille et Bavard en patrouille afin de relever les nouvelles pistes sur leur domaine, de vérifier les bornes qu'ils avaient disposées un peu partout pour en délimiter et interdire l'accès. Tout le monde connaissait maintenant ces fameux Foulards rouges et plus personne n'osait s'engager sur leur territoire, pas même les Bois-Brûlés ou les bandes de Cris qui préféraient faire un détour plutôt que de s'y aventurer. Ces derniers avaient ainsi dû abandonner un des meilleurs territoires de chasse et de trappage des environs. Le seul village qui avait eu le malheur de se trouver sur le territoire revendiqué par les Foulards rouges, les *Tâpiskâkanwak Mihko*, comme les appelaient les Cris, avait dès lors été pillé et presque entièrement brûlé, sauf quelques wigwams qu'on avait gardés intacts pour servir d'habitations. Un fait bizarre : une vieille femme, qui passait ses jours à se parler à elle-même et qui avait refusé de s'enfuir lors de l'attaque, vivait toujours dans son wigwam, un peu à l'écart du camp. Personne n'avait osé tuer la vieille folle, qui, pendant toute l'attaque, n'avait cessé de danser et de lancer une panoplie de mauvais sorts inoffensifs aux quatre coins du camp. On en avait bien ri. Alors, Bellerose avait décidé de la laisser tranquille. Elle partirait probablement d'elle-même un jour ou l'autre, ou mourrait de faim, ou de froid. Depuis ce temps, quiconque pénétrait les limites de ce territoire maintenant interdit était immédiatement traqué et éliminé. Combien avaient ainsi péri ? Les traîneaux appuyés à l'extérieur contre l'abri des chevaux en faisaient foi. Le chenil bondé, aussi.

La veille, Bellerose n'avait pas partagé la beuverie de ses compagnons de fortune. Il était toujours aux aguets, sans cesse, tous les jours, toutes les nuits. Il ne partageait pas la nonchalance de ses camarades. Cela lui était interdit. Il craignait perpétuellement l'arrestation, voire même

la trahison. Pour ces raisons, la loi, sa loi, était bien claire. Il commandait et on lui obéissait, au doigt et à l'œil. Toute faute commise, de la simple désobéissance à la désertion, y compris la capture, entraînait un seul et même châtiment: la mort. Les morts ne parlent pas. Pour le reste, le partage était simple: la moitié pour lui, le Chef, l'autre moitié divisée en parts égales entre les membres survivants de la bande. Voilà pour le butin, qui était entreposé dans une petite grotte découverte près du grand bassin au bout de la rivière, à un mile à peine de leur campement. La caverne avait sûrement servi d'habitation à un certain moment puisqu'on pouvait toujours y voir les vestiges d'une façade et d'une porte. À l'intérieur, tout au fond, un genre d'autel avec ses objets de culte païen, plus bizarres les uns que les autres. On se contenta d'abattre une dizaine d'arbres pour en cacher l'accès.

Pour ce qui était des femmes, elles appartenaient d'office à ceux qui les trouvaient. Mais à ce chapitre, il n'existait qu'une seule règle: on en faisait ce que l'on voulait, mais quand on levait le camp, on n'emmenait personne, et on ne laissait aucun survivant. Jamais. Encore une fois, les morts ne racontent pas!

Cependant, après le raid du village cri, certains pillards voulaient garder quelques femmes attrapées pendant l'attaque, pensant en faire leurs esclaves en permanence. Ils négocièrent avec Bellerose, certains étaient même prêts à abandonner leur part du butin, et vu qu'on transformerait le village en camp permanent, la permission leur fut accordée. Mais c'était bien mal connaître le courage et la détermination de ces femmes cries. La lune de miel ne dura que quelques jours, le temps de laisser tomber la garde. Puis, par une nuit sans lune, elles disparurent toutes, sans laisser la moindre trace, si ce n'est un couteau bien en vue, planté dans le sol, à la tête de chaque couchage. On s'étonna qu'aucun mal ne fût fait aux hommes qui y dormaient. Cependant, l'envie de les rattraper et de dormir encore une fois à côté de ces femmes leur passa aussitôt et personne n'exprima un réel désir de les poursuivre. Ils se dirent simplement qu'un jour, on les retrouverait bien. Alors, l'incident fut oublié, du moins pour un certain temps. Bellerose, lui, avait compris. Les femmes voulaient à tout prix éviter d'être poursuivies. Blesser ou tuer un de ces hommes aurait sûrement déclenché une traque sans merci. Mais les laisser ainsi, sur un tel doute, eut l'effet escompté.

«Astucieux», avait pensé le Chef.

Qui plus est, il s'étonnait qu'aucun de ses hommes ne se fût éveillé pendant l'évasion. Il leur trouva le sommeil un peu trop lourd, ce matin-là. Le même jour, il croisa la vieille folle à quelques reprises, et celle-ci riait toute seule. Leurs regards se croisèrent et il fut immédiatement convaincu que la vieille avait quelque chose à voir avec cette somnolence anormale. Il ne put que sourire, d'autant qu'il n'avait jamais apprécié la présence de ces femmes dans son camp. Cependant, il faudrait peut-être maintenant redoubler de prudence. Parviendraient-elles à retrouver les survivants de leur village, et si oui, étaient-ils, eux, en mesure de revenir se venger? À ces deux questions, il se doutait bien de la réponse. Vu le nombre de cadavres répertoriés après l'attaque, les Foulards rouges pouvaient dormir en paix.

L'hiver était dur. Le raid sur le camp cri de l'automne précédent avait bien rapporté quelque butin, mais leurs ressources étaient tout de même quelque peu limitées. Ainsi, on dut sacrifier plusieurs chevaux pour nourrir les hommes, les chiens aussi. De plus, on ne parvenait pas à stocker assez de nourriture et il fallait perpétuellement chasser, ce qui était toujours un risque d'exposition. Il fallait également pêcher pour nourrir les chiens, ce qui était beaucoup moins dangereux puisque le bassin était tout près du campement. Mais le fait de demeurer des heures, immobile, au grand vent, à attendre la touche ne plaisait vraiment pas à la plupart de ses compagnons.

Les hommes commençaient à être impatients, de plus en plus chamailleurs, et un peu trop portés sur la bouteille. Il leur fallait de l'action. Pendant qu'ils cuvaient, lui, le Chef, devait continuer à penser à tout. Et l'Oreille qui n'était toujours pas rentré !

D'un coup de pied, il réveilla Cook, qui grogna, marmonna quelques jurons, mais parvint tout de même à s'extirper de sa peau de couchage. Le Brun et la Bosse eurent droit au même sort.

— Deboute ! Enwèyez ! Cook, prépare l'café pis l'déjeuner. Au ras. Vous aut', habillez-vous vite faite ! J't'inquiète, 'barnac ! L'Oreille pis Bavard sont pas rentrés d'la nuitte, fa' qu'aussitôt qu'on va wère clair, vous irez les cri, ordonne Bellerose.

— Saudit, *Boss*, y est ben d'bonne heure, s'objecte le Brun.

— Grouillez-vous, 'barnac !

Les volontaires, si cavalièrement désignés, s'habillent rapidement, échangent volontiers l'éternelle gibelotte proposée par Cook contre quelques tasses de café bien arrosées, histoire de se réchauffer avant le départ. Ils partent donc, aux premières traces de l'aube, direction sud, sur un traîneau attelé de sept chiens, avec des provisions pour trois jours à peine. Le Brun conduit, tandis que la Bosse, couvert d'une lourde peau de bison, confortablement installé, scrute la rivière. À deux reprises, ils s'arrêtent, fouillent les abords de la forêt, de chaque côté, à la recherche du moindre indice. Puis, ils finissent par croiser les traces caractéristiques d'un traîneau.

— Calvin, c'est sûrement l'Oreille pis Bavard, jubile la Bosse.

Qui d'autre ? Ils doutent de tout, mais, même quelque peu hésitant, ils poursuivent. Le Brun finit, en suivant cette piste, par les conduire sur les barricades de neige érigées par les chasseurs. Un peu avant midi, ils découvrent enfin le campement, l'armature de la tente, l'emplacement du feu maintenant consumé, les cadavres gelés, abandonnés.

Le Brun examine tour à tour les corps de l'Oreille et de Bavard. La Bosse a déjà son arme à la main.

— Calvin !

La Bosse scrute les abords de la forêt, engage une balle dans la culasse.

— Trouvez-moé des traces ! ordonne le Brun.

La Bosse ramasse ses raquettes, trotte vers la forêt. Le Brun le regarde s'éloigner puis cherche tout autour, même au-delà des barricades de neige. La carabine à lunette de l'Oreille brille par son absence.

— Un animal a été *skinné*, là ! Un caribou, murmure-t-il en repérant une grande tache rougeâtre, en ramassant quelques poils rougis par le sang. Ouais. V'là la tête, pis l'coffre. Gros en saudit, ajoute-t-il pour lui-même.

La Bosse revient et rejoint son compagnon. Il n'a trouvé aucune piste. Il regarde la tête de l'animal, en vient à la même conclusion.

— Calvin ! Une grande peau d'même, ça doit valoir pas mal de foin...

Le Brun, lui, y semble maintenant indifférent, observe toujours les alentours, espérant repérer la piste. Une peau de caribou, c'est payant. Mais il y a la carabine à lunette de l'Oreille qui manque. Et ça, c'est quelque chose qui le préoccupe beaucoup plus. Bientôt, il découvre les traces laissées par les traîneaux des fuyards.

— Y'ont dû awère d'la visite, dit-il en pointant en direction des deux traits parallèles qui disparaissent au loin sur la rivière. Les mécréants sont r'partis par là. Deux traîneaux. Vers le sud. Y'ont pas beaucoup d'avance d'apra moé. Sont partis c'te nuitte. Arrive, saudit !

– Quessé qu'on fait d'ceux-là, calvin? demande la Bosse en pointant les corps de l'Oreille et de Bavard.

– J'pense pas que Bellerose les aurait sacrés là. Faut pas laisser d'traces.

Sans cérémonie, les corps sont jetés dans le traîneau, puis les deux hommes foncent au sud, suivant la piste. Le Brun mène les chiens à un train d'enfer, essayant de rattraper les inconnus. Ils coursent, ainsi, pendant plus de quatre heures. Soudain, la Bosse fait signe et le Brun arrête la meute. Il descend, cherche la piste. Elle a soudainement disparu.

– Y' a pu de trace!

– Saudit! En v'là t-y pas un'affaire, s'exclame le Brun.

Les traces ont en effet disparu, comme ça, tout net. Le Brun ressent soudain une présence. Il scrute les environs. Il y a quelque chose dans l'air. Il est inquiet.

– Cherche su' ton bord. Moé j'va prendre le mien. Pis, *watch*-toé, dit-il.

La Bosse court, s'arrête à l'orée du bois, reprend son souffle. Lui aussi, il est inquiet. Il aurait déjà dû voir leurs traces. Rien. Il observe les sous-bois, n'y repère qu'une petite branche cassée. Probablement un animal quelconque. Il sait bien qu'ils sont obligatoirement passés par ici. C'est évident. Mais à part la branche cassée, aucune trace dans la neige. Il se demande si les esprits de la forêt ne sont pas de mèche avec les fuyards. Il regarde, tout autour, se retourne d'un coup, comme pour surprendre un ennemi invisible. Rien. Il marche un peu, tout en s'assurant de rester à l'orée de la forêt. Pas question de s'y aventurer seul. Il y sent une présence maléfique. Un frisson le glace. Il renonce. Que va-t-il raconter à le Brun? Qu'importe…

Le Brun, de retour au traîneau, voit revenir la Bosse au pas de course, mais comprend bien à son attitude qu'il n'a rien trouvé non plus.

– J'te gage que t'as rien vu, dit-il. C'est pas icitte qu'y sont rentrés dans l'bois. Saudit, c'est sûrement plus bas.

– Ou ben plus haut! redoute la Bosse.

Reprenant son souffle, le Brun fait signe que non.

– Pas d'apra moé.

– Penses-tu que c't eux autres qui ont eu l'Oreille pis Bavard? risque la Bosse.

– Qui d'autre, saudit? répond le Brun, regardant maintenant vers le sud avec sa longue-vue. On wé pas ben loin avec tous ces maudits croches dans' riviére!

– On n'a pas besoin des traces. On sait où y s'en vont. Y'a rien que l'villâge par là.

– Ben oussé qui sont leu' traces, d'abord? réplique le Brun.

La Bosse hausse simplement les épaules, attend comme d'habitude la décision de son compagnon. Finalement, le Brun tranche.

– En parquâ, y vont être betôt rendus au villâge, pis on pourra pas les pogner avant. Bellerose nous a défendu d'aller là tout seu', *anyway*!

Il réfléchit encore un instant.

– Ouais. Trop tard astheure. Mais on sait où les r'trouver, saudit. C'est d'valeur pour l'Oreille pis Bavard. Mais y auraient dû faire plus attention. On va l'dire à Bellerose. C't à lui à décider. Mais crains pas. Ceux qui les ont eus, on les aura.

– La brunante va tomber! s'inquiète la Bosse.

Le Brun le fusille du regard pour avoir si impunément cité l'évidence.

– Emmène tout l'barda sous les arbres, là-bas. On campe icitte pour la nuitte.

La Bosse mène le traîneau vers les sous-bois. Le Brun jette un dernier regard sur la rivière, puis suit son compagnon au pas de course. Rapidement, ils atteignent un endroit propice, à l'abri du vent, près d'un petit rocher bien entouré d'épinettes. En quelques minutes, la Bosse érige la charpente sommaire que recouvrira bientôt une toile épaisse. Le Brun s'est occupé du feu de camp qui brûle déjà. Alors, il soulève tour à tour ses deux défunts compagnons qu'il installe près du feu, assis côte à côte, sur la neige, le dos bien appuyé sur un gros tronc d'arbre. Ils participeront, ce soir, à leur dernier feu de camp. L'excuse est valable, alors la bagosse coule à flot. Après quelques solides rasades, les deux hommes se remettent au travail et bientôt, le campement est achevé, les chiens dételés, attachés séparément et nourris.

La Bosse s'improvise cuisinier et leur concocte bientôt une soupane tout à fait convenable. Une pleine cafetière chauffe sur le côté du feu. La bagosse continue de couler.

– Calvin, y va falwère quand même awère l'œil. Si c'est c'que j'pense, ceux qui ont fait la peau à ces deux-là sont peut-être terrés quéq'part et attendent la nuitte pour descendre au villâge, conseille la Bosse, se souvenant de la branche cassée dont il n'a pas parlé.

– Y sont déjà rendus au villâge que j'te dis. Faut pas ben ben d'jarnigouine pour sawère ça. D'main, on wèra. En attendant, trinquons à nos deux buddies icitte! C'est mon idée que l'Bellerose va être en beau caltor quand y va apprendre ça!

Les deux hommes se retirent tout à coup, seuls dans leurs pensées, mal à l'aise. En effet, même l'alcool ne parvient pas complètement à empêcher l'inquiétude qui vient peu à peu s'installer sous la tente.

VIII. La légende

Murphy se réveille, seul dans la pénombre de la *pakwanikamik*. Il repose, couché sur une peau de bison étendue sur un fond de sapinage qui dégage une odeur agréable. Il examine l'abri de fortune : quelques branches de sapin croisées et maintenues par de la babiche pour former le dôme, simplement recouvert de la toile récupérée au camp des chasseurs. Le petit poêle ronronne, répandant une chaleur bienveillante. Tout autour, la toile est retenue au sol avec de la neige tassée à l'extérieur. Beau travail ! Il réalise soudain qu'il n'a plus de pantalon. Son pansement au mollet a été refait. Il s'assoit, trouve l'ouverture de la porte et y jette un coup d'œil. Dehors, c'est la brunante, mais il ne peut pas bien voir au travers des branches de sapin. Il frémit au contact de l'air glacé et referme rapidement l'ouverture. Il regarde sa montre de poche : cinq heures. Un peu confus, il se demande si le soleil va se lever, ou se coucher. Il y a là sa bouilloire, sur le petit poêle.

« Est-ce que par hasard… » se demande-t-il.

Eh oui, le thé est tout chaud. Il s'empresse d'en verser une bonne tasse, qu'il déguste avidement. Il est surpris, car ce n'est pas du thé. Pas désagréable, mais de toute évidence, ce n'est pas du thé. Probablement une tisane indienne faite d'un mélange d'herbes quelconques. Son sac se trouve là, à ses côtés. Il y retrouve sa bouteille de whisky, prend une longue gorgée en songeant à la première fois qu'il avait vu son supérieur acheter une bouteille et payer la tournée à une bande de Cris, faisant ainsi une entorse sérieuse aux lois et règlements. Il se souvient, en souriant, des remontrances qu'il avait alors adressées au vieux sergent. Depuis, il gardait en permanence une bouteille dans ses bagages. Il avait bien compris qu'il n'y avait rien de tel pour se réchauffer, ou pour alléger l'atmosphère et attirer les confidences! Dans ces contrées, l'alcool était, sans contredit, le passe-partout par excellence pour fraterniser et recueillir ainsi une multitude de renseignements souvent bien utiles.

Il fait bon à l'intérieur de l'abri et le policier sent ses forces revenir. Il se rappelle avoir conduit son attelage dans la forêt, la nuit dernière, puis plus rien. Impressionné par le travail évident de la jeune femme, il se demande avec appréhension si elle n'est pas simplement repartie pour tenter de retrouver seule Fond du Lac. Il s'inquiète pour elle, car il sait les dangers qu'elle court avec ces foulards rouges qui rôdent et pillent impunément les environs. Les Foulards rouges. Quelle bande de salopards!

Soudain, un crissement dans la neige... quelqu'un s'approche. Il avise son colt de service dans son étui en cuir poli sur le sol de sapinage, près de lui. Décidément, cette femme pense à tout. Il dégaine comme elle pénètre dans la tente, ce qui lui apporte tout à coup une joie soudaine, inattendue, qu'il refoule aussitôt. Elle s'assoit sans mot dire, se sert un peu de tisane, un peu de pemmican aussi. Toujours troublé, il n'ose pas trop la questionner.

– *Tâpiskâkanwak Mihko* venir, avec ceux que tu as tués, dit-elle soudain.

– Les Foulards rouges? Comment sais-tu?

– Chumani cachée dans la forêt. Guetter. Eux installer *kapêsiwin*. Un lieu, là-bas.

– *Shit!*

Il s'inquiète de l'ennemi soudain si proche. Mais, patiemment, il attend la suite. Il sait qu'il vaut mieux laisser la femme parler plutôt que de la questionner. De toute façon, elle lui dira seulement ce qu'elle a envie de lui dire, rien de plus, et ce, quand elle jugera bon de le faire. Devant son silence, il tente une sortie.

– Tu as été imprudente. Sans parler du danger. Maintenant, ils peuvent sans doute retrouver ta trace et simplement te pister jusqu'ici.

Elle hoche la tête.

– Non. Chumani enlevé trace des *otapanaskwak* sur glace. Là, plus de piste à suivre! Même dans forêt, Chumani enlevé.

Astucieux. Si elle avait bien camouflé les traces, les Foulards rouges retourneraient probablement vers le nord dès le lendemain matin. Par conséquent, ils semblaient être en sécurité, pour l'instant. Tout de même, elle avait couru un grave danger, pour le protéger, lui.

– Combien d'hommes blancs?

– *Nîso.*

– Deux, répète-t-il pour lui-même. Tu as bien fait. Tu nous as sans doute tous les deux sauvés de ces salauds, lui dit-il, en esquissant un sourire.

Avec cette blessure, le policier se demande s'il doit tenter le coup. Pouvoir questionner un des renégats lui assurerait un avantage certain sur Bellerose. Peut-être même apprendrait-il l'emplacement du camp du chef rebelle. De toute façon, il y aurait toujours deux voyous de plus d'éliminés. Ils demeurèrent ainsi, en silence, à boire la tisane bien chaude et à mastiquer quelques morceaux de viande séchée dont la provision s'épuisait rapidement.

Murphy tenta d'élaborer un plan pour surprendre les hommes de Bellerose campés trop près à son goût. Mais sa blessure le handicapait beaucoup trop, il n'y parvint pas. Il regarda maintenant la jeune femme avec une admiration forcée. Avec ce qu'elle venait de vivre, elle continuait à fonctionner, assurait leur survie en accomplissant toutes les tâches nécessaires. Et elle était très jolie. Puis il se souvint de la petite pierre verte qu'il avait remarquée à son cou.

– Cette pierre que tu portes. Je n'en ai jamais vu de semblables.

– *Asiniy onâtawihowêwak.* Pierre des guérisseurs.

– Tu es guérisseuse ?

– *Âhâw, onâtawihowêw,* répond-elle simplement.

– Je croyais que seul un homme pouvait être un chaman !

– J'ai guéri ton mal !

Encore une fois, cette logique implacable, indiscutable. Plus rien à argumenter.

Toutes ces notions de spiritisme et de pouvoirs occultes, qu'il balayait du revers de la main il n'y avait de cela pas très longtemps, s'étaient peu à peu imposées dans son esprit au fil de ses contacts avec les différentes ethnies et à mesure qu'il partageait quelque peu, la plupart du temps par devoir, mais aussi parfois par simple plaisir, la vie de ces peuplades au patrimoine ancien et souvent obscur. Les policiers de la *North Western Mounted Police*, pour les autochtones, avaient un statut spécial, ce qui, en de nombreuses occasions, facilitait la communication. On les respectait, on les craignait aussi, comme on craint la nuit, l'inconnu, mais la curiosité l'emportait le plus souvent et le policier était accepté d'emblée autour du feu de camp. Au cours des années, il avait été témoin, à de nombreuses reprises, de faits assez bizarres liés à ces pratiques du chamanisme. Aucun doute. Certains individus possédaient une capacité de guérison et de divination bien réelle.

La jeune femme le regarde, puis relève la peau pour vérifier le pansement. Elle s'assure qu'il est toujours bien en place. La gêne se lit immédiatement sur le visage de Murphy. Il n'a pas de pantalon, mais là n'est pas le problème. La jeune femme se rend vite compte de l'excitation soudaine de l'homme. Alors, elle se penche lentement, et Murphy abandonne sa pudeur, se laisse aller à goûter pleinement ce plaisir nouveau.

La nuit est complètement tombée. Murphy a repris des forces, se sent maintenant d'attaque. À la lueur de la lampe, il inspecte son colt, puis sa carabine, et s'assure que la balle est bien engagée dans la chambre.

— Tu peux me conduire là où sont campés les Foulards rouges ?

Immédiatement, Chumani s'affole. Pour elle, l'acte est consommé, il est devenu son homme, même si lui, il ne le sait pas encore. Elle ne doit pas le perdre. De la tête, elle fait signe que non.

— Écoute, Chumani. Tu sais où ils se trouvent. Tu dois me le dire. Je suis un policier. C'est mon devoir de les arrêter. Tu comprends ?

Encore, elle hoche résolument la tête de gauche à droite, à répétition.

— *Damn !* Bon, OK. J'trouverai tout seul, dit-il en se levant.

Chumani se lève aussi, l'empêche de sortir en le retenant vivement par le bras. Il veut se dégager, mais, tout à coup, il s'immobilise. Chumani laisse échapper un petit cri. Ils ont entendu, tous les deux. Immobiles, tous les sens aux aguets, ils respirent à peine, épient le silence.

Dans la tente, Chumani tient bon et s'agrippe au policier, le supplie.

— *Pâstâmiwew.*

— Quoi ? Quelle malédiction ?

– *Pâstâmiwew*, se contente-t-elle de répéter.

Murphy se libère et sort de la tente. Mais il est incapable de déterminer d'où vient le bruit bizarre qu'il a entendu. Il rage devant l'obstination de Chumani à ne pas vouloir lui indiquer le camp des Foulards rouges. Dans la nuit opaque, il ne le sait que trop bien, il pourrait errer longtemps, même s'égarer complètement avant de trouver l'ennemi. Il réintègre donc l'abri. Chumani est assise sur sa peau de couchage, la tête basse, silencieuse. En la voyant, il se calme, s'assoit à son tour, enlève son parka, signifiant ainsi sa reddition. Chumani sourit timidement.

Murphy demeure silencieux, penseur, espérant tout de même quelques explications. La jeune femme se retranche plus profondément dans son silence, peu disposée à parler, semble-t-il.

– Chumani, explique-moi. C'est quoi la malédiction ? Pourquoi tu ne veux pas me montrer leur camp, *damn* ?

Elle soupire, hésite. Puis enfin, elle raconte. L'histoire semble se passer du temps où son village était installé à quelques miles plus haut sur la rivière, il y avait de cela presque douze ans déjà. La rivière regorgeait de poissons, la forêt de tellement de gibier que même les hivers s'y passaient relativement bien. La bande y vivait des temps heureux, des temps de paix. Le principal clan du village était celui des Ours, le sien, le clan dominant, celui d'où venaient les chefs, les chamans et les chefs de guerre. Il y avait aussi celui des Loups, puis celui des Castors.

Un jour, une femme, partie au bois cueillir des plantes et des racines, est revenue au village en titubant, le visage ensanglanté, à bout de forces. Elle avait été assommée, battue et violée. Cette femme était veuve depuis peu. Son mari, du clan des Ours, destiné à remplacer un jour le vieux chef actuel, le chef de guerre, un homme parmi les plus respectés de la bande, était mort de ses blessures, à la suite d'une expédition de chasse pendant laquelle il avait été sauvagement attaqué par un des rares grizzlis qu'on rencontrait parfois sur le bord de la rivière. Un seul enfant, une fille, était né de ce mariage quatre ans plus tôt. Bien que l'on espérât un garçon pour perpétuer la tradition et, un jour, prétendre au poste de chef de bande et remplacer son père, cette petite au regard intelligent fit tout de même le bonheur de ses parents.

La femme violée, *Wâpiskâpakwanîs*, Fleur Blanche, en perdit presque la raison. Jamais on ne parvint à identifier son agresseur. Elle se transforma lentement en loque humaine, errant sans but dans le village ou bien passant des heures dans son *mîkiwahpis* avec sa petite fille dans les bras, se balançant de gauche à droite, le regard vide. Chaque jour, on leur apportait de quoi subsister, de quoi se chauffer. On voulut lui prendre l'enfant pour mieux s'en occuper, mais la petite cria et se débattit si fort qu'on dut abandonner l'idée. Lorsque son ventre commença à grossir, on ne vit plus *Wâpiskâpakwanîs*. Elle demeurait dans son wigwam, ne sortant que pour ses besoins naturels. Puis, au printemps, l'inévitable se produisit : l'accouchement.

Sur le moment, personne n'en sut rien. Rien du tout. *Wâpiskâpakwanîs* accoucha seule, dans la nuit, sans cris, sans pleurs, sans même une plainte. Ce n'est qu'au petit matin qu'on la retrouva, debout sur le bord de la rivière, regardant descendre le courant rapide, et qu'on comprit aussitôt. Sur la rive, il y avait de nombreuses branches de roseaux fraîchement coupées. La femme avait sans doute fabriqué une sorte de radeau pour y mettre le nouveau-né qu'elle avait ensuite jeté à la rivière. Sîpihko-Wacask, le chaman, tomba en transe, s'arracha quelques cheveux, maudit la jeune femme en qui il avait fondé de grands espoirs, la rendant responsable des malheurs certains qu'elle venait d'attirer sur toute la bande. Mais pouvait-on réellement la blâmer ? N'avait-elle pas tous ses esprits ?

Restait un espoir. Les chasseurs les plus rapides furent aussitôt envoyés pour descendre le courant, fouiller les rives. Quant à la petite fille, qui brillait par son absence, on la retrouva dans le *mîkiwahpis* de sa mère, bien endormie. Il était évident qu'un sommeil aussi profond n'était pas naturel. Tous se souvenaient que *Wâpiskâpakwanîs*, elle aussi du clan des Ours, possédait la connaissance des plantes et des racines, et, immédiatement, on pensa à une potion de sommeil. Dans le *mîkiwahpis*, on ne retrouva aucune trace de l'accouchement.

Les chasseurs revinrent, bredouilles. Fait troublant, alors qu'ils sortaient du bois, un hurlement inattendu se fit entendre. Un loup, sûrement solitaire, affirmait son triomphe, toute son arrogance. Un loup. Serait-ce que le clan des Loups se moquait ouvertement de la perte d'un enfant Ours?

On tenta de questionner *Wâpiskâpakwanîs*, qui était maintenant assise sur une pierre, mais elle semblait dans une sorte de torpeur. On s'aperçut que le sang continuait à couler d'entre ses jambes et formait maintenant une mare sous ses fesses. Les gens s'inquiétèrent, voulurent la ramener au village. Mais *Wâpiskâpakwanîs* était déjà morte, le regard toujours tourné vers les flots turbulents de la rivière. Le chaman condamna à gauche et à droite, maudit finalement la rivière preneuse d'enfant, cette rivière sans nom, si limpide et poissonneuse, qui assurait pourtant une partie de leur existence. Depuis ce jour, la rivière inspira la crainte, fut même accusée à tort ou à raison de tout incident inexpliqué, comme une pêche infructueuse, la perte de chasseurs égarés en forêt, le mauvais temps, les hivers trop longs, trop froids. Elle devint *Pâstâmâw Sipiy*, la rivière Maudite, maintenant assoiffée de sang humain. On dit même que celle-ci renvoyait de temps à autre le spectre de l'enfant abandonné à ses flots afin de punir impunément les hommes mauvais du territoire. Pour conjurer le mauvais sort, on installa le campement sur l'autre rive. Le vieux chaman prêchait pour un déménagement beaucoup plus vers l'est, mais le Chef, malgré sa peine, plutôt préoccupé par la subsistance de sa bande que par les élucubrations de son chaman, jugea que le déplacement était un compromis acceptable. Cette rivière était tout de même une ressource importante pour la survie de la bande. C'est vers cette époque que Chumani affirma avoir ses premiers vagues souvenirs. Quant à la pierre verte suspendue à son cou, qu'elle portait depuis toujours, elle ne put se rappeler qui la lui avait donnée.

IX. L'attaque

La Bosse se tient debout, les jambes légèrement écartées, dégageant des nuages de buée dans la froidure de la nuit, impatient.

— Enwèye, calvin ! se dit-il en frissonnant.

Il aurait bien voulu aller plus vite et en finir, mais la nature étant ce qu'elle est, il devait attendre patiemment que sa vessie se fût complètement vidée. Il scrutait les bois, bien qu'il n'y vît rien. Le feu de camp s'était éteint. De plus en plus mal à l'aise, il commençait à ressentir le froid. En effet, il n'avait pas cru bon de revêtir son capot. Il se dandinait, grelottait. Tout à coup, droit devant, une petite silhouette toute blanche, fantomatique, émergea de la nuit, s'avançant lentement vers lui. Il recula d'un pas, n'en croyant pas ses yeux. Il remballa l'équipement si rapidement qu'il mouilla son pantalon. Il se retourna pour foncer vers la tente, se figea sur place. L'apparition était encore là, toujours devant lui, mais, maintenant, il parvenait à distinguer un peu mieux la silhouette qui semblait flotter au-dessus du sol enneigé.

Elle portait les mains derrière le dos, le fixait de ses yeux tout de noir cernés, la tête légèrement penchée sur le côté, curieuse. Puis, le fantôme laissa échapper un rire, un petit rire joyeux, un rire d'enfant. Alors, le couteau apparut, énorme, effilé comme un rasoir, un couteau qu'on eut dit beaucoup trop grand pour elle. Rapide comme le vent, elle était sur lui. La Bosse ouvrit la bouche, mais son cri ne fut qu'un gargouillement macabre, sa gorge, aux cordes vocales tranchées, se remplissant de sang, et sa jugulaire qui pissait à la cadence des derniers battements de son cœur. Les mains au cou, tentant l'impossible, la Bosse tomba à genoux, toujours incrédule. Un voile noir tomba, c'était la fin.

Sous la tente, le Brun sursauta. Un frisson le parcourut. On peut s'attendre à tout dans les bois. Mais un rire d'enfant ? « La Bosse qui fa' l'pas fin ! » se dit-il.

– La Bosse, saudit, quessé qu'tu brettes ? chuchote-t-il.

Silence. Le Brun enfile son capot, arme sa Winchester. Du bout du canon, il entrouvre le battant de la porte, jette un coup d'œil à l'extérieur. Rien. Il sort, prudent, aperçoit aussitôt son compagnon à plat ventre dans la neige.

– La Bosse ! appelle-t-il en se penchant vers lui.

Il voit la grande tache noire sur la neige. Du sang. Plein de sang. Puis, il entend de nouveau l'éclat de rire, ce rire si enjoué, si jeune. Cette fois, il n'a pas rêvé. Il se relève, prêt à faire feu, se retourne, mais ne voit rien. Il se tourne de nouveau. Toujours rien. Alors, il panique, lâche un cri d'horreur, laisse tomber sa carabine et s'enfuit, droit devant, courant aussi vite qu'il le peut. Il trébuche, se relève, fonce dans le noir, à l'aveuglette, regardant de temps à autre derrière lui. Sans raquettes, il s'enfonce, s'enlise, se dégage. Et il court ainsi, la peur au ventre, incontrôlable. Derrière lui, il entend des petits pas légers, rapides, qui se rapprochent, de plus en plus. Il hurle de frayeur, tente d'augmenter la cadence, mais il n'en peut plus. Puis, soudain, au moment où il pense abandonner, un hurlement, sinistre, une longue plainte familière. Le loup. Et comme par magie, le bruit de pas cesse derrière lui. À bout de souffle, il ralentit, jette rapidement un coup d'œil derrière. Personne. On dirait que le loup a rappelé son agresseur. Il s'arrête, plié en deux, soufflant à s'en déchirer les poumons. L'air glacé lui brûle la gorge. Il tombe à genoux, tente de maîtriser sa respiration, bave d'épuisement. Il guette, cherche le loup. Il n'a plus que son couteau, qu'il dégaine, prêt à vendre chèrement sa peau. Sans vouloir comprendre, il redevient peu à peu lui-même, il redevient l'homme des bois. Un rire d'enfant dans la nuit? Il n'y peut rien. Mais un loup, ça se tue. Il reprend souffle et espoir. Il se retrouve sur la glace de la petite rivière. Il ne doit plus être bien loin du village. Il se relève et reprend sa fuite effrénée.

Dehors, dans la tempête qui débute, une silhouette s'approche du cadavre de la Bosse. Le dos courbé, recouverte d'une peau de loup en mauvais état, délabrée, elle commence par l'examiner d'abord, puis hurle de nouveau dans la nuit, lançant l'appel. Elle fouille ensuite avidement dans le pantalon de l'homme, s'affaire minutieusement. Satisfaite, elle recommence, avec les deux cadavres assis près du feu. Elle marque la neige d'un bâton de marche à la pointe bizarrement sculptée, puis rejoint son traîneau, caché un peu à l'écart, aux abords de la rivière. Elle s'assure que son chargement est bien de retour et emmitouflé sous une épaisse peau de bison. Soudain, une éclaircie dans la tempête, un rayon de lune déchire la nuit et révèle des pas sur la rivière Maudite. Le coureur se dirige vers le sud, cherchant probablement refuge au village. Elle hésite. Lui, il court, à pied, et sans raquettes. Dans la nuit, elle lance un nouveau hurlement, sinistre, signifiant cette fois, non le rappel, mais le début de la traque, définitive, sans merci. Alors, le traîneau se remet en route, file à toute allure, cette fois, sur les traces du malheureux.

X. Fond du Lac

Une dizaine de cabanes en bois rond habitées par des trappeurs et chasseurs métis et leurs familles, quelques wigwams en écorce, certains habités, d'autres servant d'abris temporaires aux voyageurs en transit, puis la grande cabane en bois rond de Michel Beaulieu, incluant le magasin général, la cordonnerie et, principalement, le poste de traite, deuxième bâtiment de l'arrondissement en importance, où l'on peut trouver une panoplie d'outillages et toutes les denrées indispensables. Le poste de traite est flanqué de son écurie, dont une partie est aménagée en forge. En l'absence d'un forgeron de métier, un peu tout le monde s'en sert au besoin. Quelques chevaux appartenant au poste de traite, un solide chariot couvert, bien à l'abri, tout au fond du vieux bâtiment. Tout autour, le long des murs, de petites cabanes faites de rondins, abris individuels pour les chiens de traîneau. Le chenil est important, il compte une vingtaine de bêtes. Adossé au poste de traite, un autre bâtiment, encore plus grand que lui, presque deux fois sa grandeur, réparti sur deux étages. Il est aussi plus beau ou, devrait-on dire, moins délabré.

C'est le Paris Hôtel de Madame Éléonore, avec son immense affiche en devanture. C'est un bâtiment impressionnant et l'endroit par excellence pour dépenser l'argent échangé contre le dur labeur de plusieurs mois d'isolement et de sacrifices. Enfin, un peu à l'écart, formant un triangle, l'église, qui tient toujours debout, semble s'accrocher, vide. Construit sous la direction d'un prêtre catholique venu évangéliser les tribus denes et cries, et enseigner l'écriture syllabique aux autochtones de l'endroit, le vieux bâtiment est aujourd'hui abandonné. Le prêtre a fait son travail, les chamans, le leur. On n'a jamais retrouvé sa dépouille. On dit qu'Okîskwow, qui s'était mise assidûment à l'apprentissage des symboles de l'écriture syllabique, joua le rôle d'exécuteur des hautes œuvres décrétées par les chamans cris et denes dans l'histoire de la disparition du prêtre. À vrai dire, tous deux furent aperçus en canot, sur la rivière Maudite, sur laquelle on rejeta, évidemment, la responsabilité du drame. La rumeur persistait toujours au sujet de l'arrivée possible d'un nouveau curé missionnaire pour parachever l'œuvre du père fondateur de la paroisse. Restait à voir.

Voilà, en gros, Fond du Lac, petit village perdu sur la rive nord de la rivière du même nom, plaque tournante de la traite des fourrures au nord de ce qui deviendrait plus tard la Saskatchewan. En effet, on y retrouvait tout le nécessaire en matière de ressources et de divertissements : poste de traite, écurie, hôtel avec bain chaud, barbier (arracheur de dents à ses heures), musique et danse, tables de jeu, repas, alcool et chambres à l'heure ou à la nuit. La combine était simple et connue de tous. L'un vous donnait le maximum pour la qualité de vos peaux, l'autre vous donnait le maximum de plaisir pour votre argent... de préférence, tout votre argent. Jusqu'à la prochaine fois. Et, finalement, au petit matin, on se retirait pour un repos bien mérité, Éléonore dans ses appartements à l'étage supérieur du Paris Hôtel,

Michel Beaulieu dans l'arrière-pièce du poste de traite, et on y comptait allègrement les recettes de la journée et de la nuit. La combinaison parfaite, et bien des mauvaises langues au village prétendaient qu'il y avait plus entre Michel et la belle Éléonore que cette collusion commerciale, bien que personne n'eût jamais vu quoi que ce fût de compromettant.

Commerçant bien avisé et juste, Michel Beaulieu était un homme calme, souvent taciturne, mais malgré tout sympathique et bon vivant. Il portait au cou, en permanence, un cordon de cuir orné de billes de bois sculptées en souvenir, disait-on, mais de quoi ou de qui, personne ne le savait. Sa femme ayant récemment succombé à une terrible maladie, Beaulieu vivait seul, se retirant le soir venu dans une toute petite pièce au fond de son poste de traite qui lui servait de chambre à coucher. Aimant les bons plats, mais pas très enclin à manger seul à sa table, il prenait maintenant la plupart de ses repas à l'hôtel, ayant fermé définitivement la petite cuisine adjacente à sa chambre à coucher où sa défunte femme et lui avaient partagé de si nombreux repas. Le poste de traite demeurait maintenant tout ce qui le rattachait à cette vie difficile en cette contrée inhospitalière, mais pour avoir promis, pour avoir juré de ne jamais abandonner la tombe de son épouse mise en terre sur la petite colline derrière le poste, il résista aux pressions de la Hudson Bay Company qui voulait à tout prix acquérir son poste de traite, celle-là même qui avait déjà presque entièrement le monopole de la traite des fourrures. Il y mourrait, lui aussi, et serait mis en terre à côté de son épouse bien-aimée.

Madame Éléonore, nom d'emprunt qui seyait mieux à certaines de ses fonctions, était aussi canadienne française d'origine. La petite Anne Godbout, élevée dans un environnement masculin, seule fille entourée de deux frères espiègles et turbulents, avait vite su apprendre à se tailler une place, usant parfois de son charme féminin, mais n'hésitant jamais à employer des moyens plus énergiques si nécessaire, comme le coup de poing, ou mieux encore, la saisie inattendue et brutale d'une certaine partie de l'anatomie qui atteint l'homme dans le plus profond de sa masculinité. Plutôt courtaude, cheveux courts, solidement bâtie tout en dissimulant une certaine féminité, elle ne reculait devant rien ni personne et on l'avait vue à maintes reprises expulser *manu militari* un client devenu trop bruyant ou un peu trop entreprenant. C'était une femme avertie qui avait su s'élever dans un monde déjà trop difficile pour la plupart des hommes. Féminine à ne pas en douter, elle pouvait, au besoin, se comporter de manière à faire rougir une compagnie de hussards entière. Et c'est en signe de respect quelque peu teinté d'une crainte bien légitime que tous s'adressaient à elle en utilisant le titre de Madame. Mariée deux fois déjà, elle avait décidé de ne plus s'encombrer de mari. C'est donc seule, avec tout le pouvoir de ses yeux enchanteurs, qu'elle dirigeait d'une main de fer son Paris Hôtel.

Évidemment, à l'hôtel, ce n'était pas tous les soirs la fête, surtout en hiver, où les visites y étaient beaucoup plus rares. Ainsi, comme l'ours, le Paris Hôtel hibernait quelque peu lui aussi. Les filles redescendaient plus au sud pour se reposer, attendant le début de la nouvelle saison. Le barbier et les musiciens aussi. Cependant, si le besoin se faisait sentir, dans cette communauté métisse, on pouvait toujours rassembler rapidement quelques joyeux drilles musiciens pour ranimer le piano, gratter une guitare, faire vibrer le violon ou brasser le vieil accordéon.

Dans l'arrière-salle, derrière le petit salon réservé normalement au barbier-arracheur de dents, trônait un objet des plus hétéroclites : un bain, un imposant bassin en fer blanc, richement travaillé, lubie de Madame Éléonore, digne propriétaire de l'hôtel-maison-de-jeu-bordel. Quand elle l'avait vu pour la première fois dans le premier catalogue automne-hiver 1884 de chez Eaton, elle l'avait fait venir à grands frais par chemin de fer, directement de Toronto via Regina, puis avec l'aide d'une expédition de chasse au bison des plaines qui se rendait jusqu'à Prince Albert, où se trouvait le convoi ravitailleur des postes de traite de La Loche et de Fond du Lac, prêt à partir. Le bain avait donc suivi le chemin de l'approvisionnement, avait, lui aussi, été chargé sur le grand radeau et effectué la traversée de la rivière Fond du Lac. On racontait que trois chevaux, peut-être même cinq, s'étaient éreintés pour le mener à bon port.

Enfin rendu sur place, le magnifique bain devint l'orgueil de Madame Éléonore et du Paris Hôtel. Il eut droit à sa propre pièce, équipée d'un gros poêle à bois pour l'approvisionnement continuel en eau chaude. On l'installa sur un socle, richement sculpté par un artisan local. On y laissait tremper, dans l'espoir souvent vain de pouvoir les décrotter quelque peu, les futurs clients, ces chasseurs et trappeurs de tout acabit qui avaient le plus souvent mariné pendant des mois dans la même combinaison de laine du pays. Malheureusement, achalandage oblige pendant la forte saison, on n'y changeait l'eau que tous les trois ou quatre clients. Bienheureux, le premier. Il en ressortait presque propre et avait droit aux faveurs de la princesse Anastasia, la plus belle des filles de Madame Éléonore, qui n'acceptait que les clients de la première cuvée. Pour le deuxième, la qualité de l'escorte diminuait en fonction du temps passé dans la baignoire, ou des résultats plus ou moins satisfaisants obtenus. Le prix de la baise, cependant, demeurait fixe. Le dernier sortant de ce bouillon infect était inconditionnellement vaporisé de parfum bon marché et si saisissant que le malheureux en perdait le plus souvent sinon le goût, tout au moins la moitié de son érection.

Mais aujourd'hui, en cette nuit noire d'hiver, dans la salle d'en avant, de ces soirées d'été endiablées, il ne restait plus qu'Anastasia, Paulette de son vrai nom, qui se faisait toujours appeler la Princesse, prétendant être issue d'une famille russe, dont le paternel figurait parmi les amis intimes du tsar de Russie, mais qui n'était en fait qu'une des nombreuses putains métisses venues des bas-fonds de Regina et que la vie et les années n'avaient malheureusement pas ménagée. Elle était arrivée en même temps que les autres, au tout début, se vantant d'être une danseuse de french cancan, prenant même les airs et l'accent des vieux pays, se donnant en spectacle certains soirs, s'occupant des clients certains autres, en alternance, selon la période du mois. Cette année, après la forte saison, alors que tous fuyaient l'hiver et redescendaient vers Regina, Anastasia était demeurée là, ses rêves et sa jeunesse finalement envolés, son corps défraîchi par les abus de toutes sortes, n'ayant plus d'illusion ni même d'endroit où aller. D'année en année, elle était passée de la première à la dernière cuvée, étant de moins en moins sollicitée par une clientèle toujours aussi dégueulasse, mais financièrement plutôt bien nantie grâce à l'abondance des animaux à fourrure et à la qualité de leurs peaux.

Restait aussi Bob, le barman, qui préférait y demeurer pour l'hiver plutôt que d'affronter seul la solitude de la grande ville. Sa principale occupation devenait alors la fabrication de l'alcool pour renouveler le stock de bagosse et se préparer pour les jours meilleurs qu'apporterait le prochain printemps. Depuis que la *North Western Mounted Police* avait saisi à peu près tout ce qu'il y avait de whisky dans les Territoires du Nord-Ouest, la bagosse demeurait la seule solution de rechange. Le bain, pendant l'hiver, devenait donc une simple cuve de fermentation. L'alambic se trouvait dans une petite remise derrière, à quelque distance, vu le danger potentiel qu'auraient pu causer les vapeurs volatiles et hautement combustibles, et Bob y passerait de longues heures à distiller le *wash* provenant du moult obtenu par la fermentation des fruits sauvages cueillis durant tout l'été et conservés dans une glacière souterraine creusée sous le poste de traite où on emmagasinait pendant l'hiver une multitude de blocs de glace, s'assurant ainsi un approvisionnement continuel, qu'importe la saison. Bien isolée dans du brin de sciage, la glace s'y conservait jusqu'à l'hiver suivant.

Catfish Bérubé, le cuisinier Bois-Brûlé, grand voyageur dans son jeune âge, qui vous faisait soupane, gibelotte ou ratatouille en un tour de main, demeurait quant à lui dans sa cuisine, où personne n'était admis. C'était son domaine privé. Il y créchait d'ailleurs, là, sur un vieux lit de camp, dans le coin arrière, tout contre la corde de bois de poêle. Catfish tenait son nom du temps où il voyageait. On disait qu'il s'était rendu jusque dans les bayous de la Louisiane. Grand pêcheur et amateur de poisson-chat, le surnom de Catfish lui était resté. En regardant bien, on pouvait peut-être même y déceler une certaine ressemblance.

Au deuxième étage, toutes les chambres, sauf celles de Bob et d'Anastasia, ainsi que la suite de la patronne, étaient fermées pour l'hiver, histoire de réduire l'espace à chauffer. Le gros poêle dans la salle d'en avant était en effet la seule source de chaleur, sauf, bien entendu, celui de la cuisine qui ne ronronnait qu'à l'heure des repas. Les soirs d'hiver, on se réunissait donc dans la grande salle pour se réchauffer autour du feu en compagnie des quelques âmes en peine qui erraient encore dans le village ou de l'occasionnel chasseur ou trappeur trop saoul pour rentrer chez lui. Puisque, dans les chambres à l'étage, il faisait plutôt froid, pour la modique somme d'un dollar, on pouvait toujours passer la nuit dans la grande salle, à même le plancher, enroulé dans sa peau de couchage. Dame Éléonore, quant à elle, passait, comme de coutume, la plupart de son temps entre la cuisine et le bar.

Les temps étaient durs l'hiver et on prenait ce qu'on pouvait. Ainsi donc, pour un coup de bagosse, on arrivait encore à convaincre la Princesse de faire une rapide branlette, sans façon, dans une intimité relative, derrière la table du coin. Mais pour la faire s'agenouiller sous ladite table, il fallait y mettre un peu de persuasion. Une demi-bouteille faisait normalement l'affaire, demi-bouteille qu'elle s'envoyait avant. Pour le reste, rares étaient ceux qui auraient osé risquer d'être plus intimes avec la devenue grosse Anastasia. La vérité, c'est que, depuis que le bain avait changé de vocation durant l'hiver, le parfum bon marché qu'elle utilisait n'arrivait plus du tout à faire convenablement le travail.

Anastasia, à moitié saoule, ses longs cheveux ébouriffés lui cachant le visage, la poitrine plus exposée que jamais, « cognait des clous » devant un verre vide, à sa table du coin, attendant sans trop d'illusions quelque chose qu'elle n'attendait plus vraiment. Bob, dans la demi-pénombre que n'arrivaient pas à chasser les quelques fanaux éparpillés ici et là dans la salle, essuyait, dans un mouvement perpétuel, un verre, presque toujours le même, pour s'occuper, pour se distraire aussi. Comme d'habitude, il semblait absent, perdu dans ses pensées, se remémorant en soupirant les belles soirées d'été, les filles se trémoussant au son endiablé du piano de Jimmy Créole, l'alcool qui coulait à flot, les « p'tites vite » dans le *back-store* avec les petites nouvelles. Eh oui, c'était ça, le Paris Hôtel, savamment baptisé ainsi par Madame Éléonore et dont on pouvait toujours déchiffrer le nom grandiose écrit en lettres dorées sur la vieille pancarte usée par les intempéries, qui s'accrochait toujours, désespérément au-dessus de la porte d'entrée. Et on venait de loin pour y faire la fête, au Paris Hôtel de Fond du Lac.

Mais ce soir, pas un seul client, sauf l'autre forme humaine endormie sur la table près du gros poêle. Charley l'Indien, cinquante-deux ans, qui faisait partie du mobilier de la maison. Ancien trappeur, il était maintenant devenu l'homme du bois de chauffage et de la viande fraîche du

Paris Hôtel. À cause de ses genoux devenus fragiles avec le temps, finis pour lui les lignes de trappage et les longs mois passés à coucher dans la forêt continuellement harcelé par les intempéries. Le matin, il bûchait, fendait, empilait le bois de chauffage. L'après-midi, il chassait, pêchait, trappait aux alentours, évidait et débitait. Le soir, il buvait ses vingt-six onces de bagosse, unique récompense pour son labeur, celle bon marché qu'on servait de coutume aux clients ordinaires ou malfaisants, diluée à six pour un. Puis, il s'endormait doucement sur sa table, rêvant sans doute à l'époque passée où il faisait l'envie de tous les trappeurs de la région. De temps à autre, avant de perdre complètement conscience, il offrait un verre à la Princesse, bien que ceci devînt de plus en plus rare, car il la soupçonnait de bien boire, mais de ne pas s'exécuter en retour. Il faut dire qu'abruti comme il l'était par l'alcool, il n'avait plus le souvenir facile à son réveil le lendemain matin. Tout comme l'érection, d'ailleurs.

Bob laisse le bar, traverse la salle, du revers de la main essuie le givre qui recouvre effrontément la vitre. Dehors, la lune a disparu, le vent s'est levé, hurle. Bientôt, la poudrerie effacera tout, la nature se déchaînera, encore une fois. Vu le peu d'achalandage, la patronne a regagné sa suite depuis belle lurette. Un autre soupir. Et il retourne à son poste, frotte toujours son verre. L'horloge sonne la demie. Anastasia s'apprête à monter à sa chambre, Bob, à souffler les quelques lampes, Charley à demeurer là, comme d'habitude, endormi sur sa table. Dans sa cuisine, Catfish ronfle depuis longtemps.

Soudain, la porte s'ouvre avec fracas, un vent glacial s'engouffre violemment autour de la silhouette qui apparaît dans l'encadrement. L'homme, couvert de neige, y demeure immobile. Sa bouche s'ouvre et se referme, comme un poisson qui agonise, sans émettre le moindre son. Anastasia, avisant le foulard rouge, lâche un petit cri aigu, porte la main à sa bouche. Bob s'empare rapidement du vieux colt caché en permanence sous le bar. Inutile. L'homme tombe à genoux, un jet de sang jaillit de sa bouche. Les yeux grands ouverts, il s'effondre face première sur le plancher. Bob court à sa rescousse, l'attrape par le manteau et tire pour le glisser à l'intérieur, puis il se fige, avant même d'avoir fermé la porte.

– Anastasia, t'as-tu entendu?

– Quoicé, torrieu? L'accent français venait subitement de disparaître.

– Quéqu'un qui rit, là, dewor!

– Sac'moé patience avec tes niaiseries, dit-elle en s'approchant prudemment et en fermant la porte.

– J'te dis! Tête de pioche! Y' a quéqu'un qui a ri dewor!

Anastasia s'approche de la fenêtre, y passe la main pour enlever le frimas, jette un rapide regard dans la tempête qui se lève.

– Y' a parsonne là.

Soudain, une ombre, l'espace d'un si court instant qu'elle en reste confuse. Elle regarde de nouveau. Rien.

– Crisse. Donne-moé un coup d'main. On peut pas l'laisser là, ordonne le barman.

– Commence pas à donner des ordres par icitte, l'pic.

– Arrête de barlander, la gouine, pis arrive icitte.

Avec l'aide d'Anastasia, Bob parvient à relever l'inconnu et à l'installer sur une chaise. Au grand plaisir de la Princesse, il court chercher une bouteille et deux verres qu'il remplit à ras bord. Les deux verres se vident d'un coup sec. De tout ce remue-ménage, Charley n'a rien entendu.

– Crisse! C't'un Foulard rouge, s'exclame le barman.

– J'wé ben ça, torrieu! M'en va cri la patronne!

XI. Comptine

Là où la rivière Maudite se termine et forme un petit
bassin au pied de la montagne, mais de l'autre côté, sur le
versant nord, se trouve la façade d'un vieux *mîkiwahpis*,
wigwam d'hiver en écorce et en bois, abandonné, bâti à flanc
de rocher, presque enfoui dans la montagne, presque invisible
aussi. C'est l'ancien refuge secret du chaman *Sîpihko-Wacask*,
du temps où la bande vivait des jours heureux sur les berges
de la petite rivière sans nom, endroit où il se retirait pour
communiquer avec les esprits des Ancêtres, endroit où il
concoctait ses mélanges d'herbes et de racines médicinales,
parfois même les sorts maléfiques. L'abri a été construit
devant l'entrée d'une grotte naturelle, si bien que cette
dernière devient en fait la seconde et principale partie de
l'habitation. Entre les panneaux d'écorce formant la façade, ici
et là, une lueur lugubre vacille de temps à autre. Tout autour,
de grandes épinettes noires pointent stoïquement vers le ciel,
perchent le corbeau, font rempart aussi. La neige recouvre
totalement la partie de toit qui saillit de la montagne, presque
même entièrement la façade du vieux wigwam. Seule l'entrée

est restée dégagée. Une légère colonne de fumée monte bien du trou d'aération, mais le vent la dissipe aussitôt. Devant, sur le côté, une cache sous laquelle est dissimulé un *otapanask*. Les cinq chiens de traîneau, les *atimotapanaskwak*, ont chacun leur niche à l'intérieur desquelles ils sont confortablement couchés, roulés en boule.

Il fait bon, à l'intérieur du vieux *mîkiwahpis*, autour du feu central, sur lequel cuisent cette fois des morceaux de viande embrochés. Pas beaucoup, juste assez pour nourrir et garder des forces, mais garder la faim aussi en attendant le prochain repas. De la viande cuite, un véritable cadeau, car la Mère est contente.

Venant du fond de la caverne, une comptine est répétée sans arrêt :
Ma Mère, ô ma Mère
Il n'y a que toi ma Mère
Toi seule qui es ma Mère
Toi seule qui m'as sauvé
Toi seule qui me possèdes
Toi seule qui me nourris
Toi seule qui me chéris
À toi seule j'obéis
Sinon serai puni
Ma Mère, ô ma Mère
Il n'y a que toi ma Mère…

La Mère, toujours assise près du feu, nettoie le grand couteau sacré qu'elle range ensuite dans son étui de cuir rigide. Puis elle parcourt des yeux les murs, y revoit avec satisfaction les peaux et les crânes desséchés de tous les animaux tués au cours des années, les capteurs de rêves, les totems de toutes sortes, certains maléfiques. Mais maintenant que l'heure de la vengeance a sonné, de nouveaux trophées vont s'y rajouter. De sa musette, elle retire quatre appendices poisseux, ensanglantés, qu'elle relie ensemble par un cordon de cuir, puis, après avoir trouvé une place de choix, accroche le tout au mur du *mîkiwahpis*. De sa voix rauque, elle décrète de n'y toucher sous aucun prétexte !

Alors, la Mère se lève, entreprend un monologue sacré, fait quelques pas de danse, lentement, suit le rythme d'un petit *mistikwaskihk*, le tambour de cérémonie, celui des flammes vacillantes du feu central aussi, flammes qui semblent approuver en crépitant allègrement. Du fond de l'antre, la comptine reprend de plus belle, litanie incessante répétée de la petite voix monotone, sans âme, sans vie.

Ma Mère, ô ma Mère
Il n'y a que toi ma Mère
Toi seule qui es ma Mère
Toi seule qui m'as sauvé
Toi seule qui me possèdes
Toi seule qui me nourris
Toi seule qui me chéris
À toi seule j'obéis
Sinon serai puni
Ma Mère, ô ma Mère
Il n'y a que toi ma Mère…

La viande, enfin, est cuite à point. D'un mouvement sec, elle lance les morceaux au loin, vers le fond de la grotte, vers ce qu'elle appelle avec affection « la tanière ». Immédiatement, c'est la course, quelques cris, puis des bruits de gloutonnerie alors que la viande est déchiquetée et avalée promptement.

Le repas terminé, elle fouille de nouveau sa besace, à la recherche cette fois-ci de ses herbes médicinales. Elle sélectionne certaines feuilles et racines, broie le tout dans le bol de bois. La poudre ainsi obtenue est alors infusée et le breuvage tant attendu est déposé au bord de la grotte, où il est avidement ingurgité. Elle attend de constater l'effet débilitant du puissant narcotique. La transe est quasi instantanée. Satisfaite, elle se lève péniblement, maudit son âge avancé, retourne au foyer. Elle cherche sa peau de couchage, s'installe plus près du feu qu'elle active quelque peu. Elle a besoin de repos, alors elle attendra le lever du jour. Tantôt, la Mère sortira du vieux *mîkiwahpis*, s'assurera de bien bloquer la porte, comme de coutume, avant de retourner chez les Foulards rouges.

Bientôt, elle somnole puis s'endort. Alors, elle rêve du jour où elle retournera au camp, où elle attisera le souvenir de la légende, parlera de la malédiction qu'elle a jadis jetée aux Ours, prouvera l'étendue de son pouvoir et de son contrôle sur les forces maléfiques aussi. Puis, les Ours asservis, leur descendance rompue à jamais, plus personne n'osera s'opposer à Okîskwow. Finalement, la Louve atteindra son but ultime : prendre la place qui lui revient, à elle, femme-loup, et régner sur la bande entière. Mais ces Foulards rouges étaient venus, avaient chambardé tous ses plans. Pour cela, ils paieraient. Okîskwow y voit même une bonne occasion d'émousser sa candidature. Elle vengerait l'affront, confronterait le chef de bande qui, lui, n'avait trouvé d'autre solution que de fuir dans la forêt, à l'aube de l'hiver, sans approvisionnement, sans aucune ressource, exposant ainsi son peuple à une mort certaine.

XII. Au poste de traite

Murphy, devant le bouleversement évident de Chumani, décide d'attendre le lever du jour. Il tente de trouver une explication plausible au rire d'enfant qu'ils ont entendu dans la nuit, sans toutefois y parvenir. Au matin, la jeune femme semble avoir retrouvé le moral et se dit prête à le conduire au camp des Foulards rouges. Mais dehors, le temps est mauvais. Ils quittent quand même leur *kapêsiwin* et Chumani le dirige habilement à travers les bois. Bientôt, ils aperçoivent la tente ennemie. Murphy fait signe à Chumani de se mettre à genoux et de demeurer à l'abri derrière un bosquet. Il profite du mauvais temps pour s'avancer en silence, arme à la main, tous les sens aux aguets. Ce qu'il voit le confond. Il reconnaît les deux Foulards rouges qu'il a tués plus haut sur la rivière. Dans une fresque macabre, les deux comparses semblent trinquer une dernière fois, assis autour du feu de camp éteint. Un peu plus loin, un troisième corps gît immobile, la face dans une neige ensanglantée. Prudemment, il se dirige vers la tente et, du bout du canon, en entrouvre le battant. Vide. Il se retourne, sursaute.

– *God damn!*

Chumani se tient là, devant lui. Ses yeux indiquent la peur, même peut-être la panique. Elle pointe du doigt un endroit près de la tente. Elle tremble.

– Regarde.

Murphy s'avance, se penche, dégage avec sa main les quelques traces presque entièrement recouvertes par une nouvelle neige.

– *Maci-manitowi!*

– Comment le diable? *Come now!* C'est des histoires de fous tout ça. Quelqu'un a mis les traces pour nous faire peur. Regarde… Il n'y en a que quelques-unes.

– Là, *pâstâmâw sipiy*, dit-elle en pointant la rivière Maudite. Cette nuit, entendre rire l'enfant mort. *Maci-manitowi* est venu!

Encore cette foutue logique! Devant le silence obstiné de Chumani, Murphy abandonne et se met à la recherche de l'autre Foulard rouge. Rapidement, il découvre quelques pistes, elles aussi presque complètement enneigées. Elles mènent toutes vers la rivière. Il semble évident que le deuxième a fui, mais sans même prendre le traîneau et les chiens, ce qui est contraire à toute règle de survie. Ou peut-être n'en a-t-il pas eu le temps?

Alors, Murphy distingue les traces du traîneau, sûrement celui des agresseurs, qui semble se diriger lui aussi vers le sud, directement dans les traces de pas du fugitif.

– *Damn.* Qu'est-ce qui se passe?

Murphy se retrouve donc avec trois cadavres sur les bras, un agresseur inconnu, et un quatrième individu en fuite vers le village, probablement pourchassé. Qui donc ose s'attaquer ainsi à deux Foulards rouges? Peu importe, il lui manque trop d'indices pour émettre une hypothèse. Alors, il se décide, cessant de se creuser la tête.

– Chumani, on va lever le camp. On ira au village.

— *Atimotapanaskwak?*

— Les chiens? On les laisse en liberté. Si les loups viennent, tant pis. On en a déjà assez.

Chumani regarde Murphy. Ce dernier tente d'éviter son regard accusateur.

— On en a déjà trop! réaffirme-t-il.

Semblant confirmer les dernières paroles de Chumani prononcées alors qu'elle s'emmitouflait la veille dans sa peau de couchage, la tempête s'est en effet calmée. Reste tout de même un ciel gris, mais le vent s'est tu et la neige a cessé de tomber. Murphy, encore une fois, hoche la tête. Retour au camp, rapidement, une tasse de café, la dernière, car la provision est épuisée de toute façon, et le camp est levé en un tour de main.

En quelques minutes à peine, ils sont de retour au camp des Foulards rouges. Rien n'a bougé. Aucun signe du loup, aucune nouvelle piste. Mais les traces bizarres relevées la veille ont disparu, finalement balayées par le vent. Le policier fouille minutieusement la tente pour n'y trouver qu'un vieux Martini-Enfield Mark I. Chumani trouve dans la neige l'autre arme, une Winchester calibre 40, identique à celle trouvée au camp des chasseurs. Ce sont les seuls objets que Murphy emporte, leurs traîneaux étant déjà remplis à pleine capacité. Chumani n'a cependant pas dit son dernier mot en ce qui concerne les animaux et la surpopulation de chiens lui cause immédiatement quelques problèmes de distribution de nourriture. Puisqu'elle insiste pour les ramener, tous, Murphy se défend bien d'intervenir et rit de la voir s'empêtrer dans les cordages avec les chiens qui s'entremêlent à qui mieux mieux, enjoués comme ils le sont toujours à l'approche d'un départ. Mais la jeune Crie s'en sort tout de même assez bien, et, en quittant le camp, elle lance un regard victorieux au policier qui fait semblant de regarder ailleurs.

Ils foncent vers le sud, sur la petite rivière, pour bientôt arriver sur la grande rivière Fond du Lac. Virant plein ouest, ils aperçoivent presque aussitôt le clocher, la fumée des cheminées du village aussi qui s'élève dans l'air glacé du matin. Instinctivement, en jetant un dernier regard en arrière, ils poussent les chiens à fond de train.

L'arrivée du couple au village ne passe pas inaperçue. En effet, l'entrée de deux traîneaux tirés par vingt-huit chiens n'est pas chose commune et les jappements continuels de toute cette meute affamée en attirent plus d'un aux fenêtres givrées des cabanes en bois rond environnantes. Même Michel Beaulieu, son éternelle pipe de plâtre aux lèvres, sort sur le perron du poste de traite pour accueillir les nouveaux voyageurs. Il reconnaît aussitôt le policier qu'il avait rencontré deux semaines plus tôt alors que ce dernier, nouvellement arrivé dans la région, s'était tout d'abord arrêté au poste.

– Hey, sergent Murphy, content de t'revoir! s'exclame-t-il en levant bien haut la main.

– Michel! Ça fait plaisir.

– Veux-tu ben m'dire quessé qu'tu fa avec tous ces chiens?

– J't'expliquerai. Y faudrait les nourrir! J'sais pas quand est-ce qu'y ont mangé la dernière fois.

Beaulieu fait signe et, tout de suite, Ti-Cul saute dans la cour pour s'occuper de mettre les chiens dans l'enclos et les nourrir, service apprécié que Beaulieu offre à tous ses clients. Le jeune garçon n'a que douze ans, est orphelin de père et de mère. L'automne précédent, un des premiers soirs de gelée, un feu ravagea la cabane de ses parents. Lui seul en était sorti vivant, lancé par la fenêtre par son père alors que le trappeur combattait les flammes en tentant en vain de sauver sa femme. Beaulieu l'avait d'une certaine façon pris sous son aile et l'avait engagé comme journalier peu de temps après le drame.Murphy, accompagné de Chumani, monte les marches du poste de traite. Les deux hommes échangent une bonne poignée de main et le trio entre se réchauffer. La jeune femme s'arrête brusquement sur le seuil et Murphy doit la pousser doucement à l'intérieur pour pouvoir entrer à son tour et fermer la porte. Elle demeure sur place, sidérée à la vue de toutes les fourrures et de tous les différents articles en étalage. Partout où elle pose le regard, une montagne d'objets de toutes sortes. Même les murs en sont recouverts. Jamais elle n'a vu autant de richesse. Éléonore, qui se trouve au poste de traite pour acheter quelques denrées, a déjà vu ce genre de regard, comprend aussitôt la situation.

– C'est la première fois que tu visites un poste de traite ? demande-t-elle à la jeune Indienne en la prenant doucement par les épaules.

Chumani fait signe que oui, toujours trop éblouie pour prononcer la moindre parole. Murphy sourit, Éléonore la prend sous son aile et lui fait visiter le comptoir.

– Oussé qu't'as trouvé ça, c't'Indienne-là ? demande Beaulieu.

– Les Foulards rouges ont attaqué trois chasseurs plus haut, sur la rivière, y a une couple de jours. Elle était avec eux. D'après c'que j'ai compris, les chasseurs, le père pis ses deux fils, l'ont recueillie l'automne passé après que les Foulards rouges avaient attaqué son village.

– Ça doit être l'père Rouleau, avec ses gars, Jake pis Arthur. Un ben bon bonhomme. Y vienne icitte à tous lés hivers. Y restent trois, quatre jours, pis j'les r'vois pu avant la fin d'l'été. J'espère qu'y chont corrects ?

– *Nope.* Les maudits Foulards rouges les ont assassinés, tirés de loin, avec une carabine à lunette. Je l'ai justement avec moi, dans mon traîneau. J'ai essayé d'les arrêter. Y' ont pas voulu coopérer. J'ai pas pu faire autrement.

Beaulieu sait très bien ce que les dernières paroles du policier veulent dire.

– T'as entendu ça, Éléonore ? Le vieux Rouleau, pis ses deux garçons, y chont faite tirer par les Foulards rouges.

Du coup, la magie s'éteint dans les yeux de Chumani, qui s'emplissent soudain de larmes.

– Maudits hommes. Vous faites jamais attention à rien. Vous savez en faire des belles, vous autres ! Laisse-les faire, ma belle. C'est rien qu'une bande de païens, lance Éléonore en direction des deux hommes aussi confus qu'étonnés.

Tandis que les deux femmes prennent la direction du rayon des vêtements, Beaulieu, profitant du fait qu'il n'y a pas d'autres clients dans le poste de traite, sort une bouteille en catimini de derrière le comptoir, emplit rapidement deux verres. Les deux hommes font cul sec. Éléonore foudroie Michel du regard. Il s'empresse de s'excuser et d'en remplir un troisième. Avec son sourire radieux, elle lève son verre à la santé des deux hommes et fait cul sec à son tour.

– *Damn.* Je pensais pu qu'y en restait encore sur le territoire, dit Murphy en faisant claquer sa langue de satisfaction.

Beaulieu sert une autre tournée, commençant cette fois par Éléonore, qui prend aussitôt la parole.

– J'comprends qu'y est bon. Ça m'coûte un bras pour en awère quéq'bouteilles que j'fais v'nir d'Ontario. Rien à wère avec notre bonne vieille bagosse maison. C't'idée itou qu'vous avez eu vous autres les *Mounties* de saisir tout l'whisky à l'ouest d'la Baie d'Hudson ! Un vra crime. Bande de morrons !

Murphy est habitué à ce genre de franc-parler et, pour toute réponse, lève son verre en direction des dames et enfile son deuxième whisky. Par principe, il ne discute jamais des politiques du gouvernement qu'il est forcé de faire respecter. Alors, pas question d'entamer une discussion avec Éléonore, qui peut s'avérer, en certaines circonstances, une adversaire formidable.

– J'ai quatorze chiens en trop, comme t'as pu l'voir. Y ont l'air en bonne santé. Je les ai pris aux Foulards rouges que j'ai rencontrés dernièrement, les deux qui sont morts en résistant à leur arrestation, pis un autre que j'ai trouvé à son bivouac pas loin d'ici, égorgé, et je ne sais pas par qui ! Y'en a sûrement un autre aussi, mais je l'ai pas revu, celui-là. J'ai plein d'équipement, qui appartenait au père Rouleau. J'ai les armes des chasseurs pis celles des Foulards rouges. Je garde rien que celles qui sont dans mon traîneau, les deux Martini-Enfield, celle à lunette pis la mienne, pis une Winchester 40 que j'vais donner à la p'tite. Tu peux prendre les autres. Fais-moi un prix pour le lot, les chiens, l'équipement à Rouleau, les peaux, toute l'*outfit*. Je garde le traîneau, pour Chumani.

– J'va t'arranger ça à mode. Pis pour ton Foulard rouge manquant, p't'être ben que j'peux t'aider là d'sus itou. J'en ai un à l'hôtel.

Le policier bondit, Beaulieu éclate de rire.

– Y doit être raide comme une barre astheure'citte, g'lé ben dur dans *shed* à bois. Y'é arrivé c'te nuitte. Bob va t'conter ça betôt.

– OK. On aimerait bien manger un morceau, dit le policier en soupirant.

– *No problem*, mon ami. Allez-vous coucher au villâge à soir ?

– Ouais, au moins quelques jours. J'ai une mauvaise blessure qu'il faut guérir. Après, j'verrai. J'voudrais bien aussi retrouver la trace du village de Chumani pour qu'elle puisse retourner chez elle.

La patronne de l'hôtel revient avec la jeune Crie, pose une pile de vêtements sur le comptoir.

– Michel, mets ça su mon compte. Pôvre p'tite. À rien en d'sous de son parka pis d'ses culottes de peau. J'te dit, faut pas s'fier a un homme pour s'occuper d'acheter du butin à sa femme. J'm'en va dire à Ti-Cul de dire à Bob d'ouvrir une aut'chambre, histoire d'en chasser l'humidité, pis d'y monter votre barda. Rendu à soir, avec un bon lot d'couvartes, vous y s'rez ben à l'aise. J'ferai monter les carabines itou. Comme ça, vous aurez pas à les laisser en bas, dans l'baril à l'entrée. Vous prenez la même chambre, non ? demande-t-elle avec un petit sourire espiègle sur les lèvres.

Sur ce, juste à temps pour sauver l'honneur de Murphy qui reste bouche bée, le jeune garçon entre, confirmant que les chiens sont bien dans le chenil et qu'ils ont tous été nourris. Il reçoit ses nouveaux ordres d'Éléonore qui jette toujours un regard inquisiteur à Murphy et à la jeune Indienne, et semble s'amuser énormément. Ti-Cul repart aussitôt.

– Pour ta jeune fille, là, laisse-moé penser, dit Beaulieu. J'ai p't'être une ou deux idées là-d'sus. On s'en r'parlera au souper. En attendant, m'a aller wère Ti-Bob si vous voulez manger. Y vous f'ra sarvir un r'pas chaud, pis y t'racontera toute l'histoire à propos du Foulard rouge. En passant, j'ai r'çu d'la malle pour toé. La s'maine passée, j'cré ben. Veux-tu ben m'dire comment y'ont faite pour sawère que t'étais rendu icitte ? dit Beaulieu en remettant une épaisse enveloppe au policier.

– J'étais à Prince Albert quand on a su que Bellerose et sa gang maraudaient dans le secteur. Ils ont attaqué un convoi de chasseurs de bison pas loin de La Loche, massacré quatre hommes, avec leurs femmes. Des immigrants polonais. Ils les ont brûlés vifs, d'après nos renseignements. Ensuite, ils ont été vus à La Loche. De là, ils ont dû prendre le traversier. Les deux bateliers ont été tués aussi, et le radeau détruit. À partir de là, aucune trace. C'est pour ça que j'suis là ! Quand j'ai eu ces renseignements, j'ai tout de suite envoyé un télégramme à Regina. Vu qu'vous êtes le plus gros poste de traite des environs, je vous ai tout de suite désignés comme poste de ravitaillement. Un choix logique dans les circonstances. Ça doit être une lettre de traite officielle de la *North Western Mounted Police*.

Le policier ouvre l'enveloppe qui contient effectivement la lettre de traite qu'il remet à Beaulieu. Une autre missive fait partie de l'envoi. Murphy regarde la jeune femme, la sent impatiente, décide de remettre sa lecture à plus tard. Il en aura bien le temps.

– OK. J'espère qu'un repas chaud ne sera pas trop dérangeant à cette heure-ci, Madame !

– Pantoute. Allez wère mon Ti-Bob, à l'hôtel. Y va toute vous arranger ça. Espérez-moé. J'arrive de suite.

– *Fine.* Merci pour tout, lance Murphy en serrant de nouveau la main de Michel, saluant Éléonore. Viens, Chumani. On va manger un morceau.

XIII. Au Paris Hôtel

En entrant dans l'hôtel, Murphy se débarrasse de son parka et de ses culottes de peau qu'il suspend à un des piquets de bois plantés à cet effet dans le mur, près de la porte d'entrée. Chumani demeure interdite, mais, en entrant, Éléonore la reprend immédiatement sous son aile et la mène dans une des chambres du premier. Tout contre la porte, un tonneau de bois debout dont le dessus a été enlevé : le baril à carabines. En effet, le règlement défend le port d'armes à l'intérieur de l'établissement et chacun doit déposer sa carabine dans le baril, près de la porte, en entrant. Pour ceux, rares, qui portent un revolver, ils doivent obligatoirement le remettre au barman.

L'effet du pantalon à larges rayures jaunes et la triple rangée de galons d'or sur la tunique bleue ont un effet immédiat. Charley, qui n'en est qu'à ses premiers verres, se lève rapidement et disparaît dans la cuisine, essayant tant bien que mal de cacher sa bouteille de bagosse. Bob s'approche, sourire aux lèvres, indiquant une table au policier, tandis qu'Anastasia replace en hâte sa coiffure et réajuste en catastrophe un corsage défraîchi en pensant : « Policier ou non, un homme est un homme! Il ne couche certainement pas avec cette... Indienne! Pas lui, un policier, et sergent en plus. Pis bel homme à part de t'ça!»

Murphy commande du thé bien chaud et s'informe du menu du jour. Bob s'empresse de lui répondre.

– J'pense qu'y doit ben nous rester d'la rabadou qu'on a mangée hier soir. Est bonne en maudit. J'va d'mander à Catfish d'vous en réchauffer une assiettée. Pis j'arrive avec le thé. Du thé, ben chaud, *coming up*!

Le barman se retourne, mais s'arrête sur place, ne pouvant s'empêcher de siffler son admiration. Chumani, qui descend l'escalier et s'arrête, hésitante, est splendide dans ses nouveaux vêtements qui, bien qu'étant de circonstance, accentuent tout de même sa jeune silhouette et ses charmes féminins. Anastasia se désespère, Murphy se lève, ravi. Il fait signe à la jeune femme de prendre place à sa table. Éléonore, du haut de l'escalier, savoure la scène avec un contentement évident, puis redescend et sort de nouveau pour aller au poste de traite.

La rabadou de Catfish Bérubé, cette fricassée à la viande d'oiseau et à la venaison typiquement *métisse*, accompagnée d'un généreux morceau de *banik*, s'avère en effet succulente et Murphy en redemande. Chumani et le policier apprécient le changement avec la viande séchée et, surtout, le pemmican, nourrissant, certes, mais au goût douteux. Bientôt, les blessures, la fatigue accumulée au cours des derniers jours, la chaleur ambiante et le thé chaud viennent à bout des voyageurs et une douce somnolence les prend tous deux au dépourvu. Une soudaine quinte de toux fait sursauter Murphy qui s'est déjà assoupi. Anastasia, concernée, pleine de compassion, s'avance, tout à coup fort serviable.

– Cette p'tite-là a eu frette. Y faut qu'a se r'pose. A l'air g'lée. Viens avec moé, ma belle. On va t'installer dans une chambre en haut. Y fait plus chaud. Catfish, fa-moé chauffer la même chose. Ça ressemblait à un enfant qui éclate de rire. Chumani dit que c'est en rapport avec une légende indienne, celle de la rivière Maudite.

Devant ces nouveaux faits, la princesse Anastasia, pour se rendre intéressante, se décide.

– Ben, j'pense que j'ai vu un ombrage. J'ai rien entendu, mais j'ai vu quéq'chose, par le châssis. Plus qu'j'y pense, plus y m'semble que oui. C'est drôle hein ?

Pourtant, personne ne rit. Sommée de donner plus de détails, Anastasia ne peut s'en tenir qu'à l'ombre aperçue dans la tempête. Michel Beaulieu se rappelle soudainement.

– Ça m'dit quéq'chose c't'histoire de légende-là. Pis ça aussi rapport avec la p'tite Indienne que t'as trouvée. Si j'm'trompe pas, le camp qui a été attaqué l'automne passé, ben c'est le même campe d'oussé qu'à commencé, c'te légende-là. La bande était jadis installée sur la rive ouest de la p'tite rivière proche d'icitte, y a d'ça ben des années, pis d'apra l'histoire, y'ont été obligés d'*mover*. Apparemment, quéq'chose de terrible s'rait arrivé pis y'ont sacré l'camp pour s'installer d'l'autre bord, su'l'côté est. C'est de d'là qu'vient la légende. Tout l'monde de par icitte appelle la p'tite rivière, la rivière Maudite astheure. Un histoire à propos d'un enfant noyé. Y para qu'c'est là qu'les Foulards rouges chont installés, proche du bassin. C'qui restait d'la bande d'Indiens a pris l'bois. J'pense qu'y sont campés su'a rivière Bulyea astheure, dret dans l'coude oussé que la rivière vire franc ouest. C'est d'valeur. C't'un bon territoire pour la chasse pis l'trappage. Pis la riviére est poissonneuse itou. Mais parsonne ose y aller depuis c'temps-là.

– Il faut que je voie le cadavre. Il va peut-être nous apprendre quelque chose ! dit le policier.

Michel, le policier et le barman s'habillent, puis sortent dans la froidure. Anastasia préfère demeurer au chaud. Elle profite de l'occasion pour enfiler un autre verre en catimini,

8

deux bouillottes, pis tu m'les mont'ras dans chambre cinq ! lance-t-elle en direction de la cuisine. Chumani ainsi hors de combat, peut-être pourra-t-elle...

La jeune femme regarde Murphy qui lui fait signe d'accompagner Anastasia. Après le départ des deux femmes, il relève le bord de son pantalon, défait le bandage, examine la plaie. Quelques rougeurs, tout au plus. Il est temps. Avec son couteau, il fait sauter les points de suture, puis, d'un coup sec, les retire. La sensation de brûlure le fait grogner un peu. Aussitôt, Bob se précipite à ses côtés, comme un brancardier sur un champ de bataille, avec une bouteille et un verre tout prêt. Murphy regarde le barman, sourit, prend la bouteille, s'envoie une bonne rasade, en verse un peu sur sa blessure, grimace et le remercie. Malgré un relent de douleur, il peut d'ores et déjà oublier cette blessure qui est en bonne voie de guérison. Maintenant, il faudra recoudre le pantalon. Catfish redescend, retourne aussitôt à la cuisine. Anastasia réapparaît à son tour. Murphy s'informe.

– A va ben. Est juste rendu au bout. A r'çu un méchant coup à l'épaule ! Pis a pris un coup d'fret. Avec les bouillottes, ça va la t'nir ben au chaud. M'a y faire une mouche de moutarde. Ça va la dégager.

– J'vous remercie, Madame. Pourrez-vous vous joindre à moi quand vous aurez terminé ? J'ai quelques questions à vous poser, à vous et à Bob, dit le policier en regardant le barman. C'est à propos du Foulard rouge.

– J'arrive, mon beau, espère-moé, lance-t-elle, reluquant avidement le policier avec ses yeux enjôleurs et son plus beau sourire.

Bientôt, les trois sont assis face à face, à la table de Murphy. Bob hésite toujours, Murphy lui fait un signe approbateur, le barman sort la bouteille qu'il cachait sous la table et trois verres apparaissent comme par enchantement.

115

Madame Éléonore entre au même moment, accompagnée de Michel Beaulieu, et regarde son barman.

– C'tait pour vous, patronne… J'vous ai vu v'nir par le châssis, dit ce dernier.

– Comme de raison, ironise Éléonore. Mais y va t'manquer des verres, mon Bob.

Tout le monde s'esclaffe pendant que Bob court au bar chercher deux autres verres.

– Tes carabines chont pas pires, rapporte Michel. Les chiens chont en santé, pis costauds. L'équipement, en bonne condition. Les peaux, eux autres, chont *A one*, mais y a pas d'peaux fines. Juste du caribou pis une couple de *timber wolfs*. J'te fa l'lot pour cent piass'. J'va t'signer une traite, ou tu prends d'l'équipement, ou j'te donne du *cash*. C't'à ton goût.

– L'argent va à la p'tite. Elle en fera ce qu'elle voudra. C'est à elle, dit le policier.

Beaulieu sort de sa poche une liasse de billets, compte cent dollars qu'il remet aussitôt au policier.

– Tiens. Pour toé, y' a pas de problème de ravitaillement non plus. Le papier que tu m'as donné m'autorise à te donner tout ce que tu demandes. Tes *boss* vont payer. Même chose pour tes dépenses icitte à l'hôtel. T'es *all set, my friend*!

– *Thank you*. En parlant de lettre, se souvient Murphy. Il fouille sa poche de tunique, ouvre la missive officielle arrivée des quartiers généraux de Regina. Il lit attentivement le contenu, fronce les sourcils, soupire, replie la lettre avant de se lever pour la jeter dans le poêle. La contrariété se lit sur son visage.

– *Shit!*

– Mauvaise nouvelle? s'informe la patronne.

– Plus ou moins. Comme d'habitude. Ils ne peuvent pas m'envoyer de renfort. Du moins, pas pour l'instant. En attendant, j'ai pleins pouvoirs. Comme de raison, j'sais bien ce qu'ils veulent dire par là.

– Ouais. Varge dans l'tas, mon Murphy! dit Beaulieu.

– C'est à peu près ça, confirme le policier avec un léger sourire.

– Y'en a au moins un qu'vous aurez pas à chercher ben loin, lance Anastasia.

– En effet. Racontez-moi donc ça, les amis. C'est arrivé hier soir?

– C't'en plein ça, raconte Bob. La patronne était couchée, pis j'm'apprêtais à aller farmer les fanals quand qu'la porte s'ouvre t-y pas pis que j'wé c't'affaire-là dans l'*frame* qui me r'garde avec un air innocent. Y'est tombé dret là, en pleine face, ça fa qu'Anastasia pis moé on l'a rentré. Crisse, y' avait du sang partout. Y avait la gorge tranchée d'un bord à l'autre. Pis, le d'vant de ses culottes était plein d'sang itou. On a été qu'ri la patronne, a nous a dit de l'mettre dans *shed* à bois. Y' a pas eu l'temps de dire un crisse de mot!

– Dis-y Bob, demande Éléonore.

– Quessé?

– Dis-y, pour les rires.

Murphy, qui jusque-là écoutait à moitié endormi, se redresse tout à coup bien droit sur sa chaise.

– Quels rires?

– Ben, voyez-vous, avant de farmer la porte, j'ai entendu, moins, j'pense que j'ai entendu quéqu'un rire, là, dewor. M j'ai rien vu, par rapport à la tempête, raconte le barman.

Au grand dam de la Princesse, le policier se s'intéresser beaucoup plus à cette dernière révélation q yeux doux.

– Tu as entendu quelqu'un rire? Peux-tu m'en dire pl

– Ben, su'l'coup, ça avait l'air d'un enfant qui riait, voix claire. Savez, comme quéqu'un qui rit après aw mauvais plan! Mais comme que j'ai dit, j'ai rien vu

Le policier regarde Anastasia, qui nie rapide

– Moé, j'ai rien entendu de t'ça.

– Quand l'autre Foulard rouge a été égorgé, Murphy, l'autre soir, dans la forêt, la p'tite et mo

mais, sur un signe de la patronne, elle range la bouteille derrière le comptoir.

Murphy examine la blessure au coup. Même entaille, précise, profonde, meurtrière. Il remarque aussi le devant du pantalon taché de sang. Il ouvre le manteau, détache le pantalon, expose les parties du renégat. Il a été émasculé. Michel Beaulieu en est estomaqué.

— *Jesus Christ*!

— Pas d'autre témoin, je suppose? demande Murphy.

— Pas à c'que j'sache, répond Beaulieu. Y faisait tempête, un vent à écorner les bœufs. Y ava parsonne dewor.

— Si. Y' avait le meurtrier!

La dernière remarque du policier fait réfléchir ses deux compagnons. Il referme le pantalon devant Bob qui est toujours bouche bée. Il n'a rien de plus à ajouter. Murphy et le barman rentrent à l'hôtel, le commerçant retourne à son poste de traite. Lorsque le policier revient, Charley est de retour à sa table, qu'il ne quitte plus cette fois. Anastasia annonce que Chumani s'est endormie. Murphy la remercie, coupe court à la tentative de conversation que la belle d'autrefois tente désespérément de faire, puis, assis seul à sa table, tombe dans un état de semi-somnolence, se perd dans ses pensées. Il aurait dû mieux examiner les trois autres cadavres pour savoir si eux aussi avaient subi le même sort. Il doit se rendre à l'évidence. Quelqu'un d'autre veut la peau de ces maudits Foulards rouges, littéralement! Et il pousse la cruauté jusqu'à émasculer ses victimes. Quel genre d'être humain peut faire une chose pareille? Et dans quel but? De plus en plus, Murphy sent que certaines réponses se trouvent auprès de la bande expulsée par les Foulards rouges et dans cette légende. Il doit à tout prix retrouver ce village.

Michel Beaulieu et la patronne se joignent au policier pour le souper. Anastasia partage sa table avec Bob et Catfish après avoir servi à tous une délicieuse gibelotte. Chumani dort toujours à l'étage. Quelques clients sont venus au poste dans l'après-midi, mais tous ceux qui sont entrés à l'hôtel en sont ressortis aussitôt, sauf Paulo, le menuisier récemment arrivé à Fond du Lac, un des rares hommes qui ne consomment pas d'alcool, et qui vient tout de même à l'hôtel de temps à autre pour y prendre un repas, histoire de briser la solitude dans sa cabane. Pour les autres, la nouvelle s'est vite répandue : la police est sur place, Fond du Lac est *dry*. Éléonore est concernée par la situation.

– J't'aime ben, moé, mon beau sergent Murphy, pis t'es toujours bienvenu, pour sûr. Mais c'est pas ben bon pour les afféres de t'voir icitte avec tes attraits d'police montée. Si ça te bâdre pas trop, s'rait t-y possible de t'greyer autrement ? Juste le temps qu'tu restes icitte, dans l'hôtel, comme de raison.

Murphy sourit.

– Bien sûr, Madame Éléonore. Vous l'savez bien. Je n'suis pas ici pour voir si vous vendez d'la bagosse. J'apprécie trop votre hospitalité et votre aide pour ça. Je ne resterai pas longtemps, mais l'temps que je serai ici, vous n'me verrez plus en uniforme.

Cette réponse lui vaut une rapide bise sur la joue de la part de la patronne. Du coup, la tension se dissipe, Bob arrive avec la bouteille de Madame, du vrai whisky, de marque celui-là, dans sa bouteille originale en plus, de qualité même supérieure à celui qu'elle refile à Michel Beaulieu.

– Une p'tite habitude qu'on a, dit Madame Éléonore. Un p'tit coup après l'souper, histoire de se détendre un brin, comme de raison.

– Malgré qu'y en a qui attendent pas apra l'souper pour prendre un coup, dit Michel en jetant un petit regard futé à la patronne.

– C'est pour mieux vous endurer, vous autres, les hommes ! se défend Éléonore.

— Et pas n'importe quoi, s'empresse d'ajouter le barman pour éteindre le feu. Du Weiser, s'il vous plaît, directement de Prescott, en Ontario.

Et avec diligence, il sert la patronne en premier, ce qui ramène un petit sourire sur son visage jusque-là demeuré sévère. Michel tend à Murphy une petite peau de lièvre sur laquelle il a tracé quelques lignes au crayon de charbon.

— Tiens. Autant que j'me rappelle. Tu vois, j'ai marqué l'emplacement de l'ancien campe, pis du deuxième, d'l'aut'bord d'la rivière, où y' ont *mové* d'apra la légende. C'est là d'apra moé qu'y sont toujours campés ces maudits Foulards rouges. Y' ont pris possession du village pour en faire leu'campement. En parqua, parsonne est allé wère. Pis là, plus à dret, c'est pas mal par là qu'la bande de ta p'tite Indienne a dû s'installer apra l'raid. Y v'nait de temps en temps au poste, avant, mais j'les ai pas r'vus depuis l'automne darnier. Les trappeux parlent pas gros, mais j'suis pas mal sûr que, d'apra le peu qu'j'ai pu entendre, comme de raison, qu'l'a bande a s'ra rendue quéq' part par là.

Le policier examine attentivement la carte rudimentaire, remercie Michel. Chumani sera sans doute ravie de retrouver les siens, et lui, il trouvera peut-être finalement quelques réponses à certaines de ses questions.

Quelques habitants du village se risquent enfin, voyant le policier trinquer avec la patronne. Et bientôt, la grande salle s'anime peu à peu. Dans un coin, autour d'une bouteille de bagosse qui se fait discrète, un accordéon à pitons et une ruine-babines s'éveillent, font quelques gammes, s'ajustent, timidement. Tous les yeux sont tournés vers le policier comme vers un chef d'orchestre. Ce dernier sourit, salue de la tête, lève même son verre. C'est tout ce qu'il fallait. La veillée commence. Charley, déjà à moitié saoul, fait les premiers pas de danse, et en avant la fête ! Le son de la musique s'entend dans tout le village et, bientôt, trappeurs et chasseurs affluent.

Anastasia, toujours assoiffée, part à la recherche de ses premières victimes.

Murphy, la voyant venir, s'excuse rapidement auprès de la propriétaire et monte à l'étage sous le regard de feu de la Princesse. Dans la chambre numéro cinq, il n'ose pas allumer la lampe. Il y fait bon, l'air y est chaud et sec. Il écoute la respiration régulière de Chumani. Elle dort profondément. Il pose la carte, puis les billets sur la commode, près du lit, du côté où dort la jeune femme. Puis, doucement, très doucement, sans relever les couvertures, sans même se dévêtir, il s'étend près de Chumani. En quelques secondes, il dort profondément.

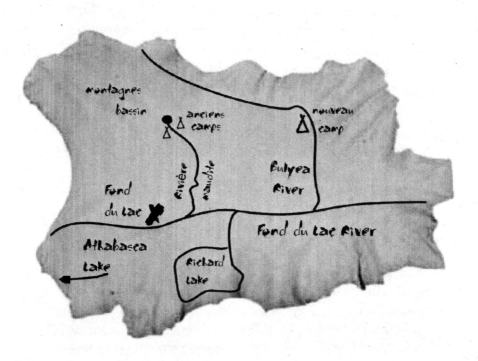

XIV. Incident au village

Le jour se lève, sombre, annonciateur de mauvais temps. Au camp des Foulards rouges, Bellerose fait les cent pas sur les planches de la grande tente. Aucune nouvelle. Quatre hommes manquent à l'appel. Il lui faut savoir. Quelques-uns, encore somnolents, sont assis à la table, sirotent le premier café de la journée.

– C'est la darniére *batch*, annonce Cook.

On grogne dans le camp, on passe des commentaires plus ou moins déplaisants. Quand ça va mal... Le *Boss* coupe court.

– Marteau, arrête ton placotage, pis va au *stash*, à caverne, wère si y a pas d'aut'café. Pis rapporte-moé quat' peaux d'caribou. Des belles. Pis une couple de peaux d'lynx itou. Toé, la Casse, tu nous attèles deux *sleigh*. On descend au villâge.

Les hommes s'agitent, se tapent dans le dos, se félicitent. Mais le Chef leur fait aussitôt comprendre que seul Marteau, la Casse et lui-même se rendront au village. Ceci soulève évidemment un tollé, mais Bellerose n'en démord pas.

– Vous restez tous dret icitte. Y nous manque quat' gars, 'barnac. Y s'passe quéq'chose. On va juste écornifler, pis on r'vient. C'est toute! J'tâcherai d'vous rapporter une couple de bonnes bouteilles de whisky. Y a toujours moyen d'en sortir de l'hôtel. J'connais ben Bob, le barman. Pis si toute va ben, on pourra peut-être aller veiller samedi soir!

Comme prévu, l'idée d'une prochaine sortie calme la frustration des hommes, sauf pour Cook qui se sent quelque peu concerné par la dernière remarque de Bellerose.

– Quessé qu'a l'a ma bagosse? Si est pas assez bonne pour vos yeules fines, ben vous allez manger d'la marde! J'en fais pu, saint caliboire!

– Woa! Le Cook, 'barnac. J'ai dis ça d'même. Ça f'ra une couple de bouteilles de plus. C'est toute! Ta bagosse est aussi bonne qu'la sienne!

Tout le monde acquiesce, même si chacun sait bien que ce n'est certainement pas le cas. La qualité de la bagosse de Cook varie, selon la matière première utilisée, de mauvaise à simplement abominable! Mais en aucun cas on ne peut se permettre de tarir cette source, infecte, soit, mais tout de même nécessaire à ces hommes isolés dans un environnement si difficile. Faute de raids et de rapines, l'alcool devient parfois leur unique échappatoire.

– Si vous voulez absolument faire qué'chose, ben allez à chasse. La provision d'viande commence à baisser. Mais restez su' not' territoire, 'barnac! C'est pas l'temps de s'faire spotter! J'vous l'répète. Y s'passe quéqu'chose, pis j'va l'sawère, j'vous en passe un papier!

Une demi-heure plus tard, Marteau revient de la cache, sans café. Bellerose est cependant satisfait du choix des peaux. Il en retirera une belle somme. On manque justement de café, et bientôt de sucre. Ils en profiteront pour boire un coup, aller aux nouvelles. Les trois hommes s'élancent donc sur la rivière, direction sud, sur les traces mêmes de leurs prédécesseurs.

Fond du Lac…

Il y a achalandage au poste de traite en ce matin couvert et incertain. On craint, on prévoit, on spécule, mais nul ne sait vraiment prédire le temps qu'il fera, surtout l'hiver. Quelques chasseurs cris venus échanger leurs peaux s'émerveillent toujours devant les étalages de Michel Beaulieu. Mountain Jack est revenu de l'Ouest avec un beau lot de peaux de castor, les plus payantes. Skunky Joe, quant à lui, rapporte de nombreuses peaux de caribou des bois. Pour son surnom, il suffit de passer assez près pour en comprendre la signification. Il est le seul, d'ailleurs, à ne pas être accepté par les filles de Madame Éléonore, car il refuse obstinément de prendre un bain, ne serait-ce qu'une fois l'an. Mais si on parvient à vaincre l'odeur, Skunky est tout de même d'agréable compagnie. Ça négocie ferme, puis les deux lurons, bras dessus bras dessous, prennent la direction de l'hôtel. Pendant les prochains jours, pour eux, ce sera la fête.

Vers midi, Latulipe arrive au poste dans un nuage de poudrerie. Latulipe est relativement nouveau dans la région, mais il s'est rapidement fait une réputation d'excellent trappeur, malgré son manque évident d'expérience dans la préparation de ses peaux fines, souvent inégale. Mais cette fois, elle est impeccable, et Beaulieu ne peut que lui accorder le maximum, ce qui réjouit l'homme des bois.

— J'ai suivi tes conseils, mon Michel. Astheure, t'es poigné pour me payer plus cher, lance-t-il en riant.

— Avec des belles peaux d'même, t'auras toujours le plein prix, pis sans barginner ! Y' ava rien que l'vieux Patrice pour nous sortir des peaux d'même dans l'temps. Ça fa un escousse qu'on l'a pas r'vu par icitte, l'bonhomme. Pour moé, y'est mort de fret. C'pas un hiver ordinaire qu'on a c't'année. Pis, y frisa ben les soixante et dix, le vieux Pat.

— J'ai pas entendu parler de rien, dit Latulipe. Mais ça s'peut ben. C'est vra qu'l'hiver est raide c't'année. Mais dis donc, patron, y' a t-y moyen d'awère une p'tite ponce en attendant ?

Volontiers, Beaulieu offre une tournée, sachant très bien qu'une fois réchauffés, les hommes se rendent d'habitude directement à l'hôtel. Il considère donc, à juste titre, ces dites tournées comme un sain investissement. La belle Éléonore est bien généreuse quand il lui refile de la clientèle. Ainsi, il parvient quelquefois à mettre la main sur quelques bonnes bouteilles de whisky de qualité supérieure, pour usage personnel, il va sans dire.

– J'ai pas besoin d'grand-chose. J'va plutôt aller wère Ti-Bob à l'hôtel, dit-il en clignant de l'œil. J'va prendre du *cash* pour les peaux, si ça vous fa rien, comme de raison.

Beaulieu est au courant des manigances de Bob le barman et de son trafic clandestin, commandité secrètement par Madame Éléonore elle-même. Il y a presque autant de bouteilles qui sortent par la porte arrière que de bouteilles vendues au bar.

– Y a-t-y possibilité d'une partie d'cartes à soir à l'hôtel?

– On sait jamais. Ça dépend de qui c'est qui s'ra là. Tiens. V'là ton *cash*, en beaux billets du Dominion!

Après Latulipe, Beaulieu s'occupe maintenant de servir une des femmes du village.

– J'peux pu ben ben vous marquer, madame Loyer. Vot'compte est ben qu'trop haut. Vous m'devez au-d'sus d'cent piass' vous savez! C'est d'l'argent, ça!

– Je l'sais ben qu'trop, dit la dame éplorée. Mais mon mari va vous payer, quand y va r'viendre d'sa *run*. Je l'attends betôt.

– La dernière fois, vot'mari est parti su'a brosse, pis y' a pas payé son *bill*.

La pauvre dame baisse les yeux, vaincue. Elle n'y peut rien.

– Allez, c'est bon. Pour c'fois icitte. V'là votre farine. C'est toujours ben pas d'vot'faute. Vous avez des enfants. Faut ben qu'y mangent vos filles!

– Vous êtes ben bon, monsieur Beaulieu. L'Bon Yieu vous le r'mettra, vous savez, dit la pauvre femme en quittant le poste.

Deux inconnus font leur entrée au poste de traite, deux géants. Le plus costaud s'avance, lance un ballot sur le comptoir.

– Combien, pour toute la bastringue?

Beaulieu examine, compte quatre peaux de caribou, de belles peaux, grandes, sans trou de balle ni coup de couteau, bien préparées.

– Belle job, les gars. Quessé que j'vous donne en échange?

– Ben, du café, pis, ah oui, du sucre itou. C'est toute.

– On peut ben vous arranger ça.

– On voudra du tabac, itou, si y'en reste, comme de raison.

– OK. Un sac de tabac fin. Prendriez-vous un p'tit coup pour vous réchauffer un brin en attendant? C'est su' mon brâ!

Les deux chasseurs se regardent, indécis. Mais ils succombent rapidement. Beaulieu sort une bouteille de bagosse coupée quatre pour un et trois verres. On trinque cul sec.

– J'vous prépare ça dret là les gars. J'ai pas pogné vos noms…

– Pis apra?

– Vous seriez pas d'connivence avec les Foulards rouges toujours?

– Les quoi? Pantoute. Nous aut', on vient d'l'aut' bord du lac Athabasca. On est les frères Dulac, ouais, c'est ça, les frères Dulac. On a rien à wère avec ces Foulards rouges nous aut'. On vient d'l'autre bord du lac, ouais, du lac Athabasca, ouais.

– Choquez-vous pas, les gars. J'disais ça d'même. Pour parler. On fait pas affére avec les Foulards rouges icitte. J'*deal* pas avec les maraudeux. Tiens, v'là vot'stock, tabac, café pis une poche de sucre. C'est ça le lot courant pour quat' belles peaux de caribou. À revoyure les gars, pis bonne route là.

Les deux hommes s'empressent de quitter le poste, se retrouvent dehors, indécis.

– Quessé qu'on fa', tabarnouche? demande Marteau.

– Bellerose nous a dit d'aller à l'hôtel pis d'écornifler. Y nous a donné une couple de piass'. On met le stock dans l'traîneau, pis on va prendre un coup, déclare la Casse.

– Ouais, OK. Mais reste tranquille, tabarnouche. Tu t'connais la Casse, quand tu prends un coup…

– Crains pas, Marteau. Enwèye, simonaque. Arrive !

À l'hôtel, c'est la fin du repas du midi. Les deux hommes choisissent une table un peu à l'écart, mais à deux pas de la porte, le plus près possible du gros baril de bois où tous ont déposé leurs carabines de chasse en entrant. On y trouve de tout, surtout des Winchesters, de vieilles Springfields à poudre noire, modèle de 1868, mais aussi quelques rares Martini-Enfield. Anastasia fait le service, tandis que Charley, encore sobre à cette heure, finit de desservir les quelques couverts vides. Il y a bien là une dizaine de clients et Mountain Jack et Skunky assis ensemble, discutant ferme en partageant une bouteille. Assis au bar, un trio, apparemment des trappeurs locaux, accapare toute l'attention de Bob en faisant le récit détaillé de ses exploits passés, tous plus ou moins véridiques, tous assurément exagérés. Comme la plupart des clients, ils ne sont pas là pour la cuisine de Catfish Bérubé, mais plutôt pour chasser l'ennui autour d'une bouteille. Éléonore qui, comme d'habitude, s'occupe d'accueillir les clients, s'avance vers les deux nouveaux venus.

– Une bouteille de c'qu'y' a d'mieux, exige immédiatement la Casse avec impertinence.

– Ben icitte, les ti-gars, y'en a qu'une sorte. On l'appelle la cuvée maison. C'est ça, ou rien, répond la patronne que les deux costauds n'impressionnent pas du tout. Elle en a vu d'autres.

– Y a besoin d'être bon ton tord-boyaux, lance Marteau en reniflant bruyamment.

– Probablement trop bon pour toé, mon couillon. Une bouteille, *coming up*, dit-elle, en faisant un signe à Anastasia.

Celle-ci comprend le code. Ce sera la bouteille de bas de gamme, une part d'alcool pour six parts d'eau. Au Paris Hôtel, on n'a que ce qu'on mérite. Il ne faut surtout pas emmerder la patronne. On y sert deux sortes d'alcool : le six pour un et le quatre pour un. Quant au véritable whisky, rarissime, il est strictement réservé à l'usage exclusif de Madame Éléonore, qui en dispose d'une façon très sélective. Il existe bien une autre catégorie sortie directement des entrailles de l'alambic, mais celle-ci ne sert qu'à la fabrication d'un genre de cognac maison, trop explosif pour le mettre à la disposition du public en général.

La Casse n'a pas le temps de se lever que Marteau lui a mis la main sur l'avant-bras, qu'il cloue sur la table. La Casse se dégage brusquement, mais il a compris le message et se rassoit tranquillement. Puis, il sourit.

– A d'la gueule, la bonne femme, dit-il finalement en souriant. J'l'haïs pas, dans l'fond. J'va y payer un coup.

– Oublie ça. Tu wé ben qu'c'est la patronne! Pis laisse-toé pas enfirouaper par une créature. On n'est pas icitte pour ça.

– Sac'moé don' patience, Marteau. Pour une fois qu'on sort! Tiens, v'là justement la *waitress* qui arrive! Elle, mon homme, j'va m'la payer, ou ben mon nom est cochon!

À l'étage, Murphy se réveille en sursaut. Chumani est assise au pied du lit, inspecte attentivement la peau avec les symboles bizarres, puis les jolis morceaux de papier tout peints. Elle lui sourit.

– Comment ça va?

– Chumani bien. Dormir longtemps. Murphy dormir plus longtemps. Passé milieu du jour.

– Ouais. J'ai dormi comme une bûche. Tu dois avoir faim.

– Non. Femme en bas apporter *michiwin*. Moé manger icitte, surveiller toé. Elle jalouse.

– Comment ça, jalouse?

– Elle, jalouse, répond simplement la jeune femme.

Murphy laisse passer, sans chercher à comprendre. Il fouille son sac, y trouve des vêtements civils de rechange, sa seule chemise propre, déchirée. Heureusement, une fois dans le pantalon, rien n'y paraîtra.

– C'est une carte, dit-il en pointant la peau de lièvre. Avec ça, on va pouvoir retrouver ton village. Les papiers, c'est de l'argent. Ils sont à toi. Tu pourras les changer pour ce que tu voudras au poste de traite.

Chumani exprime tout à coup une joie immense, puis semble se raviser. Qu'adviendra-t-il de Murphy si elle retrouve son village ? Sentiments contradictoires. Elle se retrouve tout à coup complètement bouleversée. Puis elle regarde les papiers. Les échanger ? Voilà la solution. Elle sait désormais et empoche rapidement les billets, sous le regard amusé de Murphy.

– Ne t'inquiète pas. On va le trouver, ton village, et tout va s'arranger. Mais je dois me changer maintenant, dit-il en lui jetant un regard suppliant.

Elle le regarde droit dans les yeux, sans comprendre, n'ayant aucune intention de se retourner ou de quitter la chambre. Il lui montre ses vêtements de rechange, tente quelques signes, aucune réaction.

– Bon !

Le policier abdique, enlève sa tunique et son pantalon rayé. Chumani ne bouge toujours pas, ne détourne même pas son regard. Il décide donc de faire un brin de toilette au bassin d'eau froide devant le miroir, histoire de repousser l'inévitable moment où il devra enlever complètement sa combinaison. Il en retire donc la partie supérieure, procède aux ablutions d'usage. Puis, sous le regard de plus en plus intéressé de Chumani, il entreprend d'éliminer sa barbe de quelques semaines. Chumani est ravie du résultat, touche doucement le visage. Murphy sourit, de plus en plus timide, d'autant que le moment est venu. Devant l'inaction de la jeune femme, après un profond soupir, il entreprend de changer de combinaison, tente d'établir un record de vitesse, accumulant maladresse sur maladresse, manque de s'étaler de tout son long, n'en finit plus d'enfiler pudiquement sa nouvelle combinaison propre. La jeune femme éclate de rire.

Le couple descend finalement, attirant évidemment l'attention d'à peu près tout le monde. Anastasia, qui commençait à se demander ce qui pouvait bien se passer là-haut, regarde le policier, le souffle coupé. Murphy ne peut que sourire de nouveau. Il conduit Chumani à une table et commande du café et un repas. Il est affamé. Tous les yeux sont maintenant posés sur la jeune Crie. Murphy, qui s'en rend compte, fixe tour à tour les indiscrets d'un regard de glace. Le résultat est immédiat. On baisse les yeux, on regarde ailleurs. Même les deux hurluberlus attablés près de la porte d'entrée n'ont pu supporter le regard glacé du policier.

Le café est bon, chaud, la soupane aussi. Repu, il jette un regard intéressé sur la clientèle, tente de capter des bribes de conversation. Sur ce, Beaulieu entre dans la grande salle, secoue la neige de son capot.

— *Jesus*, les gars, ça va faire dur t'à l'heure. Y' en a une méchante qui s'prépare. Pour moé on va en awère pour deux trois jours çartin !

— *Misponyotin*, chuchote Chumani.

— Une tempête de neige ? Combien de temps ? lui demande le policier.

Chumani montre un seul doigt en souriant. Beaulieu avise Murphy et, ravi de voir le policier rasé de près et bien reposé, rejoint le couple.

— Ben dormi ?

— *Like a log*. Ça fait du bien. Comme ça on va avoir une bonne tempête ?

— C'est parti pour ça. J'cré ben qu'tu vas devoir rester au moins quéq'jours de plus. Quant à moé, j'va peut-être farmer l'poste quand la tempête va pogner pour de bon. Y a pu parsonne qui va sortir. *Anyway*, Ti-Cul viendra m'cri icitte si y a besoin d'moé.

— Y' a pas mal de monde aujourd'hui, constate le policier.

– Ouais. Y'en a même une couple de nouveaux que j'ai jama vu. Ça arrive pas souvent, ça. J'connais pas mal tout l'monde qui trappe de par icitte. Tiens, ces deux-là, su'l'bord d'la porte. Des nouveaux. Les fréres Dulac qu'y m'ont dit. Mais d'apra moé, c'est pas leu' vra nom. Pis celui qu'y'a un grand chapeau d'feutre, qu'y est assis tu seu', proche du poêle. Y'a l'air d'être un méchant numéro, celui-là. En parqua, j'ai afféré à Latulipe, le trappeur. Je r'viens betôt.

Murphy regarde en direction des soi-disant frères Dulac. Deux hommes à forte carrure, évidemment deux hommes des bois, mais avec quelque chose de différent qu'il ne parvient pas à reconnaître. L'homme au chapeau de feutre au rebord rabattu sur les yeux est le dernier arrivé. Il semble somnoler, bien que Murphy le suspecte d'observer aussi attentivement que lui la faune de l'hôtel.

Mountain Jack et Skunky ne lésinent pas sur la bagosse qu'ils offrent à tour de bras au vieux Charley qui les a rejoints et qui a parlé aux deux compères du cadavre dans la remise à bois. En peu de temps, ils obtiennent ce qu'ils veulent. Charley sort le premier, en titubant, suivi bientôt des deux acolytes. Dehors, c'est la tempête.

– Madame Éléonore être en beau fusil contre Charley. Défendu parler des Foulards rouges, se lamente le vieil Indien.

– Laisse-la don' faire. Arrive ! On va t'payer un coup en r'venant, manipule Mountain Jack.

– Ouais ! On veut juste le wère ton Foulard rouge, pas l'manger ! rajoute Skunky.

Les trois hommes se frayent lentement un chemin dans la neige jusque derrière le bâtiment, trouvent finalement la remise. Charley indique le fanal, Mountain Jack, le moins ivre des trois, s'applique à l'allumer. Alors, ils regardent, tout de même fort intimidés, le cadavre d'un de ces hommes qui sèment la peur et la mort sur tout le territoire, le corps d'un authentique Foulard rouge. Skunky l'examine, l'esprit légèrement biaisé par l'alcool, puis, tout à coup, il lui vient une idée des plus saugrenues. Sans en faire part à ses comparses, il s'arrange pour sortir le dernier, après avoir éteint lui-même le fanal.

Le patron du poste de traite s'assoit à la table de Latulipe et offre la tournée au chasseur. Ils discutent de peaux fines. Beaulieu ne cache pas qu'il a été grandement impressionné par l'excellence des peaux rapportées par Latulipe et il lui propose quelque marché avec l'ajout d'une prime si ce dernier parvient à doubler la quantité au prochain voyage. L'accord semble sur le point de se concrétiser, mais Latulipe exige un prix légèrement supérieur. Beaulieu retourne au poste pour réfléchir, promet de lui donner une réponse dans le courant de l'après-midi.

Latulipe, attendant l'acceptation de sa contre-offre, propose quelques mains de cartes, trouve rapidement des partenaires, deux trappeurs qui viennent d'arriver à l'hôtel et qui habitent Fond du Lac. L'un d'eux, Loyer, sort comme gage deux magnifiques peaux de zibeline, de quoi payer entièrement son compte au poste de traite et recevoir en plus un généreux crédit. Mais il a préféré les jouer, comme il en a malheureusement l'habitude. Son compagnon, un dene porté lui aussi sur le jeu et la bagosse, offre quant à lui trois peaux de castor de bonne qualité. Latulipe accepte de s'occuper de la banque, échange avec empressement les peaux, qu'il compte bien récupérer de toute façon, contre des billets avec, évidemment, une commission indécente. Loyer ne reçoit que la moitié de la valeur marchande, mais il sait bien que s'il se présente au poste pour échanger les peaux, il devra payer son ardoise. Donc, pour lui, l'échange est tout à fait satisfaisant. Quant à l'Indien, il est déjà trop saoul pour protester. Aussitôt les billets en main, Loyer fait signe au barman, qui s'empresse d'apporter deux bouteilles. Pour ces deux soûlauds, ce sera également du six pour un. Ils ne verront pas la différence de toute façon. La partie s'engage aussitôt.

Beaulieu a quitté son poste de traite, a promu temporairement Ti-Cul au poste de commis au comptoir, et est retourné à l'hôtel. Il interrompt momentanément la partie de cartes, accepte le prix de Latulipe. Les deux hommes signent l'entente d'une solide poignée de mains. Le patron du poste de traite jette un regard accusateur à Loyer qui détourne les yeux, mais n'insiste pas et se dirige vers la table de Murphy. Anastasia s'est maintenant jointe aux frères Dulac et boit coup sur coup avec les deux chasseurs. Elle semble filer le parfait bonheur, bien qu'elle éprouve de plus en plus de difficulté à éviter leurs mains baladeuses. Là aussi, on négocie, et finalement, elle se retrouve assise dans le coin, entre les deux, là où il fait le plus sombre. Les deux hommes cessent tout à coup de parler, un sourire de contentement innocent littéralement figé sur leur visage. Les mouvements de va-et-vient effectués sous la table par les mains d'Anastasia sont pratiquement imperceptibles. Elle en a l'habitude. Cependant, Chumani, qui a surpris malgré elle les manigances de la Princesse, fixe maintenant farouchement le plancher. Comprenant la situation quelque peu embarrassante, le policier ne peut contenir un commentaire.

– *Damn*! Elle pourrait au moins faire ça de façon un peu plus discrète. Madame Éléonore laisse faire ça?

– Pourquoi pas? Y a pas d'gêne. Oublie pas. C't'un bordel icitte, aussi ben qu'un hôtel. Pis avant la fin d'la veillée, quasiment tout l'monde y aura passé. Sauf toé pis moé, ben entendu, sourit Beaulieu.

La nuit vient rapidement en hiver. Avec la couverture de nuages, il est à peine quatre heures que, dehors, on n'y voit plus rien. Soudain, la porte s'ouvre, entrent Charley et Mountain Jack, suivis de Skunky qui arbore fièrement à son cou le foulard rouge du mort. Dans un geste irréfléchi, il s'empare d'une carabine dans le baril et il tire un coup de feu au plafond, éclate d'un grand rire aviné. La réaction est immédiate.

Un sifflement imperceptible, venant de la salle. Skunky, étonné, recule d'un pas, baisse la tête, regarde le manche du lourd poignard de chasse qui émerge de sa poitrine. Il titube, toujours incrédule, tombe à genoux, agonise. Dans la salle, il y a un homme qui s'est levé, qui est toujours debout, le bras bien tendu dans la direction de Skunky. Un lourd silence s'abat sur l'assemblée.

Beaulieu est le premier au chevet du moribond, suivi de près par Bob, le barman. Tous les clients ont maintenant la main sur leur couteau, prêts à dégainer, prêts à se défendre, sauf l'homme au grand chapeau de feutre, qui s'est rassis tranquillement et qui se verse un autre verre, lentement, d'une main qui ne laisse voir aucun tremblement. Marteau et la Casse sont sidérés de voir cet inconnu avec un de leurs Foulards rouges autour du cou et cherchent Bellerose du regard, perçoivent immédiatement le léger mouvement de sa tête. On ne bouge pas.

– Innocent! Pourquoi t'a faite une chose pareille? demande Beaulieu, tenant Skunky dans ses bras, sans s'attendre vraiment à une réponse.

Skunky crache un peu de sang, toujours avec cet air de surprise sur le visage. Alors, lentement, ses poumons se vident, pour une dernière fois. Il ferme les yeux, c'est la fin. Tous les regards se tournent vers le policier.

XV. Le repas

Okîskwow s'est arrêtée, regarde la scène, cherche, sur la neige fraîche, tout indice d'une piste nouvelle. Satisfaite, elle s'avance lentement, avec son bâton de marche. Sa besace est lourde aujourd'hui. C'est l'heure du repas. Elle peine à enlever la lourde pièce de bois qui bloque la porte. Immédiatement, elle entend un bruit de mouvement à l'intérieur, des petits rires ravis, anxieux même, puis, c'est la comptine familière, déclinée rapidement.

Ma Mère, ô ma Mère
Il n'y a que toi ma Mère
Toi seule qui es ma Mère
Toi seule qui m'as sauvé
Toi seule qui me possèdes
Toi seule qui me nourris
Toi seule qui me chéris
À toi seule j'obéis
Sinon serai puni
Ma Mère, ô ma Mère
Il n'y a que toi ma Mère...

Okîskwow écoute, ouvre finalement la lourde porte, entre dans le *mîkiwahpis*, lance sa besace, tout au fond, dans la tanière. La comptine cesse instantanément, un silence soudain s'installe, quelques secondes passent. Puis, c'est l'épouvante. Des cris, aigus, rauques, inhumains. La bête est sortie de la besace. Tour à tour, cris de guerre, cris de frustration, cris de rage, parfois de douleur aussi. Pas de course, objets renversés, bruits sourds de casse-tête qui frappent les murs, le sol, parfois le bruit sourd d'un coup au but. Puis, les plaintes de détresse de l'animal cessent finalement, cris de victoire finale, autres petits ricanements excités.

Okîskwow pénètre donc dans la caverne, l'antre où règne en permanence une odeur presque malsaine. L'endroit est complètement sens dessus dessous. Il était temps qu'elle revienne, pour la nourriture, pour la réserve de bois de chauffage aussi, car elle est presque épuisée. Il faudra aussi vider le seau à excréments qui déborde sur le sol, nettoyer la tanière. Elle ramasse sa besace d'où est sortie la marmotte devenue enragée à cause de sa capture, des mauvais traitements, du manque de nourriture, et d'une série de violents coups de bâton préalablement administrés par la Mère, chose nécessaire pour garder l'adversaire féroce. La bataille n'en fut que plus profitable. Et, comme d'habitude, comme depuis toujours, l'animal a été vaincu. Au fil des ans, les leçons de survie de la Mère ont été bien assimilées. Seules quelques égratignures font foi de l'ardeur de l'engagement. Il y a du sang frais partout, mais uniquement celui de la bête. Dans un coin de l'antre, suscitant des grognements avides, la marmotte est littéralement déchirée en morceaux, puis mangée, crue. C'est ainsi, tous les deux jours, comme avec les chiens. Seules les victimes changent, lièvres, rats musqués, écureuils. En quelques occasions cependant, la viande est cuite et offerte par la Mère elle-même, en récompense. Pas cette fois. Ce genre de repas doit être mérité. Une fois de plus, Okîskwow est satisfaite du résultat.

Lentement, elle replace les différents objets déplacés par la bataille. Les trophées rapportés l'autre jour sont toujours là, pendants, là où elle les avait accrochés au mur du *mîkiwahpis*. Cette viande fraîche aurait pu être dévorée pendant son absence, malgré l'interdiction formelle. La peur du châtiment aura une fois de plus servi la cause d'Okîskwow. Bientôt, promet-elle, il y en aura d'autres, semblables.

Elle entreprend donc le nettoyage de la pièce, vide le seau d'excréments, s'occupe aussi de la provision d'eau et de bois pour le foyer. Puis, tandis qu'elle se repose près du feu, préparant la potion, une tête se pose doucement sur sa cuisse, hésitante. L'acte de soumission la gave d'orgueil. Elle caresse les cheveux en broussailles, sales et malodorants. Elle distribue alors le puissant narcotique tant attendu, puis reprend tout bas la douce ballade, celle qu'elle a toujours chantée, celle qui avait le don de calmer les pleurs, autrefois. Oui, bientôt, d'autres hommes mourront.

XVI. L'homme
au grand chapeau

Charley, soudain dégrisé, disparaît vers la cuisine. Loyer, de nouveau à sec, préfère l'orage qui l'attend à la maison plutôt que d'être impliqué dans un incident aussi grave. Il est le second à emprunter cette sortie rapide. Les autres chasseurs locaux se bousculent pour rentrer vite eux aussi à la maison. Sur un autre signe imperceptible de Bellerose, les faux frères Dulac ramassent capots et carabines, et sortent dans la tempête. Ils en seront quittes pour bivouaquer à la dure dans une des cabanes abandonnées du village. Heureusement, ils transportent en permanence sur leur traîneau tout ce qu'il faut, peaux de couchage, poêle de voyage, vivres, équipement de survie. En puisant dans la réserve de bois de l'hôtel, ils pourront même passer la nuit bien au chaud.

Murphy s'avance, se tient debout face à l'homme au grand chapeau. Ce dernier daigne finalement lever les yeux vers le policier.

– Qu'est-ce qui vous a pris? demande ce dernier.

L'homme au grand chapeau le regarde droit dans les yeux.

– Vous êtes qui, vous?

– Je m'appelle Murphy. Je suis de la police montée. Maintenant, répondez à mes questions. Pour commencer, c'est quoi votre nom?

– Mon nom vous dira rien. J'peux ben vous dire n'importe quoi. App'lez-moé comme vous voulez.

– OK. Qu'est-ce qui vous a pris de tuer cet homme?

– C't'un Foulard rouge. Si vous êtes d'la police montée, vous d'vez sawère qu'y sont des hors-la-loi recherchés dans tout l'territoire. Y' a même une prime pour çartins d'entre eux.

– Ah, c'est donc ça. Vous êtes chasseur de prime.

– On peut dire ça, répond froidement l'inconnu.

– On a juste un petit problème, monsieur le *bounty hunter*. Celui qu'vous avez tué, c'est Skunky, un habitué d'la place. C'est pas un Foulard rouge. Y a fait ça pour faire une farce, *damn*.

– Ben y' aurait pas dû, dit l'homme en restant de glace. J'ai cru à une attaque des Foulards rouges. J'ai agi par réflexe. C'est d'la légitime défense, c'est toute! Y' avait pas d'affaire à porter un foulard rouge pis à tirer en l'air comme ça.

Murphy réfléchit. Bien commode comme explication, mais juste aussi.

– Vous êtes pas mal habile avec un couteau pour réussir un coup pareil, constate Murphy.

– Voyons don'! Vous savez ben qu'la moitié des gars d'bois icitte peuvent en faire autant. Tiens, vous, vous pouvez sûrement nous en montrer à toute la gang avec un couteau. J'vous connais, vous autres, d'la *Mounted Police*. Vous êtes pires que nous autres. En passant, j'peux-t-y l'rawère, mon couteau?

– Pas pour l'instant. Quant à vous, monsieur, vous restez ici jusqu'à nouvel ordre, ordonne Murphy.

L'homme, pour toute réponse, porte la main à son chapeau en guise de salut, puis replonge son regard sur son verre qu'il remplit à nouveau. Tandis que Beaulieu et Mountain Jack transportent Skunky vers la *shed* à bois, le policier retourne à sa table pour évaluer la situation et déterminer ses options. À Latulipe qui s'approche :

– C'est qui c'gars-là ? L'avez-vous déjà vu de par ici auparavant ?

– Non. Pas pour moé en parqua. Y s'dit chasseu' de prime. Y'en a sûrement l'pouwère, pis l'allure, mais y' a quéq'chose de croche. On dirait qu'y' attendait quéqu'un, comme si y savait quessé qu'y' arriverait, analyse Latulipe.

– Ouais. C'est pas mal bizarre tout ça. Mais quand même. Il a raison. J'peux pas le charger. Skunky n'aurait pas dû faire une niaiserie de même, pas avec des étrangers dans la place.

Le patron est de retour, remet l'arme du crime au policier.

– Y' a pas d'raison d'y laisser ça dans l'corps. On va l'garder dans' *shed* avec l'aut' pour astheure, pis on va les enterrer au printemps. Skunky a pas d'famille, mais j'va garder ses affaires pareil. On sait pas. Si quéqu'un les réclame, tant mieux. Sinon, à l'enterrement, j'va les donner aux pauvres du villâge.

Murphy acquiesce, retourne le problème dans sa tête, prend rapidement une décision, rejoint l'inconnu à sa table.

– Voici votre couteau, monsieur.

L'inconnu l'essuie cavalièrement sur son pantalon, puis rengaine l'arme blanche.

– J'peux savoir ce que vous avez l'intention de faire à présent ? demande le policier.

– C't'un grand pays. Un pays libre. J'pense que j'va rester un bout, histoire de wère si la chasse est bonne par icitte.

– Quelle sorte de chasse ?

– Celle qui rapporte le plus !

– J'suis ici pour enquêter sur les Foulards rouges, justement. Y faudrait pas que j'vous retrouve trop souvent sur mon chemin. J'vous laisse aller, pour cette fois. *But don't push it, Mister !*

En réponse à cet avertissement, l'inconnu salue en portant de nouveau la main à son chapeau avec un léger signe de la tête, reporte une fois de plus son intérêt sur son verre qui semble toujours vide.

Au village, la nouvelle s'est vite répandue. Personne ne sortira ce soir. Et avec la tempête, Éléonore sait bien qu'il n'y aura pas achalandage. Elle s'adresse donc aux visiteurs.

– Mes chambres sont farmées pour l'hiver, mais pour ceux qui veulent rester à coucher, vous pouvez installer vot'-grabat où vous voulez icitte dans salle. J'charge une piass' pour la nuitte. Ou ben, vous pouvez toujours vous trouver une cabane vide dans l'villâge. Y en a quéques-unes. J'peux vous vendre du bois pour chauffer, si vous en trouvez une avec un poêle pis une ch'minée qui marche encôre. Y a parsonne d'autre qui va v'nir icitte à soir. Pas apra une histoire pareille. Vous pourrez dormir en paix. C't'à vous autres de choisir !

Latulipe, l'inconnu et Mountain Jack acceptent l'offre de la patronne, payent Bob qui assure la cueillette et sortent tour à tour pour chercher leur couchage. Leurs chiens sont depuis longtemps couchés en boule et déjà à moitié recouverts de neige.

Marteau et la Casse ont trouvé refuge dans une vieille cabane en bois rond, derrière l'hôtel, près des bécosses. Trouver le bois pour chauffer a simplement été, pour eux, une question de découvrir la réserve de l'hôtel. Le vieux poêle rouillé, après un peu de persuasion et quelques coups de pied bien placés, ronronne maintenant allègrement.

– Quessé qu'on fa ? demande Marteau en mâchant un morceau de caribou fumé.

– On attend. Le *Boss* sait c'qui fa. Y va v'nir.

Sur ce, en réponse à la Casse, la porte s'ouvre.

– Vous êtes icitte vous aut' ? Une chance qu'vous avez allumé un fanal. J'vous aurais jamais trouvés, 'barnac. On a du troub', les gars. C'est le Brun qui s'est fait awère icitte, au villâge. J'viens d'aller dans *shed* à bois. C'est là qu'y l'ont gardé. Aussitôt qu'vous pourrez, au matin, décampez. R'tournez au campe. Toé, la Casse, tu m'remplaces. Tiens les gars occupés, mais garde-les autour. Espérez-moé dans deux, p't'être même trois jours. Y faut qu'j'en sache plus long. T'nez. V'là deux bouteilles. Une pour à soir, pour vous autres. L'autre, c'est pour les gars, au campe. Partez pas su'a brosse, mes 'barnacs. Aussitôt qui fa clair, enwèyez au campe !

Puis, levant la main, il coupe court à l'avalanche de questions de ses compagnons.

— J'ai pas l'temps. J'vous expliquerai toute betôt. Faut qu'je r'tourne. Oubliez pas c'que j'viens d'dire. À revoyure !

Déjà, Bellerose a disparu dans la nuit.

En attendant, à l'hôtel, on prépare les grabats, on fume tranquillement, chacun dans son coin. Anastasia, qui a hérité de la bouteille des faux frères Dulac, n'a pas quitté leur table et s'y est établie à demeure, pendant que Bob frotte toujours son verre derrière le bar. Charley brille par son absence, Catfish, comme d'habitude, à la cuisine. Seuls Murphy, Chumani, Michel Beaulieu et Éléonore fraternisent toujours, assis à la même table, tout près du bar.

— Dire que c'est pogné pour deux trois jours ! se plaint le patron.

Murphy se fait devin, envoie un clin d'œil à Chumani.

— Mais non. Demain, la tempête va tomber. Nous, on va partir pour la rivière Bulyea pour tenter de retrouver la bande de Chumani. Il est temps qu'elle rentre chez elle.

— Demain ? *No way* ! J'vous dis qu'c'est pogné pour une couple de jours au moins. Pis, quessé qu'tu vas faire du grand chapeau, lui ?

— Y' a besoin de ne pas se trouver sur mon chemin. En attendant, y a pas grand-chose que j'peux faire, en tout cas, légalement. Mais s'il m'embête encore celui-là, y va voir de quel bois je me chauffe.

– Tu vas awère besoin d'équipement, pis d'provisions.

– Ouais. Demain matin, on va s'occuper de tout ça. En attendant, je pense qu'une autre bonne nuit de sommeil ne m'ferait pas de tort.

Beaulieu acquiesce, le policier se lève, accompagné par Chumani.

– J'va farmer, Madame, lance Bob. Craignez pas. J'm'occupe de toute.

Éléonore a retrouvé sa suite à l'étage, Anastasia sa propre chambre, bien que difficilement. En bas, les trois invités s'installent à la bonne franquette, à même le sol, sur leurs peaux de couchage. Charley et Catfish, quant à eux, ronflent déjà dans la cuisine. Bob bourre une dernière fois le poêle qui sera leur seule et unique source de chaleur pour la nuit, assure la porte principale, ferme les fanaux et monte à son tour.

Ce soir-là, il n'y a plus de gêne entre Murphy et Chumani. Leur appréhension finalement apprivoisée se transforme en une passion soudaine et démesurée qui les emporte tous les deux dans un tourbillon d'étreintes et de caresses où alternent furie et tendresse. Puis, épuisés, en sueur, ils s'endorment doucement, dans les bras l'un de l'autre.

Au matin, une certaine fébrilité règne dans l'air. Un soleil éclatant communique sa bonne humeur et on déjeune avec appétit. Juste avant le lever du jour, suivant les ordres de Bellerose, Marteau et la Casse ont quitté le village, en douce. À l'hôtel, tous ont rejoint une grande table commune pour le premier repas du matin, sauf l'inconnu au grand chapeau, qui reste fidèle à sa solitude. On discute, raconte, questionne. Mountain Jack dévore assiette sur assiette, semble avoir complètement oublié les malheureux incidents de la veille. Latulipe s'informe auprès du policier.

– De quel bord vous pensez aller à matin ?

– Vers l'est, jusqu'à la rivière Bulyea. Je vais tenter de retrouver un village indien dans ce coin-là. Michel m'a fait une carte.

146

J'pense bien le trouver sans problème, si le camp est toujours là, évidemment.

– Pis, vos Foulards rouges?

– Une chose à la fois, monsieur Latulipe. Retrouver le village de cette jeune femme est aussi important, pour l'instant, et pour plusieurs raisons. Vous, qu'avez-vous l'intention de faire?

– Ben j'va r'tourner trapper. J'ai un *deal* avec Beaulieu astheure qui va m'rapporter pas mal gros. Mais dites-moé don'. Y para qu'vous avez descendu une couple de Foulards rouges plus haut su'a p'tite rivière?

– Les nouvelles vont vite, constate le policier. Tout ce que j'peux vous dire, c'est que quatre Foulards rouges sont morts.

En prononçant ces dernières paroles, Murphy regarde en direction de l'inconnu. Ce dernier lève les yeux, fixe le policier un bref instant, retourne à son repas en hochant la tête.

Même effervescence au poste de traite. Plusieurs trappeurs du village préparent leur prochaine expédition. Latulipe y est de retour pour échanger les peaux gagnées la veille. Évidemment, il en tire le maximum. Loyer, qui assiste impuissant à la transaction, et son épouse, qui a hérité d'une bosse au-dessus de l'œil gauche, sont venus implorer quelques crédits supplémentaires. Ti-Cul va et vient entre les traîneaux déjà attelés, prêts à partir, et le poste, transportant denrées et équipements de toutes sortes. Murphy, accoudé au comptoir, regarde Chumani toujours émerveillée devant tant d'opulence et l'invite à le rejoindre.

– Tu as cent piass'. Tu peux acheter ce que tu veux. Choisis bien.

La jeune femme fouille maladroitement dans une poche de pantalon, sort la poignée de billets tout froissés qu'elle pose sur le comptoir. Beaulieu la regarde, attend la commande. Chumani reste muette.

– Qu'est-ce que tu veux en échange de ton argent ? Avec cent piass', tu peux t'acheter absolument n'importe quoi. Tout ce que tu veux, dit le commerçant.

Chumani fait un signe vers Murphy.

– Non, non. C'est ton argent. C'est toi qui décides, explique le policier.

La jeune femme refait le même geste. Le policier demeure perplexe. Puis, Beaulieu s'esclaffe, rit à s'en tenir les côtes. Il a compris. Chumani sourit timidement. Murphy reste perplexe. Le patron parvient, non sans difficulté, à prononcer quelques mots.

– Veux-tu l'awère toute enveloppé ?

Et il continue à rire de plus belle, les larmes aux yeux, devant un Murphy de plus en plus confondu, et la jeune femme qui commence à s'impatienter. Il lève la main, tente désespérément de se maîtriser, de reprendre son souffle en regardant toujours le policier.

– *What ?* lance ce dernier.

– Eh ben. C'est ben la première fois que j'vends un *Mountie*, répond Beaulieu en retenant difficilement un autre fou rire.

Cette fois, Murphy saisit ce qu'il se passe, regarde Chumani qui baisse la tête. Il ne peut s'empêcher de sourire. Il ouvre la bouche, mais la jeune femme lui coupe la parole.

– Lui a dit Chumani acheter n'importe quoi, se défend-elle.

Murphy la prend doucement par les épaules, bien en face de lui, explique patiemment.

– Chumani, je sais que, chez vous, cette pratique existe et que les hommes doivent donner quelque chose en échange de la jeune fille qu'ils convoitent. Mais pas chez l'homme blanc. On ne peut pas acheter une femme, ou un homme, du moins, pas légalement. Tu ne peux pas m'acheter, tout comme je ne peux pas t'acheter.

– Si tu donnes assez à grand-père, tu peux acheter Chumani.

– Oui, je sais, mais ce n'est pas la coutume de l'homme blanc. Je suis désolé.

Ces dernières paroles aussitôt prononcées, Murphy se rend compte qu'en fait il se sent vraiment désolé. Rapidement, il chasse cette pensée de son esprit.

– Écoute, Chumani. Je suis flatté, et je te remercie. Mais pour l'instant, achète des choses pour ta bande. D'après ce que j'ai entendu, ils auront besoin de tout ce que tu pourras leur apporter pour passer l'hiver. Pense à eux. Pense à ton grand-père, justement.

Du coup, la jeune femme, boudeuse, semble se désintéresser de l'argent et de toute transaction future. Murphy hausse les épaules et entreprend de déterminer avec l'aide de Beaulieu les meilleurs achats à effectuer. Ils optent pour quelques poches de farine, une bonne pile de couvertures en laine du pays, quelques haches, un godendard, une demi-douzaine de boîtes d'allumettes. Puis, quelques rouleaux de babiche, un sac de blé en semences, un gros sac de sel pour le traitement des peaux. Beaulieu ajoute une poignée de friandises, pour les petits. Parmi un étalage de carabines sur le mur, Murphy demande à Chumani de reconnaître les carabines qu'utilisent les chasseurs de sa tribu, et la jeune femme, sans hésiter, pointe vers une Winchester de calibre 40. Quelques boîtes de balles rejoignent le lot sur le comptoir. Sur son propre compte, il achète deux paquets de tabac qu'il offrira au chef et à ses guerriers, également quelques chaudrons de fonte et un quartier complet de caribou. Beaulieu, qui ne veut pas demeurer en reste, rajoute de son propre chef deux autres poches de farine, une autre pile de couvertures, un gros sac de café et quelques paquets de tabac.

– Vous allez faire ben des heureux, dit Éléonore qui est venue assister au grand départ.

Ti-Cul s'empresse de transporter le tout jusqu'au traîneau de Chumani.

– D'après ce que j'ai entendu, ces gens ont fui leur camp l'automne dernier, ce qui veut dire qu'ils sont partis sans leur réserve de nourriture, probablement sans équipement. S'ils ont réussi à survivre, ce qui n'est pas certain, ils auront sûrement besoin de toutes ces choses. C'est aussi le rôle de la *North Western Mounted Police* d'aider les gens dans le besoin. Je ne fais que mon travail. Mais il faudra tout d'abord les retrouver.

Bientôt, tout est prêt pour le départ. Les chiens jappent sans arrêt, sentant le départ imminent. Latulipe et Mountain Jack sont également prêts à partir et tout le monde échange poignées de mains et vœux de bonne route sur le perron du poste de traite. À la fenêtre de l'hôtel, l'inconnu au grand chapeau regarde le groupe dans la cour. Il est temps pour lui aussi de partir. Sans se presser, il enfile son lourd capot.

XVII. *Kaskitew Maskwa*

Kaskitew Maskwa, Brown Bear, le chef de bande du clan des Ours, est un cousin éloigné du fameux Mistahi Maskwa, Big Bear, le chef cri des plaines du Sud, emprisonné comme tant d'autres pour avoir participé à la rébellion de 1885, lui qui, avec le chef PoundMaker, n'avait cessé de prêcher la non-violence et essayé par tous les moyens d'intervenir auprès de son fils guerrier Ayimisis et du chef de guerre Kapapamahchakwew pour faire cesser les hostilités contre les Blancs. Mais la cour de Regina, maîtresse omniprésente et unique représentante de la justice de l'homme blanc, démontrant encore une fois sa candeur proverbiale, cette même cour qui avait expédié Louis Riel à la potence, n'avait délibéré que quinze minutes avant de condamner le chef pacifique. Trahison, cette fois, fut le prétexte à une sentence de trois ans d'incarcération. Et on fit bien comprendre à Mistahi Maskwa que la terre ancestrale sur laquelle il avait toujours vécu et chassé le bison des plaines, terre qu'il croyait être celle de ses ancêtres et de son peuple, appartenait en fait à une reine inconnue, prénommée Victoria, qui vivait dans un pays fort lointain. On ajouta que ce n'était que grâce à l'immense bonté de cette vieille dame que l'on permettait aux Cris de vivre sur ces terres et aux Blancs d'y massacrer tous les troupeaux de bisons pour satisfaire leur soif insatiable de fourrures luxuriantes. Le grand chef Mistahi Maskwa croupissait depuis lors dans la prison de Stoney Mountain.

Dans le grand *mîkiwahpis* communautaire, le seul, assis près du premier foyer, Kaskitew Maskwa semble dormir, une vieille peau de bison des prairies sur les épaules. Mais il ne dort point. Il revit le cauchemar, comme chaque soir depuis lors. Cette peau, justement, cadeau reçu en main propre de *Big Bear* lors d'un pow-wow plusieurs années auparavant, est la seule chose qu'il a pu sauver du raid sur leur village. Sans provision, sans cheval, avec seulement quelques chiens errants qui avaient échappé au massacre, les survivants de l'attaque s'étaient retrouvés par miracle au milieu de la forêt et en pleine nuit, après avoir fui aveuglément de tous les côtés, après que la poursuite effrénée se fut terminée à mesure que les plus jeunes femmes étaient capturées, une à une, par les diables aux Foulards rouges. Talasi, Aquene, Kwanita, Sora, Chumani... Les survivants s'étaient regroupés en un cercle serré, à l'abri d'un épais boisé de sapinage, avec les quelques enfants rescapés au centre, tout comme l'aurait fait un troupeau de bêtes sauvages. Et c'est alors que toute l'horreur de la situation avait frappé Kaskitew Maskwa. Presque tous les hommes, chasseurs et guerriers, qui avaient affronté les diables rouges, étaient tombés durant l'attaque. Plusieurs jeunes enfants manquaient également à l'appel. Et, à l'aube de la saison hivernale, il n'y avait plus de réserve de nourriture ni aucun outil nécessaire pour construire un abri. Sans compter les blessures de toutes sortes qu'il fallait soigner. Okîskwow, qui avait également disparu, lui avait ordonné, pendant la bataille, comme elle seule avait l'arrogance de le faire, de conduire la bande vers l'est, jusqu'à la prochaine rivière. Sans réellement savoir pourquoi, il avait obéi à la vieille folle.

La bande réussit à tenir jusqu'au matin et le groupe repartit dès le lever du jour, non sans avoir perdu deux autres membres de la bande, morts de leurs blessures pendant la nuit. La progression fut lente, et Kaskitew Maskwa savait qu'ils ne pourraient pas maintenir l'allure bien longtemps, même s'ils voulaient s'éloigner le plus rapidement possible de leur ancien camp. Il fallait trouver abri et nourriture, et rapidement.

C'est à ce moment désespéré qu'un second miracle se produisit. Ka Peyakot Mahihkan, « Loup Solitaire », et Pakisimow, « Coucher de Lune », tous deux du clan des Loups, deux inséparables depuis leur plus tendre enfance, chasseurs qui se trouvaient aux bois lors de l'attaque, tombèrent par hasard sur le groupe de survivants. Ils rapportaient deux gros caribous des bois sur leurs robustes chevaux. On fit immédiatement un feu à l'abri du vent sur le côté d'un gros rocher et on mit à cuire de nombreuses lanières de viande sur des piquets en bois dur. Après avoir entendu le récit des derniers événements, les deux guerriers réclamèrent vengeance, mais Kaskitew Maskwa leur fit rapidement comprendre qu'ils n'avaient plus le droit d'abandonner la bande, car ils étaient désormais à peu près les seuls garants de leur avenir et de leur survie.

Après le repas, la bande repartit, toujours vers l'est. Avec les chevaux, la progression fut un peu moins ardue. Ils assemblèrent rapidement de petits troncs d'arbres liés ensemble en triangles, qu'ils attachèrent aux chevaux et sur lesquels prirent place ceux qui ne pouvaient plus marcher. Ils trouvèrent un autre abri naturel pour le bivouac du soir, et les hommes passèrent la nuit à alimenter le feu autour duquel la troupe s'était regroupée pour dormir à même le sol. Ils en profitèrent pour faire cuire d'autres lanières de viande et, au matin, chacun eut droit à une généreuse part de venaison.

Ils s'abreuvèrent à même un petit ruisseau qui coulait à peine. Puis, les hommes reprirent la route, épuisés, mais soutenus par la rage au cœur. Et c'est ainsi que, deux jours plus tard, ils arrivèrent enfin sur les rives de la rivière Bulyea. Comme Okiskwow l'avait prédit, l'endroit semblait propice à l'établissement d'un nouveau camp. Seules leur volonté, leur habileté, et surtout leur ingéniosité permirent la construction d'un grand *mîkiwahpis* à trois foyers, assez vaste pour accueillir tous les survivants du massacre, qui s'y précipitèrent avant même qu'il soit achevé. On devait en même temps refaire la provision de bois, de nourriture aussi, car l'hiver arrivait à grands pas et ce qui restait des deux caribous ne suffirait pas. Tout le monde s'attela à la tâche, et c'est ainsi que la bande put survivre et que Kaskitew Maskwa fut enfin débarrassé d'Okîskwow. Cependant, il eut de ses nouvelles une semaine plus tard. En effet, Talasi, Aquene, Kwanita et Sora arrivèrent un bon soir, à la tombée de la nuit, épuisées, affamées. Elles racontèrent comment Okîskwow, qui avait survécu au carnage on ne savait comment, après leur avoir fourni une potion à donner à leurs ravisseurs, leur avait indiqué la route à suivre pour retrouver le nouveau camp. De concert, à la faveur d'une nuit sans lune, elles avaient administré le puissant narcotique, puis s'étaient enfuies en laissant à chacun un avertissement sérieux, autre idée de la vieille folle. Toutes étaient du clan des Loups. Elles n'avaient toutefois aucune nouvelle de Chumani, si ce n'est que cette dernière avait aussi été capturée au début de l'attaque et se trouvait prisonnière au camp, la première nuit. On ne l'avait pas revue et on la croyait morte aux mains des diables rouges. Ce soir-là, avec l'arrivée des quatre jeunes filles, un peu d'espoir revint dans le cœur de Kaskitew Maskwa et de ses réfugiés.

Le vieux guerrier était un homme fier. Il venait d'une lignée de chefs. Mais malgré l'arrivée des jeunes filles, son moral restait brisé. Il n'avait pu défendre sa bande contre l'attaque de l'homme blanc. Ses os étaient vieux, beaucoup trop vieux, et le faisaient souffrir. Et maintenant, de sa bande, il ne restait plus qu'une poignée de vaillants guerriers, quatre jeunes filles, qui étaient peut-être déjà enceintes et qui, de toute façon, ne faisaient pas partie du clan des Ours, une demi-douzaine d'enfants, quelques femmes trop âgées pour être fécondes, quelques vieillards trop vieux, tout comme lui, pour faire quoi que ce soit, inutiles. Sa position était précaire, peut-être mise au défi à tout moment, et il entrevoyait la fin définitive du règne de son clan. De plus, la bande avait dû abandonner le lieu sacré où reposaient les ancêtres, sans même avoir pu y transporter ceux qui avaient été tués durant l'attaque sournoise des diables rouges. Leurs cadavres pourriraient dans la forêt, là où ils étaient tombés. Comment leur âme pourrait-elle retrouver le chemin qui mène aux terres sacrées où les attendraient en vain les ancêtres?

Kaskitew Maskwa était constamment accablé par le souci. L'hiver était dur, surtout qu'ils n'avaient guère de réserves. Les enfants avaient faim, les vieux se traînaient, devenus trop faibles pour marcher. Certaines denrées, comme les légumes et la farine leur manquaient cruellement. Couvertures, armes et munitions, outils et peaux de couchage aussi. Ils avaient tout de même réussi à fabriquer un traîneau et un harnais pour les quatre chiens errants récupérés après l'attaque. Les deux chevaux bénéficiaient maintenant de leur propre abri, mais le fourrage manquait et, chaque jour, on devait creuser dans la neige pour arracher au sol gelé les quelques poignées de foin séché qui devenaient leur maigre pitance. Le bois de chauffage était devenu lui aussi une quête permanente. Sans hache ni godendard, on devait se contenter des branches tombées au sol. Alors, il fallait chercher le bois mort de plus en plus loin du camp, bois qui, enseveli sous les bordées de neige, se faisait de plus en plus rare. C'était la même chose pour la viande et le poisson, que l'on devait chasser et pêcher au jour le jour. Aucun répit. Si la chasse était fructueuse, on mangeait au repas du soir. Sinon, on se couchait le ventre vide. C'était une bataille incessante contre la famine. La survie demeurait précaire, l'espoir s'était envolé.

XVIII. Totem maléfique

Vers midi, Marteau et la Casse sont de retour au camp des Foulards rouges. L'absence de Bellerose étonne la bande et les deux compères ont tôt fait d'en connaître la raison. Bombardés de questions, ils doivent avouer que, finalement, ils n'ont pas appris grand-chose, si ce n'est qu'un policier de la *Mounted Police* est sur leurs traces.

— Ben maudit bâtard. On est dans'marde, déclare aussitôt Delisle.

— Ouais. Ces osties-là, quand t'es as au cul, y t'lâche pas, renchérit Jean-Baptiste.

— Crains pas. C'est pas un *Mountie* tu seu' qui va v'nir nous arrêter icitte, j't'en passe un papier, se défend bien Boiteux. On va y faire la peau, pis vite faite à part de t'ça.

— N'empêche qu'y a déjà eu la Bosse, l'Oreille, le Brun pis Bavard, rappelle Delisle.

— Ça, c'est rien d'çartin, rectifie la Casse. D'apra c'qu'on a entendu, le Brun s'est fait awère au villâge. Y' a été égorgé. Pis y para que quéqu'un y' a coupé la quéquette par-dessus l'marché, simonaque. C'est pas la police qu'y' a faite ça.

L'assemblée est sidérée. Qui aurait bien pu faire une chose pareille? Qui oserait narguer les Foulards rouges d'une façon si insolente?

– Pis les autres? demande Cook.

– On sait pas. J'pense qu'la police en a eu deux. D'apra moé, y' a eu l'Oreille pis Bavard. On sait pas pour la Bosse, explique la Casse. Y' a disparu. C'qui est çartin, c'est qu'en attendant, c'est moé qui est l'*boss*. C'est Bellerose qui l'a dit, simonaque. Pis les ordres chont de l'attendre. Y va t'être icitte dans quéq'jours. Mais à partir d'astheure, on va mettre un piquet, jour et nuitte. Y' a quéqu'un qui est apra nous autres. Faut s'*watcher*.

On murmure, fait des hypothèses, propose des solutions. Puis tout à coup...

– Y a quéqu'un là, crie soudainement Cook en pointant une ombre qui se détache sur la paroi de la tente.

Marteau, le plus près de la porte, est le premier à sortir, carabine à la main. La Casse lui emboîte le pas, manque même de le renverser.

– Tabarnouche. C'est rien qu'la vieille, dit-il en voyant Okîskwow qui se dirige à petits pas rapides vers son *mîkiwahpis* délabré.

– Quessé qu'a fa encore la vieille folle? demande Boiteux qui arrive à son tour, suivi du reste de la bande.

– On d'vrait y faire la peau à c't'ostie-là, dit Jean-Baptiste. A m'fa peur à moé.

– Ouais! Pis a garde des animaux vivants dans sa maudite cabane. Ça sent a marde la d'dans. Je l'sais, j'y ai été un coup qu'était partie. Pis y' a toutes sortes de gréements bizarres qui pendent de partout au plafond. J'vous l'dis. C'est malsain d'la garder icitte. C't'une sorciére, maudit bâtard, ajoute Delisle.

– Bellerose a dit d'pas y toucher, tranche la Casse. On y touche pas. C'est rien qu'une vieille folle. Aura! On rentre.

Le petit rire de satisfaction d'Okîskwow est enterré sous les murmures de mécontentement général de la bande qui réintègre la grande tente. Tous partagent l'avis de Jean-Baptiste, ayant, à un moment ou à un autre, ressenti le même inconfort en présence de la vieille folle. Okîskwow rit de nouveau. Les diables rouges ont peur. Peut-être que le temps est venu de frapper de nouveau. À petits pas rapides, elle change de trajectoire, s'enfonce dans la forêt, toujours en ricanant.

Chumani et Murphy ont pris la piste, suivant la berge nord de la rivière qui porte le même nom que le village. Le temps est radieux, l'air vif et sec. Ils vont bon train, les chiens ravis de courir enfin après cette trop longue pause. Pour le repas du midi, on s'arrête et se met à l'abri du vent, à l'orée de la forêt. Murphy allume rapidement un petit feu de bois mort recueilli çà et là aux alentours, Chumani y prépare le thé. Un morceau de viande fumée, un thé chaud, voilà le repas du midi coutumier des trappeurs et des chasseurs de ces contrées inhospitalières. Rapide, roboratif, efficace.

Puis ils repartent, après moins d'une demi-heure de repos. Les jours sont courts, il faut en profiter au maximum. Ils réussissent à maintenir une bonne cadence, si bien que vers les quatre heures, alors que la brunante se fait de plus en plus insistante, ils installent le bivouac à l'embouchure de la rivière Bulyea, un peu en retrait de la berge, dans un boisé de sapinage, bien à l'abri du vent qui semble vouloir se lever de nouveau. En quelques coups de hache, Murphy fabrique l'armature de la tente avec des troncs aux bonnes dimensions, tandis que Chumani se met en quête de bois mort, de petits morceaux pour le poêle intérieur, de grosses branches pour le feu de camp. On s'affaire en silence, chacun conscient des tâches à accomplir. Les chiens sont dételés, puis attachés tout autour, séparément, et nourris de poissons gelés pris dans la réserve du poste de traite. La tente est ensuite montée sur la structure rudimentaire fabriquée par le policier, les côtés sont remblayés de l'extérieur avec de la neige pour les maintenir solidement au sol et assurer aussi une bonne barrière thermique contre le froid glacial de la nuit. Chumani a ramassé une multitude de petites branches de sapin qu'elle dispose maintenant sur le sol, à l'intérieur de la tente, sauf à l'endroit où Murphy a posé le petit poêle de voyage, faisant monter la cheminée à travers le toit par une ouverture conçue exprès et renforcée de cuir rigide pour mieux résister à la chaleur intense. Finalement, les peaux de couchage sont installées sur la couche de sapin qui, en plus de dégager une odeur agréable, isolera les dormeurs du sol complètement gelé. Un feu brûle bientôt dans le petit poêle de voyage, une bonne réserve de petit bois est empilée à portée de la main.

Sur le feu de camp, un unique chaudron de fonte dans lequel on a lancé quelques poignées de neige et plusieurs morceaux de venaison séchée, une bouilloire pour le thé. À l'intérieur, Chumani prépare la *banik*, pain traditionnel sans levure, faite de farine et de graisse, qu'elle cuira sur le poêle. Alors, le policier et la jeune femme crie partagent le repas à l'intérieur de la tente, à même le chaudron, y trempant tour à tour de généreux morceaux de *banik* qui absorbent le jus épaissi par la cuisson, dégustant la viande attendrie qu'ils mangent avec leurs doigts. Un thé bien chaud termine ce repas bien mérité. Un bon abri, un feu, un repas chaud. L'essentiel, le vrai bonheur.

– *Mahihkan*, dit simplement Chumani.

– Oui, je sais. Il y a des loups par ici. Il va falloir être vigilant, garder le feu allumé toute la nuit, pour les chiens.

Chumani signe son accord d'un léger coup de tête. Les loups détestent les chiens de traîneau qu'ils attaquent et tuent impunément, sauf s'ils sont assez près de l'homme et de son feu de camp qu'ils n'osent pas approcher.

Il fait déjà nuit. L'heure est maintenant venue où le loup hurle dans le lointain, rejoint les autres pour former une bande, ravaude la forêt, flaire, hume et traque. Omniprésent, il fait soudain entendre sa longue plainte, lugubre, dont il est impossible de déterminer la provenance exacte. On l'entend aussi au camp des Foulards rouges, à la grande satisfaction d'Okîskwow. On l'entend au poste de traite, au Paris Hôtel. Sur la rivière Maudite, à Fond du Lac, sur les berges de la Bulyea, on l'entend également. Murphy, qui a pris d'office le premier tour de garde et a la ferme intention d'y passer la nuit, rajoute quelques branches sur le feu de camp, instinctivement, pour rassurer les chiens qui montrent déjà certains signes d'angoisse. Chumani, elle, bien au chaud, s'est endormie profondément.

Boiteux maudit intérieurement la Casse de l'avoir posté en sentinelle. Il a froid, n'apprécie pas non plus la noirceur ni la solitude. Heureusement qu'il a pu convaincre Cook de lui refiler une flasque de bagosse, qui est malheureusement déjà presque vide. Il arpente lentement le pourtour du camp, carabine sous le bras, évitant cependant les abords du wigwam de la vieille sorcière. Surtout pas la nuit. Tout à coup, une trouée apparaît dans la couche nuageuse et la lune éclaire soudain le camp qu'elle remplit d'une multitude d'ombres inquiétantes, qu'elle transforme en un paysage fantomatique. Boiteux frissonne en apercevant le wigwam de la vieille sorcière, boit un coup, se demande quand la relève viendra. En attendant, une bonne rouleuse sera sans doute bienvenue. N'osant poser son arme, il s'affaire à la tâche, normalement simple, mais plus ardue à exécuter d'une seule main. Il réussit tout de même à rouler une cigarette plus ou moins potable, qu'il allume bientôt avec un soupir de satisfaction. Une longue bouffée semble lui faire le plus grand bien.

Un bruit sec, une branche qui casse. Boiteux sursaute, arme sa carabine, scrute tout autour. La lune est de nouveau cachée, la noirceur revenue, effrontée, totale. Un nouveau frisson, il écoute, de tout son être. Un léger frottement, derrière. Il se retourne d'un coup, fouille la nuit jusqu'à ce que ses yeux le fassent souffrir. Rien. Puis, un autre bruit, derrière, encore. Il se retourne, une fois de plus. Rien. Cette fois, sur sa droite, un petit rire. Alors, il la voit sortir de la nuit, venir à lui, tranquillement, en lui souriant. Elle semble flotter au-dessus du sol enneigé. Elle est blanche comme neige, complètement nue, des cheveux longs, blancs aussi, entre la femme et l'enfant, avec de petits seins bien ronds, à peine quelques poils noirs au pubis. Boiteux en bave de désir, sent déjà l'érection. Il s'avance, pose son arme, tend les bras pour saisir cette proie qui s'offre à lui. Soudain, c'est l'éclair d'une grande lame qui fend l'air. Il ouvre la bouche, mais seul le son d'une espèce de gargouillis sinistre se fait entendre. Il ne comprend pas, tombe à genoux. À chaque pulsation, un jet de sang souille la neige à ses pieds. Alors, Okîskwow, à son tour, sort de l'ombre, s'avance lentement vers Boiteux qui agonise. Elle lui sourit, révélant son unique dent plantée sur le devant de sa mâchoire inférieure. Elle se hâte maintenant, devant accomplir le rituel pendant que l'homme est toujours vivant. Elle ouvre le devant de son pantalon, saisit le membre toujours en érection, le tranche d'un coup sec sous les yeux avides de l'être fantomatique qui n'a toujours pas bougé, le couteau ensanglanté encore à la main.

Puis, Okîskwow s'affaire de nouveau sur Boiteux qui, presque complètement vidé de son sang, en est à ses derniers soubresauts. Sur la neige blanche, elle agence un totem maléfique près du corps du malheureux, puis marque la neige de son bâton. L'apparition s'excite, saute sur place, ne peut retenir un rire saccadé de jouissance. Sur un signe de la vieille femme, elle court vers le traîneau, se met rapidement à l'abri sous une grande peau. Mais elle n'a pas froid. L'effet de la tisane n'est pas encore passé. Okîskwow, satisfaite, lance un hurlement terrible, une plainte qui glace le sang des hommes dans la grande tente, puis elle rejoint son traîneau et disparaît dans la nuit.

— Quessé ça, ostie? lance Jean-Baptiste.

Un lourd silence. Tous se regardent, inquiets. Quelques-uns font timidement un rapide signe de croix. Cook plonge la main sous sa table de travail, sort un fond de bouteille qu'il avale d'une traite. Tous regardent la Casse. Il est le Chef.

— C't'un loup, simonaque. Quessé qu'vous voulez qu'ça soit d'autre?

— C't'ait proche en tabarnouche! s'exclame Marteau.

— Ouais. Comment ça s'fait que Boiteux a pas tiré d'sus? ajoute Cook.

Tous les yeux sont toujours tournés vers la Casse. Alors, réticent, ce dernier enfile son capot, arme sa carabine. Tous les hommes font de même, à l'unisson. L'Apache, Delisle et Cook prennent chacun un fanal parmi ceux qui se trouvent sur la table ou accrochés au plafond de la grande tente. Puis, sur un signe de la Casse, ils sortent, d'un bloc, en groupe serré, en tirailleurs, scrutant tous azimuts.

— Boiteux! Oussé que t'es? Boiteux! Réponds, simonaque!

Sur un signe de la Casse, ils se séparent, forment trois unités, une par fanal, mais chacune demeure bien groupée. On se distance d'une vingtaine de pieds seulement et c'est ainsi qu'ils progressent, lentement, à travers le camp indien. Tout à coup, une exclamation brise le silence.

— Saint calivoire!

C'est Cook. Il a trouvé. Bientôt la troupe entoure le cuisinier. Tous fixent en silence le corps de leur compagnon qui gît sur le dos, dans une neige tachée de sang. Puis, le cuisinier pointe un peu plus loin, vers le totem maléfique entouré de pistes étranges, diaboliques. C'est un crâne d'animal, probablement un putois, ou un chat sauvage. Mais les orbites ne sont pas vides. Au contraire, on y reconnaît les yeux bleus de Boiteux. Une langue sanguinolente sort également de la bouche du crâne de l'animal. Les hommes posent à nouveau leur regard sur le corps de la Bosse, constatent aussitôt les orbites vides, la bouche ensanglantée, la gorge tranchée, mais aussi le devant du pantalon, ouvert, maculé de sang. Abomination.

– Simonaque, pas lui itou! s'exclame la Casse en faisant une rapide vérification.

Pendant que Delisle vomit à l'écart, Jean-Baptiste s'avance.

– Oussé qu'a l'est, la vieille ostie?

– Ben voyons, Ti-Jean, c'est toujours ben pas la vieille folle qu'y a pu awère Boiteux d'même, dit Marteau.

– C'est elle que j'vous dis. M'en va y faire la peau moé, ostie.

– Bellerose a dit d'pas y toucher, avertit la Casse.

– J'm'en sac'. M'a régler ça, moé. Pis dret là! dit Jean-Baptiste en se dirigeant d'un pas décidé vers le wigwam de la vieille sorcière.

Il défonce la porte, sans ménagement, et pénètre dans l'antre de la sorcière. Il en ressort presque aussitôt, écœuré par la puanteur. Après un haut-le-cœur, il crache violemment dans la neige.

– Où c'est qu'est passée, c't'ostie-là? J'va m'la faire, moé. Qui c'est qui vient avec moé?

Devant l'inertie de la bande, il enrage.

– Laissez faire, bande de peureux. J'ai pas besoin d'vous aut'. A doit pas être ben loin, dit-il. Demain matin, m'a vous la trouver, moé. Pis quand j'va mettre la main d'sus, ça va saigner, ostie!

Delisle et Cook empoignent la dépouille de leur compagnon et la déposent tout près de la grande tente.

– On va pas le laisser là, simonaque. Mettez-le dans un des wigwams abandonnés. Y a pas grand-chose d'autre à faire pour astheure, dit le chef provisoire.

Le groupe réintègre la grande tente, Cook sort quelques bouteilles sans même en attendre l'ordre, ce qui est contraire aux usages sous Bellerose. Mais la Casse attrape la première bouteille et s'en envoie une longue rasade, encouragé par les murmures d'approbation de toute la bande. Au diable la mort du Boiteux! On passe aux choses sérieuses, tout en gardant sa carabine à portée de la main.

— Bellerose l'ava ben dit, 'barnac. Y' a pas juste la police qui est apra nous autres.

— Moé, j'vous dis qu'c'est la vieille ostie! soutient toujours Jean-Baptiste.

— P't'être ben qu'oui. Mais vous connaissez toute la légende comme moé! dit Marteau.

— C'est d'la marde, la légende. C'est la vieille ostie qui a parti toute ça. J'vous l'dis. On a rien qu'à y faire la peau. Vous allez wère. Apra, y'en aura pu d'niaiseries d'même j'vous en passe un papier!

— N'empêche qui va falwère s'*watcher* encore plus. Astheure, on va monter la garde deux par deux, décrète la Casse.

Un murmure d'insatisfaction emplit immédiatement la grande tente.

— On n'a pas l'choix, ostie. La vieille peut aussi ben câlisser l'feu à tente au beau milieu d'la nuitte. Moé j'suis partant, la Casse, pis j'm'en va détacher Tempête. Qui c'est qui vient avec moé? lance avec défi Jean-Baptiste.

Personne n'ose offrir ses services.

— Gang de couilles molles! Laissez faire. M'a y aller tu seu'. C'pas une vieille ostie d'sorciére à marde qui va m'faire peur à moé.

L'assistance reste bouche bée devant la détermination inhabituelle de Jean-Baptiste, qui ramasse aussitôt une bouteille à demi pleine, une grande peau de bison, sa peau de couchage, sa carabine, et qui sort dans la nuit en claquant la porte.

Jean-Baptiste se dirige immédiatement vers le chenil, appelle doucement. Tempête est une vraie terreur que seul Jean-Baptiste semble être capable de tenir en laisse. Le chien saute tout autour, lèche Jean-Baptiste au visage, peut difficilement contenir son excitation.

– Viens, mon beau. Viens, on va monter la garde. Tu veux manger la vieille sorciére? Han mon beau? Viens avec Ti-Jean. On va y jouer un tour.

Jean-Baptiste regarde tout autour, cherche l'angle désiré. Il repère l'endroit parfait, un vieux wigwam abandonné dont l'entrée, tournée vers le centre du campement, offre une vue d'ensemble sur tous les bâtiments habités. Il en arrache la porte, qu'il lance au loin, puis s'installe, bien assis à l'intérieur sur la peau de couchage, se couvre les épaules de la lourde peau de bison. Ainsi protégé du vent et de toute attaque possible par derrière, il peut surveiller par l'ouverture de la porte. Il peut même s'offrir le luxe d'un feu, car le foyer central est toujours là, avec un reste de petit bois sec. Tempête s'est immédiatement couché tout contre, le museau pointé lui aussi vers la sortie. Alors, Jean-Baptiste prend une longue gorgée de bagosse.

– Viens, ma vieille ostie. Viens wère mon oncl' Ti-Jean!

XIX. Double embûche

L'inconnu au grand chapeau a aussi pris la piste, mais
garde un bon écart pour assurer l'incognito. Il suit, mais
à grande distance, quitte à perdre de temps en temps sa cible
de vue. Il a longtemps hésité entre Latulipe et le policier.
Mais il semble maintenant qu'il a pris la bonne décision.
À la brunante, qui tombe rapidement, il a dû également
s'arrêter pour trouver un bivouac. Impossible de continuer
la traque. Il a, lui aussi, entendu le loup, a pris les mêmes
dispositions que le policier, sauf pour le feu de camp. Il se
permet le poêle de voyage, qui ne dégage que de la fumée
qui passe inaperçue la nuit venue. Un feu de camp peut en
effet être visible à plusieurs miles. Il ne peut prendre le risque.
Il attache ses chiens tout près, restera vigilant toute la nuit,
naviguant dans cette espèce de demi-sommeil tout de même
réparateur, état qui est devenu une seconde nature pour tous
ces hommes des bois. Comme on dit : dans la forêt, on ne dort
que d'un œil. Survie oblige.

Bellerose est à l'affût derrière un petit rocher. Pas de bivouac pour lui. Il maudit la nuit sans lune. Seul dans le noir, il tente de comprendre. Deux de ses hommes tués par le policier. Soit. On sait à quoi s'en tenir de ce côté. Aucune surprise. Mais les deux autres, la gorge tranchée, émasculés en plus. Ce ne peut être que l'étranger au grand chapeau, le soi-disant chasseur de prime, l'ennemi mortel de tout individu recherché. Mort ou vif, dit l'avis de recherche. Tous savent que la première solution est de loin la favorite parmi les *bounty hunters*. Et Bellerose en a déjà été témoin. L'indifférence démontrée par l'inconnu face au meurtre de Skunky a bien scellé l'issue. L'individu croyait sûrement tenir sa troisième prime aux dépens d'un autre Foulard rouge.

Il est là, l'étranger. Bellerose ajuste la lunette de tir sur la très petite lueur orangée qe dégage le poêle qui filtre à travers la vieille toile de la tente. Il devra faire au jugé, incapable d'évaluer correctement la distance et misant sur le fait que l'homme doit être en train de prendre son repas du soir, assis près du petit poêle de voyage. Il attend, espérant entrevoir une silhouette ou un mouvement quelconque qui cacherait tout à coup la lueur. Toujours rien. Son œil se fatigue. Il inspire, expire lentement. Encore. Puis, il retourne à sa lunette, vise le milieu de la tente, à trois pieds du sol. Il fait froid, de plus en plus. Plus il attend, plus sa vue s'affaiblit, plus il s'ankylose, plus il risque de manquer son coup. Avec la moindre chance… Une dernière grande inspiration, puis il expire longuement…

Maurice Calvé avait jadis fait partie des volontaires de la milice du Canada. Chasseur de bison de profession, il avait été, comme tant d'autres, impliqué malgré lui dans l'affaire Louis Riel, conflit qui, finalement, unifiait les Bois-Brûlés et les autochtones contre le gouvernement canadien. Il avait participé, sous les ordres du major Crozier, à l'escarmouche du lac aux Canards. Attirée dans une vallée par nul autre que

Gabriel Dumont, la troupe du major dut s'avouer vaincue et se retirer au bout de seulement quarante minutes de combat. Il réussit une fois de plus à se tirer d'affaire, mais comprit aussi l'incompétence chronique de la plupart des soi-disant officiers de carrière qui menaient la milice plus souvent à la catastrophe qu'à la victoire. Après la capture de Louis Riel, certains de ses proches lieutenants refusant de se rendre, leur tête alors mise à prix, Calvé avait vu là une occasion bien alléchante de mener lui-même ses batailles et de gagner la grosse somme. Presque aussitôt, par chance, il mettait la main sur Isidore Lagacé, recherché pour trahison. Il gagna ainsi ses premiers cent dollars. Après quelques captures faciles, mais peu lucratives, il décida de s'attaquer à du plus gros gibier. Bellerose, l'un des plus recherchés avec Gabriel Dumont et Michel Dumas, commandait à ce moment une prime de deux mille dollars. La décision fut vite prise. Fort d'une photo où l'on voyait Bellerose de face, tout proche de Louis Riel, après avoir glané quelques renseignements au quartier général de la North Western Mounted Police de Regina, Calvé prit la direction du nord. La photo était cependant de très mauvaise qualité et il se doutait bien qu'elle ne pourrait servir à autre chose qu'à réclamer la prime le moment venu. Peu importe. D'ores et déjà, Bellerose et les deux mille dollars lui appartenaient.

Maurice Calvé posa son éternel grand chapeau de feutre devenu au fil du temps sa marque de commerce, d'abord en tant qu'homme des bois, puis comme chasseur de prime. Dans le chaudron, sur le poêle de voyage, mijotaient lentement quelques morceaux de viande fumée. Il se demanda encore une fois s'il avait pris la bonne décision en suivant le policier. Il comptait sur le fait que ce dernier détenait sûrement des informations qu'il ignorait et qui le mèneraient tôt ou tard aux Foulards rouges.

Il ressentit la douleur, bien avant d'entendre la détonation. Le choc fut tel qu'il souffla complètement l'air de ses poumons. Incapable de reprendre sa respiration, instinctivement, il se laissa tomber sur le sol. Presque immédiatement, il eut le vertige. Puis le voile noir s'abaissa lentement. Drôle de façon de mourir…

Bellerose orienta immédiatement son arme sur la tente, guettant le moindre mouvement. La distance était grande, mais le puissant Martini-Enfield pouvait projeter une balle de calibre 451 de 215 grains à une vélocité de 1970 pieds par seconde. Cependant, il avait dû faire feu sur une simple lueur, au loin, et dans la nuit. Même avec le viseur, il ne pouvait garantir la précision de son tir. Mais, au bout de quelques minutes, il devint clair qu'il avait sans aucun doute touché la cible. Aucun mouvement sous la tente. Bellerose décida tout de même de patienter encore un peu.

Bientôt, la lueur du poêle disparut complètement, ce que Bellerose attendait avec impatience. Il avait envie d'aller vérifier, mais en décida autrement. Rien n'avait bougé. Il avait fait mouche, il en était certain. Alors, dans la nuit d'encre, il reprit la direction opposée, vers le village de Fond du Lac. Au moins, maintenant que cet égorgeur de malheur était hors circuit, il ne restait plus que le policier, et comme il l'avait appris au poste de traite par une indiscrétion de Beaulieu, ce dernier n'attendait aucun renfort, du moins, pour l'instant. Et tant que Murphy s'occupait de trouver le campement indien, il ne constituait guère une menace pour les Foulards rouges. Plus tard, quand le policier reviendrait… alors, il inverserait les rôles, prendrait les commandes de la traque, deviendrait le prédateur.

Murphy sursaute. Aucun doute. Ce qu'il vient d'entendre est un coup de feu. Chasseur, braconnier ? Mais pourquoi chasser la nuit, surtout dans cette contrée au gibier si abondant. Peut-être un loup s'est-il aventuré trop près d'un bivouac ? De toute façon, ils ne sont pas seuls dans les environs. Chumani aussi a entendu. Elle connaît son homme et, de suite, s'inquiète. Il va partir. Elle le sait. Murphy, justement, enfile déjà son parka. Du regard, elle le prie de rester, d'attendre le lever du jour.

– Tu sais bien que je dois y aller. C'est mon travail. Si quelqu'un nous menace, je dois le savoir.

Il vérifie la carabine de la jeune femme, s'assure qu'elle est bien chargée, la lui remet.

– Tiens. Reste dans la tente, quoi qu'il arrive. Je reviens le plus vite possible.

Avant qu'elle puisse réagir de nouveau, Murphy est déjà sorti dans la nuit. Une fois dehors, il comprend la futilité d'entreprendre des recherches par une nuit si noire. Il hésite, mais, bientôt, la chance lui sourit. Une éclaircie soudaine, une pleine lune entre en scène, le paysage s'illumine, comme en signe de bienvenue. Murphy reste bouche bée devant cette fresque féérique qui apparaît subitement devant ses yeux. Rapidement, il profite de ce jour nocturne, enfile ses raquettes et, carabine en bandoulière, longe lentement la rive, vers l'ouest, en direction de Fond du Lac, scrutant à chaque pas les abords de la forêt à la recherche d'un bivouac ou de tout autre indice d'une présence humaine.

Murphy s'aventure un peu plus au large pour avoir un meilleur angle sur une petite baie lorsque l'impossible se produit. Sous ses pieds, un courant invisible monte la garde sous une glace dangereusement amincie. Celle-ci se dérobe d'un coup, piège Murphy qui coule à pic, empêtré dans ses lourds vêtements de peau. Aussitôt, il bat des pieds, des mains, arrive à se débarrasser des raquettes, parvient à retrouver la surface, s'accroche au rebord de la glace qui est trop mince et se brise à chacune de ses tentatives de s'extirper de l'eau glacée de la rivière. Rapidement, il s'épuise. L'hypothermie le guette, ralentit déjà ses mouvements. Il combat toujours, mais il sent bientôt la défaite, imminente. Il s'accroche, mais il est épuisé. Il pense à Chumani…

– *Nawatina !*

Un cri. Attrape ! Il sursaute, sort de sa torpeur. Attrape quoi ? Il ne comprend pas tout de suite. On le somme de nouveau. Alors, il voit finalement la raquette de neige se balancer devant ses yeux. Et il s'y agrippe, de toutes ses forces, comme on s'agrippe à la vie. Chumani, couchée sur la glace, tente désespérément de tirer le policier vers des glaces plus solides. Ce dernier redouble d'efforts, s'accroche, défonce, s'accroche de nouveau, bat des pieds. Mais Chumani ne peut faire contrepoids, et c'est finalement elle qui glisse lentement vers Murphy. Ce dernier se rend vite compte qu'il attire inexorablement Chumani vers l'abîme. Il doit choisir. Il ferme les yeux. Il lui faut lâcher prise.

Sur la glace de la rivière Fond du Lac, Chumani a vu l'abandon dans les yeux de Murphy, comprend sa décision, lance un cri de rage.

– *Nichiminitohk.* Accroche-toi !

Elle glisse toujours, mais n'abandonnera jamais son homme. Alors, une main de fer l'attrape à la cheville. Elle se sent tout à coup tirée vers l'arrière. Murphy sent aussi la traction soudaine, cette nouvelle force qui le tire vers le salut. Il sent l'énergie renouvelée, s'agrippe, se retrouve maintenant avec le torse presque complètement sorti de l'eau. L'espoir renaît, il s'appuie sur la glace. Elle tient bon. Il se hisse finalement hors de l'eau, complètement épuisé, mais trouve tout de même la force de ramper sur quelques pieds, vers le rivage, vers Chumani qui tire toujours de toutes ses forces sur la raquette qu'il avait, quelques instants plus tôt, décidé de lâcher. Il est sauvé.

Un homme sort de l'ombre, lui tend la main avec un sourire aux lèvres. Murphy reconnaît le grand chapeau.

– Maurice Calvé. Enchanté, sergent Murphy. Ma tente est toute proche. Y'est grand temps d'vous mettre à l'abri, pensez pas? V'nez!

Chumani dévêt le policier qui grelotte maintenant, enroulé dans une grande peau de bison, gracieuseté de Calvé qui, de son côté, s'affaire à activer le feu. La jeune femme accroche les vêtements trempés un peu partout au plafond et à la paroi de la tente. Calvé offre à chacun une tasse de thé bien chaud. Celle du policier contient une solide rasade d'alcool.

– Il me semble que je te dois des remerciements, monsieur Calvé. Tu m'as sauvé la vie, sans aucun doute. Sans oublier cette brave jeune femme qui refuse toujours de suivre mes instructions, murmure le policier en souriant.

Et il regarde Chumani d'une façon tout à fait différente maintenant. Celle-ci s'en rend bien compte, se blottit dans ses bras.

– Fa plaisir, m'sieur dame! Mais t'aurais faite pareil. Pas vra? Pour survivre icitte, y faut s'entraider. Parsonne n'y arrive tu seu'.

– Le coup d'feu, c'était donc toi? demande le policier.

– Pantoute. En fait, j'me su fait tirer une balle. La v'là. Une belle grosse, répond Calvé en montrant la balle à Murphy. A m'a frappé d'aplomb, dret dans l'flanc. En seulement, qu'avec ma peau d'bison su'l dos, mon manteau, pis toute la bastringue, a m'a juste fêlé une côte j'cré ben. J'l'ai r'touvée dans ma ch'mise.

Le policier examine la balle.

– Calibre 451. T'es chanceux. D'habitude, quand une balle comme celle-là frappe, elle cause pas mal de dégâts.

– Le pire, c'est qu'j'ai pas entendu le coup tout d'suite. Y a eu comme un moment entre les deux. C'est drôle à expliquer.

Murphy se rappelle le meurtre des trois chasseurs.

– Un tir de longue distance. Une carabine à lunette. Y' en a qu'une dans la région, a part la mienne : Bellerose !

– Tu penses que c'est lui ?

– C'est un tir de longue distance, probablement avec lunette. C'est pour ça, d'ailleurs, que t'es encore en vie. Y' a du tirer à une distance maximale. La balle avait perdu toute sa vélocité.

Calvé montre le trou dans la paroi de la tente.

– Demain matin, on va probablement pouvoir retrouver l'endroit où se trouvait le tireur. On y apprendra peut-être quelque chose.

– Ça, c'est si tu pognes pas ton coup d'mort. L'eau est ben frette, pis t'a pataugé d'dans un bon bout d'temps. En parqua, une chance qu' la p'tite dame icitte t'a t'nu avant qu'j'arrive. Ses cris m'ont réveillé ! J'pensa qu'c'était l'tireur qui v'na m'ach'ver, jusqu'à temps que j'wèye la p'tite dame à plein ventre su'a glace.

Épuisé, Murphy n'entend même pas la dernière remarque de Calvé et sombre dans un profond sommeil. Ce dernier s'installe, du mieux qu'il peut, dans l'espace maintenant restreint de sa propre tente. Chumani, elle, veillera son homme.

XX. Haute tension

La Casse se réveille en sursaut avec la nette impression que quelque chose ne tourne pas rond. Il regarde autour, le *bunk* de Jean-Baptiste est toujours vide. Voilà ce qui cloche. Il aurait dû y avoir changement de garde. Dehors, le jour se pointe, encore hésitant. Il réveille Cook, puis Marteau. Les autres se réveillent au son des grognements de leurs deux compagnons.

– Jean-Baptiste est pas rentré d'la nuitte ! annonce le chef intérimaire.

Les hommes s'habillent en vitesse, s'arment jusqu'aux dents. Puis, ils sortent dans la froidure, frissonnent, scrutent tout autour, s'inquiètent.

– Là ! R'gardez !

L'Apache l'a vue en premier, la silhouette de Jean-Baptiste, toujours assis dans le wigwam, la carabine sur les genoux. Il ne bouge pas. Tempête, couché contre sa cuisse, est également immobile. Tous les deux sont recouverts d'une légère couche de neige.

– On dirait une statue, maudit bâtard, lance Delisle.

Ils s'approchent, craintifs. Aucun mouvement. Le visage barbu de Jean-Baptiste est complètement couvert de givre. La Casse avance doucement la main.

– Quessé qu'tu veux ?

Tempête grogne, mais Jean-Baptiste le tient solidement par le collet. La Casse fait deux pas en arrière, culbutant au passage sur Marteau et l'Apache. Tous les autres ont sursauté en même temps, bondi sur place, certains sont même tombés à la renverse.

– Crisse d'innocent ! aboie la Casse. On pensait qu'la vieille t'ava eu, comme Boiteux. T'as failli m'faire chier dans mes culottes.

Delisle court vers la bécosse. Réussite évidente, dans son cas. À présent, tout le monde rit à s'en tenir les côtes, on se tape sur l'épaule, soulagé.

– J'dormais, ostie. Y en a pas un qui est v'nu m'remplacer, comme de raison.

– J's'rais v'nu, moé, si t'étais v'nu m'réveiller, répond Marteau. La vieille, a m'fa pas peur à moé, tabarnouche.

– Arrêtez les remontrances. L'important, c'est qu'Ti-Jean est correct à matin. Enwèyez. On rentre toute s'réchauffer. Cook va nous faire un bon café ben fort, ordonne la Casse.

On avale café sur café, mais l'humeur est au beau fixe, le problème, entier. Cook brasse le contenu de l'immense chaudron qui mijote sur le poêle à bois de sa cuisine. On sent la tension à l'intérieur de la grande tente, où tous les hommes de Bellerose se sont maintenant réunis. Ceux qui avaient préféré adopter le wigwam pour jouir d'une certaine intimité ont déménagé leurs pénates et rejoint leurs confrères sous un même toit depuis l'histoire du Boiteux. Personne n'ose même plus sortir la nuit. On pisse à même un sceau que l'on vide au petit matin. Mais la trop grande proximité de ces six individus dans un espace devenu un peu trop restreint ne peut que conduire à des frictions. La Casse en est bien conscient. Et il sent qu'il perd lentement tout contrôle sur la bande qui refuse dorénavant de monter la garde à l'extérieur. Jean-Baptiste a fait sa part, il ne veut plus en entendre parler. À d'autres. Mais justement, les autres refusent, même la garde en plein jour. Il faut trouver une solution, et rapidement. Ce qu'il leur faut, c'est de l'action.

— Ostie, Cook! Tu peux pas nous faire d'aut'chose que ton ostie d'soupane?

— Va chier, Batiste. Si tu veux d'la viande, saint caliboire, ben va à chasse, espèce de couillon! Pis mangez toute d'la marde, dit Cook en furie en lançant le chaudron au beau milieu de la grande table.

Du coup, la plupart sont aspergés du gruau épais et bouillant qui vole dans tous les sens. L'Apache dégaine son couteau en se levant, s'avance vers le cuisinier. Ce dernier attrape par le goulot une pleine bouteille de bagosse, en prend une solide rasade, la fracasse contre le tablier du poêle, présente le tesson au visage de l'Apache, qui recule d'instinct.

— Viens, mon chien sale!

D'autres veulent également s'en prendre à Cook, mais reculent aussitôt, préférant laisser à l'Indien le soin de venger leur orgueil éclaboussé. Delisle, d'un coup de pied, fait basculer la table pour faire plus de place aux deux antagonistes qui s'étudient, les yeux dans les yeux. À chacun des deux hommes qui feint l'attaque, l'autre répond par une feinte égale, personne n'osant se compromettre totalement. Les autres encouragent, huent, lancent des obscénités aux deux belligérants. Les uns sont pour l'Apache, les autres misent sur Cook, tous veulent voir le sang couler. Bientôt, la bagarre s'engage parmi les spectateurs partisans, alors que Cook et l'Apache en sont toujours aux préliminaires. Ça cogne, dans tous les sens, à qui mieux mieux, sans que personne prenne la peine de choisir son adversaire.

Par inadvertance, Delisle, poussé violemment, tombe sur l'Apache et les deux se retrouvent au sol. Cook profite de l'occasion et bondit, empoigne Delisle par le col de sa chemise, le relève et lui met une droite en pleine gueule qui l'envoie valser à l'autre bout de la grande tente. Il regarde l'Apache, toujours au sol, lui tend la main, l'aide à se relever. Puis, tous les deux, se donnant un sourire complice, abandonnent les armes et foncent en hurlant dans la mêlée générale.

Mais au bout de quelques minutes, les participants se font rares. Chacun de leur côté, Marteau et la Casse ont décimé l'adversaire, au point où eux seuls se tiennent encore debout au milieu de la tente devenue un véritable champ de bataille. Et en plein cœur de la zone sinistrée, entremêlés, Cook, Delisle, l'Apache et Jean-Baptiste, chacun plus ou moins amoché, mais tous également inconscients.

– Bon. Vous avez fini de toute garrocher, 'barnac?

Les deux colosses se retournent vers la porte. Le Chef. Il se tient là, debout, les bras croisés. Depuis combien de temps? Impossible de deviner. Marteau essuie une légère coulée de sang au coin de sa bouche. La Casse garde le silence, implorant le *Boss* de son regard de chien fidèle. Une bonne bosse grossit au-dessous de son œil droit.

– On en profite pour s'amuser, les damoiselles? demande le *Boss* avec sarcasme.

De sa besace, il sort une bouteille, en prend une bonne gorgée, la tend à la Casse, qui se régale à son tour avant de la passer à Marteau pendant que la bande se réveille peu à peu au son de lamentations plus ou moins accentuées.

– Fa passer la bouteille, ordonne Bellerose.

Au bout de quelques minutes, la compagnie se remet lentement de ses émotions en trinquant à la grande table que la Casse s'est empressé de remettre sur pied. Puis, Bellerose jette un regard inquisiteur à son remplaçant.

– Ben, c't'a rien qu'une niaiserie, *Boss*.

L'assemblée murmure de suite son approbation.

– Oussé qu'y est l'Boiteux?

Là, les choses se compliquent. La Casse raconte, de son mieux. Jean-Baptiste réitère ses accusations contre la vieille folle. Puis, une fois bien partis, ils se plaignent du manque de viande, du manque d'action, du froid, des flatulences de l'un, de la mauvaise haleine de l'autre, des ronflements d'un troisième, de tout, de rien. Bellerose laisse aller, un long moment, attend patiemment la fin des jérémiades. Puis, finalement, la troupe se tait, faute de munitions. Alors, il explose...

– Bande de crétins! Pour commencer, laissez la vieille en dewor de t'ça. Y' est arrivé la même affére à la Bosse, au villâge. On y' a coupé la queue, à lui itou. Pis le Brun, l'Oreille pis Bavard, y ont toute passé. Ça fa cinq hommes qu'on perd! Pis vous aut', vous pensez rien qu'à varger les uns su'es autres? On a un *Mountie* au cul. Y' est parti à l'est pour astheure, mais y va r'viendre, j'vous en passe un papier. Pis vous m'dites que Boiteux s'est faite awère dret icitte, presquement d'vant' porte? Ça prend pas ben ben d'jarnigouine pour sawère qu'on est dans marde. Y' a quéqu'un d'aut' qui veut not' peau! Fa'qu'on n'est pas obligé de l'faire nous autr' même! Pis c'est pas toute! Y' ava un *bounty hunter* itou qu'y écorniflait au villâge. En parqua, lui, y nous f'ra pu d'troub'. J'm'en su' débarrassé.

Bellerose fait une pause pour laisser à ses hommes le temps d'assimiler ses dernières paroles et pour bien réaliser la gravité de la situation.

– Mais c'est pas la premiére fois qu'on a la police montée au cul. Pis ce s'ra pas la darniére. On va y wère, comme on l'a toujours faite! Pour commencer, vous allez me r'mettre tout c'barda en place. Pis apra, j'ai une aut' nouvelle pour vous aut'. Pis sortez les vidanges, 'barnac. Ça sent la charogne icitte d'dans! Pis c'est quoi c't'odeur de pisse? Videz-moé l'sciau!

Alors, tous s'affairent, rapidement, sans grande minutie, à remettre les choses à peu près en place. Ce sont les lits de camp qui ont le plus souffert, et plusieurs nécessiteront quelques réparations sommaires avant leur prochaine utilisation. Une autre bouteille est apparue, et, comme ça arrive souvent, la bagosse remplace le premier repas de la journée. Au bout d'un certain temps, le calme est revenu, Bellerose sent le moment propice.

– J'ai arrêté au villâge hier soir en m'en r'venant. J'ai fait accrére à Beaulieu qu'j'ava oublié des balles pour ma .451. J'en ai appris une bonne. Y ava deux gars à l'hôtel qui trinquaient d'aplomb. J'l'eu' ai payé la traite, pis y m'ont parlé d'leu' convoi. C't'a deux chasseu' partis en éclaireurs qui cherchaient justement Fond du Lac pis l'poste de traite. Y viennent de l'Ouest avec une pleine *waggine* de peaux. Y m'ont dit qui avaient été pognés de r'court par l'arrivée d'l'hiver pis qu'y ava dû voyager su'a glace du lac Athabasca avec leu' jouaux. Y sont campés à une dizaine de miles, au bord du lac, avec leu' trois aut' *partners*. Tout c'qu'on a à faire, 'barnac, c'est d'intercepter ces deux-là quand qu'y vont r'viendre, pis trouver les trois aut'. Les fourrures sont à nous aut'! Sans compter les jouaux! Les *waggines*, j'm'en sacre. C'est pas menable en hiver par icitte. Mais des jouaux, c'est toujours commode.

La compagnie retrouve rapidement son enthousiasme des beaux jours.

– Mais y doivent être partis d'bonne heure à matin, intervient Marteau.

– Pas apra la brosse qu'y ont pris hier au soir. Y'en ont au moins jusqu'à midi avant d'sortir du coma. Pour quessé qu'tu penses qu'j'ai voyagé toute le nuitte? Crains pas. Pis j'sais exactement oussé les intercepter. Mais y faut partir, pis dret là.

Évidemment, tous veulent participer à l'expédition. Mais vu les derniers événements, il faut maintenant garder le camp en tout temps et être très vigilant. Bellerose doit trancher.

— Écoutez, vous autres. On peut pas toute y aller. Marteau, la Casse, l'Apache pis Jean-Baptiste, avec moé. On va être en masse pour régler ça ! Vous deux, Cook pis Delisle, vous gardez l'campement. Restez ensemble tout l'temps. Même pour aller à bécosse. Riez pas. J'suis sérieux en 'barnac. Comme dans l'armée, les gars : la carabine d'une main, la bizoune de l'autre. Tout l'temps. Pensez-y ben, termine le *Boss* suscitant les rires dans l'assemblée.

Malgré quelques protestations pour sauver la face, Cook préfère tout de même retourner à ses chaudrons, tandis que Delisle, pas très friand des longues randonnées en forêt, spécialement en plein hiver, a un penchant pour la bonne chaleur d'un poêle à bois. Pour les autres, toujours prêts à en découdre, voilà l'occasion rêvée de se défouler un peu. Bellerose a judicieusement choisi ses meilleurs combattants.

On prépare deux traîneaux, en vitesse, emportant, malgré les protestations de Cook, la quasi-totalité de la réserve de viande séchée. On promet de la venaison au retour. On délaisse tente, poêle de voyage, hache, fanal, peaux de couchage. Il faut avoir de la place pour rapporter le butin. Et c'est le départ, en catastrophe, Bellerose aux commandes du traîneau de tête. Il pique sud-ouest, jusqu'à la rivière Fond du lac, puis plein ouest, suivant l'orée du bois.

À l'embouchure de la rivière Bulyea, après une nuit sans autre incident, Murphy est le premier debout. Il s'habille en silence, rajoute quelques bouts de bois au feu. Calvé se réveille, s'empresse de faire le café.
— Ça va ?
Pour toute réponse, le policier sourit, hoche la tête.
— T'as des jumelles ?
Calvé pointe vers son sac. Le policier trouve immédiatement, sort dans la froidure matinale. L'air est cinglant, chaque respiration dégage un nuage de vapeur. Murphy fait le

tour de la tente, examine le trou de balle, puis se tourne vers la rivière. Ce trou lui fournit un bon indice pour commencer ses recherches. Il parie sur un bras de terre qui s'avance dans la rivière sur une centaine de pieds et qui semble offrir une bonne vue sur le campement. En longeant la berge, évitant prudemment les glaces fragiles, il y parvient au bout d'une vingtaine de minutes. Rapidement, il trouve le rocher, les pistes laissées par Bellerose. L'endroit exact d'où il a tiré. Sur le sol gelé, une seule douille de calibre 451. Il regarde vers le bivouac de Calvé et comprend pourquoi ce dernier est encore vivant. Bellerose a dû avoir un peu de mal à bien estimer la distance à cause de la noirceur. Bien que le coup soit allé au but, la balle, en fin de trajectoire, n'avait plus beaucoup d'inertie. Il estime la distance à un peu moins d'un demi-mile. Une seconde, pour une balle de ce calibre. Cependant, la lourde balle du Martini-Enfield commence à perdre de la puissance à partir de mille six cents pieds, soit un peu plus que la moitié de cette distance. Voilà ce qui a sauvé Calvé d'une mort certaine. N'en reste pas moins que ce Bellerose s'avère un tireur hors pair. Rapportant la balle, qu'il donnera à Calvé en souvenir, le policier retourne rapidement vers le campement de l'homme au grand chapeau.

– J'ai trouvé l'endroit d'où on a tiré. Aucun doute pour moi. C'est sûrement Bellerose, avec son viseur. Sinon, c'est un tir impossible à réussir à cette distance. Il est reparti en direction du village. On dirait que t'as déjà un ennemi dans la région.

– Ouais. Ça va m'faire moins d'la peine quand j'va y faire la peau à c'te bâtard-là, dit le chasseur de prime.

– Attention! Bellerose appartient à la justice. Il doit répondre à des accusations de meurtres et de trahison.

– Bellerose appartient à celui qui va l'attraper. Si c'est moé, la notice dit ben mort ou vif. J'va pas m'badrer d'ramener c'bâtard-là vivant, j't'en passe un papier. De toute façon, vous voulez l'pendre. J'wé pas ben ben la différence!

– C'est pour ça que tu me suis? Pour intervenir quand je l'aurai retrouvé?

– Ouais. J'trouvais l'idée bonne, d'autant plus que j'sava pas pantoute où l'chercher. Mais là, ça l'air que c'est lui qui m'a trouvé. Y' est r'parti vers le villâge que tu m'dis? Ben, y s'ra pas ben dur à r'trouver astheure.

– OK, dit le policier. Chacun de son côté. Mais fais attention. Avec sa carabine à lunette, il est deux fois plus dangereux. Il peut te voir venir et tirer le premier, avant même que tu saches qu'il est dans les parages. Traquer un homme muni d'une telle arme, c'est du suicide. Il faut s'y prendre autrement. Tu devrais l'savoir, maintenant.

– Ouais! On verra ben, dit Calvé en se frottant les côtes.

– En tout cas, je te remercie encore. Nous, on va tenter d'trouver le village cri un peu plus au nord, d'après la carte de Beaulieu. Mais j'ai bien l'impression qu'on va se revoir, monsieur Calvé.

– C'est aussi la mienne, policier. À revoyure, dit l'homme au grand chapeau en serrant la main à Murphy.

Murphy et Chumani ont vite fait de retrouver leur bivouac de la veille. La rivière Bulyea est moins large que la Fond du Lac, le courant y est également beaucoup moins violent, ce qui fait que les glaces sont épaisses et sécuritaires. Les deux traîneaux s'engagent donc sur la glace en direction du nord. Murphy maintient une allure modeste, ménageant son énergie après les durs événements de la veille. Il se demande s'il a bien fait de laisser aller Calvé à sa chasse aux tueurs. Mais dans les circonstances, il avait les mains liées. Calvé n'avait aucunement enfreint la loi. Le policier n'avait aucun motif de le retenir. De plus, il commence à ressentir une certaine amitié envers cet homme qui fait un peu le même métier que lui, mais sans les entraves légales et les lourdeurs adminis-tratives auxquelles il doit constamment se soumettre. Pour bien démontrer la lenteur et la lourdeur de l'administration à cette époque, par exemple, le lit de camp ne figurant pas sur la liste de l'équipement standard du corps de la *North Western Mounted Police*, il était hors de question d'en commander un. Il fallait tout simplement s'en passer. Alors, dans les postes de police, les policiers couchaient toujours sur leurs peaux de couchage, à même le sol, en attendant de pouvoir trouver le temps et surtout les matériaux pour se fabriquer eux-mêmes une couche un peu plus confortable. On se demandait en haut lieu pourquoi les hommes, après seulement une dizaine d'années de services, commençaient à se plaindre de maux de toutes sortes et de douleurs rhumatismales, et devaient abandonner le service actif. Il y avait de quoi s'interroger sur la soi-disant conscience avant-gardiste de l'administration.

XXI. Les voyageurs

Ti-Pit Laframboise, coureur des bois, approche la soixantaine. Il bourre sa vieille pipe en plâtre, maintes fois rafistolée, sa deuxième de la journée. Il s'est levé tôt. Il se lève toujours tôt, avec le jour, toujours le premier, pour savourer son seul moment de quiétude de toute la journée. Dans le chaudron, le gruau murmure. Le café est chaud, fort, comme il se doit. Ils sont en retard, cette année. En fait, ils ont été pris au dépourvu par un hiver précoce, ont manqué le dernier radeau. Les chariots tirés par des chevaux voyagent mal l'hiver, surtout en forêt. Ils ont dû attendre que la glace soit bien gelée pour enfin pouvoir se déplacer sur le lac en direction du poste de traite le plus proche, tout de même situé à plus de cent miles. L'avance s'avérant de plus en plus ardue, ils ont décidé de laisser les chevaux se reposer quelques jours, d'envoyer Carton et Lesieur en éclaireurs, avec leur unique traîneau et les quatre chiens dont ils disposent. À l'intérieur du chariot couvert, Bottine, le plus jeune, baptisé ainsi par Laframboise parce qu'il a les deux pieds dans la même. L'autre se nomme Anatoly Chevtchenko, fils de père et mère ukrainiens immigrants, né le jour de leur arrivée en Nouvelle-Écosse. On l'appelle simplement Natole, doux géant taciturne, excellent chasseur, spécialiste de la survie en forêt.

Bientôt, toujours affairé à sculpter au couteau de chasse un petit morceau de bois dur, il rejoint le vieux baroudeur au bord du feu.

– Veux-tu ben m'dire quessé qu'tu gosses depuis hier, mon Natole? demande Laframboise.

L'Ukrainien montre fièrement le petit cheval de bois. Incrédule, Laframboise est stupéfait de voir la délicatesse de la sculpture produite par ces mains énormes dotées d'une force démesurée. Refoulant le compliment, cachant l'émotion, le vieux chasseur se racle la gorge.

– J'suppose qu'la Bottine dort encôre, comme de raison?

Natole sourit.

– Maudite jeunesse. Y toffera pas tu seu' une demi-journée dans l'bois.

– C'est pour ça qu'on est là, l'pére, t'sais ben! C't'un orphelin. Parsonne y a montré rien. Pis y est rendu au boute. Crains pas. On va betôt en faire un vra chasseu.

– P't'être ben! avoue Laframboise. En attendant, prends-toé d'la bonne soupane. Rien d'meilleur pour commencer la journée.

– J'ai pas faim tu suite. M'en va aller wère aux jouaux à place.

Natole fouille le chariot, en sort une pleine brassée de foin qu'il distribue à parts égales à chacun des quatre chevaux. Chacun a droit à une douce parole. Il les cajole, l'un après l'autre, réajuste leurs couvertures. Ce sont ses amis. Mais, rapidement, il n'y a plus de fourrage. Il doit rationner. Alors, il les mène à un autre endroit où ils pourront de nouveau creuser le sol, peut-être déterrer quelques racines.

Bellerose est ravi de ne pas encore avoir relevé de traces fraîches sur la rivière. Et le vent a bien effacé celles de la veille.

Par conséquent, comme il l'avait prévu, les deux chasseurs ne sont toujours pas retournés au bivouac de leurs compagnons. C'est le temps de préparer l'embuscade. Il ordonne de cacher chiens et traîneaux dans la forêt, bien à l'écart, et de nourrir la meute, contre la coutume, pour calmer le désir incessant de courir à l'aventure. La Casse et Marteau resteront avec les chiens pour assurer la garde et les faire taire au besoin. Bellerose, l'Apache et Jean-Baptiste se mettent à l'affût derrière un rocher. Le chef scrute l'horizon avec ses puissantes jumelles, butin de guerre qu'il s'est approprié après la bataille du lac aux Canards. On dit même qu'elles n'appartenaient à nul autre qu'au major Crozier lui-même.

L'attente est de courte durée. Bientôt, au loin, un traîneau, deux passagers. Les chasseurs, sûrement. Bellerose troque ses jumelles contre le Martini-Enfield à lunette, fait la mise au point sur les voyageurs. Il les laisse approcher. Pas trop près cependant. Il faut tout de même être sportif! Ou plutôt, bien montrer à ses hommes son incroyable habileté au tir.

Ses deux compagnons sursautent, surpris par la soudaine détonation. Bellerose aussi a été un peu surpris. Tir parfait. Et dans un même mouvement fluide, il actionne le verrou rotatif, insère une nouvelle cartouche, referme la culasse et fait feu une deuxième fois. Sur la rivière, le conducteur est tombé à la renverse. Sur le traîneau, le passager demeure inerte. L'Apache et Jean-Baptiste émergent de leur cachette et foncent en courant pour intercepter le traîneau qui file toujours sur la glace de la rivière Fond du Lac. À grands cris et battements de bras, ils réussissent finalement à arrêter la meute. Au signal des coups de feu, Marteau et la Casse, quant à eux, ont également pris la direction de la rivière avec les deux traîneaux.

– Ben ostie. En plein front! Pis en pleine course à part de t'ça!

— Va *checker* l'aut', Jean-Baptiste, dit Bellerose qui rejoint ses compagnons.

Il examine le mort. C'est bien un des deux chasseurs de la veille. Jean-Baptiste revient en courant.

— Ostie, *Boss*. Lui itou. Entre les deux yeux. Y'est raide mort. J'ai jamais vu ça ! Quessé qu'on fa du traîneau pis des chiens ?

— Y' en a rien qu'quat'. On les garde. Pour le traîneau, on va l'cacher, su'l bord du bois. On viendra l'qu'ri en r'venant, si jamais on en a besoin pour charrier l'butin.

Ils s'exécutent immédiatement. Quelques branches de sapin, et le tour est joué. Le traîneau est bien camouflé. Marteau s'occupe de rajouter deux chiens à chaque meute. Les présentations se font selon l'usage, c'est-à-dire que la bagarre éclate entre les chiens de tête et les nouveaux venus. Même Tempête, le chef de meute, s'en mêle. La Casse a beau frapper les antagonistes avec le manche de son fouet, la hiérarchie doit être établie une fois de plus, et ce n'est pas l'homme qui pourra en arrêter le processus. Malheureusement, un des nouveaux refuse de se conformer et est sérieusement blessé. Marteau l'abat d'une balle derrière l'oreille, le détache de l'attelage et le jette à l'écart, sans autre égard. Quelques coups de pied assénés à la meute finissent par rétablir l'ordre. On est prêt à partir. Quant aux cadavres des chasseurs, ils sont abandonnés sur place. La glace fondra au printemps, la rivière les emportera, tout simplement.

La tactique de Bellerose est simple. Avec l'Apache et Jean-Baptiste, il prend les devants, demeure aux abords de la forêt, tandis que la Casse et Marteau traînent loin derrière, à plusieurs miles, mais toujours bien en vue, au milieu de la rivière, dans le but de se faire passer pour deux éclaireurs revenant au bivouac. S'ils repèrent le campement, ils ont ordre de s'arrêter et de feindre quelque réparation, le temps que lui et ses compagnons contournent les chasseurs. Ainsi, le temps venu, l'assaut se fera sur deux fronts à la fois.

La chance sourit aux Foulards rouges. Bientôt, Bellerose aperçoit le campement des chasseurs installé sur une berge, à l'abri du vent, tout près des arbres. Il arrête la meute, descend, jumelles à la main.

— Jean-Baptiste, r'tourne su'a rivière pis *watch* les deux autres. Fa-leu' signe d'arrêter, pis d'attendre.

Il s'installe, bien appuyé contre un petit rocher. Au loin, deux chariots, l'un couvert, servant sans doute d'abri. L'autre, recouvert d'une bâche, semble bomber le torse, bien repu. Quatre chevaux, robustes animaux de trait, attachés à une corde tendue entre les deux chariots, bien au chaud sous leur couverture de laine du pays, broutent tranquillement, fouillant la neige de leur museau à la recherche de quelques touffes d'herbe ou de foin. Un seul chasseur est visible. Pipe aux lèvres, il attise le feu de camp, surveille la cafetière, brasse le chaudron. Un petit tuyau rouillé perce le toit du chariot couvert. Une fumée blanche tourbillonne en sortant. Bellerose frissonne dans le vent glacé qui s'infiltre partout.

— 'Barnac. Y chont ben greyés. Même les jouaux chont abriés. En plein c'qu'on aura besoin pour sacrer l'camp d'icitte. Mais j'wé rien qu'un homme. Y zigonne apra l'feu. Les autres chont dans *waggine* j'cré ben.

— Moé faire tour par en arrière. Toé, rester icitte avec long fusil. Quand Marteau pis la Casse arriver, les autres sortir. Toé tirer, moé… propose l'Apache en montrant son couteau.

— Pour un gars qui parle pas souvent, quand tu jaspines, ça d'l'allure. OK. Vas-y. J'va avartir les autres.

En un clin d'œil, l'Apache a disparu dans la forêt, son élément. Bellerose bat prudemment en retraite, s'assurant de ne pas être vu du camp des chasseurs, rejoint Jean-Baptiste qui déjà fait de grands signes à la Casse et Marteau qui se pointent au loin sur la rivière. Bientôt, le quatuor se retrouve.

— Simonaque qui fa fret! se plaint la Casse.

Bellerose fouille dans sa besace, en sort une bouteille.

— Tiens. Prenez un coup. On les a trouvés, les gars. Y chont campés pas loin. L'Apache est parti pour les prendre par en arriére. V'là c'qu'on va fére. Vous aut', toé pis Marteau, ben foncez su'l'campe, comme si vous étiez les autres chasseu'. Mais restez ben su'a riviére. Mettez-vous pas dans ma ligne de tir. Criez, pis montrez la bouteille ben haute. Ça fa toujours plaisir à wère. Les gars vont sortir pour vous wère arriver. M'a les tirer de loin, pis l'Apache va faire la peau aux survivants, si y en a. D'apra les deux aut', y en reste rien qu'trois. Allez-y. Mais pas trop vite. Y faut laisser l'temps à l'Apache. Pis apra, on va toute pouwère s'réchauffer. Y ont une charrette farmée, avec un poêle dedans.

Cette dernière idée plaît particulièrement aux deux passagers du traîneau qui repartent allégrement, quelque peu réchauffés par la bagosse et l'idée d'être bientôt pénards autour d'un bon feu. Bellerose, accompagné de Jean-Baptiste, retourne se mettre en position de tir. Là, ce dernier fait une demande inattendue.

— Hey *Boss*. Laisse-moé don' tirer avec la carabine à longue vue! Rien qu'une fois. J'peux pas ben ben manquer mon coup avec ça!

Bellerose hésite. Il sait que Jean-Baptiste se défend bien au tir. Mais il s'agit d'une situation de combat où on ne peut se permettre de commettre la moindre erreur. Cependant, bien malgré lui, Bellerose se laisse convaincre.

— OK. À cette distance, vise la tête, tu vas frapper en pleine poitrine. C'est là qui faut qu'tu vises. C'pas l'temps d'être *fancy*. Comme pour un caribou. Vas-y pour l'coffre. Tire su' celui qu'y est plus proche du chariot. Pis r'charge au plus sacrant. Moé j'va *watcher* avec ta 40. T'as besoin d'tirer comme du monde. Pis, *watch* pour l'Apache. Va pas tirer *su* l'shavâge, 'barnac.

C'est dans des circonstances semblables que l'Oreille manque le plus à Bellerose. Ce dernier pouvait toujours compter sur son adresse, bien égale à la sienne. À tout coup, aux premières détonations, deux ennemis tombaient, frappés à mort.

Jean-Baptiste acquiesce, prend la carabine comme si c'était un nouveau-né, la cajole un instant. Puis, il s'installe à son tour sur le rocher, regarde pour la première fois au travers du viseur. Il ne peut retenir un rire excité, frissonne d'anticipation. Il examine la scène. Toujours un seul chasseur en vue.

Natole est retourné dans le chariot terminer son cheval de bois. Bottine ronfle toujours. On a tout le temps, alors pourquoi se presser ? Le petit cheval est presque terminé. Natole le regarde convenablement sous tous ses angles, est satisfait du résultat. Puis, il entend les cris, au loin. Carton et Lesieur. Il saute en bas du chariot, rejoint Laframboise qui envoie déjà la main vers le traîneau qui arrive à toute vitesse. Le vieux voit la bouteille tenue bien haute par le passager et fait quelques pas de danse. Il est fou de joie, se tourne vers Natole pour le prendre par les épaules. Mais ce dernier reste là, immobile, le regard hébété, la bouche entr'ouverte, une tache de sang grandissante au beau milieu de la poitrine. Puis, c'est la détonation.

Quelques secondes plus tard, un second projectile frappe le chaudron qui explose dans tous les sens. Bottine sort du chariot, encore abruti par le sommeil.

— Cours ! ordonne Laframboise en se jetant au sol.

Bottine se met à galoper, file en plein bois comme un lièvre terrorisé. Il bifurque, descend un coteau, perce la glace mince d'un ruisseau, tombe, se relève, repart de plus belle.

Il ne sent pas le froid, pas maintenant. Il ne sent que la peur qui pompe l'adrénaline dans ses muscles. Il court, droit devant. Mais, tout à coup, de derrière un arbre, apparaît subitement un bras qui lui bloque le passage, qui le frappe à la poitrine. Le souffle coupé, il est brutalement renversé sur le dos. Alors, il voit l'Indien penché sur lui, mais il ne sait pas encore. Et ce n'est que lorsque l'Indien retire son couteau de sa poitrine qu'il comprend enfin ce qui vient de lui arriver. Alors, un voile rouge s'abat devant ses yeux, et il se noie lentement, tandis que ses poumons se remplissent de son propre sang.

L'Apache se relève, essuie son couteau sur la chemise de Bottine, rengaine et revient en courant vers le camp des voyageurs.

– Ostie, j'ai manqué l'deuxième, s'exclame Jean-Baptiste.

– J'comprends, 'barnac! T'as tiré dans l'chaudron. Donne-moé ça, lance le Chef en reprenant son arme.

Entre-temps, Laframboise a ouvert le feu sur le traîneau. La Casse, qui brandit toujours la bouteille, tombe à la renverse et se retrouve sur la glace de la rivière. Marteau tente alors de faire tourner la meute, tombe à son tour sous les balles du vieux chasseur.

– Sacrament! crie Bellerose en épaulant.

Avec la lunette, il cherche désespérément le dernier chasseur, mais aperçoit à la place l'Apache qui sort d'entre les deux chariots, le dos courbé, le couteau à la main. Puis, l'Indien frappe, une seule fois, fatalement. Il se relève, envoie la main. C'est fini.

Bellerose et Jean-Baptiste courent vers la Casse et Marteau toujours étendus sur la glace. Ce dernier tente de se relever. Il a le visage couvert de sang.

– Tabarnac! Quessé qui s'passe?

Bellerose l'examine rapidement.

– C'est rien. La balle t'a frôlé la tête. C'est juste une coupure. Mets d'la neige dessus en attendant, dit le Chef en se dirigeant vers la Casse.

Jean-Baptiste est déjà à ses côtés.

– Y est correc', lui itou. Juste une balle dans l'bras. A travarsé bord en bord. C'est mieux d'même !

Pour toute réponse, Bellerose le gifle en plein visage.

– Espèce de couillon. C'est d'ta faute. T'as manqué l'deuxième ! J'ara don' pas dû m'laisser cauxer, 'barnac. Je l'sava itou qu'j'ara dû dire non. Espèce de trou d'cul. Débarrasse. Va r'joindre l'Apache avant qu'j't'en câlisse un autre.

Baptiste obéit de suite, tandis que Bellerose aide la Casse à se relever. Marteau est déjà debout et marche lentement pour récupérer le traîneau qui s'est arrêté un peu plus loin sur la rivière. Bellerose et la Casse font de même, et bientôt, le Chef ramène les deux blessés vers le campement.

L'Apache informe Bellerose à propos du jeune qui a tenté de fuir dans la forêt. Le Chef examine le vieux trappeur responsable des blessures subies par ses hommes. Il ne peut qu'avoir un certain respect pour la dépouille d'un tel homme. Puis, il avise la première victime, un véritable colosse, plus grand même que Marteau ou la Casse, des épaules de taureau, des mains deux fois plus larges que les siennes. Et dans une de ces énormes mains, une toute petite sculpture, réplique exacte d'un des robustes chevaux de trait attachés aux chariots. Même la couverture y figure. Bellerose se penche, prend délicatement le petit cheval de bois.

– Chienne de vie !

XXII. Le retour
de Chumani

Ka Peyakot Mahihkan et Aquene forment maintenant un couple sur lequel le chef Kaskitew Maskwa fonde de grands espoirs, non en ce qui a trait à la descendance des Ours, qui est en péril, mais pour la survie même de la bande. En effet, l'avenir a été fortement compromis par l'attaque des Foulards rouges. Maintenant, puisque la plupart des enfants et des guerriers sont morts, seuls Loup Solitaire et Pakisimow, Coucher de Lune, sont en mesure pour l'instant d'assurer une saine progéniture à la bande.

Le jeune couple, caché derrière un mur de blocs de neige, bien à l'abri du vent, pêche par un trou creusé avec peine dans la glace. Trois heures. Tout ce temps pour deux poissons. Aquene frissonne. Le manque continuel de nourriture l'a bien affaiblie, l'a rendue beaucoup moins robuste, comme tous les autres d'ailleurs. Elle a envie de manger le poisson, cru, pour se rassasier, en une seule fois, mais elle sait bien que cette maigre pitance sera le repas du soir de toute la bande qui attend patiemment dans le grand *mîkiwahpis* commun.

Deux poissons pour nourrir dix-sept bouches affamées. À moins que Pakisimow n'ait eu plus de chance à la chasse ou que Kwanita, Sora et Talasi ne trouvent enfin quelques lièvres pris à leurs collets.

Bientôt, transis, Ka Peyakot Mahihkan et Aquene n'en peuvent plus, doivent s'avouer vaincus, se contenter de leur maigre récolte. C'est alors que le guerrier voit venir les deux traîneaux sur la rivière. Ka Peyakot Mahihkan n'a avec lui que son arc et quelques flèches. Il a laissé ses dernières cartouches au chasseur Pakisimow. Il fait signe à Aquene de demeurer cachée derrière le mur de neige, prend une position de défense, encoche une flèche, laisse l'ennemi s'approcher. Mais les deux traîneaux s'arrêtent. L'un des conducteurs lève bien haut la main droite, en signe de paix et d'amitié.

Chumani saute du traîneau, s'élance en courant vers le couple, crie de toutes ses forces.
– *Wîhowin Chumani. Nitonaw Kaskitew Maskwa.*

Aquene sort de sa cachette, incrédule. Cette voix qui prétend être celle de Chumani, qui recherche Kaskitew Maskwa, leur chef, elle la reconnaît. Est-ce possible? Les deux pêcheurs, oubliant toute précaution, s'élancent à leur tour vers la jeune femme qui accourt. Murphy, qui assiste de loin à cette scène de retrouvailles, n'ose pas s'approcher, ne veut pas briser la magie d'un tel moment. Chumani a finalement retrouvé les siens.

Sur la glace de la rivière Bulyea, c'est l'euphorie. Chumani et Aquene sautent dans les bras l'une de l'autre sous le regard amusé de Ka Peyakot Mahihkan. Ce dernier regarde au loin l'homme qui est resté à l'écart. Arc en bandoulière, il dirige ses pas vers l'étranger qui a ramené la jeune femme. Il s'arrête cependant à une distance respectable pour un premier contact, acceptable pour les deux hommes.
– Loup Solitaire est mon nom.

— Je suis Murphy, de la police montée. Nous apportons des vivres et des couvertures. Là, dans le traîneau de Chumani. Pour Loup Solitaire. Pour la bande.

Murphy sort un paquet de tabac de sa besace.

— Tiens. Pour toi.

Le guerrier hésite un moment, puis accepte, visiblement content. Le policier est curieux de voir ce qu'en fera Loup Solitaire. Ce dernier se met aux commandes du traîneau de Chumani et part rejoindre les deux jeunes femmes toujours occupées à sauter sur la glace de la rivière et à s'enlacer. Murphy lui emboîte le pas.

L'arrivée au petit village se fait au son des cris de joie lancés par le jeune couple et Chumani. Quelques membres de la bande, les plus vigoureux, sortent par curiosité. Même le vieux chef trouve le courage d'affronter le froid glacial. En reconnaissant Chumani, ses yeux se voilent.

— *Omosômimâw!* dit Chumani en se blottissant dans les bras de son grand-père.

Loup Solitaire, de plus en plus excité, déballe les vivres et l'équipement apportés par les nouveaux venus. On s'empresse de tout transporter dans le grand wigwam communautaire. Murphy se tient toujours à l'écart, pour le moment, s'occupe à dételer et nourrir les chiens. Aux quelques enfants affamés qui veulent lui subtiliser les poissons gelés, le policier distribue une poignée de friandises. Quand, finalement, tous ont réintégré le *mîkiwahpis*, Murphy jette un dernier regard alentour, constate qu'une autre tempête se prépare à l'horizon, rejoint finalement Chumani à l'intérieur. Ce soir, il dormira bien au chaud.

Dès son entrée, Kaskitew Maskwa l'accueille en lui offrant ses deux mains.

— *Miyoteh ka wisamiht awîyak, simâkanis*, sois le bienvenu, policier.

Murphy prend les deux mains froides et rachitiques du vieillard. Autour de lui, un silence meublé de conversations chuchotées dont il sait être le sujet principal. Déjà, on prépare la nourriture, distribue les couvertures. Murphy offre du tabac au chef qui lui sourit en lui montrant celui qu'il a déjà reçu de Loup Solitaire. Murphy a sa réponse. Il peut faire confiance au jeune guerrier. Alors, il donne un autre paquet à Loup Solitaire. Celui-ci, incrédule, accepte de nouveau, avec un léger signe de la tête. Lui aussi a compris, sait maintenant quel genre d'homme est ce policier. Il offre également les boîtes de cartouches, aussi essentielles que les couvertures pour la survie de la bande.

Tout autour, on s'émerveille devant tant de richesses inattendues. Alors, Chumani raconte son périple, parle des Foulards rouges tués par le policier. Ce dernier est rapidement élevé au rang de valeureux guerrier dans l'esprit de tous. Tout à coup, une autre série de cris aigus transpercent le soir, alors que Kwanita, Sora et Talasi font leur entrée dans l'abri et reconnaissent aussitôt Chumani assise près du feu à côté de son grand-père. Quelques lièvres bien dodus s'ajouteront au festin que l'on prépare déjà sur le deuxième foyer pour la grande fête de ce soir. Puis, c'est le tour de Pakisimow qui, lui, revient bredouille cependant. On le présente au policier maintenant entouré d'enfants. Murphy, quelque peu mal à l'aise, implore Chumani du regard. Celle-ci comprend, lui prend le sac de friandises, le remet à l'une des femmes aînées qui en assurera désormais une distribution équitable. Les enfants disparaissent aussitôt dans le sillage de la vieille femme.

À l'autre bout du grand *mîkiwahpis*, un tambour donne soudain le rythme, les plus jeunes entament un pas de danse autour du troisième foyer. Bientôt un chant mélodieux remplit tout le wigwam. Toujours assis autour du premier feu, Kaskitew Maskwa, Chumani, Ka Peyakot Mahihkan, Pakisimow et le policier.

Chumani explique que le policier est à la recherche des Foulards rouges, les hommes mêmes qui ont attaqué leur camp. Elle raconte également qu'elle a entendu, dans la nuit, l'esprit de la rivière Maudite et que cet esprit a déjà frappé, au moins à deux reprises. Elle raconte, tout bas, l'émasculation des victimes. À la suite de ces révélations, Kaskitew Maskwa devient très songeur. Le passé revient, les émotions longtemps refoulées refont surface… Le viol de Wâpiskâpakwanîs, l'enfant né jeté à la rivière, le hurlement soudain du loup, puis les longues absences répétées d'Okîskwow, la légende, ses doutes, à lui.

– *Matotisân, wâpahki.*

Les deux guerriers se regardent. Pour la première fois depuis l'attaque, le vieux Chef ordonne la cérémonie de purification dès le lendemain. Ce sera à eux de voir à la construction de la hutte de sudation, de trouver les sept pierres requises, de bâtir et maintenir le feu pendant plus de quatre heures, temps minimum nécessaire pour bien chauffer les pierres. Mais ils en comprennent la nécessité. On doit discuter d'un sujet devenu tabou. On doit le faire le corps et l'esprit en harmonie avec la nature, c'est-à-dire purifiés.

Kaskitew Maskwa pointe le policier.

– *Hâw mâka.*

Murphy accepte l'invitation. Demain, il participera lui aussi à la cérémonie.

neige. Les chevaux n'ont pas bougé depuis
ais il leur faudra attendre le retour de la
omenade. Ils rentrent également une bonne
de chauffage. Ils seront pénards durant la
r la viande, qui manque cruellement.
tard d'manger d'la soupane !
a faire l'tour des collets. Jamais j'créré qu'on
en deux jours, saint caliboire ! M'a t'faire
'ec des glissants à part de t'ça. Dépêche !
a prendre un p'tit coup !
ctive et, de fait, ils ramassent une demi-
res bien dodus. Rapidement, ils retournent
amp s'installer tout près du poêle que Cook
d. Ils nettoient les prises en se réchauffant
ques bonnes lampées de bagosse bien froide.
epuis longtemps que pour minimiser le goût
gréable du liquide infernal, le mieux à faire
ehors, où son taux élevé d'alcool l'empêchera
roid le rendra presque sirupeux. Alors, en
devient presque respectable, l'effet de brûlure
ais l'intoxication est fortement accélérée.
e de la pièce, rien pour en enrayer la furie.
e, c'est la brûlure certaine, effet douloureux
ous descend jusqu'aux entrailles.

Hôtel, on ne s'inquiète guère de la tempête
ntraire. La mauvaise température est souvent
eillée turbulente alors que la plupart des
lage en profitent pour se rassembler et fuir
la monotonie. Assis à une table, Éléonore
ntain Jack de l'autre, le colosse de six pieds
repassé pour boire un dernier verre à la santé
ain Skunky. Il a fait la fête tout l'après-midi.
f aller-retour à la bécosse derrière l'hôtel, il est

XXIII. Prélude
à une tempête

Bientôt, l'air se remplit de l'odeur de la *banik* qui cuit,
enroulée sur les piquets de bois dur, des lièvres embrochés qui
rôtissent lentement. Du quartier de viande gelée, on a tranché
de fines lamelles qu'on laisse mijoter dans un chaudron
accroché au-dessus du feu. L'atmosphère est à la fête, le repas
succulent. Pour la première fois depuis l'attaque, tous ont
mangé à leur faim. Pour la première fois, l'espoir renaît dans
le cœur des aînés. Repus, les membres de la bande s'installent
tranquillement pour la nuit. Murphy sort pour chercher
sa peau de couchage, constate que la température a chuté
radicalement. Il vérifie une dernière fois les chiens qui sont
bien à l'abri sous un long toit fait de bois rond, à deux pieds
du sol. Les chiens y sont attachés à bonne distance les uns des
autres, bien protégés du vent. Dans la nuit qui s'installe, aucun
bruit, pas même un soupçon de vent. C'est le calme plat. La
tempête est imminente.

Kaskitew Maskwa est tout à coup conscient des
manigances de sa petite fille pour installer sa peau de couchage

tout contre celle du policier. D'autres, en effet, ont eu la même idée, mais c'est avec aplomb que la jeune femme a revendiqué sa juste place. Et Chumani, espiègle, a même l'idée de pousser l'affront plus loin, mais Murphy, soudain terrifié à l'idée d'avoir un public un peu trop attentif, s'enroule fermement dans sa peau de couchage, se cantonne ainsi dans un cocon impénétrable. Kaskitew Maskwa sourit. Demain, il devra parler à Chumani, régulariser la situation, si tel est le cas. Mais ce soir, le vieux Chef dormira enfin en paix.

Bellerose, seul dans la nuit tombante, regarde le ciel. Ses hommes se sont entassés dans le chariot couvert, se réchauffent autour du poêle qui ronronne. La bagosse circule. La Casse et Marteau soignent leurs blessures, Jean-Baptiste, son orgueil. Mais le coup en valait la peine. Quand ils ont découvert le contenu du deuxième chariot, tout fut oublié : le blâme, la mauvaise exécution, les blessures inutiles. Il y avait là une véritable fortune en peaux de caribou, en peaux de grizzly, sans compter les peaux fines, martre et lynx. Le tout, bien préparé et conservé. Les hommes jubilaient. On pensait déjà au partage, à recommencer une vie nouvelle, remplie de chaleur, de bonne chère et d'agréable compagnie.

Le Chef ne se fait plus d'illusion à ce sujet. Malgré toute sa bonne volonté, il sait que plus jamais il ne leur sera permis de repartir à neuf. Ils seront tous traqués, sans relâche, jusqu'au dernier, jusqu'à la mort. Mais pourquoi briser leurs rêveries ? Surtout ce soir ! Il respire profondément, sent l'odeur de la tempête. Ce silence, cette absence de vent, l'annonce brutale, implacable, acharnée. Selon toute probabilité, il leur sera quasi impossible de voyager pendant plusieurs jours. De toute façon, il n'est pas question de rejoindre le camp avec les chariots. En hiver, cet exploit leur est tout simplement impossible. Heureusement que les chasseurs étaient bien approvisionnés.

Cependant, Bellerose n'entrevoit déjà que deux choix logiques pour la suite des événements. Soit ils s'installent

sur place p[...]
chevaux et l[...]
ils pourraie[...]
et tenter de [...]
La Loche pa[...]
chariots jusq[...]
chevaux et é[...]
du camp, pr[...]
problème m[...]
soulèvera de [...]
deux chasseur[...]
est au couran[...]
De plus, Mart[...]
les frères Dul[...]
On devinera [...]
hommes. Le p[...]
a assez de liqu[...]
tempête qui s'a[...]
lui pour prend[...]

Cook, qu[...]
aussi été surpri[...]
Delisle le rejoin[...]
– Quessé qu'tu [...]
– On va en awou[...]
Quand y fait fret[...]
qu'y en a une bo[...]
pour nourrir les [...]
– Y' a pu rien, ma[...]
charcher d'l'harb[...]
– Ah, t'es ben ma[...]
va nous faire la p[...]
même temps qui [...]

Les deux co[...]
ramasser toute l'h[...]

sous la couche de [...]
quelques jours, n[...]
bande pour leur p[...]
quantité de bois [...]
tempête. Sauf pou[...]
– Chu tanné en b[...]
– Crains pas. On v[...]
aura rien pogné [...]
un bon ragoût, [...]
En r'venant, on v[...]

Delisle s'a[...]
douzaine de lièv[...]
avec entrain au c[...]
bourre à ras bor[...]
l'esprit avec quel[...]
Ils ont compris [...]
quelquefois désa[...]
est de le laisser d[...]
de geler, où le f[...]
faisant cul sec, il [...]
est amoindri, n[...]
À la températu[...]
À chaque gorgé[...]
et insistant qui [...]

Au Paris [...]
qui arrive. Au c[...]
synonyme de [...]
résidants du vi[...]
l'ennui, briser [...]
d'un côté, Mou[...]
cinq pouces est [...]
de son bon cop[...]
Et après un bre[...]

même revenu avec le corps gelé du défunt sous le bras, sous prétexte de lui offrir un dernier verre. Ce fut l'hystérie dans tout l'hôtel, d'autant que Mountain Jack semblait être le plus sérieux du monde, assis à sa table avec son copain de beuverie de toujours, gelé raide comme un tronc d'arbre.

Madame Éléonore usa d'abord de son charme, mais sans succès. Bob et Michel Beaulieu s'approchèrent, anticipant la bagarre. Alors, le fixant bien dans les yeux, collant littéralement son visage contre le sien, Éléonore lui ordonna d'aller remettre le corps dans la *shed* à bois, lui servant une litanie de mots si vulgaires et une menace si inattendue que Mountain Jack ne trouva rien de mieux à dire que: « Oui M'dame! ».

Et lorsque le colosse revint, Madame Éléonore l'attendait à sa table et lui ordonna de s'asseoir. Mountain Jack s'exécuta, les yeux toujours fixés sur ceux de la patronne. Ils en étaient toujours là, tous les deux, silencieux, face à face à la même table.

– T'as besoin d'un *partner* pour prendre un coup, mon couillon?

La clameur générale approuve, tandis que tous les clients se lèvent pour immédiatement entourer la table de Mountain Jack. Bob, qui connaît maintenant la routine, apparaît avec une bouteille neuve et deux verres qu'il place au beau milieu de la table. On applaudit, on sort billets de banque, montres en or, peaux fines, bref tout ce qui a de la valeur. Certains vont même jusqu'à miser leurs dents en or. On accepte tout, même si l'arracheur de dents n'est pas disponible. On s'arrangera bien sans lui si besoin est. Anastasia, comme de coutume, tient la banque, tandis que Bob, à la manière d'un enchanteur, fixe les cotes. Il vante si bien les mérites du géant trappeur qu'il finit par obtenir quatre contre un en faveur de ce dernier. Mais a-t-il bien fait son boulot? Il jette un regard à sa patronne qui cligne rapidement de l'œil. Il est fixé.

Maintenant, Mountain Jack sourit, exhibant une dentition éparse et pourrie. Il sait à quoi s'en tenir, accepte le défi. Bob calme l'assistance, verse les deux premiers verres, donne le signal. Éléonore, à la vitesse de l'éclair, fait disparaître le contenu du sien et claquer sa langue, remet doucement son verre sur la table.

Ça réagit bruyamment, la partie est engagée. Mountain Jack s'exécute à son tour, rabattant cependant son verre violemment sur la table, soulevant la joie chez ses partisans. Et on enchaîne, verre sur verre, au rythme des applaudissements de la galerie. La première bouteille terminée, les deux adversaires commencent à ralentir quelque peu. Après la deuxième, on se demande ce qui peut encore les faire tenir. Tout à coup, fou rire des deux antagonistes, tout le monde rit aux larmes. Puis, c'est le retour aux choses sérieuses. Éléonore et Mountain Jack titubent, s'accrochent. Sous les cris d'excitation des parieurs, on sort une troisième bouteille. Éléonore attaque avec aplomb, mais au quatrième verre, elle hésite, longuement, le verre devant les lèvres. Les partisans de Mountain Jack jubilent. Trop tôt. La patronne enfile l'alcool, dépose le verre au centre de la table. Mountain Jack rugit, avale le sien, le fait exploser en le rabattant violemment, affirmant sa toute-puissance. La foule délire. On sort une quatrième bouteille. Du jamais vu ! Au premier verre, Éléonore manque de tomber à la renverse, mais elle parvient, par miracle, à maintenir son équilibre. Au deuxième verre, il devient évident que la patronne n'en peut plus. La victoire du colosse est imminente. Mais au troisième verre, à son tour, Mountain Jack ne trouve simplement plus sa bouche, vide le contenu dans sa barbe, lève bien haut le verre et tombe à la renverse. La surprise est totale, l'assemblée maugrée de déception. Madame Éléonore se lève d'un coup, presque fraîche, refuse le bras de Michel Beaulieu qui a su bien miser et sourit à pleines dents, regagne stoïquement ses quartiers. Une fois seule, elle perd enfin conscience, s'affalant sur son magnifique lit à baldaquin.

L'inconnu au grand chapeau était arrivé juste à temps pour assister à la fin de la compétition. Il comprit que la plupart avaient misé sur le géant, maintenant terrassé sur le plancher de la grande salle par un coma éthylique. Il se joignit aux trappeurs ainsi fauchés, leur offrit quelques verres, devint du coup un compagnon de toujours. On parlait de tout, de rien, de la visite de deux inconnus qui, apparemment, campaient sur le lac Athabasca et cherchaient justement un poste de traite. On jasait aussi de la venue de Latulipe, qui était reparti fin saoul le soir même après avoir longuement brossé avec les deux inconnus. On dissertait aussi sur la tempête qui arrivait, qui s'annonçait mauvaise, qui les bloquerait probablement tous durant les prochains jours. On se plaignit de s'être fait avoir par la patronne, encore une fois. Et Calvé demanda à Bob de remettre la tournée.

Pourquoi Latulipe avait-il quitté l'hôtel, la nuit, dans un pareil état? Une question à laquelle le chasseur de prime essaie de répondre. Au fil de la conversation, il apprend que Latulipe a longuement questionné les inconnus sur leur provenance, leur nombre, l'endroit de leur bivouac. Quand il a su par Bob que c'était Latulipe qui régalait, il a été fixé. Latulipe préparait assurément un coup. Mais il n'était pas justicier, seulement chasseur de prime. Alors, ce Latulipe, ce serait l'affaire de Murphy. On ferma, il paya Bob pour passer la nuit, installa son couchage près du poêle.

Okîskwow ne retournera plus dans son vieux *mîkiwahpis* au camp des Foulards rouges. Plus maintenant. Au fil des semaines précédentes, elle avait subtilisé quantité de viande séchée, quelques peaux et denrées indispensables dans leur cache secrète qu'elle avait découverte il y a bien longtemps et qui fut la sienne, bien des années auparavant. Sa subsistance

était assurée, du moins jusqu'au printemps, jusqu'au moment
où elle prévoyait la fin des Ours, son retour triomphal et la
destitution de Kaskitew Maskwa.

La tempête approche, elle la sent elle aussi, dans ses
vieux os. Mais il est temps de se livrer à une autre action
punitive. Les deux pieux sont prêts, dehors, sur le traîneau.
D'une petite pochette de cuir, elle sort trois pierres plates,
chacune marquée d'un symbole païen. Elle lance les runes sur
le sol, aucune ne tombe face contre terre. Le choix est fait.
Au fond de l'antre, c'est presque l'hystérie, l'anticipation de la
dose de narcotique, du sang qui sera versé, de la récompense.
Au son d'incantations maléfiques, Okîskwow broie herbes et
racines, crache dans le bol, met la dernière main à la potion.
Ma Mère, ô ma Mère
Il n'y a que toi ma Mère
Toi seule qui es ma Mère
Toi seule qui m'as sauvé
Toi seule qui me possèdes
Toi seule qui me nourris
Toi seule qui me chéris
À toi seule j'obéis
Sinon serai puni
Ma Mère, ô ma Mère
Il n'y a que toi ma Mère...

XXIV.
Deux ôtés de sept

Le vent vente, la neige neige, la nature se déchaîne. On regarde le temps dehors, mais personne ne s'y aventure. Même le loup préfère la faim, reste dans sa tanière. On se soumet. Mais il y a tout de même mouvement dans la forêt. Avec une facilité quasi diabolique, Okîskwow s'y déplace, s'y retrouve toujours, malgré la tempête. Elle erre en maîtresse des lieux, impunément, et ce, depuis qu'elle est toute petite. En ce lever du jour, elle retrouve facilement le camp des Foulards rouges. Il y a beaucoup de travail à faire. Le banquet doit être parfaitement organisé, dans ses moindres détails. Deux ôtés de sept. Donc, cinq couverts. Pour commencer, la décoration du hall d'entrée, travail que la vieille folle se réserve.

On s'agite dans le traîneau, sous les peaux. Pas encore. Patience. Okîskwow se rend à l'abri des chevaux. Pauvres bêtes, rachitiques, c'est tout juste si elles tiennent encore debout, à moitié mortes de faim. Elle les caresse, doucement, puis, du premier, elle perce la jugulaire, d'un coup sec, précis.

Le sang l'éclabousse. Elle passe au second, accomplit le même geste de délivrance. Bientôt, le sol gelé est tout rouge de sang, poisseux.

Okîskwow patiente, les chevaux titubent, s'écrasent enfin, rendent leur dernier souffle sous les incantations et les caresses de la vieille folle. Alors, elle s'affaire, au godendard. Elle œuvre lentement, rien ne presse, pataugeant dans cette boue immonde, pour finalement ressortir de l'abri avec la première tête. La charge est lourde, mais la sorcière a une mission à accomplir. Ses forces en sont décuplées. Et bientôt, la tête du cheval est empalée sur le pieu planté dans la neige, à droite de la porte de la grande tente. Satisfaite, la vieille folle retourne dans l'abri des chevaux, répète l'opération. Couverte de sang, elle regarde enfin les deux totems qui encadrent maintenant la porte. Voilà pour l'accueil du hall d'entrée. Reste la dernière touche, mais, pour cela, elle doit visiter les deux locataires de l'établissement.

De l'intérieur, elle perçoit les ronflements inconscients des deux hommes qui cuvent toujours leur bagosse. Maintenant. Elle hurle, fait l'appel! Ce n'est plus son tour de s'amuser, elle lâche sa meute.

Cook se réveille, en sursaut. Il sent l'air froid qui pénètre dans la tente alors que la porte est grande ouverte. Il essaie de deviner la forme fantomatique qui s'avance lentement vers lui. Un petit rire aigu, presque débile, lui glace le sang. Et ce sourire, sur ce visage cadavérique, tout blanc, ces yeux, cernés de noir, ces petits seins bien ronds, ce début d'un noir pubis… Il appelle Delisle, qui s'éveille aussitôt, et qui voit lui aussi, incrédule, l'apparition, qui se dirige droit sur lui. Son cerveau, toujours embrumé par les vapeurs d'alcool, déforme la réalité, lui cache le danger réel. Il se lève, s'empare de l'apparition, dans le but évident de s'amuser. À la vue de son érection, visible sous la combinaison crasseuse, répond un petit rire d'enfant excité. Une petite main saisit le membre, le serre. Delisle en plie les genoux de plaisir. Alors, dans l'autre petite main, il voit apparaître le couteau, qui décrit soudain un cercle devant ses yeux incrédules. Maintenant terrorisé, il lâche l'apparition, tente de reculer en se tenant la gorge, tombe à la renverse, se relève, trébuche sur un banc. Le sang pisse de tous les côtés.

Cook a réussi à sortir de son *bunk*, tente de rejoindre la cuisine, à l'arrière, où il sait pouvoir trouver son fusil de chasse. Mais comme par enchantement, l'apparition, qui se trouvait derrière lui, se retrouve maintenant devant, avec le même sourire invitant, avec le même couteau énorme, irréel. Il ne sent aucune douleur, porte simplement la main à son cou, la retire, constate le sang qui la recouvre. Un gargouillis sonore sort de sa gorge, ses yeux se voilent déjà. Curieusement, il pense aux bêtes qu'il a si souvent saignées de la même façon. Et il sait très bien le peu de temps que prend un animal pour se vider complètement de toute sa vitalité. Finalement, il a la réponse à une question qu'il s'est si souvent posée. Il ne ressent aucune douleur. C'est une bonne façon de mourir !

Okîskwow procède immédiatement aux ablations rituelles avant que les deux hommes ne rendent leur dernier souffle. Satisfaite, elle passera maintenant à l'aménagement de la salle et à la préparation du banquet. Deux ôtés de sept, reste cinq. Un festin à cinq couverts. Il reste maintes choses à accomplir, ainsi donc, elle referme doucement la porte d'entrée.

XXV. Le rituel

Ka Peyakot Mahihkan et Pakisimow, selon le désir du chef Kaskitew Maskwa, sortent dans la tempête pour préparer la hutte de sudation. Avec les nouveaux outils apportés par le policier, ils ont vite fait de couper les jeunes troncs d'arbres qui serviront à l'armature. La hutte doit être circulaire, basse, assez grande pour y asseoir les six participants prévus, en plus du foyer central. Les petits troncs sont tout d'abord chauffés afin de les dégeler et de leur rendre une certaine flexibilité, puis adroitement courbés pour former un dôme, et ensuite reliés entre eux par des traverses, chaque intersection étant bien attachée avec de la babiche. Après, le tout est recouvert de plusieurs couches de peaux et de couvertures, sauf pour une petite ouverture qui servira de porte. À l'intérieur, le sol est nettoyé de sa neige, complètement recouvert de branches de sapinage, à l'exception du centre, où un cercle de roche supportera les sept pierres du rituel. Six épaisses peaux sont disposées sur le sol, une pour chaque participant.

Murphy, Chumani, Aquene et Talasi se sont joints aux deux guerriers-chasseurs, se mettent à leur disposition. On envoie les femmes à la recherche des sept pierres, tout près, le long d'un petit rocher aux nombreux éboulis. Quant aux hommes, ils s'affairent à ramasser le bois nécessaire pour alimenter le grand feu qui devra brûler pendant une bonne partie de la journée. Pour débuter, il faut obtenir un bon fond de braises d'au moins un pied d'épaisseur. Puisqu'il est impossible de creuser le sol gelé pour obtenir une fosse, on ravive le feu de camp permanent, on y empile de gros troncs en formant une structure carrée de quatre pieds sur quatre, de plusieurs épaisseurs, au centre de laquelle sont placées à la verticale les branches plus petites pour bien activer la combustion. Bientôt, d'immenses flammes s'élèvent et bravent la tempête. Et lorsque le fond de braises sera suffisant, les sept pierres y seront placées, puis on rebâtira le feu, par-dessus, de façon à ce que les pierres soient emprisonnées par les braises.

À l'intérieur du *mîkiwahpis*, l'après-midi se déroule dans une joie de vivre renouvelée. Les jeunes femmes retournent vérifier leurs collets, on s'affaire aux tâches quotidiennes. Dehors, inlassablement, les deux robustes guerriers alimentent le feu qui les tient bien au chaud malgré la froidure.

Au premier foyer, Kaskitew Maskwa, Osâwahkesîs et Sohkitehew, les deux aînés, se préparent, fumant tranquillement le tabac apporté par le policier, autour du petit feu qui vacille. Sur un signe du Chef, le policier est invité à rejoindre le groupe. Les pierres ont été dégagées du feu, transportées dans la hutte et placées sur le fond de petites pierres au centre. La porte de la hutte a été scellée. Bientôt, Ka Peyakot Mahihkan et Pakisimow reviendront et prendront place, eux aussi, auprès de leur chef, les deux vaillants guerriers ayant depuis longtemps mérité l'honneur de participer au rituel de purification.

Devant le policier un peu hésitant, les cinq Cris se dévêtent complètement, sans cérémonie. Murphy fait de même, malgré les petits rires timides de la gent féminine qui profite évidemment de la situation pour asticoter sa compagne Chumani. Le Chef, imperturbable, enflamme une botte de sauge séchée, souffle la flamme. Les tisons consomment l'herbe en dégageant une épaisse fumée blanche. Tour à tour, chaque homme prend la sauge, s'enveloppe de la fumée qu'elle dégage. Puis, avec une simple couverture sur les épaules, ils sortent dans la tempête, se dirigent vers la hutte de sudation. Aussitôt les hommes à l'intérieur, Chumani et Aquene, qui avaient discrètement suivi le groupe, replacent les couvertures servant de porte à la hutte, en assurent l'étanchéité avant de retourner à la douce chaleur du *mîkiwahpis* communautaire.

Les six hommes ont pris place autour des sept pierres qui dégagent une lueur rougeâtre dans la noirceur. Kaskitew Maskwa y dépose une petite pincée de tabac en guise d'offrande aux dieux, murmure quelques paroles sacrées. Puis, il lance un peu d'eau sur les pierres. Instantanément, les gouttelettes semblent bondir sur place, se transforment rapidement en vapeur, ce qui augmente radicalement la température à l'intérieur de la hutte. Murphy peine à respirer tellement l'air est chaud. La sueur couvre rapidement tout son corps. Le rituel de la purification a commencé. Les aînés entament un chant tribal sur un ton bas, monotone. Pakisimow bat doucement la mesure sur un petit *mistikwaskihk*, le tam-tam cérémonial.

Le contact avec la neige est saisissant, coupe le souffle. Après avoir sué pendant plus d'une trentaine de minutes, les six hommes sont sortis de la hutte, nus, leur corps fumant littéralement dans la froidure de la nuit qui tombe. Ils se sont roulés sur le sol, vigoureusement frottés avec de la neige pour enlever toute cette sueur collante et cette crasse évacuée. Une sensation de renouveau habite maintenant Murphy pour qui ce rituel est une première. Il se sent en pleine forme, les fatigues accumulées disparues, son énergie vitale renouvelée.

Kaskitew Maskwa, Ka Peyakot Mahihkan, Pakisimow, Chumani et le policier sont de retour au premier foyer tandis que les deux aînés ont rejoint les leurs. Murphy raconte ce qu'il sait à propos des Foulards rouges égorgés, à propos des émasculations, questionne les autres sur les rires d'enfants entendus dans la nuit. Pour le Chef, il n'y a plus aucun doute. L'esprit de l'enfant maudit est de retour après toutes ces années. Mais Murphy ne peut croire à cette version des faits. Bien qu'il accorde une certaine crédibilité aux légendes et croyances indiennes, ces hommes ont bel et bien eu la gorge tranchée, ont bel et bien été émasculés. Ce ne peut être l'œuvre d'un esprit, aussi malsain soit-il. Cependant, il sent que la vérité se trouve quelque part au milieu, entre les faits eux-mêmes et la légende. Il se doit donc d'en savoir plus à propos de cette dernière.

Kaskitew Maskwa raconte, reprend la même histoire que celle déjà racontée par la jeune femme à Murphy, le viol, le panier d'osier, le hurlement... Il parle de Wâpiskâpakwanîs, cette femme du clan des Ours, douce, respectée de tous, qui avait le don de guérison. De ce fait, elle se retrouvait constamment en conflit avec Okîskwow, la Louve, celle qui faisait trembler ceux et celles de son clan et du clan des Castors, qui faisait bien rire ceux et celles du clan des Ours, la vieille folle du village qui réclamait à grands cris le monopole des pratiques chamaniques après la mort de Sîpihko-Wacask, le vieux chaman, qu'elle avait sans doute fait disparaître elle-même. En effet, on se souvenait que ce dernier s'était perdu en forêt, pour ne plus jamais être revu. Le Chef parle aussi de Yôtinpeyaw, Vent sur l'Eau, le chef de guerre, nommé ainsi à cause de sa grande force et de sa rapidité, le mari de Wâpiskâpakwanîs. Il était revenu au village à la suite d'une expédition de chasse, gravement blessé par les puissantes mâchoires d'un grizzly, une expédition menée au beau milieu de l'hiver, période pendant laquelle les ours hibernent. Pourquoi ce grizzly avait-il quitté sa tanière pour attaquer Yôtinpeyaw? Le Chef avait toujours soupçonné l'intervention de la vieille folle. Sa femme s'était empressée auprès de lui et, au cours des jours suivants, grâce à ses soins incessants, Yôtinpeyaw prit du mieux. Mais c'était avant l'entrée en scène d'Okîskwow, qui réussit, encore une fois, à convaincre le Conseil des Anciens, en majeure partie plus sensible à ses menaces qu'au simple bon sens, qu'elle seule avait le pouvoir de sauver le blessé dont la santé, selon elle, déclinait de jour en jour. Le Conseil trancha, Wâpiskâpakwanîs dut se plier à cette décision qui venait en fait de condamner à mort son mari bien-aimé. Il y eut passation temporaire des pouvoirs chamaniques. C'était tout ce qu'Okîskwow attendait. À partir de ce moment, elle prit en main la guérison du brave guerrier et son état se détériora rapidement. Il fut emporté, en quatre jours, par une mystérieuse infection. La chute du clan des Ours avait commencé. Kaskitew Maskwa avait toujours su, au fond de lui, que la vieille folle était responsable de la mort du valeureux chef de guerre. Le Conseil blâma l'esprit du grizzly revenu se venger. Question résolue, sujet clos!

Murphy raconta comment Chumani l'avait soigné, lui avait probablement sauvé la vie. C'est alors que le vieux Chef avait montré du doigt la pierre verte accrochée au cou de la jeune femme, en avait expliqué la signification. Cette pierre était un symbole de pouvoirs chamaniques spirituels qui, depuis toujours, faisaient la force et l'orgueil du clan des Ours et dont seuls quelques rares membres privilégiés pouvaient apprivoiser la pratique. Chumani possédait, de par sa lignée, certains de ces pouvoirs, dont celui de guérison. Et il jugea qu'il était temps de dire toute

217

la vérité à la jeune femme. Cette pierre verte, qui pendait à son cou depuis toujours, c'est lui-même qui l'y avait attachée il y avait de cela bien longtemps, quand Chumani était toute petite, le soir même du drame qui avait emporté Wâpiskâpakwanîs. Cette pierre verte, elle avait toujours été portée par Wâpiskâpakwanîs, la propre fille du chef Kaskitew Maskwa, la mère de Chumani.

Chumani, la fille du grand chef de guerre Yôtinpeyaw et de Wâpiskâpakwanîs, celle qui représentait la pierre angulaire des pratiques chamaniques, les yeux pleins de larmes, est incapable de réprimer un sanglot.

Murphy, stupéfait, questionne Kaskitew Maskwa à propos de la vieille folle. Il apprend qu'on la croyait toujours vivante, toujours au camp des Foulards rouges. Le Chef admet à contrecœur qu'il s'est toujours douté de l'implication d'Okîskwow dans toute cette sordide histoire de nouveau-né jeté dans la rivière Maudite, l'origine même de la légende. Il n'a jamais cru à l'idée que sa propre fille ait pu accomplir un tel geste, même si l'enfant était le fruit d'un viol. Il avait vu, encore là, une manigance de la vieille sorcière contre le clan des Ours. Mais n'ayant aucune preuve tangible, le Conseil, redoutant plus que tout Okîskwow et ses pouvoirs maléfiques, refusa de le soutenir. Encore une fois, la vieille folle s'en tirait indemne et son statut s'en trouvait éreinté.

Le policier commençait à entrevoir une petite lueur dans les ténèbres, une parcelle de vérité. Bien qu'il ne pût concevoir comment une vieille sorcière pouvait effectivement venir à bout d'hommes robustes comme les Foulards rouges, il devenait de plus en plus clair qu'Okîskwow était responsable de ces attaques ou, du moins, un des principaux acteurs. Et maintenant, un troisième larron entrait en scène, le chasseur de prime Calvé. Il se demanda avec ironie lequel viendrait le premier à bout de Bellerose et de ses Foulards rouges?

Ce soir-là, Chumani parla longuement avec son grand-père jusque tard dans la nuit. Au coucher, personne, cette fois, ne revendiqua la place près du policier. Chumani vint s'y installer, tranquillement, presque au petit matin, alors que tous dormaient d'un sommeil profond après un second repas du soir où ils furent encore une fois rassasiés.

XXVI. Le secret d'Okîskwow

Il y avait une autre partie à la légende, plus secrète, plus mystérieuse, inconcevable. Personne, sauf peut-être Kaskitew Maskwa, qui avait de sérieux doutes, ne pouvait pressentir l'ampleur de l'implication directe d'Okîskwow, la *Mahihkan*, la Louve, lors du drame qui s'était déroulé une douzaine d'années auparavant et qui faisait aujourd'hui partie d'un passé délibérément oublié par la majorité des membres de la bande. Elle seule en possédait l'abominable secret. La vérité, c'est que la vieille folle avait tout planifié, tout orchestré, du début à la fin. Okîskwow avait toujours voulu un enfant, un enfant dont elle ferait un jour sa main vengeresse, un garçon par lequel elle assurerait enfin son autorité suprême. Malheureusement, rien n'y fit. La nature lui refusa toujours ce qu'elle désirait le plus. Incapable d'enfanter, elle se tourna vers une autre solution qui lui permettrait d'avoir les mêmes résultats, soit affaiblir, asservir, puis, finalement, briser la lignée des Ours ainsi que leur traditionnelle prétention au poste de Chef de bande et leur monopole des pratiques chamaniques.

Lorsque Wâpiskâpakwanîs fut violée, Okîskwow attendit patiemment le fruit de cette agression qu'elle avait elle-même orchestrée en vendant ni plus ni moins la jeune femme à un trappeur solitaire et sans scrupule. En effet, au courant des règles et des habitudes de Wâpiskâpakwanîs qui, à chaque nouvelle lune féconde, partait en forêt recueillir herbes et racines pour ses pratiques quotidiennes, la vieille femme avait averti le trappeur de sa prochaine excursion au bois, moyennant quelques peaux de castor et une bouteille d'alcool. Le trappeur attendit simplement sa proie, assouvit ses bas instincts, abandonna la jeune femme, vivante, comme entendu, mais gravement battue et abusée. Et lorsqu'Okîskwow comprit que la nature ne lui avait pas fait faux bond et que Wâpiskâpakwanîs allait enfanter, elle put finalement mettre en œuvre la seconde partie de son plan diabolique.

Pendant tout l'hiver qui suivit, après avoir contaminé chaque fois la gourde d'eau potable à l'aide d'une drogue, Okîskwow effectua de nombreuses visites nocturnes et clandestines chez Wâpiskâpakwanîs au cours desquelles elle imposa sa volonté au subconscient de cette femme déjà au bord de l'abîme. Ainsi, elle devint cette voix dans la nuit qui hantait, durant ses derniers mois, les rêves de Wâpiskâpakwanîs. Okîskwow avait tramé, manœuvré, suggéré, et il lui fut facile alors, le moment venu, de prévoir le dénouement. Le panier d'osier qu'elle avait tressé dans cette intention était prêt, au bord de la rivière. Guettant dans l'ombre les premiers signes, elle avait drogué la fille et la mère, forcé l'accouchement, fait disparaître toutes traces. Plus tard, elle avait extrait du placenta quelques substances intéressantes pour ses potions. Mais là ne s'était pas arrêtée l'ampleur de son œuvre machiavélique. Okîskwow avait repris les paroles si souvent prononcées dans les rêves de Wâpiskâpakwanîs et cette dernière, au bord de l'épuisement et de l'inconscience, abrutie par la drogue, suivit la voix de ses rêves, consentit à se débarrasser de cette progéniture maudite, tituba jusqu'à la rivière où elle trouva le panier si commodément disposé.

Pendant ce temps, Okîskwow courut au bassin de la rivière, au pied des montagnes, là où elle put récupérer le panier qui flottait toujours. Et c'est dans une petite grotte secrètement aménagée que la vieille folle déposa le fruit des entrailles de Wâpiskâpakwanîs, dernière descendance du clan des Ours. Il y avait là, attachée à la paroi, une chèvre, entourée de fourrage, pour le lait. Le sol était recouvert de peaux. Un poêle de voyage assurait en permanence une température adéquate. Au fil des mois précédents, Okîskwow y avait entreposé quantité de bois de chauffage et de denrées de toutes sortes. Tout au fond, elle y avait même construit un autel pour ses pratiques chamaniques. Au village, pendant les mois qui suivirent, on ne vit presque plus la vieille folle, non que personne ne s'en inquiétât le moindrement. Même que, par moments, on la crut morte, dans son *mîkiwahpis*. Mais personne, évidemment, ne crut bon d'aller vérifier. Tout ce temps, la vieille folle complotait dans l'ombre de sa tanière.

XXVII. Pendant la tempête

Cinq hommes, dans un même chariot, c'est trop. Beaucoup trop. Surtout que, dehors, il fait toujours tempête. Au petit matin, encore de la neige. Trois jours, sans répit. Le vent hurle de plus belle, inconsolable. La toile qui recouvre l'habitacle claque sans arrêt. Il n'est plus question maintenant de se déplacer avec les chariots. Il faudra sans aucun doute attendre la fonte des neiges ou trouver une autre solution.

À l'intérieur, il fait trop chaud, ou il fait trop froid. Et l'odeur est devenue insoutenable. Seule activité qui brise la monotonie de cette captivité: un peu de pêche sur la glace, histoire de changer le menu de viande séchée et surtout de nourrir les chiens.

— Baptiste, va nourrir les animaux, ordonne Bellerose.

— C'pas à mon tour, ostie! J'y ai été hier au soir.

— Fa pas chier, plaide Marteau, c't'à ton tour!

— Enwèye le shavâge à place, s'obstine Jean-Baptiste.

L'Apache dégaine, mais Bellerose réagit à la vitesse de l'éclair. D'un violent coup de pied en pleine poitrine, il renverse Jean-Baptiste qui se retrouve sur le dos, à l'extérieur du chariot, à la grande joie de tous ses compagnons. Cependant, l'Apache n'apprécie pas spécialement le divertissement. Il est plutôt soucieux.

– Pas bon. Toé décider.

– Je l'sais ben, 'barnac. Penses-tu qu'on pourrait s'rendre au villâge ? C'est comme rien. A va ben slaquer c'te crisse de tempête-là !

– Non. Pas avec *waggines* pis jouaux. Avec traîneau, oui. Suivre riviére. Facile.

– Peux-tu retrouver l'traîneau qu'on a caché ?

– Facile.

Bellerose réfléchit un bon moment. Il prend donc la décision de retourner au camp retrouver Cook et Delisle en passant par le poste de traite. Il enverra l'Apache récupérer le traîneau caché et les deux corps des voyageurs sur la glace de la rivière. Puis, on chargera les trois traîneaux à pleine capacité. On accordera la priorité aux peaux, puis à la provision de viande séchée, enfin à tout ce qui a de la valeur ou qui peut rendre la vie plus facile. On brûlera tout simplement les chariots avec les corps des voyageurs dedans. Pour les chevaux, aucun choix. Il faudra les abattre sur place. Ils ne se rendraient pas au camp de toute façon. En hiver, dans cette région, seul le traîneau à chiens peut se déplacer adéquatement. Il ne restera plus qu'à chasser un peu, aux alentours, et à se tenir bien au chaud, jusqu'au moment de partir pour le sud le printemps venu.

Rapidement, il met ses hommes au courant, promet de diviser les recettes de la vente du butin aussitôt arrivé au camp. L'idée semble plaire. Mais Fond du Lac présente tout de même un problème. Il ne peut pas négocier lui-même. Ni Marteau, ni la Casse. Jean-Baptiste n'a plus sa confiance. Il reste donc l'Apache. Il lui faut planifier cette partie de l'opération.

Bellerose envoie donc l'Apache et Marteau récupérer le traîneau et les deux cadavres. Pendant ce temps, aidé par

Jean-Baptiste et la Casse, il prépare les deux autres traîneaux, y empilant le lot complet de peaux. Dans le troisième, on placera tout ce qui est nourriture et équipement, puis on divisera également la meute de chiens. Pendant qu'il entasse les ballots de peaux, la chance lui sourit, car il tombe par hasard exactement sur ce qu'il cherchait.

L'Apache a trouvé sans problème et est de retour plus vite que prévu. Mais rien n'impressionne plus Bellerose quand il s'agit de l'Apache. En quelques heures, malgré la mauvaise température, les trois traîneaux sont chargés à bloc, les cinq cadavres placés dans le chariot couvert, les chevaux abattus. Bellerose allume une torche, met le feu aux deux chariots.

Trois fouets claquent, la troupe se met en branle, direction village de Fond du Lac. À la demande de Bellerose qui ferme la marche, l'Apache, en tête, maintient une allure relativement lente. En aucun cas, il ne voudrait perdre un membre de l'équipage dans la tempête. Bientôt, cependant, on aperçoit le village, du moins on le devine à travers la poudrerie. Bellerose réunit ses hommes pour un dernier conciliabule. Chacun doit connaître son rôle et s'en tenir strictement aux ordres du Chef. Et pour que son plan réussisse, il faudrait bien que la tempête tienne encore jusqu'au lendemain matin.

— Vous autres, les frères Dulac, vous allez au poste de traite échanger une peau. La v'là. Ça vous donnera un peu d'argent pour aller à l'hôtel prendre un coup. Mais saoulez-vous pas. On sait jama! Vous allez là pour écornifler, pis vous coucherez là. Comme ça, on va awère quéqu'un dans place pour *watcher*. L'Apache pis Jean-Baptiste, vous aut', vous allez vendre le lot au complet. Toé Baptiste, tu parles pas. T'es muet! Pas un 'barnac de mot. Pis trouvez-vous une cabane abandonnée pour passer la nuitte. En parqua, m'a être autour. Demain, avant l'lever du jour, on décampe, toute la gang. Arrangez-vous pour être pra! Compris?

227

Pendant que la Casse pense déjà aux branlettes d'Anastasia, Jean-Baptiste s'inquiète.

— Quessé que j'fa si quéqu'un m'parle ?

— Tu farmes ta yeule ! répond simultanément le reste de la bande.

— OK. La Casse pis Marteau en premier, avec un traîneau d'peaux. L'Apache pis Jean-Baptiste, apra, avec l'autre. Moé, j'arriv'rai en darnier. Donnez à manger aux chiens sans dételer, pis laissez pas les traîneaux à vue. Mettez-les en arriére du poste. Y a une cabane vide, dret là. Aussi ben prendre celle-là. C'est là que j'va aller vous r'joindre. Pis pas de Foulards rouges. Mettez-les en d'dans, ou ben encôre mieux, dans vos poches.

Voilà. Pour Bellerose, les dés sont jetés. On laisse une légère avance au duo des Dulac, puis l'Apache et Jean-Baptiste s'élancent à leur tour.

Au Paris Hôtel...

Trois jours plutôt houleux pour Madame Éléonore, temps nécessaire pour se remettre de son altercation avec Mountain Jack. Ce soir, un seul client, le chasseur de prime, piégé lui aussi par la tempête. Toutes les deux heures, Catfish doit ouvrir la porte, laissant invariablement entrer un banc de neige qu'il s'active à repousser à l'extérieur, puis c'est le combat pour repousser ladite neige et dégager l'accès à l'hôtel, accès que, bientôt, la tempête se fera un devoir de refermer de nouveau. À part les quelques visites de Michel Beaulieu, c'est le calme plat. Lors de ces visites, Ti-Cul demeure fidèlement au poste, gonflant fièrement le torse, parcourant les étalages, repliant ceci, replaçant cela, patronnant les lieux, espérant le client.

Cependant, tempête ou pas, Bob le barman n'est pas resté inactif. Aidé de Catfish, il a fait la navette entre l'hôtel et l'alambic. La fermentation terminée, le temps était venu de transvider, de filtrer, puis d'acheminer le *wash* vers l'alambic pour en séparer l'alcool. Bob a passé la majorité de son temps dans la petite cabane à contrôler la température de la bouilloire, à distiller puis à recueillir la bagosse dans des pots en verre que Catfish transporte immédiatement à Madame Éléonore, au bar. Puis, on a recommencé le procédé, jusqu'à ce que tout le *wash* soit distillé. Alors, en dernier lieu, les résidus de toutes les coulées et filtrations sont remis dans l'alambic, bien mélangés avec de l'eau, puis doucement redistillés, donnant ainsi un alcool qui frise l'hallucinogène. C'est la réserve spéciale, destinée à un usage très particulier.

Une fois les coulées terminées, on passe à la phase suivante, plus intéressante. On goûte afin de déterminer la coupe pour le bas de gamme et la bagosse de service. Cette cuvée s'avère moyenne, ne disposant pas de produits de base frais en hiver. Donc, on coupera à six pour un, et à quatre pour un. Avec la réserve spéciale, on concoctera un armagnac à couper le souffle en le mélangeant avec quelques bouteilles de whisky original.

Au camp d'hiver cri...

Murphy et Kaskitew Maskwa ont parlé eux aussi, longtemps, seuls au premier foyer. La décision a été prise. Malgré le temps, Murphy doit retourner à Fond du Lac d'où il continuera la poursuite de Bellerose et de sa bande. Chumani aurait bien voulu mettre son grain de sel, pour garder son homme au camp, mais elle a été tenue délibérément à l'écart par Aquene, selon les ordres du Chef. Ce dernier comprend la mission du policier, mais il refuse cependant que sa petite-fille s'unisse à un homme dont le destin est de constamment suivre le sentier de la guerre, un homme bien, un noble guerrier, mais aussi un homme qui, un jour, ne reviendra pas de sa mission. Murphy aussi a compris et, malgré ses nouveaux sentiments qu'il n'a pas encore su apprivoiser, il accepte la décision du vieux sage. Il n'a pas le droit de s'unir à la jeune femme.

Du moins, pas maintenant. Présentement, la capture de Bellerose doit demeurer l'unique objet de son attention.

Fond du lac…

Ti-Cul sursaute. La porte vient de s'ouvrir, entrent deux hommes qu'il a déjà vus au village, les deux géants pas commodes qui lui présentent une peau de caribou des bois. Ti-Cul commence son inspection, deux autres font leur entrée, l'un blanc, bonnet de laine, manteau bleu du pays et ceinture fléchée, la barbe recouverte de givre, l'autre, un Indien, vêtu d'un capot de fourrure, bottes de peau, chapeau de chat sauvage. Les deux portent chacun un énorme lot de fourrures qu'ils déposent par terre, pour ressortir et aussitôt revenir avec d'autres lots semblables. Ti-Cul défait le cordon du premier lot, manipule les peaux, évalue en connaisseur, même s'il n'y connaît à peu près rien.

– Y faut qu'j'aille cri l'patron, finit-il par avouer. Y' est à l'hôtel. Espérez-moé une minute !

Devant le silence farouche de ses quatre nouveaux clients, le jeune garçon ramasse son manteau au vol et sort en courant.

Au grand dam de Catfish, Ti-Cul ouvre la porte, laissant ainsi libre passage à un nouveau tourbillon de neige.

– Monsieur Beaulieu, y a quat'gars, trois Blancs, pis un shavâge. Au poste. Y sont pas ensemble. J'veux dire y' a deux Blancs, pis un aut' Blanc, un Bois-Brûlé celui-là, pour sûr, avec le shavâge. Pis y ont toute des peaux ! Ben des peaux ! Des centaines de peaux même.

– Veux-tu ben t'calmer, Ti Cul. J'va aller les wère, tes quat' gars. Énarve-toé pas d'même, ma foi du Bon Yeu ! Rentre à maison. Y' est assez tard. J'm'occupe de toute pour astheure.

Beaulieu sourit devant son jeune commis en devenir qui retourne chez lui, dans une des cabanes abandonnées qu'il a su remettre en état au fil des semaines et qui est maintenant devenue tout à fait habitable. Il en a fait son foyer permanent. Beaulieu, cependant, demeure perplexe devant un tel achalandage par un temps pareil. Mais, *business is business.* Il hausse les épaules, cale sa pipe entre ses dents, enfile son capot, sort dans la tempête.

– Enwèyez! Ouvrez encôre la porte, ciboire! se lamente Catfish, le balai déjà à la main.

La sortie des hommes donne évidemment le même résultat sauf que, cette fois, Beaulieu ne ferme pas. Il a reconnu le visiteur qui s'approche dans la poudrerie et maintient la porte ouverte pour le nouveau.

– Ben si c'est pas Latulipe. Déjà r'venu toé?

– Salut Beaulieu, pas moyen d'trapper par un temps d'même! J'en ai pogné rien qu'une. Aussi ben attendre la fin de c'te maudite tempête-là.

– Ben viens avec moé. J'ai justement quéq' clients au poste. On va r'garder ta peau.

– C'est ça, ciboire, laissez-la donc ouvarte, la crisse de porte! hurle Catfish.

Sur ce, aussitôt que Catfish réussit à vaincre la nature et à repousser la neige dehors, Loyer, encore fin saoul, décide de rentrer à la maison, ayant encore une chance de la retrouver. Encore la porte. Cette fois, Catfish envisage sérieusement le meurtre!

Au poste de traite, Beaulieu examine soigneusement la peau des Dulac, paie le cours normal, trois dollars. Mécontents, les faux frères grognent leur désaccord, mais devant la fermeté du commerçant, ils quittent pour l'hôtel. Latulipe fait signe qu'il n'est pas pressé et qu'il peut attendre, examinant nonchalamment quelques objets sur un présentoir. L'Indien s'avance, le Blanc reste en retrait près de la porte.

– Wow, les gars! Vous en avez toute un *bundle*! Emmenez-moé ça dret icitte, su'l' comptoir, qu'je r'garde ça ces belles pelleteries-là!

Beaulieu est étonné du nombre et de la qualité.

– Première qualité, les gars. J'ai rarement vu des peaux ben apprêtées d'même! Mais celle-là, si j'me trompe pas, c't'un veau du printemps passé? Ça fait une secousse que vous l'avez!

Devant le mutisme de l'Indien, Beaulieu fait une seconde tentative.

– De quel bord vous v'nez, les gars?

– Combien? demande l'Indien.

– Chont ben belles en tout cas. Ça dépend de c'que vous voulez en échange. Quessé qu'y vous faut?

– *Cash!*

– Humm. Des belles peaux d'même, ça vaut ben dans les trois cents piasses pour les caribous, pis un autre quatre cents pour les peaux fines, conclut Beaulieu en offrant les billets qui suscitent immédiatement la convoitise dans les yeux du chasseur blanc.

L'Indien reste de marbre, accepte l'argent, tourne les talons. La transaction est conclue. Beaulieu s'adresse à Latulipe.

– Ben j'en r'viens pas. J'm'attendais jamais à awère un beau lot d'peaux d'même c't'hiver. En parqua, y est pas ben ben fort su'a parlure le shavâge. Ça prend ben un Indien pour voyager par des temps d'même. Pis toé, t'es pas allé ben loin?

– Parle-moé s'en pas. Maudite tempête. J'ai rien qu'une peau à montrer pour trois jours de trappâge.

Latulipe exhibe une magnifique peau de zibeline.

– Une belle, une maudite belle. Ça, ça vaut ben trois castors. V'là neuf piasses, si ça fa ton affère. Restes-tu à soir? C'est l'vra temps pour une bonne partie d'cartes.

– J'dis pas non, répond Latulipe en empochant les pièces de monnaie.

À ce moment précis, malgré la tempête, une détonation se fait entendre. Ça vient de l'hôtel. Les deux hommes se retournent. Beaulieu ramasse rapidement le fusil de chasse à double canon qui est toujours sous le comptoir, arme redoutable, surtout à courte distance.

— Ça vient d'l'hôtel, dit Latulipe qui arme aussi sa carabine.

— On y va!

Les deux hommes se précipitent, entrent en trombe. Depuis le bar, Calvé pointe son colt qui fume encore en direction des deux frères Dulac. Ces derniers, toujours en joue, ont dégainé leurs couteaux, regardent en direction du chasseur de prime. La situation est au beau fixe.

— Baissez ça, les gars, ordonne Calvé, gardant en joue les deux frères. Enwèyez. J'ris pas. J'ai tiré dans l'plafond pour c'fois icitte. L'prochain coup, un d'vous deux va l'awère dret entre les deux yeux.

Les deux frères déposent doucement leurs couteaux, Calvé les menaçant toujours de son arme. Éléonore, derrière le bar, en profite, appuie doucement le canon de son révolver derrière l'oreille du chasseur de prime. Au contact de l'acier glacé, ce dernier ne peut que sourire.

— Mets ça su'l comptoir, mon bonhomme. On n'endure pas d'troub' icitte!

— Si vous insistez, chère madame!

— Tu sais ben qu'c'est l'règlement icitte de laisser les révolvers au bar en entrant!

Sur ce, Latulipe et Beaulieu arrivent. Catfish s'écrie:

— La porte, ciboire!

Latulipe la ferme, puis aperçoit Calvé au bar. Les deux hommes se fixent, immobiles. Un grand silence. Latulipe se demande si l'homme au grand chapeau a deviné. Calvé se demande ce que Latulipe peut bien faire encore dans les parages. Sa blessure aux côtes insiste. Et si c'était lui, le tireur? Éléonore rompt le silence.

— On peut-t-y sawère c'qu'y s'passe icitte? demande Éléonore.

Calvé, toujours avec un sourire en coin, s'explique.

– Si vous vous donnez la peine de ben r'garder, madame, le plus grand des deux, là, r'garder, dans l'cou! Si j'me trompe pas, ça ressemble mauditement à un foulard rouge!

Latulipe se retourne vers le plus grand des frères, le met en joue avec son propre colt, refoulant l'envie d'appuyer sur la détente et de l'abattre sur-le-champ.

– C'est ma ch'mise. C'est rien qu'une ch'mise rouge, pas un foulard, explique rapidement la Casse. R'gardez.

Le géant s'empresse de détacher son capot. Effectivement, il n'y a pas de foulard, mais bien une chemise à carreaux de couleur rouge. Latulipe lâche un long soupir de soulagement, baisse son arme qu'il s'empresse d'aller remettre à Bob, le barman. Il aurait abattu la Casse dans la seconde si ce dernier avait eu un foulard rouge autour du cou. Calvé, toujours sceptique, se confond en excuses, paye un verre aux deux frères qui pardonnent aussitôt. Mais Latulipe, pour plusieurs raisons, a toujours le regard assassin. Il enfile coup sur coup quatre verres de bagosse. La tension retombe, Catfish jure toujours comme un débardeur en dansant un ballet impressionnant en combattant vaillamment la nature en furie.

– Câlisse de neige!

Quelque part sur la glace…

Le policier pousse les chiens. La nuit tombe, pas question de s'arrêter pour bivouaquer. Il y a une heure à peine, il a pris le tournant à la sortie de la rivière Bulyea pour s'engager à fond de train sur la Fond du Lac. Avec la poudrerie, il n'y voit rien et doit se fier entièrement à Wolf, son chien de tête. Comme le dit si bien son nom, Wolf a la puissance et la hargne du loup. Parmi les membres de la meute, l'autre mâle n'a jamais osé défier son autorité. Et bien qu'il soit fréquent, chez les chiens de traîneau, qu'une femelle dominante devienne le chien de tête, les trois femelles de son attelage se sont immédiatement soumises à Wolf, un vrai chef de meute. Et Wolf connaît sa destination, sait qu'il y sera copieusement nourri. Alors, il court, vaillamment, flairant les embûches, déjouant les pièges.

L'Apache et Jean-Baptiste ont trouvé refuge dans la cabane abandonnée, derrière le poste de traite, après avoir récupéré le traîneau de Bellerose, garé les trois traîneaux à l'écart des regards indiscrets, nourri et installé les chiens pour la nuit. Le coup de feu les a mis sur les dents, Jean-Baptiste s'énerve.

– Ostie, quessé qui s'passe encôre?

– Laisse. Nous attendre!

Fin de la discussion. Si Jean-Baptiste insiste, désobéit ou commet une autre bévue, l'Apache a reçu l'ordre de lui faire la peau, sur-le-champ. Bellerose croit qu'il a déjà été beaucoup trop conciliant avec celui qui est responsable des blessures de la Casse et de Marteau, et qui a mis en péril le succès du raid sur les voyageurs. Jean-Baptiste sent le regard menaçant de l'Apache, n'insiste plus.

Le calme, bien que précaire, semble être revenu au Paris Hôtel. Les deux frères Dulac font de l'œil à la Princesse; Calvé, au bar, partage ses doutes avec la patronne. Michel Beaulieu, Bob et Latulipe font quelques mains de cartes. Son repas terminé, Paulo, le menuisier, se joint à eux.

– J'me d'mande où chont passés le shavâge pis l'Bois-Brûlé qui chont v'nus au poste, demande Latulipe.

– Les shavâges ont pas peur de voyager d'un temps d'même. D'apra moé, y chont déjà r'partis, j'cré ben. En parqua, j'ara pensé qu'y s'ra v'nu icitte à l'hôtel se greyer d'une couple de bouteilles, conclut Beaulieu en misant une piastre à son tour.

Latulipe, satisfait, relance du double. Et Calvé, bien appuyé contre le bar, relance lui aussi, à sa façon, d'une voix forte, pour que tous entendent bien.

– Vous savez, Madame Éléonore, quéqu'un m'a tiré d'sus l'autre nuitte, pendant que j'prenais mon souper dans ma tente.

– Vous êtes pas sérieux, vous là ?

– Oui Madame. Ben sérieux ! Pis avec une carabine avec une longue vue viseur, par-dessus l'marché. Pas le courage de m'approcher, le mécréant. Ça prend-t-y un lâche à vot'goût pour faire un afféré de même ? raconte le chasseur de prime en se retournant vers Latulipe, sans toutefois le regarder directement dans les yeux.

Ce dernier ne bronche pas, les deux frères Dulac cessent leur expédition de pêche à la Princesse, se préparent au pire. Et Calvé qui en remet.

– Je remarque que vous en avez pas, vous, d'carabine dans l'baril, monsieur Latulipe.

– J'la laisse dans mon traîneau. Pas la peine de la rentrer en d'dans, répond ce dernier.

– À l'ara pas un télescope dessus, par hasard ?

– Ben voyons don'. Tu dois ben sawère, toé un chasseu' de prime, qu'y a rien qu'l'armée qui a des carabines de même. L'armée, pis ton chum, la police montée. P't'être ben qu'c'est pas ton chum, apra toute, réplique Latulipe sur un ton de défi. Tu devrais y en jaser. Moé, j'sais mauditement ben c'que j'f'ra !

Calvé, qui ignore que le policier possède une telle arme, remarque que Latulipe le tutoie maintenant. Il sourit intérieurement. Cependant, comment Latulipe est-il au courant pour la carabine à lunette de Murphy ? Il demeure convaincu qu'il est bel et bien en présence de son tireur. Impossible que ce soit le policier. Ce dernier n'aurait jamais agi de cette façon. L'atmosphère redevient donc tendue. Et en parlant du loup...

XXVIII. Une voix dans la nuit

Jamais, par une pareille tempête, Catfish n'avait vu autant de visiteurs arriver ainsi à l'improviste au Paris Hôtel. Et la porte s'ouvre encore une fois; l'homme entre avec, bien entendu, le banc de neige de service. Pour ajouter à l'insulte, il secoue ses vêtements, grossissant ainsi la couche de neige déjà amassée sur le plancher. Cette fois, Catfish lève les bras bien haut dans les airs, lance une panoplie d'obscénités, le balai à l'autre bout de la salle, regagne sa cuisine, laissant à d'autres la tâche ingrate et redondante. Bob doit abandonner temporairement sa partie pour troquer ses cartes contre le balai du cuisinier.

Beaulieu profite de la pause, accueille le policier avec une chaude poignée de main.

– Pis? T'as-t-y trouvé?

– Oui, Michel! Exactement où tu m'avais indiqué. Chumani te doit une fière chandelle.

– Parle-moé de t'ça. Ça fa plaisir à entendre.

Beaulieu se rend alors compte que le policier est seul. La patronne et la Princesse aussi. Une gêne s'installe un bref instant. Éléonore réagit la première.

– Viens au bar, mon sergent, que j'te paye un verre.

Calvé l'accueille d'un signe de tête, trinque avec la patronne et le policier. La partie de cartes recommence. Calvé raconte en bref les derniers incidents, confie ses soupçons au policier à propos de Latulipe.

– J'donnerais cher pour pouwère y voir la face sans c'maudit paquet d'poils. J'ai un portrait de Bellerose, icitte, dans ma poche, pris avec Riel. Y' ava pas d'barbe dans c'temps-là. Mais l'portrait, y'est pas ben ben bon. On pourrait l'raser d'force ? propose le chasseur de prime.

– Tu sais ben qu'on peut pas faire ça. On a même pas d'raison de le soupçonner. J'ai vu son portrait, moi aussi, à Prince Albert. Mais y est tellement mauvais que j'pourrais même pas le reconnaître.

– Ben y para qu't'as une carabine avec un viseur, toé itou ? C'est lui qui m'a dit ça. Comment qui sait ça, lui ?

– J'l'ai pris à un des Foulard rouges. Personne n'est supposé être au courant, répond le policier de plus en plus songeur.

– Ben y l'sait. Pis un autre afféré. D'apra l'avis de recharche, un des hommes de Bellerose s'appellerait la Casse. Supposément qu'ce s'rait un géant. R'garde-moé don' ces deux-là dans l'coin. Si c'est pas des géants…

– Si j'ai bonne souvenance, y' étaient là aussi l'aut' jour, quand Latulipe était icitte, dit Éléonore. En parqua, Michel pense que Dulac, ben c'est pas leu' vra nom.

– Ses gardes du corps peut-être, pense tout haut le policier.

– Quand même dur à dire. Latulipe a rasé de l'tirer quand j'pensa ben awère vu un foulard rouge dans l'cou du colosse. J'y ai vu ça dan' yeux. Y rageait en maudit !

– C'est peut-être une ruse. S'ils sont associés, Latulipe ne peut pas se permettre qu'on identifie un de ses hommes. Il a sans doute joué le jeu.

– Pis c'est pas tout. Deux autres, un Bois-Brûlé pis un shavâge chont v'nus au poste en même temps que tout les aut'. Avec un sacré lot d'pelleterie, à part de t'ça, d'apra Ti-Cul. Ça commence à faire du monde par un temps d'même, tu penses pas ? ajoute Calvé.

– Ouais. On dirait bien qu'il se passe quelque chose, admet Murphy.

Éléonore, qui n'a rien perdu de la conversation chuchotée au bar, se demande s'il peut y avoir un lien avec la visite des deux étrangers. Elle raconte en détail leur soirée avec Latulipe, la cuite magistrale prise par les deux voyageurs qui parlaient d'une montagne de peaux. Et voilà que, tout à coup, au poste, arrive justement un tel lot. Et on n'a jamais revu les deux joyeux lurons.

– Je serais curieux de voir ces peaux-là, dit le policier.

– Facile. J'ai un double de la clé du poste de traite, répond la patronne.

– Comment va-t-on savoir où les trouver ?

– Toutes les nouvelles peaux sont placées sous le comptoir avant le tri final qui s'fa en arriére. C'est rendu là qu'y chont attachées ensemble pis stockées dans l'*back-store*. Michel a pas eu l'temps. Y chont encore là.

Les deux hommes se regardent.

– On va passer par la cuisine. Parsonne va s'en apparcevoir. Arrivez, gang de branleux, défie la patronne avec son air complice.

Après un regard dans la salle, Murphy voit une partie de cartes chaudement disputée, les deux colosses sur le point de succomber à la Princesse, ou vice versa. On se rendra peut-être compte de leur absence à un certain moment, mais personne ne pourra dire où ils se sont rendus. Il décide de risquer l'expédition.

Les trois sortent donc en catimini par la porte de derrière, délaissant la douce chaleur de l'hôtel pour la furie de la tempête. Le trio avance tant bien que mal, rejoint finalement la galerie, monte à l'assaut du poste. Éléonore a quelque difficulté avec la serrure, parvient enfin à ouvrir la porte. Ils se bousculent à l'intérieur, comme une bande de gamins craignant de se faire prendre. Éléonore trouve le moyen d'en rire.

– V'nez. C'est par icitte.

À tâtons, elle conduit les deux hommes dans le noir jusqu'à une porte, où elle craque une allumette pour se diriger vers un fanal. Anticipant la réticence du policier, elle le rassure.

– Crains pas. Y verront pas la lueur de l'hôtel.

Murphy, qui commence à s'y connaître en pelleterie, examine attentivement les peaux.

– Ces peaux ont été tannées à la cervelle, mais n'ont pas été fumées, ce qui est la méthode usuelle des Indiens. Curieux.

– Tu veux dire qu'elles auraient été préparées par des Blancs? demande Calvé.

– C'est ce que je pense. L'Indien les aurait fumées.

– Pas de doute. D'apra moé, c'est des peaux volées.

– Où sont allés les deux hommes qui ont apporté les peaux? J'aimerais bien leur parler.

– On les a pas r'vus. D'apra Beaulieu, y chont r'partis dret là, malgré la tempête.

– Humm! Reste à voir… Retournez donc à l'hôtel avant qu'on se mette à nous chercher. Je vous rejoins dans quelques minutes.

Calvé et Éléonore réintègrent l'hôtel par la porte de derrière, retrouvent leur place au bar. Personne ne semble s'être aperçu de leur courte absence. À la table de jeu, on rit, on parle fort, la bagosse coule à flots, sauf pour Paulo qui a décidé d'arrêter les frais et de s'en retourner chez lui. Latulipe semble perdre assez gros, mais s'obstine. Les Dulac balancent entre les plaisirs de la branlette et leur devoir de chiens de garde. Mais puisque le patron lui-même semble des plus insouciants, la Casse opte donc pour la fête et fait signe à la

Princesse. Cependant, Marteau n'a aucunement l'intention de se laisser distraire.

Murphy se souvenait que plusieurs cabanes étaient abandonnées dans le village. Sans toutes les connaître, il savait qu'elles servaient souvent à héberger les inconnus en transit qui ne voulaient ou ne pouvaient se permettre de payer le dollar exigé par madame Éléonore pour coucher dans la grande salle de l'hôtel. Alors, le policier, malgré la visibilité presque nulle, entreprit une courte reconnaissance des lieux autour du poste. Et comme de fait, une fumée sortait de la cheminée de la cabane directement derrière lui, cabane qu'il savait abandonnée. Il s'avança lentement, tous les sens aux aguets, longea le mur, colla l'oreille à la porte.

– Ça commence à faire long, ostie, se plaignait Jean-Baptiste. J'prendra ben un coup moé itou !

L'Apache ne daigna même pas répondre, attisa à nouveau le feu qui reprit de la vigueur. Tout à coup, derrière la porte, un bruit sourd, puis un bruit de chute. L'Apache ouvrit la porte, sur le seuil, un homme par terre, immobile. Et, dans la nuit, une voix qui ordonna :

– Partez d'icitte, au plus sacrant. Y' a un' aut' cabane abandonnée à sortie du villâge. Allez-y. M'a avartir Bellerose. Pis emmenez les traîneaux. Au raz !

En entendant cette voix dont le ton exigeait l'obéissance immédiate, les deux Foulards rouges ramassèrent immédiatement leurs effets, enjambèrent le corps de l'homme et se précipitèrent vers les traîneaux. Puis, le corps du policier fut traîné à l'intérieur, la porte de la cabane, refermée.

Une heure avait passé. Éléonore commençait à s'inquiéter. Calvé essayait bien de la calmer, mais lui aussi trouvait la situation anormale. Aussi, il décida de se rendre compte par lui-même, enfila son capot. Au même moment, la porte de la cuisine s'ouvrit, Murphy entra en titubant, se tenant le derrière de la tête.

— Maudite marde ! Quessé qui t'est arrivé ? lance Éléonore en forçant le policier à s'asseoir à la cuisine et en examinant la blessure.

— Je voudrais bien l'savoir. J'ai trouvé une cabane supposément abandonnée avec la cheminée qui fumait. Je me suis approché, j'ai entendu des voix à l'intérieur, quelqu'un m'a frappé par derrière. J'ai rien vu, à part des étoiles, comme de raison, ironise Murphy.

— C'est pas ben grave. Juste une bonne bosse, constate Éléonore en apportant une serviette froide.

— Curieux. Celui qui m'a fait ça m'a traîné à l'intérieur de la cabane, au chaud. Y' aurait pu me laisser dehors. Je serais probablement gelé à cette heure-ci.

— J'me d'mande c'est qui qu'y'était dans c'te cabane-là ? s'interroge Calvé.

— J'ai entendu parler. Un Bois-Brûlé, comme vous dites. L'autre n'a pas répondu. Probablement ceux qui sont venus vendre les peaux.

— Ben qui c'est qui t'as cogné d'abord ?

— Bonne question. Avez-vous remarqué si quelqu'un est sorti depuis que vous êtes revenus ?

— Parsonne. Y chont tout resté icitte en d'dans, confirme Calvé. C'est pas quéqu'un d'l'hôtel.

— Le métis, que j'ai entendu, a dit qu'il était tanné d'attendre et qu'il aimerait prendre un coup, lui aussi. Ce qui présume qu'ils attendaient quelqu'un qui est ici, dans l'hôtel.

— Pas fou, la police. Moé, j'gagerais su' les deux gros dans l'coin.

XXXIX. Le piège

Dans la salle, personne n'est dupe du conciliabule qui se déroule dans la cuisine. L'atmosphère est à couper au couteau. La Casse a même cessé ses entourloupettes et a cavalièrement renvoyé Anastasia, mais pour une autre raison. Cette dernière, frustrée, vient se plaindre à sa patronne.

– On devrait pas endurer ceux qui prennent pas un coup icitte dans l'hôtel. Ça fa ben un heure qu'y ont rien bu !

– Peut-être qui sont cassés ? avance Éléonore. Rien que d'la façon qui boivent, on wé ben. Y'ont pas commandé d'bouteille. Y boivent au verre. Y'ont pas d'argent.

Cela donne une idée au policier. Il n'aime pas spécialement la conduite d'Anastasia, mais, cette fois, elle pourrait peut-être lui être utile. Il faut ce qu'il faut.

– Apportez-leur don' une bouteille, mademoiselle Anastasia. Sur mon compte. Mais dites-leur que c'est la maison qui paye, pas moi. Puis, si vous en avez l'occasion, essayez d'en savoir un peu plus sur eux, demande Murphy avec son sourire le plus enjôleur. Évidemment, toute peine vaut sa récompense.

La Princesse sourit à cette idée intéressante. Cependant, elle n'a pas tout à fait la même chose en tête que le policier, en fait de récompense, on s'entend.

– Tu veux les saouler ? Pas une mauvaise idée. On pourra p't'être en tirer quéq'chose, apra tout, dit le chasseur de prime.

La Princesse s'active, apporte la manne à la table du coin. Aussitôt, c'est la fête et les frères l'invitent à prendre un verre avec eux, évidemment. Tout de suite, le carrousel du tripotage recommence. Mais cette fois, la Princesse joue un jeu différent. Elle connaît les hommes, sait comment leur tirer les vers du nez.

Il se fait bientôt tard, la partie de cartes se termine, Latulipe a perdu le fruit de sa belle peau de zibeline. À la table du coin, Anastasia laisse ses deux clients endormis, satisfaits, fin saouls. Ils y dormiront. Éléonore indique au policier qu'il a toujours sa chambre, en haut. Pour les autres, ce sera le dortoir commun autour du poêle de la grande salle. Tranquillement, on s'y installe. Calvé a déjà son couchage, Latulipe sort chercher le sien.

Dans la cabane abandonnée, un message, sur la table. Quelques mots seulement, en grosses lettres : cabane sortie village. Pourquoi ce déménagement précipité ? Et qui a écrit la note ? Ni l'Apache ni Jean-Baptiste ne savent écrire. À tout hasard, il glisse la note dans sa poche.

Minuit. Tout le monde dort, sauf le policier. Il a eu la visite d'Anastasia qui n'avait rien de bon à raconter, mais qui, par contre, se faisait insistante. Tout ce qu'elle a pu glaner, c'est que les deux hommes partaient le lendemain avant l'aube. Murphy réussit tant bien que mal à la mettre à la porte. Seule dans sa suite, Éléonore soupire, se demande si elle devrait... puis décide que non !

Le policier ne parvient toujours pas à dormir. Il s'est confortablement étendu dans une grande berçante, écoute les bruits de la nuit, les craquements du bois, le vent qui semble hurler moins fort à présent. Soudain, un froissement, derrière sa porte. Seconde charge possible d'Anastasia? Les minutes passent, aucun autre bruit. Il soupire enfin, soulagé. C'est alors qu'il voit la note glissée sous sa porte. À la lueur de l'unique chandelle qui brûle dans sa chambre, il examine le message.

Dans la salle du bas, tous semblent dormir à poings fermés, bien que la salle lui semble presque vide. Dans la cuisine, Catfish et Charley ronflent allègrement. Sans bruit, il enfile ses bottes et son parka, s'assure que son colt est bien chargé, sort par la porte de derrière. Il est surpris d'y voir clair. La tempête s'est finalement calmée, le ciel est dégagé, un beau quartier de lune jette sa lumière fantomatique sur le village de Fond du Lac. Personne autour. Murphy prend le chemin de la sortie, longeant les bâtiments afin de dissimuler le plus possible son approche. Il croit se souvenir de la cabane en question, celle à l'entrée du village qui servait autrefois de poste de guet. Au prochain tournant...

Bellerose a brisé la vitre de la vieille fenêtre, a installé sa carabine sur le cadrage, s'est lui-même assis confortablement sur une chaise droite. Dans la cabane, aucune lumière, à la cheminée, aucune fumée. Cette fois, il ne ratera pas son coup. Derrière lui, ses hommes commencent à s'impatienter, frissonnant à cause du poêle qu'on a étouffé sur l'ordre du Chef, et l'air glacial qui entre maintenant par la fenêtre brisée. Mais on garde le silence. Chacun sait ce que coûterait cette fois-ci le moindre manquement à la discipline.

Et les minutes passent. Rien. L'aurore est en train de poindre. Toujours rien. La Casse se risque.

— Y viendra pas, *Boss*.

— Y s'rait déjà arrivé, renchérit Marteau.

Bellerose doit se rendre à l'évidence. Ils doivent partir avant le lever du jour, c'est-à-dire maintenant. À contrecœur, il donne l'ordre.

Tout le monde dort toujours lorsque Murphy rentre à l'hôtel comme un train emballé, ramasse Calvé par le col de sa chemise, le sort de son couchage et lui administre une droite à assommer un bœuf en rut. Le chasseur de prime culbute, déplace bien malgré lui une demi-douzaine de chaises avant de s'affaisser sur une table qui refuse absolument de supporter ce genre d'abus et qui s'écrase en morceaux, sur le plancher de la grande salle. Maintenant, tout le monde est éveillé, sauf Calvé qui, lui, se retrouve pour un instant au pays de Morphée.

Madame Éléonore descend en trombe, enfilant une coquette robe de chambre totalement inadaptée au climat et trouve Murphy, assis à une table, tenant une boule de neige derrière sa tête. Catfish, Bob et Charley arrivent à leur tour.

– Quessé qui s'passe icitte à matin?

– *Goddamn son of a bitch*! Encore un coup par en arrière. Ça fait deux fois de suite, à chaque fois que je m'apprête à mettre la main sur ces deux bandits qui ont volé les peaux, il m'en empêche. *Goddamn bounty hunter*. Tout le monde ici se doute que ce sont des Foulards rouges. Mais on n'a pas de preuve. C'est pour ça que je dois les interroger. Mais lui, tout ce qu'il veut, c'est la prime, *dammit*. Ça se passera pas d'même. *Shit!*

Tous sont bouche bée devant l'étalage de tant de brutalité et de rage, inconnues chez le policier au naturel si accommodant. On constate également que ni Latulipe ni les deux mastodontes ne sont dans la salle. Calvé grogne en reprenant ses esprits.

– T'as-t-y pensé à hier au soir? J'étais avec Madame Éléonore quand tu t'es faite taper d'sus! Pis j'ai pas grouillé d'icitte à matin. J'veux ben crére que ça r'garde mal pour moé, mais penses-tu que j't'ara attendu couché là si ça ava été moé? Un fou, d'une poche! dit Calvé qui se relève en se frottant la mâchoire. Tabarnac, tu cognes ben dur!

L'argument frappe le policier. Celui-ci lance sa boule de neige à Calvé, sort de l'hôtel, dirige ses pas vers l'entrée du village. Arrivé devant la cabane, il hésite, puis entre, colt à la main. Vide. Il constate la vitre fracassée, la chaise placée à l'endroit idéal pour un tir embusqué. À l'extérieur, il examine les alentours, compte cinq traces différentes de pas dans la neige.

– Y t'attendaient? demande Calvé qui l'a rejoint avec Bob et Éléonore.

– Ouais. Ils étaient là, tous les cinq! *Shit!*

XXX. Accident malheureux

De retour au Paris Hôtel, Murphy analyse, émet des hypothèses.

— En fait, celui qui m'a assommé, il m'a sauvé la vie, dit Murphy en tendant la note au chasseur de prime qui comprend aussitôt le traquenard dans lequel on a entraîné le policier.

— Bellerose. Y' a rien que lui pour tendre une embuscade de même à la police.

— Tu l'as dit. Bellerose. Mieux connu sous le nom de Latulipe. Les deux géants, ses deux gardes du corps. Les deux vendeurs de peaux, ses hommes. Le compte y est. Ce sont sûrement eux qui ont attaqué les voyageurs de l'autre nuit. On les retrouvera, probablement au printemps, morts dans leur chariot. À moins que Bellerose n'ait fait comme d'habitude : brûler toutes les preuves.

— Ah! Qu'je l'sava don', soupire Calvé.

— La question, maintenant, est de savoir qui s'amuse à me taper dessus pour me tenir à l'écart?

– C'est ça qui est curieux. Y t'empêche de les attraper, pis y t'protège en même temps, ajoute Calvé. En parqua, c'est pas un des cinq. Y' éta' toute dans' cabane.

– Il faut que ce soit quelqu'un du village, quelqu'un qui connaît également les Foulards rouges, qui savait ce qu'ils manigançaient. De toute façon, j'ai fait une erreur. J'aurais peut-être pas dû réagir aussi vite, dit Murphy en regardant l'homme au grand chapeau.

– Ça va, policier. J'accepte tes excuses, le taquine Calvé.

Quelque part sur la rivière Maudite…

Les cinq Foulards rouges se sont arrêtés pour prendre un premier repas. Le soleil brille à son zénith. Ils mâchent un morceau de viande séchée qu'ils font descendre à la bagosse.

– Qui c'est qu'y a écrit c'papier-là qu'j'ai trouvé dans cabane en arriére du poste de traite ? demande Bellerose.

– Ben c'est pas nous autres, Boss. On sait pas écrire. M'a t'gager qu'c'est l'gars qui nous a dit d'sacrer l'camp. J'te dis qu'si j'ava su qu'c'éta la police qu'y éta' là sans connaissance d'vant moé, j'y ara faite la peau, dret là, s'excuse Jean-Baptiste.

– Quessé qui t'as empêché de r'garder ?

– Ben c'est l'gars. Y nous a pas laissé l'temps. Pas vra, l'Apache ? Y nous a quasiment sacré dewor.

– Pis vous savez pas c'est qui ?

– Y faisa trop noir, *Boss* !

Un craquement, soudain, tous se retournent.

– On a joué aux cartes ensemble ! Tu m'as pas reconnu ? lance d'une voix familière l'homme qui sort soudain du bois.

– Ah ben, 'barnac ! lance Bellerose en s'avançant vers son vieil ami.

Au village cri…

Aquene met doucement la main sur l'épaule de Kaskitew Maskwa qui dort toujours. Elle lui rapporte que

Ka Peyakot Mahihkan, son homme, et Pakisimow sont déjà partis à la chasse. Ils ont cependant remarqué qu'un traîneau et quatre chiens avaient disparu du chenil. De son côté, elle a fait le tour du *mîkiwahpis* et constaté qu'une autre personne manquait à l'appel.

– Chumani? devine le vieux Chef.

– *Âhâw.*

Au Paris Hôtel...

– Bon, c'est bien beau tout ça, mais il va falloir se mettre en route. Je dois passer au poste chercher quelques provisions.

– Quessé qu'tu dirais si j't'accompagnais pour un bout? Deux carabines valent mieux qu'une, suggère le chasseur de prime.

L'idée plaît au policier, mais il lui faut certaines garanties.

– Écoute. Moi, j'ai une enquête à mener. Je dois capturer les fugitifs. Ça veut dire, dans la mesure du possible, de ne pas les exécuter à vue, comme toi t'as l'habitude de le faire.

– Ben faut dire que jusqu'icitte, ton score est pas ben ben meilleur que l'mien. Deux en deux. T'as pas l'air à t'bâdrer de prisonniers toé non plus.

– J'ai bien dit dans la mesure du possible. Ces deux-là n'ont pas compris, se défend Murphy.

– Y a pas un d'ces gars-là qui va laisser tomber son arme devant la police. Tu l'sais aussi ben qu'moé, affirme le chasseur de prime.

Murphy le sait très bien. Il sait aussi qu'il s'apprête à livrer une lutte à mort avec les Foulards rouges. Kaskitew Maskwa aussi l'a compris. Il n'y aura pas de sursis tant qu'il restera un seul homme debout, dans un camp comme dans l'autre.

– Tout ce que j'te demande, c'est de ne pas tirer à vue. Si on est pour y aller ensemble, il faut aussi travailler ensemble.

– Pis les primes? s'informe Calvé.

– Moi, je suis payé pour faire mon boulot. Les primes ne m'intéressent pas. Tu en retireras ce que tu pourras.

– OK. Ça m'va. C'est toé qui mène. En passant, c'est quoi ton p'tit nom ?

– Sergent.

Le policier parle à Beaulieu de l'allié inconnu des Foulards rouges, probablement quelqu'un du village.

– Ben ça parle au maudit !

– Mais n'oublions pas qu'il semble avoir agi pour me protéger. En passant, je ne vois pas Ti-Cul ce matin !

– Parle-moé s'en pas. C'est la première fois qu'y rentre pas. J'suis même allé à sa cabane. J'ai cogné, pas un son. Y'est pas là.

Calvé et Murphy se regardent. Impossible que ce soit Ti-Cul. Il n'en a pas encore la carrure.

– Pis y a Paulo, qu'y éta supposé être icitte à première heure à matin pour m'arranger un traîneau. J'l'ai pas vu lui non plus. Tu l'connais, Paulo. C't'un nouveau, lui itou. Y jouait aux cartes avec nous aut' hier au soir.

– Ça fait combien de temps qu'il s'est établi ici ?

– Ben, à peu pra trois mois, plus ou moins.

– Sais-tu d'où il vient ?

– Y m'a dit qu'y v'na de Batoche.

De Batoche, où ont eu lieu les derniers combats avant l'arrestation de Louis Riel. Beaulieu continue.

– Lui itou y s'est arrangé une cabane au côté d'l'église. Y est bon en maudit avec le bois. Un vra faiseu' d'bâtiment. J'l'engage de temps en temps pour bretter alentour.

– En parqua, si c'est lui qui a faite l'coup, c'est sûrement un Foulard Rouge placé icitte par Bellerose pour écornifler pis l'avartir si quéqu'un v'na icitte pour y charcher des poux ! dit Calvé.

– Ou simplement un patriote voulant se faire oublier, qui veut recommencer sa vie, perdu ici dans le Nord. Oubliez pas

252

que s'il travaillait vraiment pour Bellerose, je serais sans doute mort à l'heure qu'il est.

L'argument du policier semble convaincre ses deux compagnons.

— Penses-tu qu'y est allé r'joindre les Foulards rouges ? demande Beaulieu.

— Astheure qui s'est démasqué, y' a pas ben ben l'choix, répond Calvé.

La porte s'ouvre, Ti-Cul entre, s'excuse auprès de son patron. Derrière lui, Jacinthe, la cadette des deux filles de Loyer le trappeur, reste debout, tout près de la porte, timide, indécise. Elle porte comme unique vêtement une longue chemise d'homme à carreaux rouges et noirs usée jusqu'à la corde, sûrement une ancienne chemise de son père. Elle a aux pieds une vieille paire de bas troués, irréparables tellement ils ont été rafistolés.

— Excusez-moé, monsieur Beaulieu, j'vous ai pas répondu à matin. On pensa qu'c'éta son pére, pis j'voula pas qu'à s'fasse pogner chez nous.

— Dis-moé pas…

— C'est pas c'que vous pensez, monsieur Beaulieu. Y' a encôre essayé de l'humilier. Pis y l'a encôre battu. À s'est sauvée c'fois icitte, pis j'l'ai gardée toute la nuitte avec moé. J'l'ai veillée, c'est toute. M'en va l'tuer c'bâtard-là.

Sur ce, la jeune fille en haillons tombe à genoux, pleure comme une Madeleine.

— Qu'est-ce qui se passe ? demande le policier, devinant le pire.

— C'est son pére. C'est pareil, à chaque fois qu'y prend un coup. A pu s'sauver hier soir, pis a s'est cachée chez nous. A peut pas r'tourner là, c'est çartin ! J'm'en va l'tuer, l'enfant d'chienne !

— Du calme, jeune homme, je vais m'en occuper, dit Murphy en allant vers la petite qui est toujours en larmes.

Alors qu'il approche doucement la main pour écarter ses cheveux et voir son visage, elle sursaute et recule, se met en boule, terrorisée. Murphy comprend tout.

– *Shit!*

– Deuxième à gauche de l'hôtel, dit Beaulieu en réponse au regard inquisiteur du policier.

Ti-Cul a rejoint Jacinthe qu'il serre maintenant dans ses bras. Beaulieu n'y tient plus, sort chercher Éléonore. Cette dernière s'amène de suite au poste, prend la petite par la main et la guide derrière le comptoir, vers la chambre de Beaulieu, prenant au passage, dans une pile de linge, tout ce qu'il faut pour habiller la pauvre enfant.

– T'as ben faite, mon garçon, murmure Calvé entre les dents. Lui aussi a bien envie de suivre le policier.

– Pour sûr, renchérit Beaulieu.

– Y va-t-y l'arrêter? s'informe timidement Ti-Cul.

– Non. C'est pas mon idée. Y va faire mieux qu'ça, répond Calvé.

Vingt minutes plus tard, le policier est de retour au poste. Les deux hommes remarquent aussitôt les jointures amochées de Murphy qui s'adresse immédiatement à Beaulieu.

– On a eu une discussion, monsieur Loyer et moi. Tu mettras sur mon compte tout ce dont aura besoin la mère de la petite jusqu'à ce que son mari puisse retourner à sa ligne de trappe. Il en a pour à peu près une semaine à réfléchir sur son avenir!

Le jeune garçon se présente devant le policier, lui tend timidement la main.

– Merci, m'sieur.

– Y a pas de quoi, fiston. Tu peux être fier de toi. T'as fait ce qu'il fallait. T'auras finalement pas besoin de t'en mêler, dit-il en souriant.

Une bouteille apparaît sur le comptoir, même Ti-Cul, cette fois-ci, a droit à son verre. Éléonore sort de la chambre avec Jacinthe, s'émeut de surprendre le regard du jeune homme qui fixe la jeune fille comme si un ange venait de lui apparaître. Murphy s'approche, regarde la jeune fille droit dans les yeux.

– Tu peux rentrer chez toi, Jacinthe. Ne t'inquiète pas. Ton père ne recommencera plus.

– J'va l'accompagner, décide Éléonore. Y' a besoin d'filer doux avec moé, l'écœurant.

Mais le policier, au fond de lui, doute que la situation soit réglée pour de bon. Les ivrognes ne guérissent pas aussi facilement. Et les événements ne tarderont pas à lui donner raison.

Entre-temps, on a une expédition à préparer, alors Calvé et le policier mettent en commun l'équipement dont ils disposent, achètent ce qui manque, s'assurent d'avoir une nouvelle provision de balles bien au sec dans leur empaquetage tout neuf et bien scellé. Ti-Cul s'empresse comme d'habitude de faire la navette, chargeant et fixant avec doigté les denrées et l'équipement sur les deux traîneaux déjà attelés et prêts à partir. C'est alors que le jeune homme entend le coup de fusil, entre en coup de vent. Les trois hommes se ruent sur le perron du poste de traite.

– Ça vient d'chez les Loyers, constate immédiatement Beaulieu.

– *Shit!*

Murphy fonce, suivi de Beaulieu, de Calvé, et du jeune homme qui ne peut être tenu à l'écart cette fois-ci. Éléonore et Bob ont aussi entendu le coup de feu, sortent de l'hôtel, leur emboîtent le pas. À l'approche de la cabane de Loyer, la porte s'ouvre, une femme sort en titubant, s'avance de quelques pas, tombe à genoux, se met à sangloter. Le policier est le premier dans la cabane, arme au poing.

Loyer est étendu sur le dos, là, au centre de l'unique pièce, la poitrine défoncée. Sur un lit, Jacinthe et sa sœur, terrorisées, le visage tuméfié et ensanglanté, les lèvres éclatées. Par terre, à côté de l'homme, un vieux fusil de chasse à double canon. Le policier examine l'arme. Une seule balle a été tirée. L'autre a fait long feu et est restée dans le canon. Murphy revient à l'homme qui respire encore, bien qu'il semble évident qu'il n'en ait plus pour bien longtemps. Calvé se retourne pour aller chercher de l'aide, le policier le retient, fait signe que non.

– Emmène les petites à l'hôtel, avec madame Loyer. Elles seules ont besoin de soins. Je vous rejoindrai tout à l'heure.

Calvé, Bob, Éléonore et Ti-Cul s'activent, recouvrent la femme et ses deux filles de couvertures de laine et les acheminent vers l'hôtel. Murphy reste seul avec Loyer qui agonise. Il referme la porte.

– Tu sais, mon Loyer, que je suis bien content que ton fusil ne se soit pas complètement déchargé. Comme ça, on a le temps de bavarder, tous les deux, et toi, tu as le temps de souffrir un peu plus longtemps.

Le moribond s'agite, ouvre la bouche.

– A m'a tué, la salope.

Le sang coule maintenant de sa bouche.

– Ah… La vache. A m'a fait mal…

– Tu peux te compter chanceux que je ne t'aie pas pris sur le fait.

– Va chier !

– T'as eu c'que tu mérites.

– Pis elle ? Quessé qu't'attends pour l'arrêter ? A mérite la corde…

– C'est un vieux fusil que t'as là, mon Loyer. Ces vieilles affaires-là, ça part souvent tout seul, pour rien. Vraiment pas sécuritaire.

– C'est elle qui m'a tiré…

– Bien vois-tu, il n'y a vraiment qu'un seul témoin, et j'ai l'impression qu'il ne vivra pas assez longtemps pour raconter son histoire.

– Va chier !

– C'est ça. Et toi, va en enfer !

À l'hôtel, où on s'est réfugié avec la pauvre famille, on attend avec impatience le retour du policier. Madame Loyer est inconsolable, mais finit par raconter, par bribes et de façon plus ou moins décousue, les derniers événements. Elle relate l'entretien que son mari a eu dehors avec le policier, puis son retour dans la cabane, les deux yeux presque fermés par l'enflure, le nez brisé, les lèvres fendues, le sang partout. Horrifiée, elle avait tenté quand même de soigner son mari, mais sa générosité s'était rapidement retournée contre elle et Loyer s'était mis à frapper, se vengeant sans doute de la raclée que le policier venait de lui donner sur une proie plus facile et vulnérable. Lorsqu'elle tomba, ce fut le tour des filles. Loyer frappait, sans discernement, à poings nus d'abord, puis avec un rondin pris dans la boîte à bois. Alors, madame Loyer, incapable de le maîtriser, craignant pour sa vie et celle de ses filles, a décroché le vieux fusil, sommé son mari d'arrêter. Mais ce dernier se retournant contre elle, elle a fermé les yeux et appuyé sur la détente.

– C'est d'la légitime défense, dit immédiatement Calvé.

– C'est ben mon avis, renchérit Beaulieu.

– Inquiétez-vous pas, madame Loyer. On va vous aider, assure Éléonore.

– J'ai tué mon mari. On va m'arrêter. Pis mes filles ? Quessé qui va leu' arriver ?

– Inquiétez-vous pas que j'vous dis. Toute va s'arranger.

La porte s'ouvre, le policier entre, le vieux fusil de chasse à la main, affichant un air sévère. Aussitôt, tous le regardent, redoutent, espèrent. Un grand silence tombe.

– J'ai fini mon enquête. Monsieur Loyer s'est accidentellement tiré dans la poitrine en manipulant un vieux fusil. Il aurait dû se débarrasser de cette arme il y a bien longtemps. Beaucoup trop vieille et usée. Après l'avoir examinée, c'est mon avis que le coup est parti tout seul. Un accident malheureux.

Puis, remettant le fusil à Michel Beaulieu :

– Il faudra le détruire, ce fusil. Il est trop vieux. Trop dangereux.

Éléonore se mord doucement la lèvre inférieure, s'en veut d'avoir si bêtement changé d'idée l'autre nuit.

XXXI. Le négociateur

L'après-midi, au poste de traite...

Paulo entre avec son sac d'outils sur l'épaule.

– Salut, la compagnie! Excusez le r'tard. La nuitte a été courte.

– J'comprends que t'as pas dû dormir beaucoup, occupé comme t'as été cette nuit à me taper sur le crâne! intervient Murphy.

– Ah! Vous avez déjà trouvé...

Le ton a changé. Les yeux tristes, le jeune homme regarde le policier.

– On m'appelait Canot, dans l'temps. J'me suis battu sous les ordres de Bellerose à la bataille de Batoche. Voyez-vous, j'étais au collège de Regina, il y a trois ans déjà. Un soir que j'avais sauté le mur pour aller boire un coup en ville avec quelques copains, on est tombé sur Bellerose, que j'connaissais déjà pour avoir trappé avec lui quelques étés auparavant. Imaginez, une bande de collégiens trinquant avec un patriote endurci, un loup au milieu d'un troupeau de brebis. On s'est engagés à la minute même, sans réfléchir, en prenant notre vraie première cuite, à ses frais, bien entendu.

– D'où viens-tu, ce matin ?

– J'ai rejoint Bellerose, dans la forêt. Il sait maintenant que c'est moi qui a prévenu ses hommes et qui vous a empêché d'aller au rendez-vous.

– Ouais. Explique-moi donc ça, si c'est pas trop demander.

– Écoutez. Il faut me comprendre. Après l'arrestation de Riel, après la bataille de Batoche, une bande de miliciens saouls m'a attrapé. Pas besoin de tout vous expliquer en détail. Au matin, ils m'ont laissé pour compte dans un fossé à l'entrée de la ville. On a même dit à Bellerose que j'étais mort. Quand j'me suis réveillé, tout le monde était parti. Toute cette violence, ce n'était pas pour moi. Alors, j'en ai profité, j'me suis exilé ici, dans le Nord, pour refaire ma vie, pour oublier surtout. Malheureusement, mon passé est rapidement revenu me hanter. Quand j'ai vu ce Latulipe, la première fois, je l'ai tout de suite reconnu, mais pas lui. Je ne portais pas la barbe quand j'ai combattu à ses côtés. J'avais les cheveux plus courts aussi. Mais moi, sa voix ne m'a pas trompé. J'étais sûr que c'était lui. J'ai laissé aller. Pour voir. Il est reparti.

– Continue, dit le policier.

– Il est revenu à quelques reprises échanger des peaux, toujours sans me reconnaître. Puis, on a entendu parler de ces Foulards rouges, des vols de fourrures, des raids. De plus, j'les voyais agir quand ils arrivaient au village pour vendre le fruit de leurs rapines, Bellerose en Latulipe, les autres sous de faux noms. Mais ce n'était pas de mes affaires, jusqu'au jour où vous avez failli tomber sur l'Apache. Lui, je le connais. Il vous aurait tranché la gorge si vous aviez ouvert cette porte hier soir. Je savais qu'ils étaient là à attendre le lendemain pour repartir. J'vous ai assommé, et quand vous êtes retourné à l'hôtel, j'ai écrit une note anonyme disant à Bellerose où retrouver ses hommes. Je ne voulais pas m'impliquer plus loin dans cette affaire. Malheureusement, je n'avais pas prévu que Bellerose utiliserait ma note pour vous attirer dans un guet-apens. Là encore, j'ai dû intervenir. Ils vous attendaient. À un contre cinq, vous n'aviez aucune chance. D'autant que Bellerose était sans aucun doute embusqué et aurait tiré le premier, sans sommation.

– Tu ne m'as toujours pas dit pourquoi.

– Je vous l'ai dit. Cette guerre, ces raids, ces viols, ces meurtres, toute cette violence, ce n'est pas pour moi. Je ne pouvais permettre à Bellerose de perpétrer de tels actes au village. Au pire, j'étais prêt à me démasquer et à l'affronter s'il le fallait. C'est d'ailleurs ce que j'ai fait ce matin en le suivant et en l'interpellant à son bivouac.

Les trois hommes n'en reviennent pas. Voilà que Paulo, ce menuisier hors pair à la parlure tout à fait métisse, s'est soudain métamorphosé en un collégien s'exprimant à la façon d'un politicien en pleine campagne électorale.

– Que s'est-il passé avec Bellerose? demande le policier.

– Après les retrouvailles, joyeuses, il faut vous dire, je lui ai dit à propos de la note et de mon intervention. Bellerose n'est pas un mauvais gars. Mais c'est un impulsif, doublé d'un chien de guerre. Il sent une menace, il frappe, dans le tas, sans penser aux conséquences. Je lui ai expliqué que le meurtre d'un policier allait en amener cent autres à ses trousses. Il n'était pas content au début, mais il a fini par comprendre. Écoutez. Lui aussi, il est fatigué. Ses hommes le sont également. Ils ne pensent plus qu'à descendre au sud et recommencer une vie normale. Il m'a même demandé de négocier une entente avec vous.

– Un beau traquenard, tu veux dire, intervient le chasseur de prime.

– Je n'crois pas. Il est sincère. Ils sont à bout. De plus, ils m'ont parlé d'une autre menace, cette histoire de l'esprit vengeur de la rivière Maudite. D'autres parmi ses hommes ont été charcutés, si j'en crois Bellerose, tout comme celui dans la *shed* à bois, ici à l'hôtel. Ils se sentent traqués, et sur plusieurs fronts à la fois. Je crois vraiment que Bellerose est sincère. Il m'a dit qu'il avait déjà perdu cinq hommes.

Le policier fait le décompte, il en manque un.

– Combien sont-ils maintenant ?

– Ils étaient cinq au bivouac, mais il y en a d'autres au camp. Je ne sais pas combien. Je n'ai pas demandé. De toute façon, je doute que Bellerose m'aurait répondu.

– Et qu'est-ce qu'il propose, Bellerose ?

– Une trêve. Ils se retirent dans leur camp, arrêtent toute activité illégale. Au printemps, il dissout la bande, disparaît dans la nature.

– Impossible. En tout cas, pour certains. Tu vois, je vais être franc. Bellerose a déjà été condamné à la pendaison par contumace, tout comme celui qu'ils appellent l'Apache. Quant à un certain dénommé la Casse, il a été condamné à vingt ans de travaux forcés. Pour les autres, je n'ai rien de spécifique.

– Ben, l'Oreille a une prime de cinq cents piasses su'a tête, ajoute Calvé.

– L'Oreille ? demande le policier.

– Ouais. Un des pires, d'après la milice à Regina.

Murphy fouille dans sa besace, en sort le collier qu'il lance au chasseur de prime.

– Regarde ce que j'ai trouvé.

– Bâtard ! Oussé qu't'as trouvé c't'écœurantrie-là ?

– Autour du cou d'un Foulard rouge, justement. Les loups doivent avoir fini de manger son cadavre à l'heure qu'il est. J'imagine qu'il doit bien s'agir de l'Oreille !

– Pis c'est toé qui m'dit de pas tirer l'premier. Maudit bâtard ! Cinq cents piasses su'l' yâbe ! Crisse de loups.

– Tu vois bien, Canot, que les Foulards rouges ne sont pas des enfants de chœur, dit Murphy en fixant le jeune homme dans les yeux.

– L'Oreille n'était pas avec eux. Alors, vous avez sûrement raison. Ça doit être lui que vous avez trouvé, à moins que ce soit quelqu'un d'autre et que l'Oreille soit toujours au camp.

— D'une façon ou d'une autre, sa tête est mise à prix. C'est tout comme une condamnation. S'il est toujours vivant, je dois le ramener lui aussi.

— Alors, pas moyen de s'entendre ?

— Je ne dis pas non pour ceux qui n'ont pas de condamnations. Mais pour Bellerose, l'Apache, la Casse et l'Oreille, pas de sursis possible. Ils doivent tous se rendre.

— Si j'en crois ce que j'ai vu, ce la Casse est le bras droit de Bellerose. Jamais ils n'accepteront de se rendre aux autorités, avoue Canot.

— Ouais ! Y'en a déjà quatre qui chont dans' marde. Y chont trop forts. Y vont *cauxer* la gang pour pas qu'y s'rendent, confirme Calvé.

Beaulieu ressort une autre bouteille, cette fois, un cadeau de Madame Éléonore. Il verse quatre verres. Pas pour Ti-Cul. D'ailleurs, ce dernier est toujours en train de digérer les événements de la matinée.

— T'nez, les gars. On mérite ben ça. C'est pas un' histouère ardinaire !

Le whisky est fort apprécié.

— J'imagine qu'ils attendent une réponse ?

— Oui. C'est moi qui dois retourner là-bas. N'importe qui d'autre, et ce sera la bagarre. Bellerose a été très clair là-dessus.

— Où sont-ils ?

— Plus haut. À cinq miles, sur la rivière Maudite.

Le policier réfléchit. Il aimerait trouver une solution, mais n'en voit aucune qui serait acceptable pour Bellerose. Ce dernier a malheureusement franchi le point de non-retour. Au fond, ils le savent tous, Bellerose mieux que quiconque. Murphy a beau chercher, mais ne trouve pas. Comment en arriver à un compromis avec des gens qui ne peuvent s'attendre qu'à la potence ?

– OK. Va leur dire que je n'y peux rien. Pas question que j'leur promette la liberté. Dis-leur à propos des condamnations qui ont déjà été prononcées contre eux. Ils ont le droit de savoir. J'pourrais parler au juge pour essayer de remettre les peines, mais je ne peux rien promettre. Un bon avocat pourrait leur en dire plus. Qu'ils se rendent, un point c'est tout. On verra après. Sinon, je vais les chercher ! Va leur dire. Je ne bouge pas d'ici. Lui non plus, dit le policier en désignant le chasseur de prime. Mais, reviens. Et vite. Je ne voudrais pas être obligé d'aller te chercher toi aussi. Les Foulards rouges sont des criminels. Ne deviens pas comme eux !

XXXII. Contre-offre

Chumani a décidé de rejoindre son homme parce que sa place est à côté de lui, quelles que soient les circonstances. Deux fois déjà elle l'a sauvé. Elle est maintenant persuadée qu'elle doit être là, à ses côtés, toujours. Elle n'a que le nécessaire, une toile, un couchage, une petite hache, de quoi faire un feu, un peu de viande gelée, quelques poissons pour les chiens. Elle a coupé à travers la forêt au lieu de suivre la piste des rivières, plus facile, mais beaucoup plus longue. Elle file maintenant plein nord, sur la rivière Maudite, espérant trouver Murphy à tout moment.

Comme de fait, au tournant, un bivouac qui semble récemment abandonné. Elle est sur la bonne piste. La jeune femme s'y arrête, examine le feu de camp. Il y a encore des braises.

– Ben r'garde don' la belle visite qui nous arrive de même, 'barnac! fait une voix derrière elle.

Canot accepte la mission impossible, espérant que Bellerose ne s'en prendra pas à lui et respectera son choix. À tout hasard, Michel Beaulieu lui a refilé son colt. L'ancien collégien a changé d'attelage, fonce avec cinq nouveaux chiens, tous bien nourris et reposés. Il parcourt les cinq miles en un temps record, approche du bivouac avec précaution, s'assurant d'être bien en vue. De plus, il appelle.

Bellerose sort du bois, avec sa carabine à lunette. Il suit, depuis un moment déjà, la progression de Canot. Il est seul. Les autres sont sans doute toujours en embuscade. Canot reconnaît bien là le chien de guerre.

– Salut Bellerose.

– Salut Canot. T'as parlé à' police?

– Oui. Un vrai de vrai, celui-là. Pas comme les innocents qu'on a combattu à Batoche. Enfin. Malheureusement, j'n'ai pas de bonnes nouvelles.

– Moé non plus. Mais vas-y l'premier!

– L'Apache et toi, vous avez tous deux été condamnés à la peine de mort.

– Comment ça, 'barnac? Y peuvent pas faire ça, les enfants d'chiennes.

– Oui, ils peuvent. Ça s'appelle une condamnation par contumace. L'accusé n'a pas besoin d'être présent. Le juge le condamne selon les preuves présentées par la Couronne. La Casse a été condamné, quant à lui, aux travaux forcés, pour vingt ans. L'Oreille a une prime de cinq cents dollars sur sa tête. Alors, pour lui aussi, aucun arrangement n'est possible. Seul un juge peut renverser de telles décisions. Et aucun ne le fera. Pas dans votre cas.

– L'Oreille a crevé. On s'en crisse. Les sales. Me condamner sans procès. Riel avait ben raison de s'battre contre des salauds d'la pareille sorte! rugit Bellerose. Ben y veulent jouer en cochon, ben moé itou, m'a jouer en cochon. R'garde don' quessé qu'j'ai dans ma tente, là, ajoute le Chef en guidant Canot vers l'abri qui n'était pas monté à sa première visite.

Canot lève le battant, aperçoit une forme qui se débat, couchée par terre, bien ficelée.

– Ça, mon Canot, c'est la souris à ton chum la police ! Qu'y vienne, crisse, qu'y fasse rien que semblant d'approcher, pis j'la donne aux gars. Y vont s'amuser avec, j't'en passe un papier !

Bellerose a les yeux exorbités tellement il est en colère. Il saute littéralement sur place, cherche quelque chose à démolir. Canot recule, laisse quelques instants à son ami pour se calmer un peu.

– Voyons, Bellerose. C'est pas ça que tu m'as appris, à faire la guerre aux femmes.

– C'est forcé. Tu comprends don' pas ? On a toujours été forcés. Forcés d'endurer, forcés d'crever d'faim, forcés d'reculer, forcés de s'défendre, forcés d'se battre pour pas être assimilés, forcés d'attaquer, forcés de s'exiler, forcés d'prendre toute les moyens pour survivre ! On a toujours été forcés, dit Bellerose d'une voix qui s'éteint.

Un bref instant, Canot a revu le Bellerose qui discourait avec tant de conviction devant les collégiens, tard un soir, dans un dépôt clandestin de Regina. Puis, prenant Canot à l'écart…

– Va. Va y dire. J'va la protéger. Pis si y'm'sac' patience, j'va la r'lâcher, crains pas. Mais j'veux la paix ! Tu comprends ? La crisse de paix ! Pis toé, mon Canot, r'viens pu ! Adieu, mon ami.

Canot a senti l'émotion troubler la voix de son ancien camarade de combat.

– Adieu Bellerose.

Les deux amis se serrèrent longuement la main, pour une dernière fois. C'était forcé !

XXXIII. Taïaut

Au poste de traite, silence complet. Silence lourd, inconfortable. Pourtant, personne n'ose le briser. Beaulieu réexamine machinalement la même pile de peaux, Calvé arpente la pièce, Murphy, devant la fenêtre, fixe au loin, le regard perdu. Il le sait. Tous le savent. Bellerose n'acceptera pas. Il ne peut accepter de se rendre.

– Si on s'occupait de vot' équipement, les gars, suggère Michel.

L'idée est bien accueillie. Mais la liste établie plus tôt n'est pas très longue et Ti-Cul avait déjà presque tout chargé. Il ne manque qu'une réserve de poissons gelés pour les chiens, les victuailles pour les hommes : venaison fumée, café, biscuits, huile à lampe et allumettes.

Ils en profitent pour revérifier leurs armes. Murphy exhibe pour la première fois la *Martini-Enfield Mark II* à lunette, spécialement conçue, et en nombre très limité, pour être testée par les tireurs d'élite de la milice canadienne. Calvé, surtout, est fasciné comme un enfant devant un arbre de Noël. Il l'examine sous tous ses angles, sort même sur la galerie pour essayer le viseur. Il n'en revient tout simplement pas.

– Avec un' affére de même, fini les longues poursuites !

– Bellerose en a un lui aussi. Théoriquement, il appartient toujours à la milice. Mais allez donc savoir, dit Murphy en souriant.

Le chasseur de prime comprend bien le message, lui qui se contente d'une Winchester de calibre 40, ce qui lui donne certes l'avantage du tir rapide à répétition, mais pour ce qui est de la puissance et du tir à distance, la *Martini-Enfield* est de loin supérieure. Ce serait un apport précieux à son arsenal.

Murphy sort sa nouvelle réserve de balles, les examine attentivement. L'humidité a toujours été l'ennemi numéro un de la poudre et des cartouches. Bien que beaucoup plus commodes que la poudre noire, les balles sphériques et l'étoupe ne sont cependant pas complètement à l'abri des intempéries. Par conséquent, le policier échange toujours ses cartouches chaque fois qu'il en a l'occasion. Les vieilles cartouches, il le sait bien, seront refilées à plein prix aux chasseurs et trappeurs moins pointilleux. Il est surpris de voir Calvé faire exactement le même manège, même s'ils disposent de boîtes de cartouches toutes neuves. Les deux hommes font de même pour leur colt 44 à six coups, ainsi qu'avec toutes les boîtes de réserve.

Complètement absorbés par leurs derniers préparatifs, les deux hommes n'entendent pas arriver Canot qui se dirige non pas vers le poste de traite, mais vers sa propre cabane. Ce n'est qu'une demi-heure plus tard que le jeune homme se pointe au poste.

– Alors ? demande le policier.

Canot fait signe que non. Puis, il s'avance lentement.

– J'ai une bien mauvaise nouvelle. La petite Indienne que vous avez amenée ici, eh bien, elle est entre leurs mains.

Murphy se sent soudain comme une bouilloire prête à exploser. Il devient alors comme un animal en cage, tournant en rond, ne sachant où frapper.

— Bellerose m'a dit qu'il la protégerait, en autant que vous abandonniez la chasse. Tout ce qu'il veut, c'est la paix. Mais je n'y crois pas non plus. Il ne pourra retenir ses hommes longtemps. Déjà, c'est presque l'anarchie dans le groupe. Ils ont peur, et je crains qu'ils deviennent incontrôlables, même pour Bellerose. Et alors, ce sera terrible.

— Les fous, on les élimine, dit Murphy en enfilant son parka.

— Je vais partir avec vous. Je suis prêt. J'pourrais peut-être vous aider à le raisonner.

— Il n'est plus question de le raisonner, jeune homme. C'est maintenant entre lui et moi.

Exactement la réaction que Canot avait prévue, et crainte. Il aimait bien son ami Bellerose malgré tout et aurait voulu que les choses se terminent différemment. Mais maintenant, les intentions de son ancien compagnon en avaient décidé autrement. Toujours la force du destin…

— J'peux tout de même vous être utile.

— Écoute, Canot. T'es ici parce que la guerre, c'est pas ton affaire. Tu l'as dit toi-même. T'as laissé tomber tout ça. Et tu as eu raison. Calvé et moi, on part justement à la guerre. Personne n'en sortira vivant, sauf le vainqueur. Il n'y aura pas de prisonnier. Plus maintenant. Toi, reste ici. Parce que si jamais les Foulards rouges nous font la peau, leur revanche sera terrible. Et c'est ici qu'ils viendront. Penses-y !

— Et si on y allait tous les quat' ? demande Beaulieu.

— Non, Michel. Toi aussi, tu restes ici en arrière-garde, avec Canot. Vous avez tout un village à protéger. Votre responsabilité est ici. Prêt ? lance-t-il à Calvé.

— Salut ben les gars, répond le chasseur de prime en sortant dans la froidure.

— Le policier est déjà dehors, le fouet à la main. Pour lui, c'est l'assaut. Et il commence immédiatement.

— Hike, hike !

XXXIV. Banquet funèbre

Enfin, la troupe aperçoit le camp, les hommes sont heureux de retrouver un peu de quiétude et la sécurité relative de leur retranchement. Mais, soudain, la stupeur les frappe, comme un coup de massue, tous ensemble.

– 'Barnac… les jouaux !

Les cinq Foulards rouges s'arrêtent, stupéfaits. De chaque côté de la porte de la tente de prospecteur, leur demeure, trônent les têtes de leurs deux chevaux empalées sur des pieux plantés dans le sol. Les yeux sont d'un blanc opaque, sans vie, les langues pendantes, grimaces cyniques, effrontées. À leur cou, un foulard rouge. Au pied des pieux, les amourettes, encore dans leur sac, ensanglantées. Au-dessus de la porte, sur un morceau de planche arrachée au demi-mur qui entoure la tente, un message, tracé en lettre de sang :

ᒪᒋᒪᓯᑐᐊ "`

Bellerose retourne au dernier traîneau sur lequel est attachée Chumani, défait les entraves aux chevilles, la tient solidement par les cheveux et la mène devant l'entrée de la tente. Même la jeune femme ne peut réprimer un petit cri d'horreur.

– Quessé qu'ça veut dire ?

– *Macimanitonahk*, la Maison du Diable.

La réponse tombe comme une sentence de mort, le temps semble figé, la neige s'arrête, le vent s'éteint. Un frisson glacé parcourt les échines. Les chiens se couchent dans la neige, se soumettant à une présence invisible. Bellerose appelle.

– Cook ? Delisle ? Répondez, 'barnac !

De la tente, un silence angoissant.

– 'barnac, m'a toujours ben sawère…

Bellerose laisse Chumani entre les mains de la Casse qui en profite pour la rudoyer et la tripoter un peu, puis s'avance, la carabine pointée vers la porte qui s'obstine à demeurer fermée. Du bout du canon, il entr'ouvre, appelle de nouveau. Même silence effronté. Alors, il entre, en sa qualité de Chef, chez lui, reconquérant son domaine, mais l'horreur le fait ressortir de suite. Il se jette à genoux, vomit dans la neige. L'Apache entre à son tour.

La Casse, Marteau et Jean-Baptiste entourent Bellerose, bombardent de questions leur Chef qui tente toujours de maîtriser les contractions de son estomac. L'Apache ressort à son tour, le regard perdu, murmurant des paroles incompréhensibles. Les trois hommes se regardent et, faisant front commun, décident d'entrer à leur tour.

À l'intérieur de la tente, tout est rouge. Les murs, le plafond, la table, le poêle, tout, rouge, peint avec du sang. Au plafond, en guise de guirlandes, des boyaux humains qui s'entrecroisent allègrement, parcourent la tente d'un coin à l'autre. Leur contenu a servi à écrire un autre message sur le mur du fond :

$$\text{ᐅᒋ}''\text{ᒋᐸ ᐟ}°$$

Sur la table, deux chandeliers macabres, Cook et Delisle, étêtés, le dessus du crâne creusé d'un trou, recouvert de leur anus respectif, dans lequel est fichée une chandelle de cire. Leurs globes oculaires, opaques, sortis de leurs orbites, se dandinent au bout du nerf optique. Leur langue sanglante pend de leur bouche, retenue par un couteau planté dans la table, comme si on voulait les empêcher de se rétracter.

Sur la table, cinq couverts, chaque assiette contenant un appendice, facilement identifiable, chacun plus ou moins séché, ainsi que d'autres délicates immondices comme de fines lamelles de foie humain, des cubes de cœur, une demi-couille, des doigts de pied. Dans les verres, le contenu des vessies, et un doigt, un seul, en guise de paille. De la grosse marmite, sur le poêle à bois, dépassent un avant-bras et une main, qui semblent inviter à venir serrer la pince, à brasser l'abominable ragoût. Les trois hommes retrouvent rapidement Bellerose à l'extérieur pour leur propre séance de torture stomacale.

Bellerose doit savoir, alors il pousse Chumani dans la tente, pointe en direction du message. La jeune femme se libère et ressort aussitôt. Bellerose la laisse vomir dans la neige, à son tour. Lentement, les contractions s'espacent, elle reprend son souffle.

– *Ochihchipayiw*, le temps est venu, dit-elle simplement.

Puis, elle confirme leurs craintes :

– Esprit rivière Maudite revenu pour punir les Foulards rouges.

Du coup, Bellerose constate de façon dramatique ce qu'il avait jusqu'ici ignoré : ils étaient douze, ils ne sont plus que cinq !

– La vieille ostie !

Ils se retournent vers Jean-Baptiste qui regarde vers les montagnes où tous portent maintenant leurs regards. Au loin, perchée tout en haut d'un rocher, bien découpée sur un ciel sombre et menaçant, une silhouette crochue, appuyée sur son éternel bâton de marche, au bout duquel vient tout à coup se poser un grand corbeau. Alors, lentement, elle pointe l'index vers les Foulards rouges, maintient le doigt accusateur, puis se retourne enfin, disparaît sur l'autre versant. L'apparition n'a duré qu'une minute, minute pendant laquelle Bellerose et ses hommes sont restés cloués sur place. Tous ont reconnu Okîskwow, la vieille sorcière.

– J'vous l'ava ben dit. Ah! La vieille ostie…

XXXV. Camping sauvage

Bellerose doit réagir rapidement. Leur survie en dépend. Pour débuter, un peu de vengeance, ne serait-ce que pour remonter un peu le moral de ses hommes.

– La Casse, brûle-moé l'campe. Au complet. On garde rien qu'les poêles pis les ch'minées. Pis toé, Jean-Baptiste, câlisse-moé l'feu au wigwam d'la vieille. Brûle toute l'crisse de villâge, 'barnac!

Immédiatement, les hommes s'affairent avec entrain. Ils ont l'impression de reprendre un peu l'offensive, à leur tour. En un rien de temps, toutes les structures sont complètement détruites. De l'ancien village cri, il ne reste que des cendres. Maintenant, prêt pour le nouveau campement.

– La grotte! Où on entrepose le butin. C'est là qu'on va s'installer pour astheure. Apra, on s'occupe d'la vieille.

L'idée semble plaire, d'autant que les choix sont extrêmement limités. Ils n'ont plus de toile pour fabriquer une tente. Mais dans la grotte, avec tout l'équipement rapporté, ils auront vite fait d'aménager un abri tout à fait confortable.

Heureusement qu'ils y ont une bonne quantité de fourrures déjà entreposées. Ils pourront refaire leurs couchages. Pour la nourriture, la réserve des chasseurs suffira jusqu'à ce qu'on se remette à la chasse.

Mais une autre mauvaise surprise les attend à leur arrivée à la grotte. Ils ont vite fait de constater l'intrusion. En effet, plusieurs peaux manquent, ainsi que certains objets, certes sans grande valeur en fait de butin de guerre, indispensables cependant à la vie du chasseur en forêt. Mais la vraie frustration vient de ce que le voleur a été volé à son tour. La situation inquiète Bellerose au plus haut point. Encore la vieille sorcière? Il entretient toujours des doutes à son sujet.

À trois reprises déjà, deux de ses hommes ont été attaqués et vaincus, une fois par le policier, de cela, il en est certain. Mais pour les autres, il s'agit d'un ennemi inconnu, rôdant dans l'obscurité, un ennemi invisible, sournois, implacable, d'une férocité inconcevable. Tout comme dans le cas de Boiteux. Peut-on en toute logique attribuer tous ces carnages à une seule vieille folle qui a du mal à se tenir debout? Il doit y avoir une autre explication. Chose certaine, un autre ennemi traîne dans les parages, beaucoup plus dangereux que le chasseur de prime ou le policier.

Mais d'abord, il faut s'installer. La première chose à faire est de remplacer les troncs et les branchages qui camouflent l'entrée de la grotte par un mur permanent doté d'une solide porte, ensuite installer le poêle et passer la cheminée à travers la structure. Et même s'ils travaillent d'arrache-pied, le soir venu, seulement la moitié du mur est construite et les cinq Foulards rouges doivent dormir à la dure, dans une caverne froide et humide, malgré le poêle qui gronde, mais qui n'arrive pas à contrer la froidure de la nuit envahissant la caverne par cette ouverture béante. Au matin, les hommes sont d'une humeur massacrante, réveillés par une nature encore une fois en furie. Le vent hurle, s'engouffre dans la caverne en faisant tourbillonner une neige déjà folle. Après les besoins d'usage, tous se remettent à la tâche pour achever le mur de façade, combattant un froid à couper le souffle. Heureusement, vers midi, la construction terminée ils peuvent enfin jouir d'un peu de chaleur à mesure que le poêle gagne sa bataille contre le froid et l'humidité ambiants. Tous sont fourbus, mais il reste certaines tâches essentielles à terminer. Cependant, le Chef décide qu'on peut toujours attendre au lendemain, qu'ils passeront le reste de la journée à se réchauffer les os et à refaire le plein d'énergie. Même les chiens et les traîneaux ont droit à la protection de la caverne. Ils rentrent tout à l'intérieur, s'entourent d'un cocon protecteur impénétrable. Chumani est mise à contribution, chargée de nourrir les hommes qui s'amusent évidemment à tâter tout ce qu'ils peuvent se mettre sous la main. Bellerose, plusieurs fois, lance des avertissements, jusqu'à ce qu'il tire une balle avec son révolver pour capter l'attention de tous ses hommes.

– Sacrez-y patience, 'barnac! Vous comprenez pas qu'c't'une garantie contre la police? Si quéqu'un y touche, y' aura affére à moé!

La troupe maugrée, sans trop comprendre, mais laisse le bénéfice du doute au Chef, pour l'instant. Il faudra bien qu'il dorme, un jour ou l'autre, et alors là…

Pour le reste, on bricole, les plus prévoyants s'affairant à se construire un confortable lit de camp pour ne pas avoir à coucher, encore une fois, à même le sol humide et rocailleux. La Casse a récupéré le stock de bagosse rangé à l'extérieur de la grande tente avant de tout faire flamber et partage son inquiétude avec Bellerose. Il ne reste qu'une demi-douzaine de bouteilles que ce dernier a discrètement rangées sous son nouveau lit de camp. La Casse reçoit l'ordre formel d'oublier jusqu'à leur existence même. Pour ce qui est de la réserve de nourriture, on en a pour encore trois ou quatre jours. Il faudra chasser, ou au moins poser les collets au plus tôt, et pêcher le poisson à même le bassin. Heureusement, l'entrée de la grotte offre une vue complète sur le plan d'eau gelé. On pourra y surveiller les pêcheurs en permanence. Pour remonter le moral des hommes, Bellerose décide de partager le pécule. Il restera bien quelques tas de peaux et quelques carabines à troquer, mais, dès maintenant, les hommes peuvent bénéficier d'une bonne part de leur dû. Chacun reçoit quatre cents dollars. La part de Bellerose s'élève à mille cinq cents. Prévoyant, le Chef jette au feu le seul jeu de cartes, soulevant un tollé, il va sans dire, mais il lui faut accomplir ce geste pour empêcher un ou plusieurs d'entre eux de se retrouver sans le sou dans un délai plus ou moins rapproché, ce qui pourrait nuire au moral des troupes. De cette manière, tous pourront encore continuer à rêver.

La seule sortie de la journée fut celle de Marteau et de Jean-Baptiste, avec la Casse posté en sentinelle à l'entrée de la grotte, histoire de ramasser assez de bois de chauffage jusqu'au lendemain. Ils réintégrèrent rapidement la sécurité et la chaleur de la grotte. La température extérieure avait atteint les moins trente-cinq degrés, et on n'y voyait toujours à peu près pas.

À l'ancien village cri...

Murphy et Calvé tombent sur les ruines calcinées de l'ancien village cri qui figure sur la carte offerte par Beaulieu au poste de traite. Il est évident que l'incendie est récent. Les deux hommes fouillent les décombres, par principe, sans trop de conviction.

– Il y avait une grande tente de prospecteur installée là-bas. On en distingue encore le périmètre. *Shit!*

– Ouais. Y ont sacré leu' camp! J'va r'garder autour pour wère...

Le policier continue ses recherches, découvre les carcasses des chevaux décapités.

– *Shit!*

Un cri de Calvé détourne son regard. Ce dernier, fébrile, pointe en direction Nord.

– Y sont partis par là, vers le bassin d'apra ta carte.

– *Let's go!*

– Wow là. Y va faire noir dans dix minutes. Ça sert à rien d'continuer pour astheure. Pis y s'met à neiger, par-dessus l'marché.

Ce n'est qu'au bout d'interminables négociations que Calvé réussit à faire entendre raison au policier et qu'ils installent le bivouac, alors que tombent rapidement la noirceur, la neige et la température. Murphy peste toujours, mais n'a plus d'autre choix que de prendre son mal en patience. Il essaie bien de faire le vide, mais il ne peut s'empêcher de penser à Chumani, prisonnière de Bellerose.

Chumani! Qu'est-ce qu'elle est donc venue faire sur cette maudite rivière? Pourquoi est-elle revenue? À sa recherche, évidemment. Pourquoi était-ce devenu si compliqué tout à coup? Il la connaissait, lui, la raison. Parce qu'il s'était laissé prendre par ses beaux grands yeux pleins de candeur, par ses étreintes endiablées, par son sourire enjôleur, par sa timidité aussi. Il s'était laissé toucher, pénétrer au plus profond de son âme. Pour la première fois, il était ébranlé, incertain. Pour la première fois, il pensait à demain, il craignait d'avoir mal, il hésitait. Ce n'était pas la façon de faire de la police, pas sa façon à lui, la seule façon qu'il connaissait. Et il était bloqué, là, en pleine noirceur, n'y pouvant rien pour l'instant. Sa tête voulait exploser.

Calvé graissait minutieusement son arme, en frottait l'acier bleu à la chaleur, tout en mâchant un morceau de viande séchée. Il comptait les primes, sans penser une seule seconde à ce qui pourrait arriver si c'était lui qui tombait au combat. Aucune importance. Tout à fait hors contexte. C'était lui le chasseur de prime. Les bandits tomberaient sous ses balles, il collecterait la prime, continuerait son chemin, comme le faisaient tous les chasseurs de primes. C'était là un fait indiscutable.

– J'cré ben qu'on en a pour une escousse avec la tempête. J'espère qu'on va pouwère grouiller d'main matin !

– Chumani, elle, pourrait nous le dire. Elle sait, pour le temps qu'il va faire. Elle a un don incroyable. Moi, je n'en ai aucune idée. Pas moyen de voir le ciel en plus, répondit Murphy.

– Sors-la de ta tête.

– Pardon ?

– La fille. Sors-la de ta tête.

– De quoi tu parles ? se défendit le policier.

– Tu sais ben de quessé que j'parle. Sors-la d'ta tête. Sinon, c'est toé qui va prendre une balle ! lui conseilla l'homme au grand chapeau.

Murphy savait que Calvé avait raison, mais il en était tout simplement incapable. Chumani aux mains de Bellerose et de sa bande de vauriens, c'était pour lui intolérable. Plus maintenant. Et le temps venu, il foncerait, il le savait. Il foncerait comme un taureau, comme il l'avait toujours fait. Et cette fois plus que toutes les autres, il ne ferait pas de prisonnier. Si le jour pouvait bien poindre…

XXXVI. La tueuse

Au nouveau camp des Foulards rouges, le soir venu, le Chef décide de prendre la première garde. Il doit réfléchir, ne trouve pas le sommeil de toute façon. Il s'occupe de faire un inventaire sommaire de l'équipement et de son état. Il ne peut se soustraire à l'évidence. Une autre visite au poste de traite s'imposera, très bientôt, ce qui causera encore des problèmes maintenant que tous ses hommes sont identifiés. S'ils font simplement un raid sur le poste, cela confirmera qu'ils sont toujours dans la région et on enverra sûrement un message aux autorités, sans compter le policier et le chasseur de prime qui sont, bien sûr, partis à leur recherche. Même en éliminant ces deux-là, leur situation demeure précaire. Et il y a la folle, et cette maudite légende que les hommes commencent à prendre au sérieux. La solution demeure toujours la fuite, cette éternelle fuite. Mais Bellerose est las, n'y croit même plus. Tout ce qu'il sait, c'est qu'il est seul, comme il l'a sans doute toujours été. Comment faire ?

Chumani est couchée et dort d'un sommeil agité, bien à l'écart des hommes et du poêle, blottie tout au fond de la grotte. Bellerose la regarde un instant, non par désir, mais par envie. Oui, il envie le policier. Cette jeune femme, qui a tant subi et tout tenté pour retrouver son homme. Oui, il la protégera. Il ne sait trop pourquoi, mais plus rien d'autre que ce serment qu'il vient de faire n'a maintenant d'importance. C'est bien lui. Il est comme ça. Il n'y peut rien. Et si possible, il la remettra à l'homme de loi. En mains propres.

Dès lors, il imagine un scénario qui lui permettra d'accomplir son œuvre, sans toutefois se compromettre plus qu'il ne faut. C'est alors qu'il se rend compte d'un léger changement, dans l'air, dans l'éclairage, alors que la flamme du fanal près de lui vacille tout à coup. A-t-il rêvé le frisson apporté par une bouffée d'air un peu plus frais? Et ce petit rire, et cette lueur soudaine qui éclaire la voûte, puis cette vapeur qui s'avance vers lui?

Entité fantomatique, toute blanche, même les longs cheveux, aussi, sauf le tour des yeux, noirs, et les poils d'un jeune pubis, noirs également. Deux petits seins bien ronds, jeunes. La tête penchée de côté, la forme s'avance toujours, lentement, curieuse. Et le petit rire, tout bas, mais joyeux. Et ce sourire soudain, découvrant les dents, mais, vision horrifique, ce ne sont pas des dents humaines. Du moins, ce qu'il en reste. Elles ont été taillées en pointe, façonnées pour déchiqueter la viande crue. Le sourire en devient tellement démoniaque que Bellerose reste figé d'horreur.

De derrière son dos, elle sort soudain un énorme couteau en forme de quartier de lune, brillant, captivant, grand, beaucoup trop grand pour sa petite main. Cependant, elle le manie avec une agilité déconcertante. Et dans sa tête, il assiste à l'exécution de ses hommes, de le Brun et de Bossé, de Cook et Delisle et de Boiteux. Il est fasciné par cet être qui s'approche toujours et qui fait maintenant tournoyer le couteau dans les airs.

Il ne bouge pas, trouve soudain plus facile d'attendre la mort. Curieux. Tout à coup, une explosion fracassante près de sa tête, l'apparition disparaît dans un nuage de poudre à fusil, de bruine rosée. L'Apache s'avance à la hauteur de son chef, la carabine toujours fumante entre les mains. Il faut quelques secondes à Bellerose pour réaliser, réagir. Il met la main sur l'avant-bras de l'Apache, puis s'avance tout tremblant vers le corps ensanglanté qui gît sur le sol de la grotte.

– Tabarnac!

Ce n'est qu'une fillette. Peut-être onze ou douze ans, l'âge où les choses commencent à changer. Elle est complètement nue, à l'exception de cette poudre blanche et graisseuse qui la recouvre complètement et lui donne cet air fantomatique dans le noir. Il examine les dents. Il avait raison. On y voit la marque des cisaillements qu'elles ont subis pour les rendre pointues et acérées. En pleine poitrine, un trou, assez petit, mais dans le dos, où la balle est ressortie, il ne reste qu'une ouverture béante. Voilà, à leurs pieds, l'être terrible qui a failli à lui seul décimer complètement la bande appelée les Foulards rouges.

– Le v'là, les gars, l'esprit de la riviére Maudite. Une gamine, rien qu'une tabarnac de gamine.

Toute la bande s'est rassemblée autour du cadavre de la jeune fille. Tous ont les yeux rivés sur cet être irréel et, pourtant, si mortellement atteint par la balle de l'Apache.

– Mais dé oussé qu'a'vient, ostie?

Ils se regardent tour à tour, puis tournent leur regard vers le fond de la grotte. Rien. Ils vérifient bien à nouveau, fanal en main. Toujours rien en ce qui concerne le fond de la cache. Il n'y a là que le vieil autel recouvert de ses objets de culte païen.

– A pu rentrer par la porte de d'vant, suggère la Casse.

On se presse pour aller vérifier. La barre qui bloque la porte est toujours en place. On ausculte les parois, la voûte.

Rien. On déplace caisses, lits de camp, couchages, piles de fourrures, même les chiens sont bousculés. Toujours rien.

– Est pourtant pas passée au travers d'la roche, tabarnouche, déclare Marteau.

– C'est la vieille qui l'a faite apparaître! suggère Marteau.

– En parqua, l'Apache a ben réglé son cas, ajoute la Casse.

– Dé oussé qu'y' est la femme? demande soudain Jean-Baptiste.

Bellerose jette un regard circulaire, la bande se sépare, on a beau chercher, encore une fois, dans tous les coins. Il faut se rendre à l'évidence. Chumani a aussi disparu! Et dehors, tout à coup, le temps s'est arrêté! Bien que quelque peu soulagé par l'absence de la jeune femme, Bellerose ne peut s'empêcher de murmurer:

– Ben, ça parle au yâbe!

– T'as jama si ben dit, répond la Casse. On vient de l'réveiller. L'Apache a tué l'esprit d'la riviére Maudite!

XXXVII. Quand la nature éclate

Le vent est tombé, la neige a cessé tout à coup. Dehors, c'est le grand silence, précurseur. Tous se sont figés. Même à l'intérieur de la grotte, plus un son. On n'entend plus le vent siffler de l'extérieur. La nature semble s'être retirée du monde des vivants. Une légende vient de mourir.

Au Paris Hôtel, Bob s'est arrêté, dépose lentement le verre sur le bar. Madame Éléonore regarde par la fenêtre, voit soudain apparaître un ciel étoilé. Plus aucun nuage. Une lune tamisée jette ses ombres lugubres sur la forêt inquiète. Et ce silence…

Au poste de traite, Michel Beaulieu tend l'oreille, car lui non plus n'entend cette nature omniprésente, comme si tout venait tout à coup de basculer dans un autre monde. Canot regarde dehors, partage son inquiétude. Ti-Cul, instinctivement, pense à Jacinthe provisoirement installée à l'hôtel avec sa mère et sa sœur.

Kaskitew Maskwa sursaute. Il somnolait, assis confortablement près du foyer. Le silence l'a brutalement réveillé.

Il sait maintenant. Quelque chose de terrible vient de se produire. Sans qu'il sache pourquoi, une larme coule sur sa joue, comme s'il venait de perdre un être cher.

Et comme si elle répondait au souhait du policier, la tempête se meurt, brusquement. Murphy se débat avec l'ouverture de la tente maintenant presque entièrement ensevelie sous la neige, réussit à se frayer un passage, sort dans la nuit silencieuse. Tout est éclairé par une lune presque irréelle. Même le temps sonne faux.

Tout en haut du rocher, la silhouette est revenue. Immobile. Dans le ciel, un éclair, mais certains diront que ce n'était en fait qu'une aurore boréale. Puis, Okîskwow pousse un hurlement, terrible, un hurlement de chagrin, de douleur, de haine aussi, un cri qui glace le sang dans les veines.

De leurs tanières, les chefs loups sortent sous l'insulte, suivis de leur meute inquiète. Pointant leur nez bien haut, ils hument, sentent l'odeur de l'intrus. Ils grognent, l'écume déjà à la bouche, puis, ne pouvant s'opposer à l'appel, ils foncent dans la nuit.

La plupart du temps, le corbeau est solitaire. Il peut cependant, en certaines occasions, s'associer à ses semblables, comme il le fait en cette nuit, tout comme si lui aussi avait reçu sommation et répondait à l'appel. Les gros oiseaux noirs se perchent finalement sur le grand arbre dépouillé, au centre du triangle formé par l'hôtel, le poste de traite et l'église abandonnée. Là, ils restent postés, dans le silence de la nuit, inlassablement, phénomène jamais vu auparavant. Par la fenêtre, Madame Éléonore et Bob le barman sont les témoins ébahis de l'invasion subite. Même chose pour Canot et Beaulieu qui sont si intrigués qu'ils finissent par sortir sur le perron du poste de traite. Michel, qui a mis la main sur son fusil de chasse à double canon avant de sortir, demeure bouche bée, incapable de faire feu. Et les oiseaux s'en donnent à cœur joie, immobiles, accusateurs, chantant dans un silence farouche leur ode funèbre devant un village sidéré.

Devant l'entrée de la grotte, une meute de grands loups des bois renifle le chien de traîneau. Ils grattent la porte nouvellement installée, ils font les cent pas, marquent le territoire. Et hurlent leur frustration.

Autour de la tente, les chiens s'agitent, commencent à tirer sur leurs laisses. Ils sentent le loup, qui lui aussi a senti son ennemi juré, le chien de traîneau. Rapidement, le chasseur de prime rejoint le policier à l'extérieur et on ravive le feu de camp, l'alimente au maximum. Là aussi, dissimulée dans les bois denses, la meute grogne, mécontente.

Et autour du village, la forêt tout entière semble s'être mise à hurler, alors que les corbeaux, toujours aussi immobiles, torturent par leurs silences les habitants qui se signent et prient devant ce présage maléfique. Beaucoup regardent vers l'église, pensant y trouver quelque réconfort. Mais l'église est abandonnée, comme ils le sont tous ce soir, à la merci des démons de la nuit.

– Ça gratte à porte, constate la Casse.

Par le judas aménagé à la hauteur des yeux, Jean-Baptiste jette un regard sur le bassin gelé.

– Y fa clair quasiment comme en plein jour, ostie. Pis y' a une dizaine de loups qui hurlent su'a glace. M'a leu' arranger l'portrait moé, dit ce dernier en allant chercher sa carabine.

Mais à son retour… le bassin est désert, les hurlements reprennent de plus belle.

Un loup fonce, saute, ses mâchoires claquent à quelques pouces seulement du visage de Murphy, la bête disparaît aussitôt dans la forêt. Le policier a eu juste le temps d'esquiver l'assaut.

– *Shit!* J'ai jamais vu les loups assez agressifs pour attaquer un homme comme ça, si près du feu.

– Y chont affamés.

– Même affamés, ils n'attaquent pas l'homme. Pas comme ça. Écoute. On dirait que la forêt entière est remplie de loups qui hurlent!

– C't'un mauvais présage, avoue le chasseur de prime.

– J'pense plutôt qu'ils réagissent à ce qui se passe. La tempête qui est si subitement tombée, la lune qui éclaire comme en plein jour, ce silence anormal qui a suivi avant qu'ils se mettent à hurler.

– J'veux ben crére. Mais quessé qu'y a tout chamboulé l'temps d'même?

– Je n'en ai aucune idée. C'est juste pas normal. Mais tiens-toi sur tes gardes.

– On devrait-y en profiter pour décamper?

– Non. C'est trop dangereux. À découvert, ils pourraient nous tailler en pièces. Il faut attendre au matin et rester près du feu.

Deux autres fois, au cours de la nuit, un loup téméraire fonce sur les hommes, cherchant la gorge de ses crocs acérés. Les attaques sont tellement vives et rapides qu'aucun des deux assiégés n'a le temps de se servir adéquatement de son arme. Ils repoussent les loups à coups de crosse.

Tous veulent jeter un regard par le judas. Bellerose y assigne un homme de garde avec ordre de tirer à vue. Entre-temps, l'Apache refait le tour de la grotte, revient vers son chef en hochant de la tête. Il n'a rien trouvé, aucune ouverture, aucune trappe, rien.

Marteau exprime l'inquiétude générale.

– Quessé qu'on fa avec ça? demanda-t-il en montrant le cadavre de la jeune fille.

Il est clair que tous se sentent concernés par la réponse de Bellerose. Personne ne veut tout simplement de cette chose à l'intérieur de la grotte.– Crissez-moé ça dewor, pour astheure. On verra d'main matin !

La Casse prend la dépouille par un poignet, d'une seule main, et la balance à l'extérieur comme une vulgaire poupée de chiffon à l'instant même où Jean-Baptiste ouvre la porte. Il regarde sa main, enduite d'une graisse blanchâtre, qu'il s'empresse d'essuyer sur son pantalon. Dehors, on entend immédiatement la meute attaquer la dépouille. Tous les hommes ont la même réaction et se demandent s'ils ont pris la bonne décision.

Du haut de son rocher, Okîskwow, qui assiste au sacrilège, hurle de nouveau sa douleur, la totalité de sa rage. Et c'est alors que la terre se met à trembler !

Le grondement, au début, parut lointain, presque anodin même. Puis, il s'amplifia, doucement, grandit subtilement, se rapprochant, en douce, pour tout à coup faire éruption, alors que le ciel se fendait, que la foudre frappait la montagne dans un tonnerre ahurissant. La terre se mit à se tordre si fortement qu'elle sembla prête à se déchirer à tout moment, comme si un gouffre allait s'ouvrir pour engloutir hommes, bêtes et bâtiments. Les fenêtres éclatèrent, les étalages se repandirent sur le sol, les lampes, en se brisant, semèrent l'incendie. À l'intérieur de la grotte, les hommes, qui ne pouvaient plus tenir debout, se jetèrent par terre, dans tous les coins, tentant en vain de se protéger des débris qui pleuvaient de la voûte qui craquait sinistrement. Au village, même la vieille cloche de l'église entra dans la danse, sonnant sa douce revanche, à l'unisson, comme si elle voulait encourager la nature à se déchaîner davantage contre l'homme païen qui l'avait abandonnée. Sur la rivière, la glace se fendit, culbuta. L'eau sembla bouillir, s'élança en trombes fumantes dans l'air glacé. Les animaux fuyaient, de tous côtés, les hommes se terraient dans leurs refuges tellement insignifiants, tandis que les chiens aboyaient et hurlaient à s'en déchirer les cordes vocales.

Le châtiment ne dura même pas cinq minutes, mais on racontera plus tard qu'il avait duré une nuit complète. On dit aussi que le village fut presque entièrement détruit, bien que seule une grange désaffectée s'écroula sous les secousses. On raconta avec maints détails une multitude d'incendies, alors qu'en réalité les quelques foyers allumés furent rapidement contenus. C'était ainsi, le folklore.

Le calme revint aussi soudainement que tout avait commencé. Après une telle leçon d'humilité, l'homme mit quelque temps à retrouver ses sens et son aplomb. La nature elle-même ne semblait plus vouloir recommencer à respirer de suite. Les loups avaient disparu, tout comme les corbeaux perchés sur le grand arbre du village. Le ciel se fit très bas, gris, comme le loup justement, et un froid intense s'installa, semblant défier l'homme à sortir de sa retraite. Le vent s'abstint, trop timide sans doute pour s'affirmer si tôt. La nature se remettait en branle, mais bien humblement.

En cette journée qui débutait à peine, toute la contrée sembla sous le joug d'un malaise impalpable. Tous, hommes, femmes, animaux, avaient le sentiment que quelque chose s'était brisé, ou avait cessé, qu'un pas de trop avait peut-être été franchi et qu'obligatoirement on en paierait chèrement le prix. Il n'y avait pas plus convaincus de cet état de choses que les Foulards rouges et ils en eurent brutalement la confirmation, alors que Jean-Baptiste risqua un regard par le judas de la porte d'entrée et lâcha un cri d'horreur.

Là, au beau milieu du bassin, elle se tenait debout, toute blanche, avec ce même sourire, sa tête toujours légèrement sur le côté, friponne. Et elle riait, et riait…

XXXVIII. L'intrus

Tous se précipitent, ont même le courage d'ouvrir la porte. Rien. Jean-Baptiste a beau bégayer des mots incompréhensibles, pointer du doigt, il n'y a plus rien dans le bassin. Tout le monde rentre et on oublie rapidement ses hallucinations parce que, malgré tout, il faut bien organiser la routine. Bellerose décide.

– Moé pis l'Apache, on va à chasse à matin. Ça prend d'la viande. Vous aut', vous restez icitte pour *watcher* l'campe. Pis les deux yeux ouverts! Faites du bois d'poêle en masse en attendant. Si vous avez l'temps, y faudrait pêcher, pour les chiens. Ça d'vrait être bon dans l'bassin. On r'vient avant'noirceur. Pis pas d'feu dewor.

Sans attendre, Bellerose enfile ses raquettes, se dirige vers le bassin. L'Apache lui emboîte le pas. Jean-Baptiste, les yeux hagards, se retire au plus profond de la caverne, toujours grelottant après la vision d'horreur. Marteau et la Casse s'affairent donc, sans quitter des yeux l'entrée de la grotte, carabines chargées à portée de la main. Cependant, ils travaillent avec une énergie renouvelée.

Ils ont finalement affronté la bête, l'ont tuée, ont vu son sang, ont lancé son cadavre et les loups se sont disputé les restes. Maintenant, il n'y a plus que la vieille sorcière. Elle aussi est de chair et de sang. On lui fera sa fête à la première occasion.

Déjà deux heures que les hommes se tiennent en embuscade. À part un lièvre effrayé qu'ils ont dédaigné, rien. L'Apache, un pisteur hors pair, est inquiet.

– On dirait qu'la forêt est vide.

– Ouais. C'est l'tremblement d'terre. C'est comme si y' restait pu rien.

Mais la forêt finit par se réveiller, lentement. Le tamia ose mettre le museau dehors, le harfang des neiges reprend ses rondes, le lynx piste le lièvre. Un caribou de la toundra, fier de son imposant panache, se fraye un chemin parmi les branchages, gratte le sol gelé à la recherche de quelques herbes et racines. L'Apache a entendu et compris ses manigances, fait signe à Bellerose, et les deux hommes s'enfoncent un peu plus profondément dans la forêt boréale. Marchant contre le vent, ils se rapprochent, épiant le moindre mouvement.

Un bruit sec, le caribou lève la tête, l'Apache épaule. Un seul coup de feu, une seule balle, l'animal s'effondre, mortellement atteint. L'Apache, qui peut toujours entendre la respiration difficile du caribou agonisant, demeure immobile, attend patiemment la mort de la bête.

Murphy et Calvé, qui filent sur la glace de la rivière Maudite, ont entendu la détonation claquer dans l'air glacial. Ensemble, ils commandent leur meute, arrêtent les traîneaux. Le chasseur de prime rejoint le policier.

– Des chasseu'?

– En tout cas, ce n'est pas sur nous qu'on a tiré. C'est toujours ça, ironise Murphy.

– Ouais. T'as ben raison. Bellerose est dangereux avec sa carabine à lunette. Va falwère faire plus attention.

– Avec l'écho, c'est difficile de déterminer la distance. Mais je dirais, pas plus qu'un ou deux miles, droit devant.

– Ça d'l'allure. On devra p't'être prendre le bord du bois, suggère Calvé.

– Absolument. On est une cible trop facile sur la rivière. On prend à droite et on continue vers le nord pour encore un mile. On laissera les traîneaux pour faire une reconnaissance à pied. Moins dangereux de tomber dans une embuscade de cette façon.

– Ben parlé, policier !

La bête a rendu son dernier souffle sous les yeux de l'Apache qui ressent pour l'animal une compassion qu'il n'a pas pour la race humaine. À genoux, humble devant son frère caribou, l'Indien le remercie, lui demande son pardon aussi. Puis, en silence, il le découpe en quartiers, au couteau, à la hachette, sous les yeux de Bellerose qui se garde bien d'intervenir. Il faudra faire au moins deux voyages, mais qu'importe.

Les deux hommes unissent leurs efforts pour hisser et attacher les quartiers qu'ils laisseront temporairement sur place, attachés à une branche d'arbre, bien en hauteur, à l'abri des prédateurs qui devront se contenter des restes, tête, poumons et entrailles, abandonnés dans une neige souillée du sang de la bête. Alors, pliant tous les deux sous la charge, ils entreprennent le trajet du retour, impatients de retrouver la chaleur et la sécurité relative de leur nouvelle demeure.

D'instinct, Murphy s'arrête de nouveau. C'est ici qu'ils laisseront les traîneaux et les chiens. Les deux hommes s'arment de leurs carabines, enfilent leurs raquettes et s'enfoncent plus avant dans la forêt. Bientôt, ils tombent sur une bande de loups occupés autour de ce qui semble être les restes d'une carcasse. Les deux hommes se mettent à l'affût, bien cachés derrière les arbres. Heureusement, avec le vent du nord, les loups ne peuvent pas flairer leur présence.

– Regarde dans l'arbre, chuchote Murphy.

Calvé cherche du regard, trouve rapidement les quartiers de viande suspendus.

– Y vont ben r'venir les charcher.

– Exactement !

Ils s'installent dans la neige et observent le festin des canidés voraces qui se disputent le moindre morceau de chair. Ceux qui doivent attendre patiemment leur tour tentent en vain d'attraper la viande qui les nargue du haut de l'arbre. Mais ils ont beau sauter, rien n'y fait. Frustrées, les bêtes finissent par se résigner et attendent leur tour. Arrive alors un autre prédateur qui, lui, ne s'embête pas du fait qu'on a placé son repas bien haut sur une branche d'arbre.

Le couguar arrive en trombe, semant la panique parmi la bande de loups qui abandonnent d'instinct leur pitance pour fuir l'imposant félin. Ce dernier, après les constatations d'usage, lève le nez sur les restes et concentre son attention sur ce qui l'avait tout d'abord attiré : la cache sur la haute branche. En deux bonds, il est dans l'arbre, enfonce ses crocs dans une viande à peine gelée et gorgée de sang frais. Les loups reviennent timidement, n'osant trop s'approcher du félin au mauvais caractère qui peut s'avérer un tueur des plus efficaces si l'envie lui prend. Ils devront attendre. Tout cela se passe sous les yeux des deux hommes toujours en embuscade qui maudissent l'intrus venu s'imposer en plein complot d'arrestation. Murphy est inquiet, sait leur plan maintenant compromis. Si le couguar découvre leur présence...

Bellerose et l'Apache aperçoivent la caverne. Dans le bassin, Marteau et la Casse pêchent toujours, sans trop de conviction. À l'entrée de la grotte, une grosse pile de bois scié et fendu, fruit de leur travail acharné, témoigne de leur force herculéenne. Mais pour la pêche, ils préféreraient laisser à d'autres cette activité ennuyeuse, mais nécessaire. Les chiens de traîneau, attachés à l'extérieur, jappent à l'approche des nouveaux arrivants.

Les deux colosses abandonnent leurs lignes à pêche et rejoignent leurs compagnons, s'occupant immédiatement des quartiers de viande, au grand soulagement de l'Apache et de Bellerose.

– Vous en avez bûché un bon coup, les gars ?

– J't'en passe un papier, *Boss*. Le Marteau pis moé, quand qu'y' a du bois à bûcher, on a pas not' pareil, répond la Casse.

– Pis l'poisson ?

– Pas vargeux. Ça mord pas ben ben. On a rien qu'à enwèyer Jean-Baptiste apra l'souper. Y' a passé la journée ben au chaud dans l'campe, le simonaque.

– M'a y' wère. Mais pour astheure, on a deux aut' quartiers d'viande à aller qu'ri dans l'bois avant qu'un carcajou mette la patte dessus.

– On irait ben, *Boss*, mais on est g'lés ben dur. On n'a pas rentré d'la journée, pis on a faim en tabarnouche, plaide Marteau.

– Ouais. Nous autres itou. J'cré ben qu'la viande est à l'abri dans l'arbre. On ira d'main matin. Pour astheure, un bon coup pis un repas chaud s'ra pas de refus, conclut Bellerose.

Le quatuor se dirige allègrement vers la caverne. L'Apache fait un crochet vers le bassin pour y ramasser les quelques poissons gelés et récupérer les lignes. Les hommes, contents de retrouver enfin la chaleur de leur grotte, sont surpris par la température un peu froide qui règne à l'intérieur. Le poêle s'est éteint, faute d'alimentation. Bellerose sent la colère monter en lui, interpelle vivement le paresseux du jour. Mais seul un silence effronté lui répond. Après un regard circulaire, il faut bien se rendre à l'évidence : Jean-Baptiste a disparu !

XXXIX. Cauchemar

Du haut de son rocher, Okîskwow avait bien observé les deux hommes grands s'affairer sur la glace en fin d'après-midi pour creuser un trou afin de capturer le poisson. Juste au bon endroit, bien en vue, en face de la porte de leur caverne. Exactement ce qu'il lui fallait. Il était temps de s'occuper de la prochaine victime. Elle ferait, de la nuit à venir, une autre nuit de cauchemar.

Chumani sort lentement de sa torpeur. Sa tête lui fait mal. Elle se rend tout de suite compte que ses poignets sont entravés par de solides lacets de cuir. Tout près, elle entend le gargouillis de l'eau qui s'écoule. À tâtons, elle cherche et trouve rapidement la petite source qui ruisselle le long de la paroi et s'accumule dans un petit bassin naturel pas plus grand que ses deux mains. Elle s'y désaltère avec hésitation au début, jusqu'à ce qu'elle se rende compte de la pureté de l'eau. L'eau fraîche apaise quelque peu la sensation de brûlure et le goût amer qui persistent au fond de sa gorge. Elle se souvient maintenant. Du fond de la grotte, quelqu'un était venu pendant son sommeil, lui avait doucement secoué l'épaule, mit la main sur la bouche pour l'empêcher de crier. Tout d'abord effrayée, puis croyant reconnaître la vieille femme, Chumani l'avait suivie à l'aveuglette, en pleine noirceur, en silence. Après un long couloir de pierre où l'on ne progressait qu'en pliant bien les genoux et en se penchant vers l'avant, elle se retrouva dans une autre grotte, plus petite, où régnaient une douce chaleur et une forte odeur animale. Okîskwow lui fit boire de suite une tisane bien chaude qu'elle apprécia grandement. Ce fut son dernier souvenir.

Dans l'obscurité, elle tente de s'orienter, entend toutes sortes de bruits, essaye de les identifier. Il n'y a aucun doute. Quelqu'un est tout près. Elle sent l'odeur de la sueur, perçoit une respiration lente et profonde. Plus loin, un autre tunnel qui continue, d'où elle entrevoit une faible lueur, vacillante, probablement produite par un feu ouvert ou quelque lampe à huile. Il y a donc une autre caverne, plus loin. Et il se déroule là-bas d'autres activités qu'elle ne parvient pas à reconnaître. Lentement cependant, ses yeux s'habituent et, bientôt, elle parvient à distinguer les ombres, puis les formes.

Jean-Baptiste grogne, retrouve lentement ses esprits et, surtout, devient conscient de cet élancement qui lui vrille le derrière de la tête, là où le rondin l'a frappé pour l'envoyer au pays des rêves. Il constate également qu'il a les pieds et les mains solidement attachés derrière son dos avec des lacets de cuir mouillé, qui serreront bien davantage lorsqu'ils sécheront. Il n'a qu'une seule pensée, qu'il exprime tout haut.
– La vieille ostie !

Chumani sursaute, se terre contre la paroi. Puis, un bruit, plutôt un froissement, annonce la venue de la vieille femme. Okîskwow s'assure que les liens sont toujours solides, ceux de Chumani également, puis elle enfonce un torchon souillé dans la bouche du prisonnier en essayant de le bâillonner, mais celui-ci se débat, recrache le morceau de tissu, insulte la vieille femme. Alors, le rondin réapparaît, et Okîskwow frappe, un seul coup, en pleine bouche. Jean-Baptiste, les lèvres éclatées, se débat pour respirer sans avaler ses dents délogées de ses gencives par la brutalité de l'attaque. Il réussit tout juste à cracher sang et os pour enfin prendre une grande respiration qui est interrompue par le même chiffon que la vieille femme lui remet dans la bouche. Cette fois-ci, au bord de la panique, l'homme se résigne.

Alors, la vieille se retourne vers Chumani. Celle-ci se recroqueville contre le mur, tente de prévoir le coup. Mais Okîskwow sort une fiole de sa besace, la porte à la bouche de la jeune femme. Devant son refus de boire, elle la prend violemment à la gorge, y enfonce ses ongles acérés, l'empêche de respirer, force le goulot entre les dents de Chumani. La jeune femme panique, puis, par réflexe, inspire l'air et le liquide. Elle tousse, reconnaît immédiatement le goût amer de la tisane, se sent étourdie, puis incroyablement bien. Elle sent la pression se relâcher sur sa gorge, recommence à respirer normalement.

Deux chiens accompagnent Okîskwow. Celle-ci attache un bout du harnais aux chevilles de l'homme, puis commande les robustes huskies qui entraînent immédiatement Jean-Baptiste vers l'autre caverne, avec Okîskwow dans leur sillage.

Chumani reste perplexe. Un courant d'air froid indique que la vieille femme est sortie par quelque ouverture, de l'autre côté. Un silence inquiétant règne dans la petite caverne. La jeune femme a compris qu'elle se trouve dans une petite salle traversée par le passage secret qui réunit la caverne des Foulards rouges à une autre, apparemment tout aussi vaste, mais toujours invisible d'où elle se trouve, car le tunnel bifurque vers la gauche. Chumani se souvient. Le vieil autel, tout au fond de la cache. Elle l'avait longuement examiné, y reconnaissant maints objets de culte et de pratique chamaniques. Voilà le secret. Il pivote, tout comme une porte, donnant accès au tunnel.

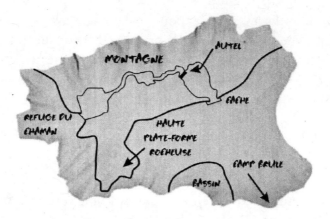

Le silence est soudain brisé par de légers bruits provenant de l'autre caverne, celle qui lui est toujours inconnue. Cette fois, il n'y a pas eu de courant d'air, donc la vieille n'est toujours pas revenue. Alors, l'espace d'un court instant, une ombre se reflète sur la paroi du tunnel, furtive, fantomatique. Chumani se met à trembler. Puisque les Foulards rouges ont tué l'esprit de l'enfant… Mais bientôt, le fil de ses pensées est interrompu par une douce torpeur enivrante qui l'emporte lentement…

Toujours en embuscade, Calvé et Murphy assistent, impuissants, au long festin du couguar. Les loups se sont depuis longtemps fait une raison, ont quitté la scène. Si le félin détecte leur présence, ils n'auront pas le choix. Ils devront se servir de leurs armes. Et ceci mettra sans doute fin à tout espoir de voir les chasseurs revenir chercher la venaison. Cependant, il se fait tard, et Murphy commence à douter de ce retour tant espéré.
– La nuit va bientôt tomber. Je commence à penser qu'ils ne reviendront pas aujourd'hui.
– Ouais. On pourrait quand même suivre les pistes.
– Il faudrait tout d'abord se débarrasser du couguar. Et pister Bellerose est trop dangereux. Il peut nous voir venir. Alors, avec sa carabine à lunette, on devient des cibles beaucoup

trop faciles à mon goût. De toute façon, il fera bientôt nuit. Et le ciel est couvert. On n'y verra plus rien. Le mieux est de se retirer un peu plus loin, de camper pour la nuit et de revenir avant le lever du jour pour se remettre en embuscade. Je pense que l'ancien village indien, où on a laissé les traîneaux, fera bien l'affaire.

L'idée est acceptée et les deux hommes se retirent prudemment. Malheureusement, le félin, toujours sur le qui-vive même pendant son repas, repère le duo, bondit vers cette nouvelle menace en miaulant. Les deux hommes se figent sur place, Calvé lève sa carabine alors que le couguar s'arrête à une dizaine de pieds devant eux, miaule de nouveau.

– Attends, ordonne Murphy.

Calvé garde toujours la bête en joue, Murphy la regarde droit dans les yeux, évite tout mouvement, toute attitude menaçante. Il murmure, doucement.

– Tout doux, mon grand. On s'en va. Tout doux. Tout va bien.

Le couguar semble répondre par un ronronnement. Murphy fait signe à Calvé de reculer lentement, tout en regardant toujours l'animal qui semble se calmer. Le chasseur de prime, à un cheveu de faire feu et de tuer la bête, obéit cependant.

– C'est ça mon gros. Va. Retourne à ton repas.

L'animal fixe Murphy, indécis, étonné aussi. A-t-il compris que sa vie a failli se terminer? Ou son arrogance l'empêche-t-elle de réaliser l'évidence? De toute façon, la menace s'estompe, il demeure maître du territoire, il n'y a donc pas de honte à laisser filer un homme avec un tel sans-froid. Murphy admire toujours la bête magnifique, qui retourne vers son festin. Calvé remarque que Murphy n'a pas une goutte de sueur sur son front, alors que lui-même est en nage.

– Crisse qu'y m'a fait peur.

– Pourquoi? Il voulait simplement nous montrer qu'on n'était pas les bienvenus et que c'était lui le *boss* du territoire.

L'incident est oublié. Les deux hommes s'installent et se préparent à affronter une autre nuit en forêt par une température de moins quarante. Aucun feu de camp cette fois, l'ennemi est trop proche. Les chiens sont attachés le plus près possible de la tente. Ils veilleront à tour de rôle, pour les loups, pour alimenter le petit poêle de voyage. Après une autre journée passée en plein air, les deux hommes apprécient le repas du soir, la douce chaleur de la tente.

À la caverne, on s'inquiète.
– J'me d'mande oussé qu'y est rendu, c'te 'barnac là, dit Bellerose.
– Y'est p't'être parti charcher la vieille, propose la Casse.
– Non. Y' était blanc comme un drap. J'sais pas quessé qu'y a vu su' l'bassin, mais y a rasé d'chier dans ses culottes. Y's'rait pas parti tu seu', ça c'est çartin !
– Y sont apra nous awère un par un, simonaque.
– Qui ça ? demande Marteau.
– Les esprits.
– Mon cul ! Va chier avec tes esprits. T'as pas vu ? C'tait juste une fille pis on y a faite la peau. Y reste juste la vieille, pis a va y gouter elle itou, j't'en passe un papier. Jean-Baptiste est sorti. Y va r'venir, c'est toute ! conclut la Casse.
– Caverne maudite, dit simplement l'Apache.

Mais Jean-Baptiste ne revient toujours pas. On mange un ragoût, sans *banik* ni grand appétit non plus. Sur douze, ils ne sont plus que quatre, mais les quatre plus forts, les quatre meilleurs. La Casse est toujours convaincu que le groupe va s'en sortir. L'Apache, lui, est prêt depuis longtemps à faire face à son destin. Peu lui importe. Marteau aimerait bien penser comme son inséparable ami la Casse, mais le doute le ronge. Bellerose est soucieux. Il ne peut comprendre comment une vieille sorcière à moitié morte peut être plus maligne que lui. Jusque là, on avait tenté, en vain, de lui opposer la force brute, à la façon des Foulards rouges. Sans succès. Et si on essayait la ruse ? Mais comment…

Après le repas, tous se retirent dans leurs pensées les plus profondes. Les belles illusions et la perspective de retourner en ville se sont lentement estompées. Dorénavant, il ne s'agit plus que de survivre au jour le jour et de s'enfuir le plus loin possible de cette rivière maudite.

Lentement, la nuit enveloppe la forêt de son linceul, l'animal se terre, l'homme s'enfonce dans les torpeurs insouciantes du sommeil profond, les flammes meurent doucement, ne laissant que quelques braises chatoyantes. À l'heure où tout n'est que calme et tranquillité, Okiskwow frappe de nouveau.

Murphy est sur le qui-vive, seul dans la nuit d'encre, frissonnant, enroulé dans sa peau de couchage. Il sait que l'esprit de la rivière Maudite va venir. Il l'a vu, dans un rêve. Alors, il s'y est préparé. Il regarde le bassin, éclairé par intermittence, alors que les nuages permettent à la lune quelques percées épisodiques. Il guette à travers la buée qu'il dégage à chacune de ses respirations. La nuit, il n'y a plus de couleurs. Tout est blanc, gris ou noir. Il expire une nouvelle brume blanche, qui se transforme soudain en une forme fantomatique. Il se redresse, elle est là, devant lui. Nue, blanche, elle se déplace comme une brise, venant vers lui avec un sourire démoniaque. Puis, le long couteau apparaît dans sa main vengeresse, qu'elle lève bien haut au-dessus de sa tête. Elle se prépare à frapper. Murphy aimerait la mettre en joue, faire feu, mais il en est incapable. Il est paralysé. En un éclair, la lame décrit un arc, le sang gicle de la gorge du policier. Il laisse tomber son arme, prend sa gorge à deux mains, tombe sur ses genoux, regarde la forme blanche qui se tient là, juste devant lui, l'observe avec ce même sourire qui révèle une série de dents acérées. Murphy est sidéré, ne comprend plus. Sa vue se brouille, mais il a reconnu ce visage… Chumani.

Un cri déchire le silence de la nuit, une plainte abominable, qui se répète, qui devient rapidement presque continuelle. Sur le bassin, les préparatifs achevés, Okîskwow a finalement retiré le bâillon.

Bellerose sursaute, ramasse son révolver, se rue vers la porte, suivi immédiatement par la Casse, l'Apache et Marteau. Par le judas, on épie, mais la nuit est d'encre, impénétrable. Les plaintes viennent indéniablement du bassin. Jean-Baptiste. Ce ne peut être que lui. Plus aucun doute maintenant. Il est bel et bien entre les mains de la vieille folle.

– Quessé qu'on fa ? demande la Casse.

– Tu veux sortir ? Aller voir de plus proche ? Enwèye. J'te retiens pas. À revoyure, innocent !

Le colosse hésite devant le ton sarcastique de son chef.

– Ben quessé qu'on fa d'abord ?

– Ben quessé qu'on fa d'abord ? On danse une gigue ! Penses-tu que tu vas pouwère aller l'qu'ri comme ça ? Y a rien à faire que j'te dis. Y'est déjà mort ! Mets-toé ben ça dans' caboche ! Jean-Baptiste ava rien qu'à fére attention pis à rester ben tranquille icitte d'dans au lieu d'sacrer son camp !

Mais les cris continuent, deviennent rapidement insupportables. Les hommes se bouchent les oreilles, Bellerose demeure tout près de la porte pour en interdire l'accès à quiconque perdrait la raison et voudrait se précipiter vers le bassin. Et au travers des cris inhumains, Jean-Baptiste qui implore, qui demande à ses amis de le tuer d'une balle. La Casse n'en peut plus, se rue vers la porte avec sa carabine, par le judas tire, vide le chargeur de sa Winchester. Pour un court instant, le silence revient. Alors, éclate un rire malade, sadique. La vieille folle. Puis, les plaintes recommencent, presque inaudibles au début, mais s'amplifiant rapidement, et plus longues aussi. Là, dans le bassin, juste devant, tout près, leur camarade fait connaissance avec l'enfer !

La Casse s'est enfoui la tête sous une pile de peaux. Marteau fait de même. L'Apache récite un de ses monologues païens. Bellerose, lui, subit la totalité de l'événement, sans bouger, les yeux fixés farouchement sur les flammes rugissantes du poêle qu'il a bourré à outrance et qui gronde son mécontentement. Le vieux tuyau rougit, les tôles craquent sous la trop forte chaleur. Et bientôt, lentement, les plaintes se font plus espacées, moins fortes aussi. Puis, enfin, c'est le silence. Bellerose se lève, marche lentement vers la porte, ouvre le judas. La noirceur ne permet toujours pas de voir ce qui se trame dans le bassin. Mais il est certain que le supplice est enfin terminé. Il écoute, regarde, rien. Puis, le sang se glace dans ses veines, car il entend ce petit rire qu'il connaît bien, un rire d'enfant, moqueur, espiègle. Et soudain, la lune entre impunément en scène, sa lumière lugubre éclaire le bassin l'espace de quelques secondes seulement, puis un gros nuage gris, annonçant la tempête, la voile presque aussitôt, inexorablement. Mais Bellerose a eu le temps. Il a vu. Il gardera longtemps dans son esprit la vision de son compagnon Jean-Baptiste, attaché à un poteau planté à la surface du bassin, nu, ensanglanté. Et il l'entend de nouveau, ce petit rire joyeux, enjôleur, maintenant devenu si abominable.

Bellerose se retire de nouveau, près du poêle. Sa douce chaleur le calme quelque peu. Il regarde ce qui reste de sa bande. Marteau, la Casse et l'Apache dont il ne connaît même pas le nom. À ces hommes, il ne dira rien de ce qu'il a vu dans le bassin. À quoi bon? Il préfère garder l'horreur de la situation pour lui et permettre à ses hommes de prendre quelques heures de sommeil. Ils verront bien demain. Maintenant, il sait que leur périple tire à sa fin.

Les cris ont voyagé dans l'air froid de la nuit, se répercutant sur les parois de la montagne. Murphy sursaute, se retrouve en sueur. Rapidement, il met la main à son cou. Rien. Chumani? Il regarde tout autour, se rend compte qu'il a rêvé. De garde, il a dû un instant s'assoupir. Un frisson le parcourt. Il demeure profondément ému par la réalité de son rêve. Mais maintenant, bien éveillé, il ne perd rien du drame qui semble se dérouler dans le bassin. Calvé, qui a aussi entendu, étire un bras vers la cafetière posée sur le petit poêle de voyage, tout en s'assurant de rester bien emmitouflé dans sa peau de couchage. Il se sert maladroitement une tasse de café sirupeux. Murphy fait de même, s'aperçoit que sa main tremble toujours.

— Quessé qui s'passe?

— Le fameux esprit de la rivière qui est à l'œuvre, sans doute, répond le policier encore sous le choc.

— T'es blanc comme un drap.

— Ce n'est rien. T'en fais pas. Un mauvais rêve.

Murphy se demande qui peut bien être cet autre ennemi inconnu et invisible qui décime les Foulards rouges de façon si cavalière. Okîskwow? Sans doute. Mais il ne peut croire qu'elle agisse seule. Et pourquoi a-t-il vu, dans son rêve, Chumani personnifiant cet être assassin et démoniaque qui semble bien être la main vengeresse de la vieille sorcière?

— Il y a eu des coups de feu. Ils ne sont pas très loin.

— Ouais, j'ai entendu. T'as raison. Un mile, un mile et d'mi, au plus. Si la nuitte était pas si noére…

Murphy allume le fanal, examine de nouveau la carte de Beaulieu. Les cris et les coups de feu viennent du nord-ouest, exactement dans la direction du bassin, au bout de la rivière Maudite.

— Faudra partir avant l'aurore, se mettre en position, ici, pour avoir une vue du bassin, tout en restant bien camouflés. J'ai l'impression que si on y demeure de faction assez longtemps, il va se produire quelque chose, on va trouver un indice, ou ces maudits Foulards rouges vont finir par venir à nous.

— C'qu'y' en reste, tu veux dire. Par le temps qu'on va mettre la main d'sus, y restera pu parsonne à arrêter, se plaint Calvé, qui évalue constamment la valeur à la baisse des primes qu'il pourra encaisser.

– Inquiète-toi pas. Rien qu'avec Bellerose tu vas faire tes frais. Et celui-là, il ne m'échappera pas.

– Aussi ben de s'préparer dret là d'abord. Y va-t-être l' temps de décoller betôt.

– Yep !

Dans la nuit, tandis que Bellerose et ses trois compagnons arrivent finalement à s'endormir, non loin, dans la forêt, deux hommes se préparent à suivre la piste, à reprendre la traque.

XL. Mauvais sort

Sur la neige, au pied du poteau, pendant que la vie, dans un long râle sinistre, s'échappe enfin de Jean-Baptiste, Okîskwow, avec son triste bâton, dans une neige rougie par le sang du sacrifice, trace symboles et arcanes, murmure paroles interdites et incantations, invoque les démons, scelle ainsi l'avenir des quatre derniers Foulards rouges.

Okîskwow est de retour dans son antre, ressent une grande lassitude. En fait, la Louve est épuisée. Elle sait qu'elle doit maintenant faire vite pour achever son œuvre. Elle ne peut plus aspirer à prendre un jour la place qui lui revient à la tête de la bande. Plus maintenant. Il est trop tard, elle n'en aura plus le temps. Elle sent déjà ses ancêtres à sa porte, attendant le moment de l'accompagner sur le chemin qui mène au royaume des Anciens.

Elle frissonne. Là, tout au fond de sa caverne, se trouve le seul et unique espoir de descendance pour le clan des Ours. Pendant l'attaque du village, une seule femme Ours en âge de procréer lui avait échappé. Chumani. Elle s'était enfuie dans la forêt, pour être ramenée plus tard par un des Foulards rouges. Malheureusement, avant qu'elle puisse la rejoindre, cette nuit-là, la jeune femme s'était de nouveau évadée. Quant aux trois autres femmes fécondes, elles étaient toutes tombées sous le poignard de la vieille folle, alors qu'elles croyaient s'échapper en allant vers Okîskwow qui leur faisait de grands signes et les entraînait ainsi, une par une, dans un traquenard diabolique. Dans le *waskwayikamik* de la vieille folle, bientôt trois cadavres. Dans la confusion de la bataille, rien n'y parut.

Elle sait maintenant son temps compté. Aux Foulards rouges, elle a jeté un sort, laissant sur la glace du bassin le totem maléfique, un appel aux enfers pour qu'ils envoient un démon qui fera en sorte qu'aucun d'eux ne survivra et que les hommes blancs, venus si impunément briser la quiétude de son quotidien, seront éliminés, jusqu'au dernier. Alors, il ne lui reste plus que deux tâches à accomplir. Okîskwow est à ce moment bien loin de se douter qui sera l'exécuteur de cette tâche ultime.

Chumani commence à percevoir quelques sensations, différentes odeurs familières, une douce chaleur. À travers ses yeux clos, elle devine une lumière vacillante, peut-être quelques lampes à huile. Le bruit du feu qui craque allégrement, une comptine doucement récitée par une petite voix d'enfant.
Ma Mère, ô ma Mère
Il n'y a que toi ma Mère
Toi seule qui es ma Mère
Toi seule qui m'as sauvé
Toi seule qui me possèdes
Toi seule qui me nourris
Toi seule qui me chéris
À toi seule j'obéis
Sinon serai puni
Ma Mère, ô ma Mère
Il n'y a que toi ma Mère…

XLI. Requiem pour un chasseur de prime

Bellerose est debout devant le judas, regarde Jean-Baptiste toujours attaché au poteau de torture planté au milieu du bassin, dans le trou même où les hommes pêchaient hier encore. Puis, il scrute avec ses jumelles, tout autour, à l'orée de la forêt. Il sent le piège.

Un peu en retrait, couché dans la neige, sous un sapinage qu'il aurait souhaité plus dense, le policier porte ses jumelles à ses yeux, pour la dixième fois peut-être, regarde le cadavre du Foulard Rouge attaché au poteau. Il comprend maintenant les cris et les lamentations de la nuit. L'homme a été écorché vif. Plusieurs lambeaux de peau sanguinolents pendent toujours le long de son corps. La neige au pied de l'homme est rouge de son sang.

– *Shit!*

– Tu peux ben l'dire. J'ai jamais vu ça. Ça prend-t-y un malade pour faire un affére de même?

– Rien qu'une vieille femme, mon vieux.

– Ben voyons don'.

– J'peux même te dire son nom. Elle s'appelle Okîskwow. Elle est membre de la bande qui vivait dans le village brûlé où on a bivouaqué en venant ici. Apparemment, elle a décidé de faire payer les Foulards rouges. Mais il y a autre chose. Elle ne peut pas être seule. Quelqu'un d'autre agit avec elle.

Il pense soudain à Chumani, à son rêve ! Il tente de chasser cette idée saugrenue sans pouvoir y arriver. Puis, l'inconcevable se produit. De la montagne éclate un coup de feu.

Immédiatement, Calvé se recroqueville sur lui-même sans dire un seul mot, se retrouve en position fœtale, qu'il maintient farouchement, son visage exprimant une douleur extrême. Le lourd projectile a pénétré par-dessus l'épaule gauche, à la base du cou, a brisé la clavicule et traversé le poumon, l'estomac, le pancréas et l'intestin, pour se loger dans sa hanche gauche. Il est paralysé par la douleur, son poumon s'emplit de sang, rapidement, il agonise.

Murphy ressent la douleur en même temps qu'il entend la deuxième détonation. Une brûlure lui déchire l'épaule, sur le côté gauche aussi. L'impact le projette vers l'arrière. Il se bat pour rester conscient, recule plus loin sous les arbres en tirant Calvé de sa seule main valide. Tout de suite, une petite dénivellation du terrain les met à l'abri du tireur meurtrier, alors qu'ils glissent tous les deux sur une pente abrupte pour se retrouver dans un fossé, probablement le lit d'un petit ruisseau asséché. Le policier chasse la neige, reprend son souffle, analyse la situation. En face, ils vont venir rapidement pour constater les dégâts. Il doit faire vite. Il examine son compagnon qui ne respire déjà plus. La carabine à lunette… Elle est restée là-haut. Calvé y a aussi abandonné la sienne. Pas question de remonter pour les récupérer. Reste son révolver, et sa *Martini-Enfield* de service, fixés à son traîneau, mais ce dernier se trouve toujours au bivouac de la veille. Son traîneau. Son seul salut. Il ne faut surtout pas que Bellerose le retrouve. Il ignore toujours la gravité de sa blessure, ne peut se permettre le luxe de s'en occuper maintenant. Murphy, en titubant, part dans la direction opposée au camp brûlé, vers l'ouest.

– J'les ai eus, tabarnac, jubile Bellerose. Je l'savais qu'y viendraient. Je l'savais qu'y étaient toute proche pis qu'y avaient dû entendre les lamentations de Jean-Baptiste c'te nuitte. Je l'savais don'!

Ses trois compagnons ont sursauté en entendant les détonations, ont vite fait de rejoindre leur chef à l'entrée de la caverne. Ce dernier continue à scruter les sous-bois avec sa lunette de visée.

– Quessé qui s'passe simonaque? demande la Casse.

– Ben y s'passe que j'viens des descendre, toué deux, la police pis le 'barnac de chasseu' d'prime que j'pensais awère tué la s'maine passée, 'barnac. Là, j'les ai eus, 'barnac, pis pas à peu près. Ça saigne dans l'*gully*, j'vous en passe un papier. Sort une bouteille, 'barnac! Un affére de même, ça s'fête en grand.

Marteau arrive avec une bouteille qui fait rapidement le tour.

– On devrait aller wère, *Boss*, risque ce dernier.

– Pour sûr qu'on va y' aller. Enwèyez, mettez vos bougrines. On sort, 'barnac.

Quelques minutes plus tard, quatre hommes joyeux, ragaillardis par l'alcool, s'avancent rapidement vers le bassin. Cependant, leur joie est abruptement brisée quand ils aperçoivent leur compagnon toujours attaché au poteau. Quelque peu galvanisés par les horreurs déjà vécues, ils ne s'étonnent guère de son état.

– Crissez-moé ça à terre, 'barnac, pis détachez Jean-Baptiste. On va laisser son corps dans forêt. Y' a pas d'autre maniére pour astheure.

Rapidement, la Casse s'est chargé de détacher la dépouille de Jean-Baptiste, le poteau est enlevé et jeté au loin. Puis les hommes, suivant les indications de Bellerose, se déploient et s'avancent prudemment, carabine à la main, dans la direction que leur indique leur chef.

– *Watchez* partout. On sait jamais.

Bientôt, les Foulards rouges arrivent à l'endroit fatidique, examinent les abondantes traces de sang.

– J'vous l'ava ben dit, 'barnac, qu'ça ava saigné !

– R'garde, *Boss*. La carabine de l'Oreille, dit la Casse en montrant l'arme abandonnée dans la neige.

L'instinct de tueur leur est revenu, à tous, d'autant qu'ils savent le policier maintenant sans arme, et c'est avec empressement qu'ils cherchent un cadavre ou un homme vivant pour achever l'œuvre de leur patron. Au fond d'un petit caniveau, ils trouvent rapidement un premier corps, celui du chasseur de prime.

– Calvé, mon bâtard. J't'ai ben eu pareil, mon 'barnac, roucoule Bellerose. Dans l'cul tes primes, espèce de rat.

Sur ce, il lui flanque un coup de pied pour faire bonne figure.

– Astheure, on trouve la police. Ça a pas l'air que j'l'ai frappé assez d'aplomb celui-là. Y grouille encôre.

– Mais tu l'as ben pogné, *Boss*. R'garde les traces de sang. Y vont par là, constate Marteau.

– OK. On s'éparpille un brin, mais pas trop. Restez à vue les uns des autres.

– Pis la vieille ? s'inquiète la Casse.

– Qu'a mange d'la marde, la vieille. A dort à c't'heure icitte, 'barnac. Enwèyez. On charche.

Rien ni personne ne pourra cette fois empêcher Bellerose de traquer sa proie. Il y a longtemps qu'il n'a pas eu ce feu dans les yeux. Les hommes s'en rendent bien compte, retrouvent leur chef d'autrefois, alors qu'il les guidait au combat, le sourire aux lèvres. Mais bientôt, il n'y a plus de traces de sang ni même de pas dans la neige. Perplexes, ils poursuivent tout de même la traque. C'est alors que Marteau tombe sur quelque chose de bien inattendu. Au détour d'un rocher, il se retrouve face à face avec un couguar qui miaule immédiatement son désaccord en montrant son impressionnante dentition de carnassier. L'homme recule en titubant, le félin fait quelques pas en avant en miaulant de plus belle. Marteau détale en criant au fauve, rejoint bientôt ses compagnons qui décident de suite et unanimement de ne pas insister et de rentrer à la caverne.

– Y' a senti l'sang, c'est çartin. Murphy est pas mieux qu'mort. On rentre, ordonne Bellerose.

Le couguar regarde l'homme fuir, s'enorgueillit, retourne derrière le rocher. Là, dissimulé au creux d'une faille rocheuse, un autre homme, blessé celui-là, le regarde, impuissant. Ce dernier ferme les yeux, s'abandonnant à la merci du fauve. Lorsqu'il ouvre les yeux, le couguar le fixe toujours, puis d'un bond puissant, la bête disparaît parmi les rochers.

Sa respiration est lourde, la douleur intense. Il doit bouger, sinon ce sera rapidement l'hypothermie, la mort certaine. Seul contre quatre, blessé en plus. Sa situation est pour le moins précaire. Son unique consolation : la balle a frappé la clavicule pour bifurquer vers le haut et ressortir aussitôt sans se désintégrer. La blessure est horrible, douloureuse, toutefois moins grave ainsi. La perte de sang est importante, mais Murphy réussit à arrêter l'hémorragie en gelant la blessure avec de la neige.

Il lui faut maintenant regagner le bivouac de la veille. Il se lève péniblement, s'oriente, se dirige vers le village incendié. Et comme il fallait s'y attendre, la neige commence à tomber. Murphy parvient cependant à regagner la tente sans trop de mal. Heureusement qu'ils ont décidé la veille de ne pas lever le camp. Il allume le feu sans attendre et bourre le petit poêle alors qu'il commence déjà à frissonner. Pour lui, un autre combat s'engage : il ne doit pas succomber au choc. Difficilement, il retire son parka, trouve le whisky, en prend une bonne gorgée. Le liquide lui brûle la gorge, le ressaisit. Il en verse généreusement sur sa blessure, grogne sous la douleur accrue. Puis, il mâche un morceau de viande fumée, tout en analysant la scène de la fusillade. Il tente de se souvenir d'où les coups de feu peuvent bien avoir été tirés. De la montagne, assurément, mais d'où, exactement ? Ils l'avaient tous les deux scrutée à maintes reprises sans rien y trouver de suspect. La clé est là. Il le sent. La montagne. C'est là qu'il retrouvera Chumani, coincera Bellerose ou mourra, tout simplement, en accomplissant son devoir de justicier. Et pour Bellerose, il n'y aura pas de retour !

En revenant à la caverne, l'Apache remarque les symboles et pictogrammes bizarres tracés dans la neige à l'endroit où Jean-Baptiste a été torturé. Bellerose, perplexe, lui en demande la signification.
– Malédiction. Sur les Foulards rouges, sur les hommes blancs. Un mauvais sort dit qu'un démon sortira des enfers et finira par nous tuer. Tous. C'est l'appel aux esprits. Il faut partir. Loin. Tout de suite, explique l'Indien d'une voix tremblante.
– Viens pas m'dire que tu cré à ça, ces afféres de vieille sorciére-là ?
– Faut partir. Quitter cet endroit, reprend l'Apache de plus en plus convaincu.
– Pas question. Oussé qu'tu veux qu'on aille ? On est pris icitte jusqu'au printemps.
– Y a toujours Fond du Lac, lance Marteau sans réfléchir.
– Ouais, renchérit la Casse. Astheure que l'chasseu' d'prime pis la police sont morts, y a pu vraiment parsonne pour nous arrêter au villâge. Quessé qu't'en penses, *Boss* ?
Bellerose réfléchit un instant. Pas bête comme idée. Ils pourraient prendre possession de l'hôtel de la belle

Éléonore, terminer l'hiver bien pénards, puis filer vers le sud le printemps venu, après avoir évidemment razzié tout ce qui avait une quelconque valeur à l'hôtel et au poste de traite. Il sait que la prochaine livraison de vivres et de matériel ne s'effectuera pas avant le mois de mai. Ils auront bien le temps de filer avant. De toute façon, quel autre choix? La décision est prise immédiatement. On n'emportera que l'argent et les armes. Tout le reste pourra être remplacé par les bons soins de Michel Beaulieu au poste de traite et de Madame Éléonore, au Paris Hôtel. Trente minutes plus tard, les quatre derniers Foulards rouges étaient plus qu'heureux d'abandonner la caverne et de s'engager sur la rivière Maudite avec leurs deux traîneaux presque vides, en direction de Fond du Lac. Cette fois, tous affichaient leurs couleurs, quatre foulards rouge sang battaient dans le vent glacial.

Éléonore faisait une partie de cartes avec Bob le barman, histoire de passer le temps dans une salle complètement vide. Aucun client en ce typique après-midi d'hiver, avec son ciel gris, sa température glaciale et sa poudrerie qui commençait à réduire la visibilité. Une autre tempête semblait prête à s'abattre sur le petit village déjà bien enfoui sous la neige. Le vieux Charley, toujours à son poste, empilait le bois dans la remise, tandis que Catfish balayait sans grand entrain le plancher de bois de la grande salle.

Lorsque la porte s'ouvrit, on reconnut bien Latulipe à la tête du quatuor, mais on reconnut également les foulards rouges qui descendaient jusqu'à la poitrine.

– Salut la compagnie. Une bouteille, pis une bonne, lança Bellerose en invitant ses hommes à s'asseoir à une table au beau milieu de la salle.

Tous remarquèrent qu'aucun des hommes n'avait posé sa carabine dans le baril, à l'entrée de l'hôtel. Bellerose se plaça de côté, de façon à entrevoir la porte, le bar et la cuisine. De cette façon, il avait une vue panoramique sur tous les occupants et les deux seules portes d'accès. Anastasia, entendant le brouhaha, descendit en balançant les hanches, se figea au pied de l'escalier en voyant ses deux vieux clients affublés de Foulards rouges et qui la regardaient cette fois d'une façon tout à fait différente.

Éléonore s'avança, apporta une bouteille et des verres.

– Eh ben. Toute une surprise, monsieur Latulipe !

– Ben oui. On s'est dit d'même : pourquoi se g'ler l'cul à camper dewor quand Madame Éléonore serait ravie de nous awère avec elle à son hôtel. Fa qu'on a décidé dret là de v'nir passer le reste de l'hiver au villâge, avec vous aut'. Ça vous dérange pas trop, j'espère ?

– Y' a pas de dérangement. Vous êtes toujours l'bienvenu, monsieur Latulipe, en autant qu'y a pas d'grabuge.

– Du grabuge ? Ben voyons don', Madame Éléonore. Les gars pis moé, on vous l'promet. Pas d'grabuge. En parquâ, pas en autant qu'on a toute quessé qu'on veut. J'ai ben dit toute ! dit Bellerose en regardant la patronne droit dans les yeux.

Ainsi, les dés étaient jetés, chaque camp savait parfaitement bien à quoi s'attendre de l'autre. Et malgré le colt derrière le bar qui commençait sérieusement à tenter Éléonore, elle décida que, pour l'instant, il valait mieux satisfaire les caprices inconséquents des Foulards rouges. Elle fit signe à Catfish de préparer un copieux repas.

Charley, qui entra par la cuisine, entrevit les Foulards rouges assis à la table en train de boire un coup. Il se faufila, retourna dehors, courut au poste de traite avertir Michel Beaulieu. Par un heureux hasard, Paulo était au poste en train de redresser un cadrage de porte qui s'était un peu tordu avec le temps. Les deux hommes s'habillèrent de suite. Ti-Cul, courageux, saisit le fusil à double canon, mais Beaulieu déclina.

– Non. Reste icitte. Tu gardes le poste. Nous aut', on va juste aller wère quessé qui s'passe !

– Entrez par la cuisine, monsieur Beaulieu. Les Foulards rouges me connaissent. Il n'y a pas de danger pour moi. Mais vous, ils pourraient décider de vous tirer dessus, juste pour s'amuser.

– Bonne idée. Quessé qu'tu vas faire ?

– D'abord, m'informer de ce qu'ils préparent, ensuite, tenter de savoir à propos de Calvé et de votre ami le policier. Le simple fait qu'ils sont ici, impunément, n'est pas de bon augure. Je crains le pire. Et si c'est le cas, l'hiver risque d'être très ardu.

XLII. Les trois crimes de Murphy

Le choc, l'épuisement et la douce chaleur qui régnait dans la tente avaient eu raison de Murphy qui s'était endormi. Puis, le froid le réveilla, les dernières braises étant totalement consumées. Sa gorge était sèche, son épaule endolorie. Mais il se sentait tout de même un peu mieux après ce repos forcé. Il n'y avait plus de temps à perdre. Le temps était venu pour lui de prendre l'offensive. Il se força à manger un autre morceau de caribou séché, qu'il fit passer avec du whisky. Puis, ce fut le départ, en traîneau cette fois, car il devait ménager ses forces. Il avait malheureusement dû abandonner les chiens de Calvé, qu'il avait libérés. Certains le suivirent un certain temps, puis détournèrent leur attention, disparurent dans la forêt. Peut-être retrouveraient-ils le chemin du chenil, au village.

Il neigeait de plus belle. À l'approche du bassin, le policier arrêta la meute, ancra le traîneau. Cette fois, il remarqua de nombreuses pistes de raquettes et de traîneau qui se dirigeaient vers la rivière, venant de la montagne. À la jumelle, d'une seule main, il scruta, pour enfin apercevoir ce qui semblait être la façade d'une cabane, à même le rocher. Fait curieux, la porte était ouverte, battait au gré du vent, ce qui avait d'ailleurs attiré son attention. Murphy comprit rapidement que l'oiseau avait quitté le nid, mais s'avança tout de même. Il laissa sa carabine, dégaina son colt, entra prudemment en refermant la porte derrière lui. À l'intérieur, il constata que la caverne était abandonnée. Le poêle contenait encore quelques braises. Murphy alluma une lampe, s'étonna de la quantité et de la qualité du butin abandonné par les Foulards rouges. Qu'est-ce qui avait pu leur faire quitter si rapidement un tel refuge?

Dehors, la nuit allait tomber. Murphy rechargea le poêle. Il trouva le quartier de viande pendu à la voûte, en découpa plusieurs morceaux qu'il mit à bouillir. Cette nuit, il dormirait dans la caverne. Il savait maintenant où trouver Bellerose. Il pensa à Chumani. Mais avant tout, il fallait aller chercher les chiens.

Murphy avait fait un bon repas, pansé sa blessure. Les chiens, qui avaient aussi eu droit à de la viande fraîche, étaient couchés, roulés en boule, un peu partout dans la caverne, repus. Le policier avait assujetti la porte avec la traverse de bois. Ainsi à l'abri, il s'était assis, près du poêle, avec une peau d'ours noir sur les épaules. Toujours aucune trace de Chumani... Mais elle était là, quelque part. Il en était sûr maintenant. Il ressentait tellement sa présence qu'il se surprit à quelques reprises à la chercher du regard. Maintenant, il somnolait et, dans ses rêveries, il entendit soudain un léger frottement. Il sursauta, revint à la réalité de la caverne. Mais le frottement, il l'entendit de nouveau. Il se retourna.

Elle était là, devant lui, à une dizaine de pieds. Ce corps de jeune Indienne, nue, presque rachitique, d'une blancheur cadavérique, duquel émanait une aura lumineuse. Et ce visage aux yeux maquillés d'un grossier trait noir qui lui donnait une allure fantomatique, ce visage qui lui était pourtant si familier… Murphy en eut le cœur chaviré. Ce visage, c'était Chumani. Mais ce n'était pourtant pas le corps de celle qui, par deux fois, avait partagé sa couche. La jeune fille lui sourit, découvrant une effrayante rangée de dents en pointes acérées, manifestement altérées, parfaitement adaptées à la consommation de viande crue. Et dans sa petite main droite, l'impressionnante lame, rappelant un rasoir, courbé de surcroît pour en accroître l'efficacité, le fit frissonner. Alors, curieuse, elle le fixa, presque gentille, la tête légèrement penchée sur le côté. Dans la caverne, le temps s'était arrêté !

– Qui es-tu ? *Awîna keyah* ? demanda le policier en langue crie.

Aucune réaction. Une idée. Il prit un restant de viande de son repas, le lança en direction de la jeune fille. Cette fois, il obtint une réaction, bien qu'inattendue. La jeune fille rit, de ce rire d'enfant joyeux, espiègle, ce rire qu'il avait déjà entendu et qui, à chaque fois, précédait un meurtre. Murphy appréhendait maintenant le pire. Alors, elle leva le couteau, par instinct, parce qu'on lui avait enseigné que, pour manger, il fallait d'abord tuer l'homme, sans détour, sans exception, ces êtres mauvais qui ne vivaient sur terre que pour attraper et dévorer les jeunes filles comme elle.

– *Otôtêmimâw*. Je suis ton ami.

Lâchant un cri à glacer le sang, elle fonça sur le policier, mais il avait prévu le coup, connaissant bien la tactique, sachant qu'elle attaquerait la gorge, esquiva l'attaque, tenta d'empoigner son assaillante, mais ses mains glissèrent sur l'enduit graisseux dont son corps était recouvert. Habituée à faire mouche du premier coup, elle semblait maintenant hésiter. Murphy en profita.

– *Chumani*. Tu connais Chumani ?

Cette fois, elle réagit. De sa main libre, elle pointa vers le fond de la caverne.

– Chumani, parvint-elle à murmurer.

Murphy se tourna pour regarder et, se rendant immédiatement compte de son erreur, eut juste le temps de se retourner. Elle était déjà sur lui, le couteau s'abaissa et le frappa à l'avant-bras. D'instinct, le policier repoussa brutalement son agresseur qui heurta violemment de la tête la paroi rocheuse, s'écrasa sur le sol dans un bruit sinistre. Sous le regard horrifié de Murphy, le petit être demeura ainsi, brisé à jamais.
– *Shit !*

Dans une caverne adjacente…

Alors, elle raconte tout à Chumani. Comment, un certain hiver, alors que le grand chef de guerre Yôtinpeyaw, le père de Chumani, chassait dans la forêt, elle avait réveillé le grizzly à coups répétés du bout de son bâton par un trou situé au-dessus de sa tanière et provoqué ainsi l'affrontement. Elle raconte comment elle avait ensuite soigné l'homme mortellement blessé, comment elle lui avait inoculé la maladie avec une potion maléfique. Puis, ce fut le tour de sa mère, Wâpiskâpakwanîs, et du traquenard qu'elle lui avait tendu en avertissant le trappeur de sa venue dans la forêt.

Okîskwow fait une pause pour ajouter du bois dans le foyer et augmenter la température ambiante afin que le cuir des entraves sèche davantage, continue de serrer gorge, poignets et chevilles de la jeune fille. Puis, elle se rapproche de nouveau, parle de ses nombreuses visites nocturnes dans le *waskwayikamik* de Wâpiskâpakwanîs, la veuve du grand chef de guerre Yôtinpeyaw, pendant que mère et fille dormaient toutes les deux, enlacées, perdues dans un sommeil profond provoqué par la drogue qu'Okîskwow avait ajoutée à la gourde d'eau potable. Elle explique comment elle a ainsi amené la femme à abandonner sa progéniture bâtarde au courant de la rivière, comment elle a elle-même fabriqué le panier d'osier et l'a déposé au bon endroit.

De nouveau, elle boit un peu d'eau, puis crache sa haine au visage de Chumani.

Puis, vint l'accouchement, encore une fois provoqué par une de ses concoctions et auquel elle a assisté, évidemment. La surprise est totale. Au lieu du garçon espéré, trois filles, jumelles identiques. Okîskwow s'occupe de tout, fait disparaître aussitôt toute trace des naissances. Elle raconte comment elle a aidé Wâpiskâpakwanîs, toujours dans un état semi-conscient, à trouver la rivière, chargée de ses trois petites enveloppées dans une peau de daim, comment elle a couru jusqu'au bassin, comment elle a recueilli le panier qui flottait toujours, comment elle l'a rapporté dans sa caverne secrète en hurlant sa joie, savourant sa victoire. Et dans un autre accès de cruauté, elle rappelle à Chumani que sa mère s'est alors laissée mourir, assise sur un rocher, vidée de son sang, l'abandonnant elle aussi. Incapable de se retenir, elle frappe violemment Chumani au visage. Assise à côté d'Okîskwow, la troisième jumelle, qui assiste depuis le début à la scène, soudain, sans savoir vraiment pourquoi, n'apprécie plus le spectacle de la Mère. Mais la vieille folle veut sa vengeance complète, et Chumani doit tout savoir. Alors seulement, elle mourra, ainsi que la lignée du clan des Ours qui s'éteindra à jamais.

La vieille folle explique comment elle a, pendant toutes ces années, gardé les jumelles en captivité, dans l'antre de la caverne, puis sa découverte du passage vers la caverne du chaman, trouvaille qu'elle a aussitôt exploitée afin de subtiliser potions, herbes et racines pour ses propres pratiques. Elle décrit comment elle a lentement transformé trois petits êtres innocents en bêtes assoiffées de sang, prêtes à tout pour un repas de viande crue et un peu d'eau. Les privations extrêmes, les coups de bâton périodiques, la chasse, à main nue, forçant les fillettes à attraper l'animal, à le déchiqueter, à le manger cru — pour cela, elle leur a taillé les dents en pointes acérées, comme chez l'animal — ou, tout simplement, à se passer de repas. Pour chacune, une rune qui sert à choisir qui mangera, qui aura droit à ses faveurs, qui tuera l'homme en le séduisant pour mieux le frapper à la gorge, comme elles l'ont fait tant de fois avec des branches taillées en guise de couteau. Alors, ce sera la récompense suprême, un repas chaud, à volonté, peut-être même un peu d'affection de la Mère.

Okîskwow s'arrête de nouveau, vérifie le feu. Chumani arrive à peine à respirer, le cordon de cuir se resserrant sur sa gorge, peu à peu, inexorablement. De nouveau, la vieille frappe sa prisonnière au visage, la griffant jusqu'à ce que le sang coule. Ensuite, elle lui raconte ce qui est arrivé à une de ses sœurs, lui dit que les Foulards rouges l'ont jetée aux loups, qui l'ont déchiquetée, puis ils ont éparpillé ses restes dans la forêt. Pour le coup de grâce, Okîskwow lui parle de Murphy, son policier, qui vient de tuer sa petite sœur, à l'instant, tout près, dans l'autre caverne, et qui va sûrement les retrouver bientôt. Lui aussi va mourir, à son tour, devant ses yeux, égorgé par sa propre sœur. Chumani, les yeux remplis d'horreur, tente désespérément de se débattre, mais les entraves en cuir mouillé qu'elle a aux poignets et aux chevilles ont maintenant séché et resserré leur emprise, empêchant tout mouvement. Celles autour de sa gorge serrent de plus en plus, lui refusant cet air qu'elle a tant de peine à respirer.

Murphy est secoué par un tremblement, doit s'asseoir un instant. Il regarde le petit corps brisé, regarde ses mains toujours enduites de cette substance quasi luminescente, comprend maintenant l'illusion provoquée. Mais de ce visage, il ne peut détacher le regard. Tout comme dans son rêve, la revoilà, bien devant lui cette fois. Chumani. Mêmes traits, mêmes yeux, même bouche, en plus petit. D'où peut bien venir cet enfant qu'il vient de tuer? Exaspéré, il prend conscience du sang qui dégouline au bout de ses doigts, enlève aussitôt son parka pour examiner la blessure. L'avant-bras gauche est entaillé, profondément. Décidément, bientôt ce bras sera inutilisable. Avec la blessure à l'épaule… Encore une fois, il doit fermer la plaie. Il fouille dans son sac, retrouve le matériel de couture. C'est la fin de sa réserve de whisky. Il serre les dents, referme la plaie béante. Les gouttes de sueur perlent sur son front.

Une bande de coton pour entourer la blessure. Voilà. Il ne peut faire plus. Alors, il regarde au fond de la caverne, où la jeune fille a pointé. Il prend un fanal, maladroitement, de la main gauche. Dans la droite, son colt. Il se dirige lentement vers le fond, essayant de tenir le fanal le plus haut possible, ce qui est impossible à cause de ses deux blessures. Seule autre option : il le balance d'avant en arrière. Ainsi, par intermittence, il voit un peu mieux le fond et ce qui lui semble être un genre d'autel. Alors, il comprend. L'ensemble a pivoté, laissant entrevoir une ouverture béante, juste derrière. Un tunnel. Le parfait traquenard aussi. Avec précaution, il se penche en avant, parvient à s'engager dans le passage relativement étroit pour un homme de sa carrure. Bientôt, les parois se dégagent, il se retrouve dans une petite salle, vide.

Shit!

Il examine la paroi, minutieusement, trouve rapidement la sortie. Résolu, l'arme au poing, il fonce maintenant, imprudent, impatient d'en finir. Et il arrive dans la grande caverne, étonnamment bien éclairée, avec ses murs couverts de peaux et de talismans de toutes sortes. Des capteurs de rêves aussi. Le sol est recouvert de paille et de peaux. Un foyer central apporte chaleur et bien-être. Son cœur bondit dans sa poitrine. Murphy vient d'apercevoir Chumani, attachée à la paroi rocheuse, de l'autre côté du foyer. Ses yeux sont grands, effrayés. De la tête, elle fait signe que non, sans arrêt, désespérément, se tord en essayant de briser ses entraves. Puis, le rire. Le rire de l'enfant. Le rire qu'il a malheureusement déjà entendu. Celui de leur ennemi mortel. Toujours attachée, Chumani, s'arc-boute, tente de se libérer, de crier surtout, mais aucun son ne peut sortir de sa gorge si oppressée. Alors, du coin de l'œil, Murphy voit l'aura fondre sur lui, protège sa gorge de son avant-bras, repousse le premier assaut. La jeune fille adopte la position de chasse, miaule comme le couguar, bave comme le loup enragé. Murphy pointe son colt, Chumani en devient folle, a un violent soubresaut. Un cri rauque d'Okîskwow qui décoche une flèche à l'endroit du policier, la jeune fille attaque, le policier appuie sur la détente. La détonation semble surprendre la jeune fille qui recule de quelques pas avant de tomber à genoux. Elle regarde Okîskwow, comme si elle lui demandait ce qu'elle devait faire maintenant. Puis, elle regarde le sang qui s'écoule de sa poitrine, coule sur son ventre, forme bientôt une petite flaque sur le sol. Lentement, elle s'affaisse, droit devant, s'éteint enfin, face contre terre. Chumani n'y voit plus, ses yeux sont complètement emplis de larmes. La vieille folle, qui prépare une deuxième flèche, demeure cependant indécise, comme si elle réalisait soudain la perte de ses trois enfants. Se passe ainsi un long moment où personne n'ose faire le premier geste pour ne pas briser la magie de l'instant. Seul Murphy semble conscient du temps, de la situation, de l'acte à accomplir. Sans autre préambule, il vise Okîskwow, à la tête, et appuie de nouveau sur la détente. La balle file, bien droite, pénètre le front, fait éclater le cerveau et exploser la tête. Ce n'est qu'alors qu'il aperçoit la flèche qui sort de sa chemise.

Murphy s'est tout de même rué au pied de Chumani qu'il tient maintenant dans ses bras. Il a vite fait de couper la lanière de cuir qui lui serre la gorge. Il lui chuchote quelques mots à l'oreille, la console, la rassure. Il sèche doucement ses larmes, la recouvre d'une peau de caribou. Mais, dans la quiétude de l'antre, Chumani, le cœur brisé, s'est déjà envolée, et Murphy berce doucement la seule femme qu'il ait jamais aimée.

XLIII. L'occupation

Au Paris Hôtel, c'est l'anarchie. Ou plutôt, la dictature. Bellerose s'y impose en maître omnipotent. Il connaît la mentalité des habitants de ces petits villages, sait que seuls quelques individus sont susceptibles de lui offrir une quelconque résistance, auront peut-être le courage de résister. Michel Beaulieu, par exemple, a beaucoup à perdre, alors que son commerce sera directement ciblé par les Foulards rouges. Madame Éléonore, également, à cause de son tempérament de bagarreuse, a aussi beaucoup à perdre. Quant aux autres habitants, si on les laisse tranquilles, ils ne se mêleront pas de ce qui se passe à l'hôtel. Très vite vient le premier décret de Bellerose: d'ores et déjà, l'hôtel est fermé, et ce, jusqu'à leur départ. Catfish est sommé d'installer une affiche à cet effet à la porte d'entrée. Deuxième décret: la porte de derrière est barricadée, définitivement. Troisième décret: à l'avenir, tout le monde dormira dans la grande salle, sans exception. Ainsi, les Foulards rouges les auront tous à l'œil pendant leurs rondes. Charley sera accompagné par l'Apache qui le surveillera pendant qu'il chassera et s'occupera du bois. Dernier décret: tout alcool tombe sous le contrôle de

Bellerose lui-même. Aucune bouteille ne sortira du bar sans son autorisation. Ces ordres sont lancés d'une voix forte, autoritaire, et Bellerose n'accepte aucune argumentation. Toutes les armes en vue sont confisquées, y compris le colt de Madame Éléonore, et placées dans un cabanon cadenassé qui sert de réserve. Bellerose s'en octroie évidemment l'unique clé. Sur ce, arrive Paulo, tandis que Michel Beaulieu se heurte à une porte close.

– Salut Canot !

– Salut, Bellerose. En voilà une surprise. Alors, t'as décidé d'sortir de ton trou ?

– Ouais, mon Canot. On va passer l'reste d' l'hiver icitte. Tannés de se g'ler l'cul.

– Je vois que tu as déjà la situation bien en main, constate Paulo.

– T'sais ben comment c'est. Y' a rien qu'une maniére.

– Vous n'êtes que quatre.

– Pis apra ? Y' en a pas un 'barnac qui va regimber icitte, j't'en passe un papier, ou ben, y va y goûter, lance le chef en montrant sa carabine.

– Et si le policier revient ?

Les quatre Foulards rouges éclatent de rire.

– Murphy ? J'y ai sacré une balle dans l'corps, aussi vra' qu't'es là d'vant moé. À l'heure qui'est, y' est mort au boute de son sang, ou ben l'couguar l'a trouvé avant. Pis l'chasseu' d'prime avec. J'y ai réglé son compte à lui itou.

Dans la salle, c'est la consternation, la fin d'un espoir.

– Et la jeune Indienne ?

– A sacré l'camp. C't'aussi ben d'même, avoue Bellerose qui passe sur les événements lugubres et incompréhensibles dont ils ont été témoins.

Bellerose regarde tout à coup Canot d'un œil soupçonneux.

– Pis toé, mon Canot, de quel bord que t'es, astheure qu'on est r'venu ?

– Tu sais bien qu'on est des amis, toi et moi. Depuis le temps. Tu n'as rien à craindre de mon côté. Ce n'est pas moi qui te mettrai des bâtons dans les roues. Mais tu sais que je ne pourrai pas supporter de te voir maltraiter ces pauvres gens.

Bellerose réfléchit.

– Crains pas, mon Canot. On passe l'hiver tranquille, pis on sacr' not'camp au printemps. Si y s'tiennent bien, y' aura pas d'troub'.

– Dans ce cas, en ce qui me concerne, tu n'as rien à craindre de moi.

– C'est ça que j'voulais entendre, 'barnac. Comme ça, tu vas pouwère nous aider à *watcher* c'te gang de pourris-là. Pour faire çartin qui seront pas maganés, j'veux dire. Arrive. Viens t'asscoir avec moé, prendre un coup !

– Je n'ai pas dit que je t'aiderais, Bellerose. Je préfère demeurer neutre, retourner à mes pratiques.

– Y' est trop tard pour ça, Canot. Tu r'viens avec nous aut' ou tu fais partie d'la populace. Un ou l'autre. Y' a pas d'entre-deux !

– Je te l'ai dit. C'est fini pour moi.

Sur ce, Canot rejoint Éléonore et Bob au bar. Il a hésité cependant. Il connaît Bellerose, il sait à quel point il est paranoïaque et belliqueux. Mais il a tourné la page, ne veut plus revenir en arrière.

Bellerose est déçu. Canot est un combattant de premier ordre et, de ce fait, risque de causer des problèmes si la situation dégénère. Il faudra tout de même l'avoir à l'œil. Mais pour l'instant, il faut assurer un autre front. Il est temps d'aller rendre visite à Michel Beaulieu au poste de traite.

À la caverne…

Il ne saurait dire s'il s'est écoulé une heure, peut-être deux ou trois. Peu importe. Dans le foyer, plus que quelques braises. La flèche est toujours fichée dans sa hanche droite, juste au-dessus de son ceinturon de cuir. Le projectile a complètement traversé la chair après avoir dévié sur un os. Il brise l'empennage, attrape la pointe derrière et tire un coup sec. La douleur lui donne le vertige, le fait vomir. De plus, il s'est profondément entaillé la main avec la pointe acérée de la flèche. Au moins, il a réussi à s'en débarrasser. Il déchire un morceau de sa chemise déjà en lambeaux, enroule la bande de tissu autour de sa main. Étonnamment, sa blessure à la hanche saigne très peu, ce qui est rassurant. Aucun organe ou artère ne semble avoir été touché. Mais le policier est bien au-delà de ces considérations. Son cerveau agit en automate. Chumani…

Il est à bout de force, affaibli par les blessures et la perte de sang, dégoûté d'avoir eu à tuer les deux jeunes filles, foncièrement innocentes, victimes de la folie d'une vieille femme. Les deux sœurs de Chumani, car il a maintenant compris la ressemblance. Et l'une d'elles, il l'a assassinée devant les yeux de sa bien-aimée. Le vrai responsable de la mort de Chumani, c'est lui. Elle est morte de l'horreur de ses actes, à lui, non pas des supplices infligés par Okîskwow. Pris de vertiges, il vomit de nouveau, à grands efforts, alors que son estomac se tord pour ne rendre qu'un peu de bile amère. Sa vue est trouble, à tâtons il cherche Chumani, appuie sa tête contre la sienne, se recouvre lui aussi avec un coin de la peau de caribou, implore son pardon.

À Fond du Lac…
La nuit est tombée. Pendant que Marteau et la Casse assurent la surveillance à l'hôtel, Bellerose et l'Apache ont rendu visite à Beaulieu au poste de traite. Ce dernier a obtenu la permission de demeurer à son poste, de traiter comme d'habitude. On lui a cependant bien fait comprendre que tout geste d'insubordination de sa part ou de la part de Ti-Cul entraînerait immédiatement des représailles très désagréables sur la personne de Madame

Éléonore. On a même fortement encouragé le propriétaire du poste à répéter cet avertissement qui s'applique aussi à tous les résidants de Fond du Lac. Ensuite, Bellerose a fait le tour du propriétaire, très satisfait du résultat. Beaulieu a immédiatement compris les plans des Foulards rouges. On pillerait le poste avant le départ, au printemps. Pour l'instant, Bellerose se contente d'un magnifique couteau à lame large, effilée comme un rasoir, longue de deux mains, fourrée dans un étui de cuir rigide richement décoré. Une pièce rare. L'Apache a eu droit à un paquet de tabac à chiquer. Il a toujours voulu essayer cette autre façon de consommer le tabac. La boîte se retrouvera rapidement entre les mains de Marteau après une tentative désastreuse. L'Apache trouvera le procédé dégueulasse. On ne touche pas aux armes, car elles font partie intégrante du troc et comptent pour une bonne partie des revenus que s'approprieront plus tard Bellerose et ses complices. Satisfaits, Bellerose et l'Apache regagnent l'hôtel.

Vient alors le temps fatidique du coucher, quelque peu redouté par la gent féminine en captivité. Éléonore porte toujours son couteau, une sorte de petite dague meurtrière, et s'est juré de ne jamais se laisser prendre par la force. Quant à la Princesse, elle est plutôt partisane de la survie, en toute circonstance, et saura faire ce qu'il faut. Bellerose, bon juge de caractère, sachant la situation sous un contrôle apparent, qu'il juge tout de même bien précaire, avertit ses hommes de s'en tenir à une conduite acceptable. Son court règne n'en sera que grandement facilité. Et pour s'assurer d'un départ sans anicroche, même s'il s'est assigné d'office la suite de Madame Éléonore comme résidence principale, il prend, dans la grande salle, le premier quart de garde. Vers les deux heures, il réveille la Casse qui, à son tour, réveille Anastasia. Éléonore, qui veille toujours, n'entend que quelques grognements de satisfaction. Le reste de la nuit se passe sans incident.

Dans la caverne, il fait froid. Murphy se réveille, la douleur se faisant insistante, un frisson lui parcourt l'échine. Instinctivement, il attise les quelques braises agonisantes, alimente le feu, s'y réchauffe un peu les mains. En fouillant dans une besace, il trouve un morceau de pemmican. Près du feu, une vieille bouilloire. Il en goûte prudemment le contenu. Thé. Il la rapproche des flammes, ferme les yeux, laisse la chaleur caresser son visage.

La sensation de tomber dans le vide le réveille soudain. Il s'est assoupi près du feu. Un peu de salive a coulé dans sa barbe hirsute. Il s'essuie du revers de la main, cherche l'eau pour apaiser sa soif. Nature oblige, il en profite pour sortir, repérer les lieux. Sous un ciel gris s'annonce une journée relativement douce. Il regarde tout autour, n'y trouve aucun repère. Aucune trace dans la neige. Il y a longtemps que cette issue n'a pas servi. Le paysage lui est parfaitement inconnu. Il rentre donc, décide qu'il devra utiliser l'autre sortie. Mais au fait, pour aller où ? Il ne voit plus vraiment de raison. Bellerose ? Il ne fait plus partie de l'équation. Trouver une sépulture pour Chumani et ses petites sœurs. Voilà une tâche à accomplir, pendant qu'il le peut encore, avant qu'il ne succombe à ses blessures. Mais comment ? Que ferait son peuple ? La mise en terre est impossible. Brûler les corps ? Il en serait incapable. Il doit trouver, faire ce qu'il faut. Alors, une idée lui vient, évidente. Kaskitew Maskwa. Lui, il saura.

Murphy s'arc-boute, s'acharne, finalement arrive dans la caverne des Foulards rouges avec le corps de Chumani qu'il dépose doucement près du poêle. Les chiens affamés lui souhaitent la bienvenue à leur façon, si bien qu'il doit prendre le temps de les nourrir à même le quartier de venaison qui pend toujours à la voûte. Puis, il retourne chercher Okîskwow, mais, cette fois, en traîne simplement la dépouille. Finalement, le petit cadavre tout blanc de la jeune fille, qui vient rejoindre celui de sa sœur. Murphy titube, il est en nage, sent monter la fièvre. Il s'accroche. Parmi les plus grandes peaux, il choisit les plus belles. Il enveloppe le corps des deux petites avec des lacets de cuir, attache les peaux en linceuls bien serrés. Il fait de même pour Chumani. Pour ce qui est d'Okîskwow, elle ne recevra pas cette attention, elle devra se contenter de sa vieille peau de loup délabrée. Plus tard, les membres de la bande pourront revenir à la cache et prendre le reste du butin des Foulards rouges.

Le policier tient à peine sur ses jambes, sa blessure à l'épaule saigne de nouveau, sa main également, celle de la hanche suinte d'un liquide sanguinolent. Il pose les dépouilles de Chumani et de ses petites sœurs sur le traîneau, attache bien les linceuls. La vieille folle est jetée en travers, le tout recouvert d'une grande peau d'orignal. Sans raison, Murphy ramasse le bâton sculpté d'Okîskwow, en examine le pied avec lequel la vieille folle imprimait dans la neige les traces diaboliques, à tout hasard l'emporte avec lui, ainsi que la vieille besace dont il ne vérifie même pas le contenu. Kaskitew Maskwa en tirera peut-être quelque chose. Alors, à peine conscient, il s'agenouille dans la neige, en face de Wolf, son chef de meute, prend la grosse tête entre ses mains, pose son front sur celui de l'animal. Le chien se calme, écoute. Puis, Murphy se relève, péniblement, prend sa position à l'arrière du traîneau, lance sa meute vers l'est, à travers la forêt. Il sait que Wolf trouvera le village cri. Dans sa demi-conscience, il se rend compte que la neige commence à tomber.

Wolf fonce, conduit l'attelage, tous les sens aux aguets. Et il est parfaitement conscient du danger, depuis un bon moment d'ailleurs, depuis que le loup court aussi les bois suivant un trajet parallèle au sien, un peu à l'écart, sur sa gauche, probablement attiré par l'odeur du sang qui coule toujours des blessures de Murphy et qui constitue une piste irrésistible. Puis, un deuxième loup se joint au premier et, bientôt, ils sont quatre à escorter le traîneau. Wolf n'est pas un chien ordinaire. Il est immense, puissant et, dans un combat singulier, n'importe qui miserait sur le chef de meute plutôt que sur le grand loup des bois. Mais il traîne dans son sillage l'attelage, le traîneau ainsi que l'homme. Il n'aura pas le loisir de se défendre adéquatement. Il le sait. Son salut réside dans son endurance, son acharnement à mener et à gagner cette course qui sera sans merci. S'il s'arrête, ce sera la fin. Il sait aussi qu'il ne peut compter sur son ami, qui est blessé, incapable de combattre. C'est pour lui qu'il court, qu'il file comme le vent, pour le sauver.

Soudain, impatients, les loups attaquent l'homme debout sur les patins du traîneau. Ils mordillent les bottes, les jambes, incapables cependant d'assurer une bonne prise. Wolf redouble d'ardeur, maintient une vitesse folle, insensible aux branches qui le fouettent au passage. Soudain, un tronc barre la piste. Wolf saute, entraînant les autres chiens. Le traîneau frappe le tronc, vole dans les airs. Le choc de la retombée déséquilibre le policier, le corps d'Okîskwow tombe du traîneau, roule hors sentier. Wolf accélère de plus belle, les loups abandonnent la poursuite et portent désormais leur attention vers les buissons.

Au village cri…
Pakisimow vient de relever ses pièges, est content du résultat. Cinq gros lièvres bien dodus. Il enlève ses raquettes, les accroche au mur sur le côté de l'abri des chevaux, entre un instant pour nourrir et caresser ses bêtes favorites. Mais presque tout de suite, son instinct l'avertit, il sort de l'abri juste à temps pour voir arriver le traîneau sans conducteur qui file droit sur lui. À grands cris et battements de mains, il réussit de justesse à arrêter la meute. Ka Peyakot Mahihkan et Aquene sortent de l'unique *mîkiwahpis* communautaire en se demandant ce qui peut bien causer tout ce boucan. Les trois Cris sont perplexes.

Derrière le traîneau traîne le corps enneigé d'un homme dont la main gauche tient toujours l'étançon. Son pantalon de peau, ses bottes, déchiquetés, laissent entrevoir une multitude de blessures. Aquene s'approche, s'aperçoit que, dans un geste ultime, l'homme s'est attaché la main à l'étançon du traîneau avec un lacet de cuir.

Fond du Lac…

Au Paris Hôtel, la vie s'organise sous l'occupation. Le commerce reprend au poste de traite sous les regards inquisiteurs de l'omniprésente sentinelle. Quelques Indiens cris, plusieurs chasseurs et trappeurs blancs viennent échanger leurs peaux, ces derniers chahutant bruyamment en apprenant la fermeture de l'hôtel. Alors, Bellerose permet la vente d'alcool, moyennant cependant argent comptant, pécule qui disparaît aussitôt dans la cagnotte des Foulards rouges. Pour le reste, Bellerose tient ses hommes d'une main de fer. Il est bien conscient de la fragilité de l'équilibre qu'il se doit de maintenir. Après tout, ils ne sont que quatre. Bien peu pour tenir face à un éventuel soulèvement.

XLIV. Le remplaçant

Déjà presque un mois depuis la mainmise des Foulards rouges sur le petit village de Fond du Lac. Au Paris Hôtel, la routine s'est installée, on déjeune avec appétit, toujours enchanté de la cuisine de Catfish. Le printemps approche et, chez les villageois, l'anxiété augmente. Les Foulards rouges ne tiennent plus en place, n'ont de propos que sur leur départ imminent. Anastasia, nostalgique, regarde par la fenêtre. Elle remarque tout à coup un fait inhabituel.

— Ah ben torrieu! Y' a d'la boucane qui sort d'la ch'minée d'l'église.

— T'es-t-y folle, ma foi? réplique Bob qui en est à son troisième café.

— Ben j'te dis. V'nez wère!

Éléonore et Bob rejoignent Anastasia à la fenêtre. En effet, la cheminée de l'église fume, le perron a été dégagé de la neige accumulée depuis le début de l'hiver. Bellerose s'interroge à haute voix et Paulo, qui s'est fait d'office intermédiaire, explique à son ancien chef.

— Il n'y a plus de prêtre à Fond du Lac depuis plusieurs années maintenant. L'église a été abandonnée, la porte et les fenêtres murées. Tout a été laissé intact après la disparition de l'ancien curé.

— Vas-y. Va wère, toé, Canot. Pis r'viens au pu sacrant, ordonne Bellerose.

Paulo, Canot pour Bellerose, enfile son capot, sort dans la froidure matinale. Tous s'installent devant les fenêtres comme pour assister à une grande première. Paulo, sur le perron, hésite devant la porte qu'il a toujours vue close, puis, finalement, pousse le battant et disparaît dans l'église. À l'hôtel, on reprend son souffle.

Il fait doux à l'intérieur de l'église. Paulo, ancien collégien habitué au protocole, retire immédiatement son chapeau de chat, regarde tout autour, émerveillé par la propreté des lieux. Les odeurs typiques assaillent son odorat : encens et cierges qui brûlent, cire chauffée. Dans un coin, le vieux poêle qui ronronne. De la petite sacristie, tout au fond, qui sert également de quartier résidentiel, vient le prêtre, soutane noire usée presque à la corde, croix argentée autour du cou. L'homme n'est plus très jeune, au début de la quarantaine peut-être, barbe fournie, la chevelure déjà grisonnante, la taille un peu forte, témoignant sans contredit d'un faible pour la bonne chère. Il se déplace difficilement, avec une vieille canne sculptée à même une solide branche tordue.

— Je suis le père Simon, et je vous souhaite la bienvenue dans la maison de Dieu, mon fils.

— On m'appelle Paulo, mon père… Mais enfin, pouvez-vous bien m'expliquer ?

Le père Simon sourit, enchanté, lui serre joyeusement la main.

Presque une heure depuis le départ de Paulo et les spéculations vont bon train. Quelques villageois ont déjà constaté cette nouvelle présence, se sont même déplacés et attendent avec anxiété sur le perron, à la porte de l'église. Paulo en sort finalement, évite les questions qui fusent de toutes parts, se rend prestement à l'hôtel. Le père Simon, quant à lui, est déjà dehors, simplement vêtu de sa soutane, invite ses nouveaux paroissiens, mais ceux-ci, timidement, réintègrent hâtivement leur foyer. Cette attitude bien singulière de ces villageois le fait sourire.

Paulo se rend immédiatement à la table de Bellerose, qui s'y est installé en gouverneur de colonie.

– Un nouveau curé a été envoyé par Ottawa. Il s'appelle père Simon. Il est arrivé hier soir, a passé la nuit à nettoyer. L'église a l'air d'avoir toujours été habitée. C'est incroyable. Il dit être ici pour remplacer l'ancien curé et aussi pour convertir et enseigner le catéchisme aux Indiens. Tout ce qu'il demande à la population, c'est un peu de bois de chauffage, un peu de nourriture. C'est tout. C'est un vrai missionnaire. Il affichera bientôt l'horaire de ses pratiques à la porte de l'église.

– Pis nous autres? Tu y' as pas parlé d'nous aut' toujours?

– Je n'ai pas vu l'utilité de mentionner votre présence. Ça ne servirait à rien. De toute façon, je ne crois pas que tu risques de le voir arriver ici, à l'hôtel. Je dois y retourner cet après-midi. Quelques bancs sont endommagés, et je lui ai dit que je pourrai les réparer.

Bellerose réfléchit.

– T'as ben faite, Canot. Moins y en saura, mieux ça s'ra. Va arranger ses bancs. Mais en même temps, arrange-toé pour qu'y nous sacr' patience.

Beaulieu entre prendre son déjeuner, vient en même temps aux nouvelles. Bien qu'il tente de se faire discret et évite même le regard des Foulards rouges, il ne parvient pas à déjouer Bellerose qui ne peut s'empêcher de l'interpeller.

– Pis! Comment vont mes affaires à matin?

Beaulieu le fusille du regard, Bellerose éclate de rire. Son rire se communique rapidement à Marteau et à la Casse.

Rappel à la réalité, le moment tant attendu arrive à grands pas, avec toute l'incertitude qui entoure l'heure fatidique. L'Apache demeure toujours aussi impassible.

Le même jour, tôt en après-midi, le père Simon se présente au poste de traite. Il tient à la main un petit bidon vide. Après les présentations d'usage, un regard inquisiteur, puis un sourire au géant armé d'une carabine confortablement installé dans une berceuse et semblant surveiller les alentours, le prêtre, plutôt émerveillé par la panoplie de denrées et d'outillages sur les présentoirs, se félicite intérieurement, et complimente le propriétaire.

– Vous avez un bien beau poste de traite, monsieur Beaulieu. Vos affaires semblent prospères. Il se trouve que mon prédécesseur n'a pas cru bon de renouveler certaines denrées indispensables. Serait-ce l'effet de votre bonté…

Beaulieu, qui le voit venir, veut bien enlever un fardeau au nouveau curé.

– Craignez pas, mon pére. Amenez-lé vot' bidon d'huile à lame. M'a l'remplir. Pis quessé d'autre qui vous faudrait pour vot' bonheur?

– Oh, il me reste bien quelques morceaux de viande séchée. Vous comprenez que j'ai dû voyager avec très peu de vivres et d'équipement. Mais je sais me contenter de peu, vous savez.

Beaulieu regarde la taille un peu forte du nouveau curé, se doute bien que ce dernier a sûrement sa propre définition du mot « peu ».

– Dites-moé don', mon pére, dé ousse que vous v'nez don' vous là?

– Je suis originaire de Montréal.

– Vous avez une drôle de parlure, en parquâ.

– Ah! Je vois. Ma mère est francophone, mais mon père est un médecin anglophone de Toronto. C'est d'ailleurs là-bas que j'ai fait mes hautes études.

– Quessé qui vous est arrivé à vos jambes?

344

– Une bien grande épreuve. La polio. Mais je suis tout de même chanceux. Je peux toujours marcher. Le Seigneur, dans toute sa bonté, a su m'épargner.

– Ça, c'est pas drôle… J'en ai déjà entendu parler. En parquâ, m'a vous faire une belle boîte. Ça devrait faire pour astheure. Pis, si vous voulez quéqu'un pour faire vos repas, y a madame Loyer, la veuve, qui s'occupait du ménage de l'ancien curé. A charge pas ben cher, pis est bonne *cook*.

– Oh vous savez, mon fils, je vis dans la pauvreté la plus totale. L'argent m'est tout à fait indifférent et je ne saurais en posséder. Tout ce que je peux offrir est le salut de vos âmes. Je n'ai besoin de personne.

La belle affaire ! Beaulieu sait très bien que l'Église catholique accorde quelques crédits à ses prêtres colonisateurs pour qu'ils puissent justement se ravitailler aux différents postes de traite, acheter quelques denrées indispensables et outillages pour offrir aux Indiens et ainsi les inciter à se rapprocher de l'Église et à y suivre l'enseignement nécessaire pour qu'ils se convertissent au catholicisme. Et le curé de rajouter, mal à l'aise…

– Croyez-vous qu'il serait possible d'avoir également un peu de cognac ? Oh, c'est que j'ai le cœur très fragile, monsieur Beaulieu. Je ne m'en sers que d'une façon tout à fait thérapeutique. Ah, j'oubliais. Il vous faudra à l'avenir commander du vin de messe. Je n'en ai apporté que très peu, vu le poids, vous comprenez. En attendant, je peux toujours me débrouiller avec un peu d'alcool que je mélangerai à de l'eau bénite.

« Les prêtres au cœur fragile, on les garde au séminaire », pense Beaulieu en emplissant une caisse de bois de denrées de toutes sortes. Ce dernier commence sérieusement à perdre ses illusions à propos du nouveau curé.

– Y va falwère que j'en parle avec Éléonore pour vot' cognac, pis vot' vin d'messe. J'pense ben qu'a va pouwère vous arranger quéq'chose.

Le père Simon examine le contenu de la boîte, semble satisfait, gratifie Beaulieu d'un large sourire, s'incline légèrement.

– Merci de votre bonté, monsieur Beaulieu. Dieu vous le rendra. Vous pouvez me livrer cette boîte à l'église?

Évidemment! Beaulieu, exaspéré, interpelle son jeune assistant.

– Ti-Cul!

Voyant arriver le solide garçon, le curé semble enchanté.

– Voilà l'enfant de chœur qu'il me faut, proclame-t-il immédiatement.

– Ti-Cul travaille icitte, monsieur le curé. J'en ai besoin *steadé*. Y a pas l'temps de s'promener en soutane pour sarvir la messe.

– C'est ce que nous allons voir! Bien le bonjour, monsieur Beaulieu. Viens, mon garçon, dit le curé en prenant Ti-Cul par le bras.

Le même soir, Marteau fait rapport à Bellerose.

– J'l'ai vu, l'nouveau curé. Pareil comme les aut'. Cassé comme un clou, mais y veut toute awère pour rien. Y a d'la misére à marcher. Pis, j'pense que c't'un fefi à part de t'ça. T'auras dû l'voir enligner Ti-Cul, s'éclate le géant.

Devant tant de passivité de la communauté, l'attention des Foulards rouges, au fil des semaines, s'est relâchée quelque peu et on en arrive presque à oublier l'état de siège. On se divertit même des insuccès du pauvre curé qui, à trois reprises, à grands coups de messes dominicales, n'a pu attirer dans son troupeau qu'un grand total de deux brebis plus ou moins égarées. Ti-Cul, vivement conseillé par Beaulieu, a refusé catégoriquement la place d'enfant de chœur proposée par le curé Simon. Mais, à la surprise générale, Paulo a accepté l'office et passe même plusieurs heures par semaine à effectuer des travaux autour et à l'intérieur du vieux bâtiment fatigué.

On l'a même vu occasionnellement entrer le bois de chauffage par la porte qui donne sur la sacristie. Questionnant Paulo de temps à autre, Bellerose se trouve ainsi bien renseigné à propos de ce qu'il appelle les manigances du clergé. Bon prince, il a même autorisé l'envoi d'une bouteille dite de cognac, mélange explosif de whisky original et d'alcool de la cuvée spéciale de Madame Éléonore, et deux bouteilles de bagosse qui, bien baptisées à l'eau bénite, serviront, à ne pas en douter, de vin de messe, en attendant l'approvisionnement printanier. Paulo a transmis à Bellerose les remerciements et la bénédiction du curé reconnaissant.

Et les jours passent, déjà la température semble plus clémente, les tempêtes sont moins fréquentes. Anastasia tient toujours bon face aux appétits sexuels de la Casse qui a eu le malheur, un certain soir où l'alcool avait un peu faussé son jugement, de tenter d'intégrer la couche d'Éléonore. Heureusement pour lui, Bellerose veillait. Ce dernier, contre toute attente, usa de tout son charme pour convaincre Éléonore de ne pas enfoncer sa dague dans la gorge de l'intrus. Au fil des semaines, Bellerose était inconsciemment tombé sous le charme de Madame Éléonore et il fut bien près de la laisser punir son abruti de second. Il en fut le premier surpris d'ailleurs. Éléonore, qui sentit bien son hésitation, fut la seconde. Quant à la Casse, il eut droit à une magistrale droite qui mit fin à son insomnie. Bellerose, cependant, confisqua la dague. Le lendemain, on vit Anastasia s'occuper de l'œil amoché de la Casse. Incompréhensible ? Pas tout à fait.

Puis, par un beau soir sans lune, tout à coup, Dame Nature eut une saute d'humeur. Le vent arrivait du sud, la température montait rapidement, le ciel protestait, grondait son mécontentement, et la pluie se mit à tomber, glacée. Bientôt, le paysage devint fantomatique, les arbres givrés ployaient sous la glace, ressemblaient à des êtres difformes et menaçants qui rôdaient dans la forêt. Et soudain, l'éclair déchira le ciel, la forêt s'illumina, le tonnerre explosa. Tous sursautèrent, Anastasia cria, pointa vers la fenêtre, s'évanouit. Mais ils avaient tous vu, là, l'espace d'un court instant, appuyée sur son bâton, la silhouette sans visage, coiffée de la tête du loup.

– La vieille ostie, fit Marteau.

XLV. Face à face

– Tabarnac, lance Bellerose en se ruant vers la porte.

La Casse et Marteau se lèvent d'un bond, foncent à l'unisson derrière leur chef. L'Apache, pourtant reconnu courageux et sans peur, ne bouge pas. Dehors, on a beau chercher dans la nuit, aucune trace de l'apparition. On rentre bredouille. Le Chef se dirige vers l'Indien.

– Quessé qui t'prend, 'barnac? C'est juste la vieille folle.

– Pas la vieille folle. Elle, morte. Son esprit. Peut pas battre contre esprit. Revenu se venger. Comme écrit dans neige de sang. Démon envoyé de l'enfer. Nous tous mourir.

Ces dernières paroles tombent comme une massue. Un lourd silence s'impose. Puis, Bellerose explose.

– Comment qu'tu sais ça, toé, qu'est morte? Est pas morte 'barnac, tu wé ben?

– Elle, morte. Peut pas battre esprit, répond l'Indien résigné.

– D'la *bullshit*! Est icitte, dans l'villâge, pis c'coup icitte, on va y faire la peau, pour de bon.

Mais où la chercher?

Le lendemain matin se présente morose. Comme pour bien figer la scène dans un tableau macabre, la température a chuté et tout est maintenant recouvert de verglas. Les portes sont gelées, les perrons et allées, glacés. Devant les questions répétées de Bob et Anastasia qui se demandent bien ce qui se passe, Bellerose reste coi. Après le déjeuner, le Chef réunit ses hommes.

– On va faire le tour de toutes les cabanes abandonnées. A doit crécher quéque part, 'barnac. On va la trouver. Toé, l'Apache, reste icitte à *watcher* la gang.

En une heure à peine, on a fait le tour des cabanes abandonnées. Aucun signe de vie, aucune trace, sauf à l'arbre mort, au centre du village, devant l'église. Au pied même de ce géant, sacrilège de signes païens et traces de pas en forme de bouc, les pas du diable, déjà aperçus sur les lieux des méfaits perpétrés par Okîskwow. Tous les villageois sont aux aguets derrière leurs fenêtres, et, en un rien de temps, un attroupement se forme autour de l'arbre. Même le curé, conscient du brouhaha, sort pour examiner la scène, se confond en explications, crie au sacrilège, s'affaire à grands coups de goupillon à conjurer l'esprit du mal. Alors, évidemment, le bon curé sermonne ses paroissiens. On ne prie pas suffisamment. Le diable les entoure, prêt à voler les âmes égarées. Il faut redoubler d'ardeur, faire acte de foi. Dimanche prochain, il y aura quête et office. Sur ce, le bon curé, satisfait du travail accompli, réintègre vaillamment son bastion.

Bellerose réintègre le sien, commande une tournée générale pour calmer les émotions. Bob et Anastasia s'affairent, on trinque avec aplomb. Chose curieuse, Marteau brille par son absence.

– Quessé qui s'passe encôre, 'barnac ?

– Y peut pas être ben loin, ose la Casse.

— Y'est aux bécosses. J'l'ai vu partir, t' à l'heure, quand on était toute dewor, confirme Anastasia.

— Y' a besoin, termine Bellerose quelque peu rassuré.

Mais une demi-heure s'écoule, on est toujours sans nouvelle de Marteau.

— M'a y aller, dit la Casse.

— Vas-y avec, l'Apache, ordonne Bellerose.

Les deux hommes sortent, Bellerose, d'un signe, autorise une autre bouteille, attend patiemment le retour de ses compagnons. Ceux-ci reviennent finalement.

— Pas vu. Y'est pas dan' bécosses en tout cas. Pis c'est glissant en simonaque, j't'en passe un papier. J'ai rasé d'me planter une couple de fois. Moé je r'tourne pu dewor, se plaint la Casse.

— Esprit venu, se contente de dire l'Indien.

Bellerose ne peut pas croire que Marteau ait simplement disparu. Et cette phobie de l'Apache avec ses esprits vengeurs… Mais il doit avouer que vu les circonstances… Pourtant, la réponse à l'énigme ne tarde pas à arriver. Et c'est encore la pauvre Anastasia qui fait les frais de la macabre découverte.

Le lendemain matin, allant à la fenêtre comme à son habitude, elle laisse échapper un cri, s'évanouit de nouveau. On se précipite.

Pendu à l'arbre maintenant devenu maléfique, la tête en bas, le corps de Marteau se balance au gré de la brise matinale. Éléonore se signe, se rappelle la venue des corbeaux pendant le tremblement de terre. Cet arbre est maudit, elle en est maintenant certaine. Elle se promet d'en faire part au curé à la première occasion.

On retrouve, imprimés dans la neige glacée, au pied de l'arbre, de nouveaux symboles que Bellerose s'empresse d'effacer à grands coups de botte. L'examen du corps révèle la gorge tranchée, *modus operandi* bien connu des Foulards rouges. Cette fois, plus aucun doute. Okìskwow est bien revenue, en chair et en os. Pourtant, la vérité est tout autre.

Entre-temps, le cadavre rejoint celui de son compagnon et du vieux trappeur dans la remise à bois derrière l'hôtel. Paulo promet de s'occuper de la fabrication des cercueils et disparaît dans sa boutique. Il le faut, car le printemps et le dégel arrivent à grands pas. La Casse devient plus morose que d'habitude à cause de la perte de son compagnon de toujours. L'Apache aussi semble résigné. Bellerose considère la possibilité de partir sur-le-champ, mais sans chariot, ils devraient laisser une fortune en peaux derrière eux. Il faut donc absolument attendre non seulement le dégel, mais aussi l'assèchement des terrains pour pouvoir bénéficier d'une piste carrossable.

— Pis si on nous enwèye d'autres polices ? demande la Casse.

— Pas possible. Y' savent pas qu'Murphy est mort. En parquâ, pas encôre.

On réfléchit, on décide que le mieux est encore de s'accrocher quelque temps. Ce n'est que plus tard, dans la soirée, que Bellerose constate qu'ils ne sont plus que trois.

En quelques jours, trois cercueils furent construits. Mais, chose curieuse, on voulut les transporter en chariot de la cabane à Paulo jusqu'à l'hôtel pour y déposer les dépouilles, puis les acheminer vers l'église en une sorte de cortège funèbre, mais on se rendit compte, en allant à l'écurie, que tous les chevaux avaient mystérieusement disparu. Et sur la porte, peint en rouge, le même symbole satanique que l'on avait trouvé au pied du gros arbre, en face de l'église. Bellerose en fut immédiatement informé, on fit venir Ti-Cul, confondu, qui ne put fournir d'explication. Il les avait, la veille, comme à son habitude, tous étrillés et bien nourris.

C'est donc à force de bras que les trois cercueils suivirent leur itinéraire. Le père Simon fit rapidement les offices d'usage dans une église bondée pour l'occasion. Même les Foulards rouges, à l'exception de l'Apache, participèrent à la cérémonie. Les trois cercueils furent ensuite portés au cimetière où ils attendraient jusqu'à l'enterrement. Beaulieu qui, comme tout le monde, tentait de comprendre et de trouver une signification aux derniers événements, ne fut pas moins étonné de la prestance du père Simon qui se montra des plus expéditifs, sauf pour la quête, bien entendu. Il était maintenant convaincu qu'une nouvelle force venait d'entrer en action, une volonté inconnue qui prenait peu à peu le contrôle de toute la situation. Les apparences devaient être fort trompeuses. De retour au poste de traite, il eut avec Paulo un long entretien. Et ce ne fut que plus tard, dans la soirée, que Bellerose constata qu'avec la disparition des chevaux ils étaient désormais bloqués à Fond du Lac.

Rien ne lui servait de tempêter, d'enquêter, de blâmer et de punir à qui mieux mieux. Il était clair que Ti-Cul n'avait aucune idée de ce qui se passait, Beaulieu avait passé la soirée et la nuit sous bonne garde à l'hôtel. Le reste des villageois? Personne n'oserait faire un tel affront aux Foulards rouges. D'autant que le siège ne concernait en fait que le Paris Hôtel. Bellerose demeurait perplexe. L'explication de l'Apache restait la même, la Casse n'en avait aucune. La tension devenait de plus en plus intolérable. Jour après jour, ils étaient constamment entourés d'ennemis, ne pouvaient jamais relâcher la garde et, maintenant, la vieille folle était revenue les hanter. Bellerose sentait bien que la corde était sur le point de se rompre.

Le lendemain matin est brumeux et morose, la température, incertaine, oscillant autour du point de congélation, fait fondre la neige, gèle les gouttelettes d'eau. Pour les Foulards rouges, une autre nuit de rondes, d'insomnie, d'alcool. Il y a belle lurette que la Casse ne rejoint plus Anastasia. Il n'en a plus la force, ni le goût d'ailleurs.

Tout à coup, la cloche de l'église, que tout le monde avait oubliée, se fait entendre, insistante. Bellerose sort dans le brouillard, regarde la scène lugubre. Près de lui, la Casse et l'Apache. Les trois hommes sont côte à côte, carabines à la main. Devant eux, au pied de l'arbre, les trois cercueils, debout, le couvercle ouvert, vides. Trois cercueils pour trois Foulards rouges. Du coin de l'œil, Bellerose voit le curé qui arrive du poste de traite en claudiquant, s'appuyant sur sa vieille canne tordue. Comme chaque semaine, il s'y est rendu pour quémander les quelques denrées manquantes, que lui livre Ti-Cul l'après-midi même. Il est suivi de Beaulieu et de Paulo, attirés eux aussi par l'appel de la cloche mystérieuse. Tous s'immobilisent devant l'arbre et les trois cercueils. Le père Simon se signe à répétition et, d'une voix tremblante, marmonne le latin.

– Qui c'est qui sonne la cloche? demande Bellerose.

Pour toute réponse, le curé fonce vers l'église, comme peut foncer un homme dans sa condition, monte difficilement les marches du perron, pénètre dans le lieu sacré, la canne bien haute, prêt à en déloger l'intrus. La cloche se tait et, au bout de quelques minutes, le curé ressort, blanc comme neige, hochant la tête. Dans l'église, personne. Bellerose se précipite à son tour, constate par lui-même. Et comme pour répondre à l'appel de la cloche, un hurlement monte dans le brouillard matinal, le hurlement du loup, le cri de la *Mahikan*.

Cette fois, c'est la panique. Personne ne peut plus l'empêcher. Tous courent se réfugier à l'hôtel, le curé réintègre l'église et en barre l'accès. La Casse est déjà au bar, tente de se verser un verre. Ses mains tremblent tellement qu'il n'y parvient pas, boit à même le goulot. On se jette littéralement sur la bouteille. L'Apache seul est resté dehors. Il sait la fin venue, accepte l'appel, marche vers la forêt, vers la *Mahikan*. Il a laissé tomber sa carabine, enlève son parka de fourrure, car c'est torse nu qu'il devra affronter son destin. Et ce ne fut que plus tard dans la soirée que Bellerose constata qu'ils n'étaient plus que deux.

On retrouva l'Apache, le lendemain matin, complètement gelé, dans un des cercueils sous l'arbre maléfique, debout, les bras bien en croix sur sa poitrine, aucune blessure apparente. Bellerose regarde de la fenêtre, presque indifférent. Lui-même est au bout du rouleau, la Casse ne dessaoule plus.

Bellerose s'éveille en sursaut, le front en sueur, la bouche pâteuse. Il a, lui aussi, abusé de la bouteille. Il s'est endormi pendant son tour de garde, n'a pas réveillé la Casse. À quoi bon ! Péniblement, il s'extrait de la berceuse dans laquelle il a passé la nuit, réajuste la lourde catalogne empruntée à la belle Éléonore et qui lui couvre les épaules. L'air est froid dans la grande pièce, le poêle en est à ses dernières braises. Bellerose y lance quelques bûches, attend que le café se réchauffe tranquillement dans la grosse cafetière bosselée. Aux premiers soupçons de fumée, il se sert une pleine tasse du liquide amer et sirupeux qui a passé toute la nuit à mijoter. La surdose subite de caféine le réveille pour de bon. Dans la pénombre, il regarde autour de lui. Il n'y a pas de quoi être bien fier. L'envie lui vient de crier, de réveiller cette bande d'insouciants qui ne comprennent rien au drame qui se joue présentement, aux dangers que représente le retour de la vieille sorcière. L'Apache avait bien raison. Tous mourront de la main de la vieille folle. Et un autre jour qui se lève maintenant…

Bellerose doit y regarder à deux fois. Au travers de la vitre givrée, au travers de la neige qui tombe lentement, il a cru, l'espace d'un instant, apercevoir un mouvement sous le grand arbre. Il s'approche lentement de la fenêtre, puis, finalement, il la voit, là, devant lui, au pied de l'arbre centenaire. Appuyée sur son éternel bâton de marche, la peau de loup sur les épaules, coiffée de la tête même de l'animal, *Okîskwow*, la vieille folle, qui le regarde, le fixe, le provoque impunément.

Mais cette fois, la vieille n'a plus ses démons blancs pour faire le travail. Elle est seule, face à lui, Bellerose, le chef des Foulards rouges. Il se sent enfin revivre devant cette proie finalement à sa portée. Défiant toute logique, il sort, son colt à la main, crache des insultes, défie la folle. Puis il vise, tire un premier coup, s'avance de quelques pas, en tire un deuxième, avance de nouveau, tire, crie, insulte de plus belle. Il voit l'effet de la balle qui fait sursauter *Okîskwow* à chaque impact. Trois fois encore, il tirera, avancera de quelques pas, tirera de nouveau, jusqu'à ce qu'un déclic marque la fin du cycle du révolver. Le barillet est vide, *Okîskwow* est immobile. Bellerose franchit les derniers pas, constate que sa poitrine ne respire plus, qu'elle est parsemée de six trous qui laissent doucement s'écouler les dernières gouttes de sang. À tous les coups, il a fait mouche. Une sensation incroyable de pouvoir et de vanité l'emporte. Il jubile. Là, devant lui, sous la peau du loup, coiffé de la tête même de l'animal… la Casse.

Son esprit chavire, sa raison vacille. La Casse. Il écarte la coiffe, découvre le visage, celui de son dernier compagnon.

À l'hôtel, tous sont maintenant à la fenêtre, regardent Bellerose, mais d'une façon très différente, cette fois. Ce n'est plus la peur, mais bien la rage qui vient de s'installer dans le cœur des habitants de Fond du Lac. Le règne de la terreur, son règne à lui, vient de se terminer. Il est seul, maintenant, et il le voit bien dans les yeux derrière les fenêtres. Bellerose, le révolver vide, lui qui n'a pas pris la peine de revêtir son capot avant de sortir, hésite sous la neige qui tombe toujours. Il ne peut s'empêcher de sourire devant le ridicule de la situation. Car il vient de se rendre compte que la seule issue possible se trouve maintenant devant lui. Après un long soupir, Bellerose franchit la distance, monte les marches, traverse le perron et entre résolument dans l'église.

– Mon pére, j'voudra bin m'confesser !

Paroles que Bellerose ne croyait plus jamais avoir à prononcer, paroles que le père Simon ne s'attendait jamais à devoir un jour entendre. Mais le fait demeure qu'elles venaient maintenant d'être prononcées. Et ces paroles, aussi inconcevables qu'elles aient pu paraître sur le moment, furent suivies par d'autres, tout aussi incroyables qu'inattendues.

– Je le voudrais bien, monsieur Latulipe, mais vous voyez bien que je ne suis qu'un policier !

XLVI. Le survenant

Kaskitew Maṣkwa, assis près de son foyer, examine pour la centième fois la vieille peau de loup montée d'une tête énorme, les oreilles en pointe, les yeux vides, effrayants, que portait en permanence la vieille folle, le solide bâton de marche sculpté avec lequel elle n'hésitait pas à menacer, voire à corriger ses semblables. À ses genoux, le contenu de la besace d'Okîskwow. Parmi les objets aussi bizarres les uns que les autres, un vieux cahier de toile, que le Chef reconnaît comme ceux que donne aux siens le prêtre venu leur enseigner ce que les Blancs appellent l'écriture. À l'intérieur, au fil des pages tâchées et des images patiemment tracées avec un charbon de bois taillé en pointe, les mémoires d'une folle. Tout y est, la scène d'empoisonnement du valeureux chef de guerre, l'accouchement, le panier d'osier. Les dessins simplistes, mais explicites parlent des trois jumelles issues de la veuve Ours, nourries au lait de chèvre dans une caverne secrète par la mère Okîskwow. Puis, viennent les petits bonshommes, avec de curieux Foulards rouges, qui se font trancher la gorge par de petits êtres nus, blancs, aux dents acérées. Au fil des pages, toute l'horreur de l'histoire des jumelles et des manigances démoniaques de la vieille folle est enfin révélée au vieux chef Kaskitew Maskwa. Puis, à la fin, un nouveau personnage vengeur, envoyé des démons à la poursuite des derniers hommes rouges, tout de noir vêtu. Puis, un clocher, une croix, une tache de sang…

Un peu plus loin, bénéficiant des soins attentifs et constants d'Aquene et de Talasi, le policier, moribond. Ses blessures ont été nettoyées, enduites d'un baume guérisseur, pansées. Mais la fièvre est venue. Alors, chaque soir, tous se réunissent autour du policier, le Chef entame les chants de guérison, accompagné du tambour traditionnel, et tous unissent leurs esprits, leurs âmes, demandent aux Ancêtres de sauver celui qui, quelques jours plus tôt, leur rapportait Chumani.

Les femmes de la bande ont préparé les trois corps qui sont maintenant enroulés dans leur linceul. Au matin, ils iront rejoindre les Ancêtres. Elles seront les premières à reposer dans le nouveau cimetière. Deux plateformes ont été érigées, l'une pour accueillir Chumani, l'autre pour ses petites sœurs.

Un soir, le Chef conversa longuement avec Ka Peyakot Mahihkan et Pakisimow, leur raconta la vérité. Les deux guerriers crurent se rappeler cette caverne qu'ils avaient souvent visitée pendant leur enfance. Même celle du chaman, de l'autre côté de la montagne. Aujourd'hui encore, ils se souviennent du magistral coup de pied au derrière qu'ils avaient reçu lors de leur seule et unique tentative d'y pénétrer. Le manuscrit parle de trois jumelles, le policier n'en a ramené que deux. Les deux jeunes guerriers se regardent, décident sur-le-champ. Demain, ils iront en reconnaissance.

Dans la nuit, tourmenté par la fièvre, le policier se tord, s'essouffle, murmure des choses incompréhensibles. On reconnaît Chumani, puis une vieille folle, puis un loup. Kaskitew Maskwa écoute attentivement. Il doit tout savoir à propos d'Okîskwow.

Le vieux Chef repasse chaque page, encore une fois. Avec des bribes de souvenirs, tout se met maintenant en place, tout s'explique enfin. Puis, quelques jours plus tard, c'est le retour des deux vaillants guerriers. Enroulée dans une peau trouvée dans la caverne, un petit corps, une fillette, du moins ce qu'il en reste, le tronc, car le ventre à été ouvert et evidé, un seul bras, coupé à la hauteur du coude, la tête dont le visage à souffert de nombreuses morsures, probablement du loup. Comme pour les deux autres, le corps est enduit d'un baume blanc graisseux. Aucun doute.

Les deux guerriers ont trouvé le corps tout à fait par hasard, sur le chemin du retour, à une demi-heure de marche de la caverne, où les loups l'avaient abandonné pour sans doute y revenir plus tard. Les trois petites sœurs, ses trois petites-filles, sont de nouveau réunies. Les yeux du vieil homme se voilent, sa gorge se serre, il est incapable d'émettre le moindre son. Les deux guerriers comprennent, prennent chacun une main de leur chef qu'ils serrent affectueusement, puis laissent rapidement l'homme avant qu'il ne perde son combat pour garder sa dignité.

Pakisimow, le chasseur, a bien vu les traces, sait maintenant que les Foulards rouges sont partis vers le sud, en direction du village. Il doit en avoir le cœur net. De la caverne, les deux guerriers ont évidemment rapporté un maximum de peaux qu'ils ont rapidement distribuées parmis les membres de la bande, mais il en reste suffisamment pour justifier un petit voyage au poste de traite. Kaskitew Maskwa n'est pas dupe, mais il donne tout de même son accord. Le Chef fait ses recommandations, dresse la liste pour le troc : farine, sel, thé et tabac, dans l'ordre. En un clin d'œil, les deux inséparables guerriers sont repartis dans un nuage de poudrerie.

Pendant presque deux semaines, le policier combat, ses blessures se cicatrisent, la fièvre tombe, il est sauvé. À tout le moins, son corps, car, à son réveil, toute l'horreur entourant la mort de Chumani et des deux petites le terrasse brutalement. Et un soir, devant le feu, devant Kaskitew Maskwa, Pakisimow et Ka Peyakot Mahihkan, le policier, tourmenté et abattu, confesse ses trois crimes.

Le Chef demeure de marbre, par son silence, force Murphy à s'expliquer. Ce dernier, la tête basse, revit tout haut les événements de la caverne, les attaques répétées, l'exécution d'Okîskwow, la mort de sa bien-aimée. Après un long silence, Kaskitew Maskwa pose doucement la main sur la tête du policier. Sur la joue de Murphy, une larme coule lentement.

Une autre semaine a passé, le policier se tient debout, les pieds dans la neige, regarde la plateforme sur laquelle dort sa bien-aimée. Il est venu lui dire adieu. Maintenant, il doit partir, punir les responsables. Il sait par Pakisimow que les renégats se sont terrés à Fond du Lac et que c'est à cet endroit que se terminera le règne de Bellerose. Après avoir longuement remercié le Chef et ses nobles guerriers, les deux jeunes femmes qui ont veillé sur lui pendant de si nombreuses nuits, Murphy, dans un ultime silence, reprend la piste devant les yeux de toute la bande, venue assister à son départ.

Il sait qu'il ne peut pas attaquer les Foulards rouges de front, pas maintenant. Il n'en a pas encore la force. Il devra ruser, et il sait exactement comment y parvenir. Sur le traîneau, devant lui, la peau de loup, le bâton de marche d'Okîskwow.

Et ce soir-là, dans la vieille église abandonnée, il trouve la vieille soutane, un peu trop grande, mais qu'à cela ne tienne, avec un bon rembourrage, l'illusion n'en sera que plus complète. Avec la barbe, la mixture de graisse d'ours et de cendre pour rajouter du gris aux tempes, en accentuant la difficulté de sa démarche encore incertaine à cause de ses nombreuses blessures, il se fera comédien, jouera le rôle de sa vie.

XLVII. La confession

Alors, le père Simon procèda à une transformation bizarre, posa sa canne tordue, redressa son corps, détacha le cordon de sa vieille soutane qu'il retira, exposant ainsi le coussin qui lui donnait tant de rondeur, le retira, se planta bien droit devant son visiteur.

– Murphy !

– Ouais ! Murphy, pour te servir Bellerose.

Bellerose, déjà sérieusement ébranlé, ne peut plus surmonter cette nouvelle embûche. Il s'assoit sur le premier banc à sa portée, capitule.

– C'est pas vra. Moé j'en peux pu là. J'abandonne, déclare le dernier Foulard rouge.

Mais pour Murphy, il n'existe plus qu'une seule façon de terminer cette mission.

– C'est bien dommage, mais ce n'est pas comme ça que je vois les choses.

– J'me rends, que j'te dis. Pis t'avais pas le droit d'égorger Marteau. T'es aussi pire que nous autres.

— Je n'ai pas égorgé Marteau, comme tu dis. Ton homme a fait une chute en allant se soulager et il s'est simplement cogné la tête. Paulo l'a trouvé et l'a apporté à l'église. C'est ici qu'on a eu l'idée pour les cercueils. La gorge, c'était simplement pour maintenir l'illusion.

— Canot? Y'éta avec toé?

— Le premier jour, quand je suis arrivé, je n'étais pas tout à fait prêt quand il m'a rendu visite au matin. Il m'a reconnu presque aussitôt. On s'est expliqué, il a décidé de m'aider. Il te connaît, Bellerose, il savait ce que tu planifiais, et il ne pouvait pas te laisser dépouiller les gens qui l'avaient accueilli et accepté comme un des leurs. Et c'est Beaulieu qui a fait disparaître les chevaux pour te bloquer ici pendant que Paulo fabriquait les cercueils. J'avais peur que tu prennes la fuite avant que je sois complètement rétabli. Beaulieu aussi avait des doutes sur le nouveau curé et Paulo lui a dit la vérité. Il n'a pas été difficile de le convaincre de nous aider. Il savait que tu comptais dévaliser le poste de traite avant ton départ. Tu vois, Bellerose, à la caverne, tu aurais dû viser juste un peu plus à gauche.

Bellerose réfléchit, cherche à comprendre.

— Mais t'as tué l'Apache. Tu s'ra pendu pour ça. Toute le monde vont l'sawère betôt. Tu pourras pu t'cacher. Tu vas finir comme moé.

— L'Apache était convaincu que son heure était arrivée. Il est simplement mort gelé dans la forêt. Ti-Cul l'a suivi, l'a ramené. Lui aussi était de connivence avec nous. Il me livrait de faux colis presque tous les jours et me tenait ainsi au courant de vos derniers agissements et servait de liaison entre Paulo, Michel Beaulieu et moi. C'est lui qui a sonné la cloche, puis qui a ensuite hurlé comme le loup dans la forêt.

— Pis, Marteau?

— C'est toi qui as tué ton ami. C'est vrai que c'était mon idée. Paulo et Michel l'ont simplement attaché à l'arbre.

Ça été très facile d'ailleurs, saoul comme il était. Quel gardien tu fais! Un train ne t'aurait pas réveillé, d'après ce qu'on m'a dit.

Bellerose comprend maintenant les complicités, toute la ruse démontrée par le policier.

– Comme ça, c'éta pas la vieille qui éta r'venue?

– Non. La vieille Okîskwow est morte.

– Mais on l'a toute vue, pendant l'orage.

– C'était moi, de l'autre côté de la fenêtre.

– Qui c'est d'autre qui est au courant?

– Personne, à part Paulo qui m'a reconnu, Beaulieu, parce que c'est un bon catholique et qu'il a trouvé à redire sur les cérémonies officiées par le père Simon. Évidemment. Je n'y connais pas grand-chose. Même chose pour le latin. Mais je pense que, maintenant, tout le monde doit probablement être au courant à l'hôtel. J'ai l'impression que tu as été le dernier à savoir la vérité.

Bellerose se résigne, accepte la défaite.

– L'Apache avait raison. C'est ben un démon d'l'enfer que la vieille folle nous a envoyé!

Le regard de Murphy est de glace. Il regarde Bellerose, le fixe droit dans les yeux, hoche la tête.

– Tu vois, j'ai retrouvé Chumani entre les mains de la vieille folle, et je sais que c'est à cause de toi qu'elle s'est retrouvée dans cette situation. Tu es responsable de sa mort, comme tu es responsable de la mort de tant d'autres personnes. Tu as déjà été condamné à mort par le tribunal, Bellerose. Mais j'ai quand même décidé de te donner une dernière chance. Je n'ai pas l'intention de faire de prisonnier. C'est ici que les comptes vont se régler, entre toi et moi.

– J'y ai pas touché à ton Indienne. Même que j'ai empêché les gars de l'approcher.

– Ça fait rien. Tu aurais dû la laisser, ne pas l'amener avec toi. À partir de ce moment, c'est avec moi que tu as signé ton arrêt de mort.

Bellerose ne craint pas l'affrontement. Même qu'il comprend le policier. D'une certaine façon, les deux hommes se ressemblent. Ce sont deux guerriers, avec chacun leurs valeurs, leurs convictions, leur code d'honneur. Il n'y a qu'une seule façon de faire la guerre. Ceux qui pensent autrement ne sont que des idiots.

– Ça sert à rien, Murphy. Mon colt est vide. Tu dois l'sawère, 'barnac.

– Je sais. J'ai compté les coups de feu. Mais si t'as bien remarqué, j'ai déposé le mien. Il te reste le couteau que tu as volé au poste de traite. Moi, il me reste ceci, dit le policier.

Bellerose lève les yeux, aperçoit la lame courbe qu'il connaît maintenant si bien.

– Tu veux vraiment y aller jusqu'au boute ? dit Bellerose en se levant.

– Jusqu'au bout, Bellerose. Toi et moi.

L'attaque vint de Bellerose, rapide, foudroyante, le long couteau cherchant la gorge du policier. Mais en reculant, celui-ci fit rapidement un pas de côté, pointa la terrible lame que Bellerose ne sut éviter. Le combat n'avait pas duré cinq secondes.

Bellerose regarda sa poitrine dans laquelle l'horrible couteau était fiché jusqu'à la garde, et ce, grâce à son propre élan, à lui. Il toussa, une seule fois. Immédiatement, sa bouche s'emplit de sang. Il plia les genoux.

– Mon pére… j'voudra ben m'confesser…

Murphy hésita, puis s'agenouilla à ses côtés.

– Bénissez-moé… mon pére…

– Que Dieu te pardonne, Bellerose.

XLVIII. Épilogue

Ce n'est que deux .heures plus tard qu'on vit Michel Beaulieu arriver devant l'église avec deux chevaux fraîchement scellés. Le sergent Murphy sortit avec ses bagages et les deux hommes chargèrent silencieusement le deuxième cheval. Après une poignée de mains, le policier monta en scelle, quitta ainsi le village de Fond du Lac. De la fenêtre de sa chambre, la belle Éléonore regarda s'éloigner le cavalier solitaire, un homme qu'elle aurait pu aimer.

Au quartier général de la *North Western Mounted Police*, à Regina, le sergent Murphy a achevé son rapport, remis au surintendant le macabre collier que portait Jérémie Blanchard, dit l'Oreille, les deux carabines à lunette volées aux tireurs d'élite de la milice, à Batoche. Il a remis également le ceinturon fléché taché de sang de Bellerose, le renégat tant recherché. Encore une fois, fidèle à sa réputation et à celle de la police montée, il a accompli sa mission, la NWMP a retrouvé son homme. De ses multiples blessures, après son long voyage de retour et un repos forcé à l'hôpital de Regina, aucune trace apparente. Il se tient bien droit, au garde-à-vous, devant son supérieur. Ce dernier, plutôt embarrassé après avoir lu le rapport, par l'affaire des carabines à lunette et la bévue de la milice et parce qu'on aurait bien aimé en haut lieu pouvoir assister à la pendaison de Bellerose, ne serait-ce que pour la forme et pour en faire un exemple, lui présente tout de même ses nouveaux galons de sergent-major. Puis, le soir même, lors d'une brève cérémonie, le sergent-major Murphy est cité à l'ordre du jour, décoré de la Médaille du Mérite. Après tous les éloges de circonstance et les remerciements du haut commandement, le surintendant lui dévoile sa nouvelle affectation : le commandement du poste de Fort Albany. Départ dès le lendemain par le train du *Canadian Pacific Railway* pour.Toronto.

Un long mois. Le temps qu'il faut pour avaler les miles qui le séparent de sa nouvelle affectation au poste de Fort Albany, sur la rive orientale de la baie James. Sergent-major, il y sera le constable le plus haut gradé. Sa décoration lui brûle déjà la poitrine. Un mois, pendant lequel sa seule compagne sera une bouteille de whisky canadien. Et il ne parvient toujours pas à oublier. Il ne parvient plus à oublier toute cette violence qui fermente en lui depuis un certain temps. Il ne parvient pas non plus à oublier Chumani, cette toute jeune femme qui a touché son cœur d'une façon si inattendue, si profonde aussi. Comme elle lui manque. Et ces trois petits êtres innocents, transformés en monstres par une vieille folle… Il regarde ses mains, y voit toujours le sang de deux d'entre elles.

Au nouveau poste de la *North Western Mounted Police*, à Fort Albany, adjacent au comptoir de traite des fourrures de la Hudson Bay Company, le sergent-major Murphy remet ses ordres d'affectation au caporal qui le salue avec un respect bien évident. À l'arrière-plan, une jeune recrue demeure fixe, au garde-à-vous, impressionnée par la légende vivante qui vient de faire son entrée dans la pièce. En effet, la nouvelle de ses récents exploits s'est déjà répandue dans tous les coins du pays. Sans plus de préambules, il remet au caporal une seconde enveloppe scellée.

– Vous ferez parvenir ceci au quartier général. Pour moi, c'est terminé.

Il tourne les talons, sort sans donner à qui que ce soit le temps de répliquer. Dehors, sur le perron du poste, il s'arrête, respire profondément. Plus que jamais, il se sent seul.

La nuit tombe, sans nuage. Le froid est vif, brûle le visage. Devant lui, à perte de vue, la baie, avec ses eaux partiellement gelées. Sans arrière-pensée, il s'y engage, fatalement. Les chiens, vaillants, foncent à toute allure vers un horizon toujours aussi fuyant. Un corbeau, dans toute son insouciance, vole bien haut, semble défier la meute. L'homme, sur le traîneau, a le regard sans expression, vide. Il fixe, lui aussi, cet horizon lointain, insaisissable, dans cette course aveugle, folle, sans but, sans départ, mais surtout, maintenant, sans destination. Il est meurtri, profondément, dans tout son être, au plus profond de son âme. Il ne sait plus. Pour la première fois, il abandonne tout, s'égare, s'enfuit !

Mile après mile, son regard se perd obstinément dans l'infini du ciel maintenant tout étoilé. Il se voit surpris par la beauté de cette immensité qu'il a pourtant regardée maintes et maintes fois au bivouac du soir. Mais à présent, elle a quelque chose de différent. Pourquoi ? Il ne saurait le dire. Mais quelque chose au fond de lui a tout à coup remué, une émotion soudaine, une lueur, peut-être même un léger espoir, impossible de savoir à coup sûr.

Et tout à coup, c'est la catastrophe. La glace cède sous le poids de l'homme et du traîneau. D'instinct, il lâche prise pour donner la chance à Wolf et à l'attelage de s'en tirer. Il s'agrippe aux bords acérés de la fissure dans laquelle il est tombé. Dans sa tête, les pensées s'entrechoquent. Il tente en vain de se dégager. L'eau glacée le paralyse peu à peu, sape sa volonté de combattre. Alors, étonnamment, il se sent bien, il n'a plus froid, il n'a plus peur, il ferme les yeux.

– *Nichiminitohk*. Accroche-toi!

Cette voix, si lointaine, pourtant tout à coup si près. Chumani! Alors, il ouvre les yeux. Wolf n'a pas abandonné, mord la manche de son parka, grogne, tire. Et tout là-haut, dans le ciel d'encre, tout au loin vers l'est, une petite étoile, sans prétention, attire humblement son attention… Maintenant il sait, il a compris. Chumani lui a pardonné…

Table des matières

La production du titre *Okîskwow* sur du papier Rolland Enviro100 Édition, plutôt que sur du papier vierge, réduit notre empreinte écologique et aide l'environnement des façons suivantes :

> Arbres sauvés : 11
> Évite la production de déchets solides de 327 kg
> Réduit la quantité d'eau utilisée de 30 940 L
> Réduit les matières en suspension dans l'eau de 2,1 kg
> Réduit les émissions atmosphériques de 718 kg
> Réduit la consommation de gaz naturel de 47 m³

C'est l'équivalent de : 0,2 terrain de football américain d'arbres, de 1,4 jours de douche et de l'émission de 0,1 voiture pendant une année.